btb
Aus Freude am Lesen

btb

Buch

Darja Donzowas Heldin Dascha ist Französischlehrerin, fährt einen nicht mehr ganz so neuen Volvo und hat für ihre Familie und ihre vielen Hunde nicht nur ein geräumiges Haus, sondern auch ein großes Herz. Grenzenlose Güte, grenzenlose Neugier und ein ziemlich loses Mundwerk lassen sie in unkonventionelle Fälle hineinschlittern, die sie ebenso unkonventionell löst. Getreu der Devise, dass ein Unglück selten allein kommt, hat Dasha im vorliegenden Fall gleich mit zwei Problemen zu kämpfen – eine Leiche liegt in ihrem Kofferraum, und dann ist da noch ein alter Bekannter, der spurlos verschwindet. Schon bald wird ihr klar, dass beide Fälle miteinander zusammenhängen …

Autorin

Darja Donzowa, geboren 1952 in Moskau, unterrichtet Deutsch und Französisch. Ihre ebenso spannenden wie atmosphärisch dichten Kriminalromane sind Superseller in Russland, ihre Fangemeinde ist gigantisch. Donzowa lebt mit ihrer Familie in Moskau.

Darja Donzowa bei btb

Der unschuldige Mörder. Roman (btb-HC 75114)

Darja Donzowa

Ein Hauch von Winter

Roman

Aus dem Russischen
von Judith Elze

btb

Die russsische Originalausgabe erschien 2000 unter dem Titel
»Nesekretnye Materialy« bei Eksmo, Moskau

Umwelthinweis:
Alle bedruckten Materialien dieses Taschenbuches
sind chlorfrei und umweltschonend.

btb Taschenbücher erscheinen im Goldmann Verlag,
einem Unternehmen der Verlagsgruppe Random House.

Einmalige Sonderausgabe Oktober 2003

Umschlaggestaltung: Design Team München
Umschlagmotiv: Isaak Lewitan
Satz: IBV Satz- und Datentechnik GmbH, Berlin
KR · Herstellung: Augustin Wiesbeck
Made in Germany
ISBN 3-442-73188-7
www.btb-verlag.de

KAPITEL 1

Nahtlos ging der Oktobertag in den Abend über. Die Sonne schien noch recht hell, aber die Luft war schon winterlich kühl. Ich stand auf der Wolokolamsker Chaussee im Stau und überlegte, ob ich es wohl bis acht nach Hause schaffen würde. Um 20 Uhr sollte auf n-tv ein Krimi mit meinem geliebten Poirot laufen. Ich brauchte eine Entschädigung für all die Stunden, die ich vergebens in irgendwelchen Geschäften vertan hatte. Meine Schwiegertochter hatte mich losgeschickt, neue Gardinen für das Esszimmer zu kaufen, aber trotz langer Suche war mir nichts Passendes untergekommen.

Die Autoschlange kroch im Schneckentempo voran. Rechts tauchte ein Flohmarkt auf, und plötzlich schlug mir der Geruch von gebratenen Tschebureki in die Nase, und zwar von denen mit der undefinierbaren Fleischfüllung. Mein Magen zog sich zusammen, eine schier unerträgliche Lust auf dieses widerliche Zeug überkam mich. Ich parkte meinen Volvo am Eingang und versuchte beim Aussteigen meinen rebellischen Appetit zu zügeln. Schließlich kneteten sie den Teig mit ungewaschenen Händen, und zum Braten benutzten sie Maschinenöl … Voller Gewissensbisse und im Stillen mit mir hadernd wegen meiner Verfressenheit wollte ich gerade die Autotür zuschlagen, als sich plötzlich in meiner unmittelbaren Umgebung etwas abspielte, was eine Szene aus einem Action-Thriller hätte sein können.

Wie aus dem Nichts tauchten schwarz vermummte Männer in Tarnkleidung auf. Lautes Fluchen hallte über den Platz. Die Händler schienen wie vom Erdboden verschluckt. Die einen hatten sich in ihre Blechwohnwagen geflüchtet, die anderen unter den Warentischen verkrochen.

Als die ersten Schüsse fielen, duckte ich mich, ohne lange zu überlegen, hinter den Volvo und warf mich auf den schmutzigen Asphalt, um mich möglichst unsichtbar zu machen. Oh Gott, lass es vorbeigehen und mich heil davonkommen! Unter dem Auto hindurch den Kampf zu beobachten war schwierig. Es ging heiß her. Durch den schmalen Spalt waren nur rasch hin und her laufende Füße in teuren Markenschuhen zu sehen, während die unglaublichsten Unflätigkeiten hin und her flogen.

Ein Handgemenge entbrannte direkt neben meinem Volvo, und der Wagen begann zu ruckeln. Vor Schreck schloss ich die Augen und schickte, warum auch immer auf Lateinisch, Stoßgebete gen Himmel. Im selben Augenblick heulten Sirenen auf. Die Schuhe hasteten davon, stattdessen waren jetzt andere, einfachere und billigere, zu sehen, während die Flüche dieselben geblieben waren. Schließlich trat Ruhe ein, die nur noch von vereinzelten Schreien unterbrochen wurde. Vor Angst konnte ich keinen klaren Gedanken fassen. Jetzt waren schwarze Stiefel an den Volvo herangetreten, und eine junge, klangvolle Stimme fragte:

»He, ist hier noch jemand am Leben?«

»Hier!«, schrie ich hinter dem Auto.

»Vortreten!«, befahl der Mann.

Irgendwie kam ich ächzend und stöhnend wieder auf die Beine und ließ meinen Blick rundum schweifen. Auf dem Platz herrschte völliges Chaos. Die meisten Händler waren dabei, sich den Dreck abzuschütteln und die herumliegenden Waren wieder einzusammeln. Hinter dem Kiosk mit den Tschebureki sah ich einen toten Hund und irgendwelche undefinierbaren Haufen von Sachen, man konnte es nicht genau erkennen. Bemüht, nicht hinzuschauen, kratzte ich mich mit der staubigen Hand an der Nase und sagte zu dem Milizionär neben mir:

»Guten Tag.«

»Ihre Papiere, bitte!« Der Gesetzeshüter ging nicht auf mein Kontaktangebot ein.

»Wieso?«, entgegnete ich aufgebracht. »Sie sollten sich lieber um die Sicherheit friedlicher Bürger kümmern, statt ihre Papiere zu verlangen. Was soll das überhaupt, ich hab hier nur angehalten, um Tschebureki zu kaufen ...«

»Fahrzeugpapiere, Führerschein und Ausweis«, fuhr der Milizionär ungerührt fort.

»Zeig ich Ihnen nicht.« Jetzt wurde ich wütend.

»Ach, Tantchen«, jammerte er plötzlich weinerlich, »Jetzt haben Sie sich doch nicht so. Das ist nun mal mein Job ...«

Ich schaute ihm ins kindlich runde, sommersprossige Gesicht. Ein magerer Hals ragte aus dem viel zu weiten Kragen des Uniformhemdes hervor ... Warum sollte ich mich über ihn aufregen?

Seufzend stieg ich in den Volvo und gab dem Knaben, was er wollte. Er nahm das blaue Büchlein und sagte gedehnt:

»Ach, Ausländerin sind Sie, Französin.«

»Sieht so aus ...«

»Da haben Sie aber gut Russisch sprechen gelernt«, lobte er mich, »ganz ohne Akzent ...«

Dann entschied er sich offenbar für die diplomatische Variante und sagte feierlich salutierend:

»Ich bitte um Verzeihung für den Vorfall, Sie können fahren.«

»Was ist denn überhaupt passiert?«, fragte ich, während ich die Papiere verstaute.

»Na ja, die Brüder haben wohl das Territorium unter sich aufgeteilt«, seufzte der Milizionär, »da gab es eben Streit.«

»Ach so«, murmelte ich und schlug die Tür zu.

»Tantchen«, er klopfte gegen die Scheibe, »Sie sind ganz

schön dreckig geworden, Sie sollten sich lieber hier auf der Toilette waschen.«

Ich ignorierte den guten Rat, ließ den Motor an und fuhr aufs Land nach Loschkino, nach Hause.

Der liebe Junge hatte sich getäuscht.

Ich bin Russin, auch wenn ich einen französischen Pass in der Tasche habe. Übrigens spreche ich Französisch so fließend wie Russisch, ohne Fehler und Akzent, denn seit ich denken kann, unterrichte ich Studenten in der unsterblichen Sprache von Zola und Balzac.

Über viele Jahre hat sich meine Lehrtätigkeit trostlos an der Fakultät für Fremdsprachen in einem staatlichen technischen Institut abgespielt. Ich wurde schlecht bezahlt und musste mir ständig mit Privatstunden etwas dazuverdienen, um die Familie über Wasser zu halten. Und dazu gehören viele: mein Sohn Kescha, meine Schwägerin Olga, meine Tochter Manja, ein paar Hunde, drei Katzen, einige Hamster, eine weiße Maus und meine beste Freundin Natascha. Schon vor langer Zeit habe ich bemerkt, dass man sich Familienmitglieder auf Lebenszeit zulegt. Natascha steht mir näher als eine eigene Schwester. Als ihre Schwiegermutter sie nach der Scheidung aus dem Haus jagte und die Stiefmutter sie nicht in die väterliche Wohnung ließ, zog Natascha zu uns in die winzige Zweizimmerwohnung in Medwedkowo, und der Rest der Familie fügte sich, ohne zu murren.

Wir hätten in Armut leben und jede Kopeke umdrehen müssen, wenn nicht plötzlich ein Wunder geschehen wäre. Natascha heiratete einen Franzosen und zog nach Paris. Prompt machte die ganze Familie sich auf, um sie zu besuchen. Aber wir hatten Nataschas Wohlstand noch kaum bewundert, da wurde ihr Mann, der Baron Jean Makmaier, auch schon ermordet. Über Nacht war meine Freundin zu einer unglaublich reichen Witwe geworden.

Das dreistöckige Haus in einem Pariser Vorort, die Sammlung einzigartiger Bilder, das großartig laufende Geschäft, das kilometerlange Bankkonto waren noch lange nicht alles, was sie nun als Alleinerbin in Besitz nahm. Denn wie sich herausstellte, hatte Jean außer seiner rechtmäßigen Ehefrau keine Verwandten.

In der ersten Begeisterung entschlossen wir uns, in Paris zu bleiben, und führten ein Jahr lang ein sorgloses Leben als Privatiers. Doch Heimweh ist eine unheilbare Krankheit, und immer häufiger dachten wir alle an den geliebten Matsch im November, sogar die Wurst, unsere vertraute, billige Wurst mit dem beigemischten Klopapier, sogar die fehlte uns.

Genau zur selben Zeit wurde das Gesetz zur Anerkennung der doppelten Staatsbürgerschaft erlassen. Damit waren alle unsere Probleme gelöst. Jetzt besitzt jedes Familienmitglied zwei Pässe: den roten russischen und den blauen französischen. Wir kehrten nach Moskau zurück und begriffen, dass es sich überall gut leben lässt, wenn man reich ist. Wir bauten ein zweistöckiges Haus in der Siedlung Loschkino, stellten eine Köchin und eine Haushälterin ein und begannen, uns mit Dingen zu beschäftigen, von denen wir bis dahin nicht einmal zu träumen gewagt hatten.

Kescha wurde Rechtsanwalt. Er ist zwar noch nicht so berühmt wie Henri Resnik, aber doch durchaus ein Fachmann auf seinem Gebiet. Um die Wahrheit zu sagen, sind seine Klienten durchweg kleine Gauner. Aber sogar den betrunkenen Dummkopf, der am Imbissstand zwei Hähnchenkeulen geklaut hat, verteidigt mein Sohn leidenschaftlich und zitiert dabei das römische Recht. Die Richter finden das amüsant. Aber weil Lachen gute Laune macht, bekommen die Angeklagten meist nur die Mindeststrafe.

Seine geliebte Frau Olga, die wir zu Hause übrigens am liebsten Häschen nennen, studiert mit Begeisterung drei europäische Sprachen und dazu Arabisch.

Vor kurzem hat das Paar Zwillinge bekommen, Anka und Wanka, so dass Häschen eine Weile aussetzen musste. Aber jetzt versorgt die Kinderfrau Serafima Iwanowna die Kleinen, und Häschen geht wieder zur Uni.

Manja geht aufs Gymnasium und besucht abends Vorbereitungskurse an der Akademie für Veterinärmedizin. Das Mädel hat ernsthaft beschlossen, »Hundedoktor« zu werden.

»Gut so«, meint ihr Bruder dazu, »so einen Spezialisten können wir gebrauchen.«

Was wahr ist, ist wahr: Wir haben viele Tiere im Haus – den Pitbull Bandy, den Rottweiler Snap, das Pudelmädchen Tscherry, den Mops Chutsch, die Yorkshireterrierin Judy, zwei Katzen – die dreifarbige Kleopatra und die weiße Fifina –, ein paar Mäuse, mehrere Eidechsen und den Papagei Koko.

Auch Natascha hat ihre Berufung gefunden. Meine Freundin schreibt in rasantem Tempo französische Liebesromane. Alle ihre Helden sind Leute aus der Kunstszene und Dissidenten, die in Lagern und Gefängnissen die unwahrscheinlichsten Abenteuer durchmachen. Versteht sich von selbst, dass die Strapazen immer irgendwann mit einer prunkvollen Hochzeit enden, und zwar nicht etwa irgendwo, sondern in Paris. Auf dem russischen Markt lässt sich ein solcher Blödsinn natürlich nicht verkaufen, aber die Französinnen geraten beim Lesen ihrer Werke immer in höchste Verzückung. Natascha ist mit einem Schlag bekannt geworden, von den Honoraren ganz zu schweigen.

»Der Teufel scheißt immer auf den größten Haufen«, stöhnte einmal eine Bekannte von uns und schaute mit neidischem Blick zu dem Regal mit Nataschas Bestsellern.

Klar, von außen sieht es ganz einfach aus: Man setzt sich hin und lässt den Stift übers Papier gleiten … Aber ich weiß, dass Natascha Tag für Tag fünfzehn Seiten schreibt, und dies ist durchaus beachtlich. Soll mal einer versuchen, so viele Seiten aus irgendeinem Buch nur abzuschreiben, und er würde sehen, wie schwer das ist! Außerdem verstehe ich überhaupt nicht, woher sie all die Ideen nimmt und wie sie daraus dann ein Ganzes zaubert.

Wahrscheinlich werde ich es nie begreifen, denn meine Talente sind eher bescheidener Natur. Meine einzige Begabung besteht darin, unverhofft in alle möglichen Geschichten zu geraten. Wie zum Beispiel in einen Bandenstreit, wenn ich eigentlich nur Tschebureki essen will …

Genau um acht trudelte ich in Loschkino ein. Ich stellte den Volvo im Hof ab und lief, so rasch ich konnte, ins Wohnzimmer. Aber kaum war ich dort, begriff ich: Mit Fernsehen würde es heute nichts werden.

Auf dem Sofa saß freundlich lächelnd eine rothaarige Frau unbestimmten Alters. Die Unbekannte konnte genauso gut dreißig wie fünfzig Jahre alt sein. Ein rundes, geradezu rührend russisches Gesicht, kleine, grünliche Augen, eine kleine Nase und ein konturloser Mund. Es sah so aus, als hätte jemand zuerst einfache Linien gezeichnet, sie dann wieder ausradieren wollen, dabei aber auf halbem Wege innegehalten. Nur die grelle Haarfarbe war auffällig an der Frau. Einen so stechend roten Farbton hatte ich noch nie gesehen.

»Hallo, Mama«, rief Manja, »schau, wir haben Besuch bekommen. Rate mal, wer das ist.«

Ich seufzte und versuchte, erfreut auszusehen. Das ist die Kehrseite der Medaille: Permanent kommen aus allen Ecken und Enden unserer unermesslich großen Heimat und dem nahen Ausland Gäste zu uns. Kaum hatte sich die Nachricht von unserem plötzlichen Reichtum in Moskau herumgesprochen, tat sich eine Unmenge neuer Verwandter auf.

Ich habe viermal geheiratet. Entsprechend habe ich einen Rattenschwanz von Anhang: vier Ex-Ehemänner, dazu gesellen sich ihre Mütter, Brüder, Schwestern … Alle Männer gingen nach der Scheidung von mir glückliche neue Ehen ein, und so kamen nach und nach ihre gegenwärtigen und verflossenen Ehefrauen und Kinder aus den verschiedensten Verbindungen dazu ... Bei Natascha ist es ganz ähnlich, allerdings hat sie es in Russland auf nur zwei Ehen gebracht. Und dann gibt es ja noch die Freunde und die Freunde der Freunde ... Die Liste ließe sich unendlich fortsetzen. Jedenfalls war es weder in Frankreich noch in Moskau möglich, ohne Gäste zu leben. Einmal wohnte in Paris ein halbes Jahr lang ein reizender junger Mann von neunzehn Lenzen bei uns. Ich dachte, er wäre ein Verwandter von Natascha, sie dachte, er wäre ein Verwandter von mir. Das Missverständnis klärte sich erst nach seiner Abreise auf. Wir wissen bis heute nicht, wie er eigentlich auf uns gekommen ist. Wer es wohl diesmal sein mochte?

»Ich heiße Galja, Galja Wereschagina«, murmelte die Frau und stand vom Sofa auf.

»Ich heiße Bond, James Bond«, fuhr es mir durch den Kopf, und ich musste kichern.

Mein Gegenüber wurde nervös und begann zu erklären: »Ich bin die Tochter der besten Freundin von der Mutter von Ljalja, der zweiten Frau des ersten Mannes von Lena, der Frau von Kirill.«

Ich starrte sie verwirrt an. Um da mitzukommen, müsste man sich erst mal einen antrinken. Nur eins begriff ich – irgendwie hatte sie etwas mit einem meiner Ex-Männer, mit Kirill, zu tun. Den Rest versuchte ich gar nicht erst nachzuvollziehen.

»Ich komme nicht für lange«, rechtfertigte Galja sich weiter, »nur für ein paar Monate.«

»Aber selbstverständlich, kein Problem.« Ich versuchte ein Lächeln. »Wir haben viel Platz.«

»Ihr Töchterchen war sehr zuvorkommend«, seufzte Galja, »sie hat mir schon mein Zimmer gezeigt. So viel Mühe ist mir richtig peinlich.«

Sie nieste lautstark, dann noch einmal ...

Als ob wir hier auch noch Kranke gebrauchen könnten!

»Keine Sorge«, erklärte sie eilig, »ich habe nur eine Allergie gegen Haustiere.«

»Da wird es für Sie sehr schwer werden bei uns«, äußerte ich und hoffte im Stillen, dass sie das abschrecken würde.

»Nicht so schlimm«, sagte Galja beruhigend, »ich nehme Suprastin. Ach übrigens, hier ist ein Brief von Kirill.«

Sie zog einen rosa Briefumschlag hervor. Ich erkannte die klare kräftige Schrift meines Ex-Mannes sofort:

Darja, hallo!

Wie geht's Dir? Bei mir ist alles in Ordnung. Ich schicke Dir Galja Wereschagina. Sie ist eine liebe Frau, aber vom Pech verfolgt. Ich fürchte, Du wirst es kaum glauben, mit ihren neunundzwanzig Jahren war sie noch kein einziges Mal verheiratet. Sie wohnt gar nicht weit weg, in Katschalinsk, aber das ist kein Städtchen, sondern ein Albtraum: nur Chemie und nichts als Weiber ringsum. Außer Rentnern findet man da einfach keine Männer. Meine Lenka möchte ihr so gern helfen, deshalb haben wir ihr Deine Adresse gegeben. Sei so lieb, Du hast so viele Leute um Dich herum, stell ihr ein paar vor. Galja ist ein intelligenter Mensch, wenn auch ein bisschen begriffsstutzig, und Geld hat sie auch nicht besonders viel …

Irgend so ein Oberst würde gut zu ihr passen. Ist nicht Dein guter Freund Degtjarew, der Chef der Miliz, ein Junggeselle … Vielleicht kannst Du sie zusammenbringen? Wenn man Galja ein bisschen herausputzt, sieht sie ganz manierlich aus. Bitte verzeih, dass wir sie Dir aufladen, aber Lenka und ich können uns nicht darum kümmern, sie unter die Haube zu bringen, wir machen jetzt Urlaub. Ich weiß ja, auf Dich, meine Liebe, ist immer Verlass.

Dein Dich zärtlich liebender Kirjuschka.

Ich faltete das Schreiben zusammen und ließ süßlich lächelnd Tee kommen. Innerlich aber tobte ich. Schau mal einer an, selber fahren sie in Urlaub, und bei mir laden sie die gute Seele einfach ab. Und dann muss sie auch noch ausstaffiert, frisiert, geschminkt werden, wenigstens waschen kann sie sich selbst. Kein Zweifel, mein bester Freund Oberst Degtjarew wird begeistert sein, wenn ich ihm seine Braut vorstelle. Und dazu ist sie noch krank, hör dir doch an, wie sie niest und schnieft. Aber es hilft ja nichts, wir müssen uns der Sache annehmen.

Seufzend schaute ich über den Tisch. Ich hatte die Törtchen völlig vergessen. Die Schachteln mit den Eclairs, *Korsinotschki* und *Trubotschki*, warteten noch immer im Kofferraum.

»Ich hole schnell die Süßigkeiten aus dem Auto ...«

»Ich helfe Ihnen«, schlug Galja eifrig vor, und wir gingen zusammen in den Hof.

Es war schon fast dunkel, aber direkt vor der Haustür steht eine Laterne, außerdem schaltet sich im Volvo automatisch das Licht ein. Ich öffnete also den Kofferraum – und war bedient. Anstelle der weißen Konditoreischachteln lag dort die Leiche eines ziemlich wohlgenährten Mannes. Seine weit geöffneten blauen Augen schauten mich regungslos an. Sein rassiges, beinahe schönes Gesicht hatte nur einen Fehler – ein kleines sauberes Loch zwischen den Augenbrauen. Aus irgendeinem Grund war kaum Blut zu sehen.

Galja gab einen seltsam röchelnden Laut von sich und fiel zu Boden wie ein Sack. Ich starrte weiter auf den Mann. Wie war er nur in meinen Kofferraum geraten? Ich war mir absolut sicher, dass ich ihn nicht hinein gelegt hatte.

KAPITEL 2

Den heiß ersehnten Agatha-Christie-Film habe ich natürlich nicht gesehen. Zuerst rief ich nach Kescha. Zusammen mit Manja und Olga hievte er die bewusstlose Galja ins Wohnzimmer. Und das war gar nicht so leicht. Grob geschätzt musste der reizende Besuch etwa zwei Zentner wiegen. Dann rief ich Degtjarew an. Der Oberst ist ein treuer alter Freund. Wir kennen uns schon so lange, dass einem fast bange werden kann. Kennen gelernt haben wir uns noch zu einer Zeit, als Alexander Michailowitsch schlank war, krauses Haar und weiße Zähne hatte und an der Akademie des Innenministeriums studierte, während ich mir dort halbtags als Gastdozentin für Französisch ein paar Kopeken dazuverdiente.

Seit damals ist die Zeit wie im Fluge vergangen. Der Oberst wurde dicker, verlor einen Teil seiner Haarpracht und schaffte sich Zahnkronen an, und auch ich bin nicht gerade jünger geworden. Aber unsere Freundschaft blieb bestehen. Daher wende ich mich bei Unannehmlichkeiten immer sofort an ihn. Alexander Michailowitsch hielt es bis zur Ernennung zum Oberst im Innenministerium aus und wurde ein großes Tier. Ich verstehe nichts von den Dienstgraden beim Militär, weiß aber, dass er die schwierigen Fälle auf den Tisch bekommt.

Vierzig Minuten nach meinem Anruf rasten ein Kleinbus und ein schwarzer Wolga auf den Hof. Shenka, auch ein alter Bekannter, stieg aus dem Wagen und schrie:

»Hallo allerseits, schon lang nicht mehr bei euch gewesen!«

»Halt den Mund«, befahl der Oberst, der hinter ihm auftauchte, und Shenka eilte zum Volvo.

Er ist Experte, obwohl ich mir nicht sicher bin, ob das die richtige Berufsbezeichnung für einen Menschen ist, der selbstvergessen in einer Leiche herumwühlt, um die Todesursache festzustellen.

Ein Fotograf sprang geschäftig um den Kofferraum herum, dann tauchten weitere Männer auf, die uns freundlich, aber bestimmt ins Wohnzimmer geleiteten. Unsere Haushälterin Irka hatte vorsichtshalber alle Haustiere in die Küche gesperrt, jetzt kratzten sie wie wild an der Tür und machten ein fürchterliches Gezeter.

Alexander Michailowitsch setzte sich aufs Sofa und fing an, die unzähligen Papiere auszufüllen.

»Wo hast du die Leiche aufgesammelt?«

»Sie ist von selber im Kofferraum gelandet.«

»Interessant!« Mein Freund zog eine Augenbraue hoch. »Ist von selber gekommen, selber reingeklettert und hat sich selber in die Stirn geschossen … Kennst du ihn?«

Ich schüttelte den Kopf.

»Ich sehe ihn zum ersten Mal.«

Ein Mitarbeiter stiefelte herein und reichte seinem Vorgesetzten ein ziemlich pralles Portmonee. Alexander Michailowitsch begann, den Inhalt auf dem Zeitungstischchen auszuleeren. Fünf Hundertdollarscheine, drei Fünfhundertrubelscheine, einen Haufen Silbergeld, ein Dutzend Visitenkarten … Sofort griff ich mir eine: »Licht-Verlag, Generaldirektor Nikitin Alexej Iwanowitsch, Prjamikowa-Straße«.

»Leg das sofort wieder hin«, befahl der Oberst.

»Warum sie diesen Nikitin wohl abgeknallt haben?«, fragte ich nachdenklich, »und dazu noch in meinem Kofferraum verstaut.«

»Vielleicht heißt er ja gar nicht so«, bemerkte der Oberst.

»Und die Visitenkarten?«

»Hat ihm irgendwer gegeben.«

»Gleich zwölf Stück auf einmal?«

Alexander Michailowitsch schaute mir in die Augen.

»Meine Süße, lass dir bloß nicht einfallen, dich eigenhändig mit Nachforschungen zu beschäftigen, bisher sind alle deine so genannten Ermittlungen schief gegangen.«

Und er machte sich daran, mir dumme Fragen zu stellen. Ich beantwortete sie mechanisch, während ich meinen Gedanken nachhing.

Eigentlich hatte der Oberst Recht, ich habe eine Leidenschaft. Ich liebe Krimis und habe schon ein paar Mal Freunde aus einer prekären Lage befreit. Meinen Ex-Mann Max Poljanskij habe ich aus dem Knast geholt, weil ich den Mörder von Jana gefunden habe ... Und jetzt gab mir das Schicksal wieder eine Chance! Wahrscheinlich hätte ich seinerzeit nicht im Institut für Fremdsprachen, sondern in der Akademie des Innenministeriums anfangen sollen. Außerdem bin ich klug, denke logisch, bin angstfrei und absolut unbestechlich ...

»Hör mir zu!« Der Oberst wurde wütend. »Woran denkst du die ganze Zeit?«

»Die Törtchen sind jetzt bestimmt verdorben«, versuchte ich abzulenken.

Alexander Michailowitsch greinte:

»Mit ziemlicher Sicherheit. Aber selbst wenn sie noch ganz sein sollten, wird deine Familie wohl kaum Eclairs essen wollen, auf denen die Leiche eines Fremden gelegen hat.«

Ich seufzte, er war wie immer unlogisch. Die Meinen würden auf diesen Genuss auch verzichtet haben, wenn ein Bekannter draufgelegen hätte.

Als ich am nächsten Morgen gegen zehn ins Esszimmer kam, fand ich an dem großen runden Tisch die heftig niesende

Galja vor. Kescha war natürlich bei der Arbeit, Olga und Manja waren am Lernen, es war also klar, dass ich mich um den Gast kümmern musste.

»Was gibt's für Pläne?«, erkundigte ich mich in bemüht heiterem Ton und goss mir wie immer ein bisschen heißen Kaffee ein.

Galja zuckte mit den Schultern:

»Ich weiß nicht.«

»Jetzt stärken wir uns erst mal, und dann kaufen wir dir was anzuziehen«, schlug ich vor.

Die Wereschagina wurde hochrot im Gesicht.

»Das ist nicht nötig, ich habe, was ich brauche.«

»Na, umso besser, dann wird's jetzt noch ein bisschen mehr. Wolltest du nicht gerne heiraten?«

Galja nickte.

»Das heißt, du musst deinem Gegenüber gleich von Anfang an zu verstehen geben, dass du keine finanziellen Probleme hast. Eine gut angezogene Frau mit Markenkosmetik und einer rasanten Frisur hat mehr Chancen.«

»Ich brauche keinen, der auf meine Kleider schaut. Ich möchte gern jemanden, dem es auf die Seele ankommt.«

»Natürlich suchen wir dir einen beseelten, aber jetzt trink aus und lass uns losfahren.«

Galja füllte vier Stück Zucker in ihre kleine Tasse und rührte sorgfältig um. Unter dem gleichförmigen Klappern des Löffels verließ ich das Esszimmer. Nachher würde ich ihr erklären müssen, dass es übertrieben ist, mit neunundzwanzig Jahren hundert Kilo zu wiegen. Aber erst mal wollte ich Aljona Kislizyna anrufen. Sie arbeitete im Kurtschatov-Institut. Wenn es irgendwo Junggesellen gab, dann dort.

Aljona antwortete gleich nach dem ersten Klingeln.

»Kislizyna am Apparat.«

»Da schau her«, sagte ich entzückt, »du meldest dich mit deinem Namen. Sag mal, habt ihr nicht in der Abteilung ein paar passende heiratswillige Junggesellen?«

»Sag bloß«, kicherte meine Freundin los, »willst du auf deine alten Tage noch mal unter die Haube? Dabei hast du immer was von ›nie wieder‹ gefaselt ...«

Ich erklärte ihr kurz, worum es ging.

Aljona war begeistert.

»Richtig gedacht: erst ordentlich anziehen, dann zum Friseur. Wie sehen ihre Haare aus?«

Ich schwieg eine Sekunde, um den passenden Ausdruck zu finden.

»Wie ein Mopp.«

»Wunderbar«, nun war Aljona restlos entzückt, »unsere Männer sind natürlich alle ein bisschen armselig, aber wir können es ja versuchen. Lass uns heute Abend telefonieren. Aber denk dran, als Kupplerin bekomme ich eine Belohnung.« Kichernd legte sie den Hörer auf.

Im GUM schaute Galja zunächst verwirrt um sich, aber ich wusste, wohin ich wollte. Nach genau einer Viertelstunde hatten die Verkäuferinnen, die uns diensteifrig umschwirrten, ein paar Kleider, Blusen, drei Röcke, zwei Kostüme und einen eleganten Übergangsmantel zusammengestellt. Ich zahlte, so dass Galja den Scheck nicht zu sehen bekam, fasste sie bei der Hand und zog sie in die Schuhabteilung.

Dort erwartete mich eine Überraschung. Mein dicker schwerfälliger Gast hatte reizende schmale Füßchen mit hohem Spann, Größe fünfunddreißig.

»So viel Schönheit schreit geradezu nach dem Pfennigabsatz«, erklärte das uns beratende Bürschchen.

Obwohl Galja heftig protestierte, erstand ich elegante hochhackige Pumps, dazu Schuhe für nasses Wetter, kurze Stiefelchen und niedliche, bequeme weiße Fellpantoffeln als Hausschuhe.

Als Nächstes gingen wir in den Salon Lisa. Der Direktor, Stylist und Hausherr in einem, ist der in ganz Moskau berühmte Lenja Kotow. Eins muss man ihm lassen: Der Mann hat einen fantastischen Geschmack. Leider verschwendet er ihn nur an seine Kunden – der Meister selbst hat keine Frisur, sondern einen Haufen Stroh auf dem Kopf.

Lenja schaute grimmig auf Galja, die förmlich in sich zusammenfiel, und fragte drohend:

»Ist das etwa eine Kaltdauerwelle?«

»Mit großen Lockenwicklern gemacht«, gestand die Unglückliche.

»Das ist ja nun wirklich schnurzpiepegal, wie groß die Mistteile sind«, heulte Lenja auf, »die Haare sind hin …«

Da ich seine grobe Art kannte, versuchte ich ihn schleunigst einzuweihen.

»Machen Sie irgendwas! Sehen Sie, wir wollen Galja verheiraten, und da muss sie schließlich …«

»… wie eine Braut aussehen«, beendete Kotov spontan meinen Satz.

Das arme Provinzhäschen wurde so rot, dass ich es mit der Angst bekam. Ihr Blutdruck musste mindestens auf zweihundert geschossen sein. Doch der Meister fuhr ungerührt fort:

»Bitte verzeihen Sie, aber eine vierzigjährige Frau wie vierzehn aussehen zu lassen, ist einfach lächerlich! Verlangen Sie nicht so was von mir. Überhaupt, Sie wissen genau, Dascha, ich brauche Inspiration zum Arbeiten. Gehen Sie doch zu einem Friseur, wenn Sie eine idiotische Frisur wollen.«

Er schaute uns ernsthaft empört an. Ich versicherte ihm, dass ich voll und ganz auf den Geschmack des Künstlers vertraute.

»Also gut«, ließ sich der Stylist erweichen und führte seine sich nur schwach wehrende Beute nach hinten in den Laden.

Da ich wusste, dass es unter einer Stunde nicht getan sein würde, fuhr ich los, um nach den noch immer nicht gekauften Gardinen zu suchen. Als ich gerade verzweifelt überlegte, ob ich denn nun den gelben oder den grünen Samt nehmen sollte, klingelte mein Handy. Ich zog den rhythmisch piepsenden Apparat heraus und hörte die Stimme meiner Freundin aus Paris:

»Hallo«, schrie Suzette, »hallo, hörst du mich?«

»Ganz wunderbar, was ist passiert, dass du anrufst?«

Suzette war schon seit zwanzig Jahren mit Basil Korsinkin verheiratet. Die Korsinkins sind ein altes Geschlecht, seine Wurzeln verlieren sich irgendwo in der Zeit Peters des Großen. Damals muss ein Bauer Peter dem Ersten, der mit Strafen und Belohnungen immer schnell bei der Hand war, einen großen Gefallen getan haben. Jedenfalls erzählte Basils Großvater immer, wie der Zar angeblich den von seinem Vorfahren so wunderbar geflochtenen Korb genommen und feierlich ausgerufen habe:

»Solch ein Meister verdient es, ab sofort in Russland zum Bojaren Korsinkin, dem Korbflechter, ernannt zu werden.«

Diese Geschichte klingt durchaus glaubwürdig. Doch wie auch immer, 1918 war Basils Großvater, damals noch ein junger Bursche, jedenfalls so schlau, sich aus dem bolschewistischen Russland davonzumachen, aber nicht ohne Hab und Gut wie so viele andere. Stattdessen gelang es ihm, eine Unmenge von Kostbarkeiten aus dem Familienbesitz mitzunehmen. Er wusste, dass man den Emigranten an der Grenze alles abknöpfte, löste sich aber schier in Tränen auf, als er den Rotgardisten seine Koffer überlassen musste.

»Alles nehmt ihr mir weg«, jammerte Nikolaj Korsinkin und drückte den geliebten kleinen Jagdhund, den Spaniel Foka, an seine Brust. Der alte Hund, der gegen die Kälte in ein Fließdeckchen eingewickelt war, schnaufte schicksalsergeben. Nachdem sie alles hatten, was sie wollten, verschwanden die Grenzsoldaten. Der Zug rollte langsam hinüber in das benachbarte Land. Nikolaj Korsinkin holte tief Luft und gab den in Wirklichkeit äußerst kostbaren Hund wieder frei. Im dichten Fell des Tieres war um den Bauch gebunden eine

Perlenkette von unschätzbarem Wert versteckt. In seinen Ohren steckten Säckchen mit kleinen Edelsteinen. Die größten Brillanten, Smaragde und Rubine hatten sie Foka einfach vor der Grenze, unter Fleischstücke gemischt, zu fressen gegeben. Ein paar weitere, wirklich nur unbedeutende Kleinigkeiten – etwa ein Kilo Goldschmuck und drei Fabergé-Eier – waren in den Falten der Decke versteckt …

Einen Tag vor der Abreise hatte der schlaue Nikolaj Foka an ein paar Stellen den Kopf und die Schnauze rasiert und dick mit Desinfektionsmittel eingerieben, in die Augen hatte er dem armen Tier Zuckerwasser geträufelt. Die Lider röteten sich, und der Rüde bekam eine ausgewachsene Bindehautentzündung.

Als die Rotarmisten den kahlköpfigen Hund mit den triefenden, eiternden Augen sahen, runzelte einer von ihnen die Stirn und fragte angewidert:

»Was ist denn mit dem los?«

»Er hat die Syphilis«, erklärte Korsinkin prompt.

Der Grenzsoldat sprang wie von der Tarantel gestochen zur Seite und brüllte:

»Den Köter erschieße ich.«

»Oh nein, bitte nicht«, heulte das Herrchen los, »nur über meine Leiche. Hab Mitleid mit uns, nimm, was du willst, aber lass den armen Foka am Leben.«

Ob nun der Vorschlag, alles zu nehmen, wirkte, oder die Rotarmisten doch keine solchen Bösewichte waren, das Hündchen brachte die Goldvorräte jedenfalls heil auf die andere Seite. Verständlich, dass der Großvater es ab dieser Zeit nur noch »meinen Retter« nannte und maßlos verwöhnte.

Korsinkin ließ sich in Paris nieder und widmete sich äußerst erfolgreich seinen Geschäften. In der Familie wurde immer russisch gesprochen, daher wirkte Basil – oder Wassilij, wie wir sagen würden – auf niemanden wie ein Fremder, wenn er nach Moskau kam. Auch Suzette schwatzte nach zwanzig Jahren Ehe in der Muttersprache ihres Ehemannes praktisch ohne Akzent munter drauflos. Nur jetzt redete sie schrill vor Aufregung auf Französisch und verschluckte dabei ganze Silben.

»Dascha, Basil ist abhanden gekommen!«

»Wohin ist er gekommen?«

»Abhanden gekommen, verschwunden, hast du Tomaten auf den Ohren?«, fuhr Suzette auf.

Korsinkin war offenbar schon seit drei Wochen in Moskau. Basil ist Besitzer des großen Verlages »Die Stimme«. Viele Jahre lang hat er sowjetische Dissidenten, Dichter und Prosaschriftsteller unterstützt und in der UdSSR verbotene Werke gedruckt. Nach der Perestrojka schaltete er um auf moderne russische Autoren, vor allem auf die jungen.

In letzter Zeit war Basil häufig wegen irgendwelcher Geschäfte in Moskau gewesen. Nie lange. Diesmal aber war er schon fast einen Monat weg. Dabei liebte Korsinkin Suzette sehr, und egal wo er gerade war, um elf Uhr abends Pariser Zeit rief er immer seine Frau an, um ihr gute Nacht zu sagen. Nun waren in der letzten Woche keine Anrufe mehr gekommen. Suzette war beunruhigt und hatte versucht, den Mann zu erreichen, mit dem Basil geschäftlich zu tun hatte. Aber eine Frauenstimme hatte ihr mitgeteilt, der Betreffende sei schon seit einer Woche nicht mehr nach Hause gekommen. Daraufhin hatte sich die furchtbar verschreckte Suzette an das Inturist-Hotel gewandt, in dem Basil normalerweise ein Zimmer nahm. Dort wurde ihr dann gesagt, Herr Korsinkin sei bereits vor sieben Tagen nach Hause, also nach Paris, abgereist.

Und jetzt schrie sie also zitternd vor Angst in den Hörer:

»Dascha, versuch irgendwie seine Spuren zu finden! Ich kann ja nicht selber kommen und Nachforschungen anstellen.«

Leider hat Suzette eine solche Arthritis, dass ihre Hände und Füße wie Vogelklauen aussehen und sie sich nur noch mit Mühe bewegen kann. Alt ist sie nicht, ungefähr mein Jahrgang, aber die Krankheit hat sie fast zur Invalidin gemacht.

»Natürlich, es wird schon alles in Ordnung kommen«, versuchte ich meine Freundin zu beruhigen. »Wie heißt der Mann, mit dem er sich in Moskau getroffen hat?«

»Nikitin Alexej Iwanowitsch, er ist Chef des Licht-Verlags«, erklärte Suzie, und die Verbindung brach ab.

Ich setzte mich in ein kleines Café in der Nähe des Geschäfts und versuchte, meine sich überschlagenden Gedanken zu sortieren. Basil hatte mit diesem Nikitin zu tun! Wenn das nichts war! Den hatte ich doch erst gestern tot im Kofferraum meines Volvos gefunden.

Der eine erschossen, der andere verschwunden!

Wieder klingelte das Telefon, und ich schrie nervös:

»Sprich, Suzie.«

Aber es war Kotov.

»Was soll das eigentlich, wolltest du mir diesen Schatz etwa für immer überlassen?«, fragte der Stylist empört. »Komm sofort her, der Laden ist voll mit Leuten.«

Ich ließ die Vorhänge Vorhänge sein und hastete in den Friseursalon.

Kotov hatte wirklich sein Bestes gegeben. Galja sah mehr als ordentlich aus. Ihr Gesicht hatte eine edle, mattweiße Note gewonnen, die Sommersprossen waren Gott weiß wohin verschwunden. Die Augen waren gekonnt geschminkt und leuchteten nun ganz unvermutet, der Mund war klar und deutlich konturiert, die Augenbrauen hatten einen neuen Schwung … Aber am erstaunlichsten war die Verwandlung ihrer Haare. Die Locken, die vorher an Stroh vom vergangenen Jahr erinnert hatten, waren sorgfältig gekämmt und lagen am Kopf an wie eine hübsche Mütze. Sie waren wieder rot, aber der Farbton war nun nicht mehr Kupfer, sondern ähnelte eher dem einer frischen Möhre.

Nach all den Veränderungen sah Galja jetzt endlich wie eine zwar leider übergewichtige, aber doch junge Frau aus.

»Also«, erklärte Lenja und überreichte mir die kilometerlange Rechnung, »hören Sie mir zu. Das Schönste an dieser Dame sind ihre Füße. Deshalb darf sie nur Schuhe mit Absätzen tragen, keine Hausschuhe oder Mokassins.«

»Absätze habe ich aber noch nie getragen, das ist furchtbar unbequem«, wandte mein Gast ein.

Ein zaghafter Versuch der Gegenwehr, den Kotow im Keim erstickte.

»Also nur Absätze. Dann bist du größer, und man sieht dein Hinterteil nicht so. Hast du verstanden, wie du dich schminken sollst?«

Die Wereschagina nickte, sie hatte keine Kraft mehr zum Reden.

»Kauf ihr ein Korsett«, schrie uns Lenja hinterher, »und schnür ihr den Speck ordentlich zusammen. Am besten wär's, wenn die Gute ein paar Wochen nichts essen würde …«

Unter dem Eindruck der freundlichen Abschiedsworte des Stylisten fuhren wir nach Hause. Galja war von der Schönheitskur so erschöpft, dass sie auf das Mittagessen verzichtete. Sie trank nur ein Glas Kefir und ging auf ihr Zimmer.

Dann rief Aljona an. Wie ein Wasserfall sprudelten die Neuigkeiten aus ihr heraus.

»Ich hab einen total netten Mann für Galja gefunden«, plapperte sie, während sie offensichtlich Nüsse aß, denn im Hörer hörte man es krachen und schmatzen.

Es war wirklich ein erstaunlicher Kandidat. Um die vierzig, Dr. habil., wahnsinniges Talent, noch nie eine Frau gehabt und dazu noch Vollwaise. Eigentlich passiert so was ja nur im Märchen, daher fragte ich sofort:

»Wie bringen wir sie zusammen?«

»Es passt alles ganz großartig«, versicherte Aljona, »du lädst ihn für einen Monat zu dir ein. In deinem Schloss ist doch genug Platz für alle!«

»Und aus welchem Grund sollte er plötzlich zu mir kommen?«

»Sag ich doch«, prustete meine Freundin fröhlich los, »es passt einfach großartig. Seine Wohnung ist abgebrannt, jetzt wird sie renoviert. Sich da aufzuhalten, ist unmöglich, also hat Mischa gefragt, ob ihm jemand vorübergehend eine Unterkunft besorgen kann, Hauptsache, sie ist nicht so teuer ...«

»Wie? Kann er sich nichts mieten? Soll er sich doch eine Zeitung kaufen!«

»Na hör mal«, Aljona war empört, »du weißt doch, wie viel ein Angestellter hier im Kurtschatow-Institut verdient?!«

»Nein!«

»Brauchst du auch nicht, du glaubst es ja doch nicht. Außerdem will kein Vermieter eine Wohnung für kurze Zeit vermieten, das lohnt sich nicht, und im Hotel ist es zu teuer ... Bitte lass mich ihm sagen, dass du ihm helfen willst. Einen besseren Vorwand findest du nie, damit die beiden sich kennen lernen. Sie werden sich tagtäglich sehen, und du musst ihnen dann nur noch ein wenig auf die Sprünge helfen ...«

»Und wieso ist die Wohnung abgebrannt?«, erkundigte ich mich misstrauisch. »Er ist doch kein Alkoholiker?«

»Er trinkt überhaupt nicht«, erklärte meine Freundin, »es gab da irgendeinen Vorfall. Also was ist, soll ich ihn zu dir schicken?«

»Na gut«, entschied ich schließlich seufzend.

Wahrscheinlich hatte Aljona Recht. Einen besseren Vorwand, um Mischa mit Galja bekannt zu machen, gab es nicht. Da mussten wir eben im Haus noch einen Fremden ertragen. Hoffentlich wusch er sich regelmäßig und kam mit Haustieren zurecht.

KAPITEL 3

Morgens weckte mich das laute Geschrei der Zwillinge. Anka war Serafima Iwanowna ausgebüxt, auf allen vieren bis zur Treppe gekrabbelt und Hals über Kopf die Treppe hinuntergefallen. Zum Glück wartete unten am Treppenabsatz Bandy in aller Ruhe auf sein Frühstück. Nichts Böses ahnend träumte er friedlich vor sich hin und schnupperte den Duft der gebratenen Pfannkuchen ein, die der fünfzig Kilo schwere Pitbull heiß und innig liebt. Anka plumpste direkt auf ihn und schrie nicht etwa vor Schmerz, sondern vor Schreck. Bandy jaulte ebenfalls auf und bepinkelte sich wie üblich im selben Augenblick.

Die Kinderfrau angelte Anka brummend aus der Pfütze und brachte sie ins Kinderzimmer, wo inzwischen der zurückgelassene Wanka mit dem Geschrei begonnen hatte. Eine Sekunde später verstummte der Lärm, Serafima Iwanowna hatte den Zwillingen offenbar Kekse vorgesetzt.

Es war wieder still im Haus. Aber schlafen konnte ich trotzdem nicht mehr. Zuerst war ein Schlurfen zu hören, dann das Knarren der Eingangstür. Irka war dabei, die Pfütze zu beseitigen. Dann hörte man Manja aufschreien:

»Wo ist mein Kaffee! Ich hab verschlafen, ich komm zu spät …«

Meine Tochter rannte trampelnd die Treppe hinunter, und sofort ertönte ein Winseln. Manja schaut nur selten, wo sie die Füße hinsetzt. Deshalb ziehen unsere Tiere meistens, sobald sie sie sehen, die Schwänze ein, aber heute war der arme Chutschik nicht schnell genug gewesen, und Manjas Fuß Größe neununddreißig hatte seine Pfote erwischt.

Irka schrie sofort los:

»So geht das hier nicht weiter! Na los, raus mit euch, geht draußen pinkeln!«

Die Hunde schossen nach draußen. Manja wirbelte in der Diele herum und suchte nach ihrer Tasche, ihrem Mantel, den Schuhen, der Geldbörse ...

»Gestern habe ich alles in den Schrank getan!«, schimpfte sie. »Irgendein Idiot hat sie wieder weggenommen!«

»Wo ist der Autoschlüssel?«, stimmte Kescha in ihr Jammern mit ein. »Wie oft hab ich euch schon gesagt, dass ihr nichts anrühren sollt. Und wer hat meine Handschuhe in die Stiefel gesteckt? Häschen, wo ist mein Adressbuch und das Feuerzeug?«

»Hier«, rief Häschen aus dem ersten Stock nach unten, »sie liegen auf dem Fensterbrett.«

»Bring sie mir.«

»Ich kann jetzt nicht«, antwortete Olga, »ich schminke mich gerade.«

»Zum Teufel«, regte Kescha sich auf, »Manja, los ...«

»Keine Zeit, ich komm zu spät«, brüllte Manja zurück und zog sich die Jacke an, »da hörst du's, der Schulbus hupt schon.«

Vom Hof drangen abscheuliche Geräusche, der Busfahrer hatte es eilig.

»Na warte«, versprach Kescha, »wenn du mich demnächst um irgendwas bittest, dann tu ich das auf keinen Fall!«

»Du Idiot!«, konterte Manja, ganz die zärtliche Schwester, und schlug die Tür hinter sich zu.

Mein Sohn rannte ins Schlafzimmer hoch, wieder hörte man ein klägliches Winseln, dann lautes Getöse, ein Klirren ... Olgas hohe Stimme ... Ein paar Minuten lang stritt sich das Paar heftig, dann herrschte wieder Ruhe.

Ich zog meinen Morgenmantel über und ging in die Diele hinunter. Die Hunde waren nicht zu sehen, sie hatten das Weite gesucht und waren im Garten. Der große Glastisch, auf dem normalerweise die Zeitungen, die Schlüssel und die Handschuhe liegen, war umgefallen, der Boden mit Splittern übersät. Am Kleiderständer hing friedlich Keschas Tasche. Was würde er schimpfen, wenn er merkte, dass er sie zu Hause vergessen hatte.

Im Esszimmer saß auf dem großen Tisch inmitten der Tassen und Teller die Katze Kleopatra. Ich vertrieb das freche Tier und schenkte mir den inzwischen kalt gewordenen Kaffee ein. Genau vor meinen Augen stand eine Packung mit Müsli. Ein idyllisches Bild verzierte sie: Papa, Mama, zwei Kinder und die Großmutter, die sich alle zärtlich lächelnd anschauten und aus kleinen Schüsseln ein Gemisch zu sich nahmen, das Kescha Trockenfutter für Erwachsene nennt. Fröhliche, glänzende Gesichter … »Unser Müsli sorgt für gute Laune«, lautete die Überschrift. Ich seufzte. Vielleicht gibt es ja Familien, in denen die Kinder brav sind und die Alten keine Mätzchen machen … Wie gut, dass wir wenigstens keine Omas im Haus haben!

Für die Suche nach Basil Korsinkin gab es zwei Möglichkeiten: Entweder ich ging zur Familie des verstorbenen Nikitin, oder ich fragte die Hotelangestellten aus. Ich entschied mich für die erste und wählte die Nummer des Licht-Verlags. Eine Frau nahm den Hörer ab.

»Verlag Wort. Verzeihen Sie bitte die Störung«, sagte ich.

»Ja, bitte?« Meine Gesprächspartnerin wunderte sich nicht weiter.

»Wir möchten der Familie von Alexej Iwanowitsch unser Beileid ausdrücken und Blumen schicken, aber wir kennen die Adresse nicht.«

»Schreiben Sie einfach Nalimowskoje Chaussee, Haus sechs«, sagte die Frau lakonisch.

Das klappte ja wie am Schnürchen.

Wer hätte gedacht, dass das Verlegen von Büchern so lukrativ ist, dachte ich, als ich mir das Haus von Nikitin anschaute.

Eigentlich würde man eine solche Stadtvilla nicht Haus nennen, sie ähnelte eher einem Schloss. Drei Stockwerke aus rotem Backstein erhoben sich stolz über der Ringstraße. Ein Türmchen mit spitzem Dach und schmalen Fenstern wie Schießscharten zierte eine Ecke des Gebäudes. Mein erster Mann, der Künstler war, nannte diese Art von Schönheit immer »Stil der verrückten Mauretanerin«. Ich konnte mir gut vorstellen, wie viel allein die Instandhaltung kostete. Im Tor hing natürlich eine Kamera. Ich drückte auf die Klingel. Das Objektiv drehte sich in meine Richtung, und eine dünne Kinderstimme fragte:

»Wer ist da?«

»Ich möchte gern mit der Frau von Alexej Iwanowitsch sprechen, ich bin aus Paris, eine enge Freundin von den Korsinkins.«

Das Tor ging auf, ich fuhr in einen tadellos gepflegten Garten. Sogar jetzt, im Spätherbst, lag auf den Wegen kein einziges Blättchen. Die Beete waren mit irgendeiner Folie abgedeckt, die Sträucher in schwarze Säcke eingewickelt. Dagegen bekommt unser Gärtner sein Geld für nichts und wieder nichts. Und zu allem Überfluss tut er die ganze Zeit so, als wäre es unmöglich, alle gefallenen Blätter zu beseitigen.

Auf der Schwelle stand ein schmales Mädchen, kein Kind, sondern eher ein Strich in der Landschaft. Aber als ich näher hinsah, bemerkte ich das feine Make-up, die ziemlich großen Ohrringe und begriff, dass sie nicht unter zwanzig sein konnte. Noch nie war ich einer jungen Frau von so engelsgleichem Aussehen begegnet.

Aus riesigen blauen Augen schaute sie mich klar und offen an. Ein Mensch mit solchen Augen hat nichts zu verbergen. Die blonden Haare fielen ihr in sorgfältigen Wellen auf die Schultern. Auch wenn die Frisur nur das Ergebnis eines geschickten Friseurs war, machte sie einen doch direkt neidisch. Meine Haare fallen nicht so, da kann ich machen, was ich will. Ihr Mund war hübsch gebogen. »Liebesbogen« nannte man das im 19. Jahrhundert. Und noch dazu war sie so klein und zerbrechlich, so schutzbedürftig ...

»Ich bin Alexej Iwanowitschs Tochter«, sagte sie mit einer singenden zarten Kinderstimme, »aber er wohnt schon lange nicht mehr hier.«

Wir gingen in das geräumige Wohnzimmer, das supermodern eingerichtet war. Schneeweiße Wände, schwarze Möbel, ein kohlrabenschwarzer Teppich und ein paar gar nicht so schlechte Bilder von mir unbekannten modernen Künstlern. Ich würde in einem solchen Zimmer nicht wohnen wollen, aber das Mädchen fühlte sich hier offensichtlich wohl.

»Herr Nikitin«, seufzte die Tochter des Verstorbenen, »hat Mama und mich wegen einer anderen Frau verlassen.«

»Aber die Auskunft gibt Ihre Adresse an ...«

Sie lächelte.

»Er hat keine Scheidung eingereicht, und ich glaube gern, dass er noch hier gemeldet ist.«

»Das heißt, Sie haben nichts mehr mit ihm zu tun und wissen auch nicht, womit er gerade beschäftigt ist?«

»Genau«, bestätigte das Mädchen.

»Und Ihre Mutter?«

»Sie ist momentan in Karlsbad, aber soweit ich weiß, haben meine Eltern keinen Kontakt. Was ist denn passiert?«

Nachdem ich ihr kurz mein Problem dargelegt hatte, erkundigte ich mich:

»Wo wohnt er denn?«

»Wohnte«, korrigierte mich seine Tochter seelenruhig, »Alexej Iwanowitsch ist tot.«

Ich tat, als wäre ich zutiefst erstaunt.

»Vielleicht könnte ich dahin gehen, wo ...«

»...seine Liebhaberin wohnt?«, fragte das Mädchen, ohne im Geringsten verlegen zu sein. »Natürlich, vielleicht weiß Lola ja etwas. Ich kann Ihnen leider gar nicht weiterhelfen.«

Freundlich begleitete sie mich zum Auto. Das Tor rasselte. So ein nettes, wohlerzogenes Mädchen ... Und wir hatten uns noch nicht einmal einander vorgestellt. Weder hatte sie nach meinem Namen gefragt noch ich nach dem ihren. Wahrscheinlich wohnte sie wie eine Märchenprinzessin allein in diesem riesigen Haus.

Im Turmfenster erschien eine Hand und wedelte mit einem Tuch wie im Mittelalter, wenn die Damen ihren Rittern Ade sagten. Ich setzte mich in meinen Volvo. Nein, Kescha hat Recht, ich habe eine blühende Fantasie. Wieso sollte das Mädel allein sein? Bestimmt gibt es hier einen Haufen Leute – Dienstboten, Verwandte, Freunde ...

Ich fuhr nach Moskau, machte es mir im Drive-in von McDonald's gemütlich und betrachtete den Zettel, den sie mir gegeben hatte. »Lola, Gabritschewski-Straße 18« stand darauf. Das süße Mädchen hatte eine absolut männliche Handschrift: klar und fest, ohne jeden Schnörkel. Lola! Wie die Dame wohl wirklich heißen mochte? Ich kannte einmal eine Sjuka, die laut Pass Tatjana hieß, und eine Koka, der die Eltern den Namen Swetlana gegeben hatten.

Aber als sie die Wohnungstür öffnete, war sofort klar, dass der Kosename Lola großartig zu ihr passte. In der Tür stand eine große, stattliche Brünette mit sonnengebräuntem Gesicht und Rouge auf den Wangen. In den riesigen braunen Augen lag kein Funke von Intelligenz. So schaut eine gut genährte Kuh ins Gras.

»Was gibt's?«, fragte die Schönheit mit einer unerwartet feinen, fast piepsigen Stimme.

So eine Frau war bestimmt begeistert von einer echten Französin direkt aus Paris. Ich setzte ein süßliches Lächeln auf und säuselte lieblich:

»Ich suche Basil Korsinkin.«

»Wen?«, sagte die Frau gedehnt und strich sich mit der rundlichen Hand lässig die schwarzen Locken aus dem Gesicht. »Das ist ein kleiner Irrtum, hier wohne ich.«

»Aber sicher, sicher«, versicherte ich hastig, »Alexej Iwanowitsch Nikitin hat mit Basil gearbeitet, aber nun ist Korsinkin verschwunden.«

»Verstehe«, konstatierte Lola völlig unbeteiligt, »aber Alexej ist gestorben, und ich kenne keinen, wie hieß er noch, Basil.«

Dann schlug sie einfach die Tür vor meiner Nase zu. Eine Sekunde lang starrte ich benommen auf die Eisentür, die mit hübschem rotem Leder bezogen war. Totaler Knock-out!

Na gut, gehe ich eben zum Licht-Verlag, da werden sie wohl am ehesten was über den Geschäftspartner wissen.

Für mich ist ein Verlag ein großes Haus, voll gestopft mit Computern, Telefonen, Faxen und Manuskripten. So sah es jedenfalls bei »Pélicane« aus, wohin ich in Paris Natascha ab und zu begleitete.

Der Licht-Verlag befand sich im ersten Stock eines niedrigen Hauses in der Prjamikowa-Straße. Er nahm viel weniger Platz ein, als ich mir vorgestellt hatte. Es waren nur zwei winzige Zimmerchen, so eng, dass eine Katze ihren Schwanz nicht hätte ausstrecken können. In dem einen Zimmer saß eine freundliche Frau mit einem Lächeln in ihrem einfachen Gesicht.

»Was für ein Unglück«, machte sie sich Luft, als sie meine Frage hörte.

Das war die erste menschliche Regung, die ich in Zusammenhang mit dem verstorbenen Alexej Iwanowitsch vernommen hatte. Seine Tochter und seine Geliebte hatten beide eine seltene Gleichgültigkeit an den Tag gelegt. Aber anscheinend hatte er es nicht besser verdient.

Die freundliche Redakteurin begann mir zu helfen.

»Sie sagten, ein Franzose, Basil Korsinkin?«

Ich nickte. Da ging die Tür auf, und ins Zimmer schoss ein

unglaubliches Wesen. Es war eine groß gewachsene, junge Frau, so zappelig und schnell, dass es mir vorkam, als wären gleich zwei Frauen auf einmal hereingeplatzt.

»Nadeshda Nikolajewna«, jammerte die Hereingekommene los und klimperte dabei mit ihren unendlich vielen Kettchen und Armbändern, »wo sind denn nun meine zehn Autorenexemplare?«

Die Redakteurin fixierte die Frau freudlos, seufzte dann tief und sagte:

»Shannotschka, die Bücher kommen nicht vor Dezember.«

»Ach, wie schade«, kreischte Shanna auf und schüttelte die endlosen Glasperlenkettchen und Lederschnüre, die ihre Handgelenke schmückten, »muss denn das so lange dauern? Na gut, dann darf ich mal kurz von hier aus telefonieren?«

»Tun Sie das«, erlaubte Nadeshda Nikolajewna erleichtert, und Shanna betätigte die Drehscheibe des vorsintflutlichen Apparats.

»Wissen Sie«, die Redakteurin wandte sich wieder mir zu, »ehrlich gesagt, unsere Geschäfte laufen momentan nicht so besonders. Aber Alexej Iwanowitsch hat immer irgendwo Sponsoren aufgetrieben. Aber er wollte unseren Autorenkreis einfach nicht vergrößern, sosehr ich ihn auch dazu gedrängt habe.«

Lange Erklärungen konnte sich die Mitarbeiterin sparen. Die materielle Lage der Redaktion war offenkundig: ein Telefon noch aus den Zeiten der russischen Eroberung der Krim, kein Computer, ein schäbiger Schreibtisch, ein paar lädierte Stühle... Und auch Nadeshda Nikolajewna sah nicht aus wie eine gut bezahlte Redakteurin, sie trug ein Strickkostüm und eine weiße Rüschenbluse, ganz offensichtlich aus dem arbeitsfreudigen China importiert.

»Wir hatten keinerlei Kontakte zu Ausländern«, fuhr die Frau fort, »und diesen Namen habe ich auch noch nie gehört. Geben Sie zu, er klingt ein bisschen absurd: Basil Korsinkin!«

Da hatte sie Recht, so einen Namen merkt man sich.

Ich begriff, dass hier nichts weiter zu holen war, ging auf die Straße und zog ein Päckchen Gauloises aus der Tasche. Hinter mir hörte ich es klimpern.

»Ich glaube, ich kann Ihnen helfen.«

Ich drehte mich um und sah Shanna. Sie lächelte mich fröhlich an.

»Kennen Sie Korsinkin?«, fragte ich erstaunt.

»Eigentlich nicht«, kicherte sie, »aber na ja, wie soll ich Ihnen das erklären … Wollen wir vielleicht in ein Café gehen?«

Wir landeten in einem kleinen dunklen Café. Shanna bestellte sehr bestimmt einen Kaffee und Törtchen dazu.

»Das Essen hier taugt nichts«, erläuterte sie, »aber den Kaffee brühen sie hervorragend.«

Was wahr ist, ist wahr. Das starke, gerade richtig gesüßte, schön aufgeschäumte Getränk schmeichelte den Augen und war eine echte Gaumenfreude.

»Ich hab's Ihnen ja gesagt«, bemerkte das Mädchen zufrieden und trank das kleine Tässchen in zwei Schlucken.

»Wo haben Sie Korsinkin gesehen?« Ich beschloss, ihre Gesprächigkeit in die richtige Richtung zu lenken.

»Sie werden es nicht glauben«, kicherte Shanna, »bei Mika.«

Klang wie der Spitzname eines Hundes, fand ich.

»Warum sollte ich das nicht glauben?«, fragte ich rau.

Shanna bestellte sich noch einen Kaffee und begann gut gelaunt zu erzählen.

Mika war eine alte Schulfreundin. Von ihrer Ausbildung her war sie Grundschullehrerin. Aber nachdem sie ein paar Monate in einer Schule gearbeitet hatte, begriff Mika, dass das eine harte und undankbare Arbeit war. Die Kinder waren faul, launisch und wollten nicht gehorchen, die Eltern pochten ständig auf ihre Rechte und forderten, dass sich die Lehrerin etwas mehr Mühe gab, um ihren kostbaren Kinderchen das Sch und St richtig beizubringen. Dazu noch das

Geld – zum Heulen, du gehst einmal einkaufen, und schon ist es weg!

Mika kehrte dem edlen Lehrerberuf also den Rücken und wurde Geschäftsfrau. Aber auch hier musste sie eine Reihe von Misserfolgen einstecken. Zunächst fuhr sie mit dem Schiff nach China und ging augenblicklich pleite. Das Geld reichte gerade mal, um die Ausgaben zu decken. Also beschloss Mika, sich als Gouvernante zu versuchen, und landete in einer sehr reichen Familie, in der sie ein siebenjähriges Mädchen hütete. Nach einem Monat, gerade lang genug, um das erste Honorar zu erhalten, verließ sie das prächtige Haus fluchtartig. Sie hatte genug von der ganzen Welt.

Was sie danach auch begann: Nirgends bekam sie gutes Geld, nirgends fand sie die erhoffte Zufriedenheit.

Als Mika einmal abends wieder vollkommen zum Heulen war, fing sie an, die Heiratsanzeigen in der »Zweiten Hand« zu studieren. Darunter waren wahnsinnig komische Sachen, die sie sofort wieder fröhlicher stimmten. »Junger Mann bei besten Kräften, fünfundsiebzig Jahre alt …« oder »Ich bin schlank, schön, klug. Suche Ehefrau, die gut verdient. Bin bereit, mit Kind zu Hause zu bleiben.« Mikas Augen hüpften über die Zeilen, bis zwei Anzeigen ihre Aufmerksamkeit weckten: »Dreißig Jahre alt, keine materiellen Probleme, ziehe nach Amerika, suche Lebensgefährtin, die bereit ist, den Wohnort zu wechseln.« »Achtundzwanzig Jahre alt, wohlhabend, suche Ehemann, der nach Amerika zieht.«

»Das gibt's doch nicht«, dachte Mika, »die sind ja wie füreinander geschaffen.«

In ihrem Kopf begann es zu arbeiten. Um es kurz zu machen: Sie rief den Mann an, stellte sich als Leiterin einer Partneragentur vor und teilte ihm mit, sie hätte eine Braut für ihn. Dann sprach sie mit der Frau.

Am nächsten Tag traf sich das Paar bei Mika zu Hause. Zur allgemeinen Freude gefielen sie einander, heirateten und reisten glücklich ins heiß ersehnte New York, während Mika ein anständiges Honorar in den Händen hielt. Daraufhin rüstete sie sich mit einer Schere aus und begann die Zeitungen zu durchforsten. Bald hatte sie eine große Agentur, einen ganzen Mitarbeiterstab und ein hohes Einkommen.

Shanna war schon lange mit Mika befreundet. Allerdings hatte sie bei weitem nicht so viel Glück wie ihre Freundin. Shannotschka war Dichterin und hatte gerade erst ihr erstes Buch publiziert. Geld hatte sie natürlich keines, und die erfolgreichere Mika half ihr oft aus. Mal gab sie ihr eine Hose ab, mal setzte sie ihr ein Essen vor …

Vor ein paar Tagen nun kam Shanna zu Mika und fand in deren Büro einen Besucher namens Basil Korsinkin vor. Er schaute Alben mit Fotos durch, weil er eine Ehefrau suchte.

»Unmöglich!«, brach es aus mir heraus.

»Mehr als möglich!«, widersprach Shanna, »der Name klingt einfach zu dumm! Ich hab mich sofort daran erinnert – Basil Korsinkin, so einen Namen denkt man sich nicht aus. Fragen Sie Mika, wenn Sie mir nicht glauben!«

»Geben Sie mir ihre Adresse«, verlangte ich und bezahlte den Kaffee. Da klingelte mein Telefon.

»Mami«, flüsterte Manja in den Hörer, »komm sofort her, hier ist …«

Kescha übernahm den Hörer:

»Mutter, komm sofort nach Hause, hier warten Gäste«, erklärte mein Sohn drohend.

Mit einem Seufzen warf ich das Handy in die Tasche, schmiss mich in den Volvo und fuhr zurück in die heimatlichen Gefilde.

KAPITEL 4

Im Wohnzimmer saß manierlich ein etwa vierzigjähriger Mann. Er trug eine alte Jeans, aus der ein völlig verschlissenes, rot-weiß-schwarz kariertes Cowboyhemd hing. Die Ärmel reichten nur knapp über die Ellenbogen. An den Füßen hatte der Gast aus irgendeinem Grund verschiedene Schuhe, am rechten einen braunen, am linken einen schwarzen.

Aber abgesehen von der seltsamen Kleidung hatte er ein gutmütiges, offenes Gesicht mit klugen, blauen Augen und sah sympathisch aus. Auf der erstaunlich geraden Nase saß eine sehr einfache Hornbrille, wie sie schon lange keiner mehr trägt. Die krausen und zerzausten schwarzen Haare standen in alle Richtungen.

»Ich bin Ihnen ja so dankbar«, rief der Mann, als er mich sah, und sprang von seinem Platz hoch. Chutschik, der friedlich auf seinen Knien vor sich hin geträumt hatte, plumpste wie eine reife Birne unsanft auf den Boden. Der arme Mops jaulte auf, worauf sich der Mann schnell hinunterbeugte und ihn wieder aufhob.

»Ich hatte ihn ganz vergessen«, sagte er schuldbewusst, »mein Name ist Michail, Nachname Solotarew, und Sie sind sicher Dascha? Aljona hat Sie sehr anschaulich beschrieben.«

Ich ließ Tee bringen und begann mit meinem Verhör.

»Aljona hat ja Schreckliches berichtet. Stimmt es, dass Ihre Wohnung abgebrannt ist?«

»Ganz richtig«, Michail nickte, »Gott sei Dank nicht die ganze. Am meisten haben die Küche und das große Zimmer gelitten. Das Arbeitszimmer hat fast nichts abgekriegt.«

»Wie ist es denn passiert?«

Es stellte sich heraus, dass sich der achtjährige Sohn von Solotarews Nachbarn Dimka, als er einmal allein zu Hause war, damit vergnügt hatte, brennende Papierflugzeuge vom Balkon herunterfliegen zu lassen. Eines der rauchenden Geschosse landete auf Michails Loggia. Der Strohtisch und zwei Stühle fingen sofort Feuer, das auf die Stoffjalousie übergriff und über die offene Balkontür in die Küche gelangte. Und das alles innerhalb weniger Minuten. Gut, dass es Dimka wenigstens mit der Angst bekam und die Feuerwehr rief, sonst wäre die Sache wirklich traurig ausgegangen. So hatte nur die Wohnung des Mathematikers Schaden genommen. Die Eltern des kleinen Taugenichts baten Michail um Nachsicht und begannen sofort mit der Renovierung.

»Ich bin wirklich sehr, sehr dankbar für Ihr Angebot«, sagte der Professor, »ich werde versuchen, mich im Haushalt nützlich zu machen, und sollten die Kaffeemühle oder der Fernseher kaputtgehen, kann ich sie reparieren.«

»Kennen Sie eigentlich den Unterschied zwischen einer geraden und einer gebrochenen Linie?«, mischte sich plötzlich Manja ein, die noch kein Wort gesagt hatte.

»Aber natürlich«, antwortete der Mann.

»Dann müssen Sie mir meine Geometrie-Aufgabe erklären«, entschied meine Tochter.

Ich wollte sie gerade wegen ihrer Unverfrorenheit schimpfen, da kam mir Mischa zuvor:

»Na los, gehen wir auf dein Zimmer, ich erkläre dir alles von Anfang an.«

Sie waren schon auf dem Weg zur Tür, als der Mathematiker auf dem Tisch »Die Geschichte Russlands für Kinder« liegen sah. Er griff nach dem Buch und begann auf der Stelle selbstvergessen darin zu blättern. Manja war schon in den

Flur gegangen. Nach ein paar Minuten streckte sie den Kopf ins Zimmer.

»Wo bleiben Sie denn?«

»Oh, entschuldige bitte«, schreckte Mischa hoch, »ich hab mich hier festgelesen …«

Er klappte das Buch zu und lief hinter Manja her.

Da konnte ich nicht mehr an mich halten:

»Sagen Sie, Professor, ist Ihnen eigentlich klar, dass Sie zwei verschiedene Schuhe anhaben?«

Der Mathematiker starrte auf seine Füße.

»Interessant, interessant«, murmelte er, »wie konnte das nur passieren? Heute Morgen schien alles in Ordnung, im Institut hat keiner was gesagt. Sehen Sie, normalerweise sagen sie's mir, wenn irgendwas nicht stimmt …«

Manja schaute wieder ins Wohnzimmer und rief:

»Wie lange soll das denn noch dauern?«

»Verzeih, mein Kind, ich war in Gedanken versunken«, antwortete Mischa gutmütig und verschwand durch die Tür.

Ich sah dem Gast schweigend hinterher. Wen hatte uns Aljona denn da untergejubelt? Den konnte man ja kaum allein aus dem Haus lassen.

Am nächsten Tag um die Mittagszeit begab ich mich zu Mika. Die Partnerschaftsagentur nahm das ganze Erdgeschoss eines schönen Backsteinhauses ein. Das Geschäft schien blendend zu laufen. Alles war frisch renoviert, die Wände sahen großartig aus, der Boden war mit Teppichen ausgelegt … Das Zimmer der Chefin erinnerte an das gediegene Empfangszimmer eines Zahnarztes. Die schwarzhaarige Frau saß in einem prächtigen Ledersessel und schaute mich an.

»Shanna hat mich hergeschickt.« Stotternd tat ich so, als wäre ich eine Kundin. »Sie sagte, Mika könnte …«

Die Dame lächelte. Sie sah jung aus, hatte große braune Augen und einen Pagenschnitt. In ihrem Gesicht lag ein schroffer, beinahe harter Zug, was an den schmalen Lippen und dem vorstehenden Kinn liegen mochte.

»Typisch Shanna«, seufzte Mika, »sie ist nicht von dieser Welt. Ich heiße Marina Anatoljewna, und Sie möchten sicherlich einen Lebensgefährten finden.«

»Ja«, bestätigte ich erfreut, »sehr gerne sogar.«

»Geben Sie mir Ihren Pass.«

»Wozu?«

Marina Anatoljewna lächelte und begann der dummen Besucherin zu erklären:

»Wir vermitteln hier nur Leute, die nicht verheiratet sind.«

»Verstehe.« Ich reichte ihr das blaue Büchlein.

Marina zog erstaunt die Braue hoch.

»Sie sind Ausländerin?«

»Darf ich dann Ihre Dienste nicht in Anspruch nehmen?«

»Aber natürlich! Es wenden sich nur so gut wie nie Frauen aus dem Ausland an uns.«

»Und Männer?«

»Das kommt vor. Aber da muss man sehr auf der Hut sein, denn oft wollen sie eher eine kostenlose Haushälterin als eine Frau. Sie denken, unsere Frauen hätten noch nie etwas Süßeres als Mohrrüben gesehen und würden bei jedem dahergelaufenen Ausländer vor Freude in die Luft springen. Vor kurzem war ein Landsmann von Ihnen bei mir, ein Franzose. Er wollte in Moskau heiraten. Sprach hervorragend russisch. Man wäre nie auf die Idee gekommen, dass er aus Paris stammt. Er hat irrwitzige Forderungen gestellt. Am liebsten sollte es eine Prinzessin sein! Schön, klug, wohlhabend und Idealmaße von 90-60-90. Stellen Sie sich das mal vor!«

»Und hat er eine gefunden?«

»Drei sogar. Jetzt warte ich, mit welcher von ihnen er sich verabredet.«

»Heißt er vielleicht zufällig Basil Korsinkin?«

»Genau.« Die Heiratsvermittlerin war erstaunt. »Woher wissen Sie das?«

»Ich kenne ihn. Er meinte schon in Paris, dass er sich in Russland eine Frau suchen wollte.«

»Dann wollen wir hoffen, dass wir ihm die richtige ausgewählt haben«, lächelte Marina.

»Wie treffe ich denn die Männer, die Sie mir vorschlagen?«

»Ganz einfach«, beruhigte mich die Frau, »zuerst bezahlen Sie die Service-Gebühr, dann können Sie die Alben durchblättern und die Anzeigen lesen. Und ich muss Sie gleich noch auf etwas hinweisen. Die Agentur übernimmt keine Verantwortung für die Moral der vermittelten Personen.«

»Was soll das heißen?«

»Ich kann den Familienstand der Anwärter nur anhand des vorgelegten Passes überprüfen«, fuhr Mika mit einstudiertem Lächeln fort, »und normalerweise kommen Leute in die Agentur, die tatsächlich einen Partner suchen. Aber es gibt auch Gauner und Betrüger, oder Leute, die einfach nur ihre sexuellen Bedürfnisse befriedigen wollen … Wir stellen keine Nachforschungen an, wir tragen die Kandidaten einfach in die Kartei ein. Deshalb warne ich immer sowohl die Männer als auch die Frauen: Seien Sie vorsichtig! Laden Sie den anderen nie beim ersten Mal zu sich nach Hause ein. Gehen Sie spazieren, sprechen Sie miteinander, besuchen Sie dann vielleicht ein Restaurant oder ein Theater. Viele wollen einfach nicht hören. Kaum haben sie den Mann gesehen, laden sie ihn zu sich ein. Man isst, man trinkt, und schließlich kommen sie mit lautem Geschrei zu mir gerannt, weil sie vergewaltigt worden sind!«

»Kommen mehr Frauen als Männer zu Ihnen?«

»Ja, aber letztendlich klappt's bei allen, wenn auch nicht gleich … Sollen wir mit der Befragung beginnen?«

Ich zog schleunigst mein Portmonee heraus und gab ihr tausend Rubel.

»Soll er braune oder blonde Haare haben?« Die Frau ging zu dem großen Schrank. »Wie alt soll er sein?«

Das war ja wie im Kaufhaus. Ich schluckte den Satz »Hauptsache, er ist ein guter Mensch« hinunter und sagte:

»Braune Haare und so um die vierzig, fünfundvierzig.«

»Sehr schön.« Mika war aus irgendeinem Grunde erfreut und ließ ein ziemlich dickes Album auf den Tisch fallen.

Ich blätterte langsam die Plastikseiten um. Die Fotos sahen alle gleich aus und ähnelten von ferne Bildern von Verhafteten. Eine Aufnahme von vorn, eine im Profil. Es fehlten nur noch die roten Streifen und Beschriftungen wie »Hat Fluchttendenzen« oder »Neigt zu Überfällen auf das Wachpersonal«. Unter dem Foto standen jeweils ein paar Zeilen, die Auskunft über Gewohnheiten und Hobbys gaben. Nachdem ich mir sorgfältig alle Kandidaten angeschaut hatte, fragte ich:

»Und wo ist Basil Korsinkin?«

»Er wollte uns kein Foto von sich geben. Wissen Sie, es gibt einige, die darauf verzichten. Sie denken, sie sind nicht fotogen. Diese Anzeigen bewahren wir woanders auf.«

»Zeigen Sie mir Korsinkin.«

Mika fand nichts weiter Ungewöhnliches an dieser Bitte und zog ein Register hervor.

»Da!« Sie wies mit einem tadellos manikürten Finger auf die Anzeige.

»Junger Franzose, Geschäftsführer einer großen Bank, ohne materielle Sorgen oder Wohnungsprobleme, groß, braune Haare, braune Augen, raucht und trinkt nicht, sucht Lebensgefährtin. Bevorzugt werden Damen zwischen vierzig und fünfzig, wohlhabend, ohne Kinder und Verwandte.«

Das musste ich erst mal verdauen. Erstens hatte Basil nie in seinem Leben in einer Bank gearbeitet. Ich glaube sogar, er kann überhaupt nicht rechnen. Probleme hat er tatsächlich keine besonderen. Außerdem raucht Basil, wenn ich mich recht erinnere, und trinken tut er auch gern. Die äußere Beschreibung passt allerdings: Er hat dunkle Haare und die Augen eines Spaniels. Aber das Allerwichtigste ist doch:

Basil ist schon eine Ewigkeit mit Suzette verheiratet! Ich weiß noch, wie wir uns bei irgendeiner Gelegenheit mal über die Freuden des Familienlebens unterhalten haben. Damals hatte Korsinkin mir mit einem Lachen erklärt, er habe im Laufe seiner zwanzigjährigen Ehe Suzie zwar oft umbringen wollen, aber sich scheiden lassen – niemals.

Mikas Stimme riss mich aus meinen Gedanken:

»Na, haben Sie jemanden gefunden, der Ihnen gefällt?«

»Korsinkin! Wie kann ich Kontakt zu ihm aufnehmen? Geben Sie mir seine Adresse!«

Marina Anatoljewna schüttelte den Kopf:

»Adressen geben wir nie raus, nur die Telefonnummer. Aber Herr Korsinkin hat angegeben, dass er bei Freunden wohnt und es ihm unangenehm ist, wenn sie belästigt werden. Er hat sich die Telefonnummern von drei Frauen mitgenommen und gesagt, dass er nochmal vorbeikommt, falls keine von ihnen die Richtige ist.«

»Darf ich mal sehen, wer ihm gefallen hat?«

»Wozu?« Die Heiratsvermittlerin wurde misstrauisch.

Ich begann zu erklären:

»Basil gefällt mir schon lange, aber ich hielt ihn immer für einen eingefleischten Junggesellen. Ich bin einfach neugierig, welcher Frauentyp ihn anzieht. Falls es vollbusige Brünette sind, habe ich keine Chancen.«

»Na ja«, seufzte Mika und warf einen Blick auf meinen flachen Vorbau, »eigentlich tun wir so was ja nicht, aber da aus Ihnen direkt ein gutes Paar werden könnte … also gut.«

Sie zog eine dünne Mappe aus dem Schrank und reichte mir drei Blätter. Auf jedem war ein Foto mit dem Namen und der Telefonnummer. Bei dem Versuch, mir so viele Zahlen auf einmal zu merken, rauchte mir der Kopf. Zum Glück schaute in diesem Moment ein Mann zur Tür herein, Mika entschuldigte sich und verließ den Raum.

Ich nahm einen Zettel von ihrem Tisch und notierte mir schnell die Nummern von Katja, Anna und Soja.

Als Mika zurückkam, schlug ich vor:

»Machen wir es doch so: Ich gebe Ihnen meine Moskauer Telefonnummer, und wenn Basil auftaucht, sagen Sie ihm, dass Darja Wassiljewa auf einen Anruf von ihm wartet.«

Ich verließ die Agentur, zündete mir eine Zigarette an und schaute zu, wie die ersten Schneeflocken auf die Windschutzscheibe fielen. Der Winter begann früh in diesem Jahr. Es war erst November und dabei schon kalt wie im Februar. Wieso fuhr Basil um diese Jahreszeit nach Moskau? Die Franzosen haben Angst vor unserem Winter und kommen lieber im Sommer oder spätestens im Frühherbst nach Russland.

Als Erstes rief ich Katja an. Eine angenehme, volle Sopranstimme meldete sich:

»Hallo.«

»Ich möchte gern mit Katja sprechen.«

»Am Apparat.«

»Hier die Partneragentur, im Auftrag von Marina Anatoljewna. Sagen Sie, haben Sie sich mit Korsinkin getroffen?«

»Ja«, antwortete die Frau einsilbig.

»Verzeihen Sie, aber wenn er gerade bei Ihnen ist, würde ich gern mit ihm sprechen.«

»Der Herr ist nicht hier, und ich werde Sie verklagen«, kreischte Katja.

Mit Müh und Not konnte ich sie davon überzeugen, dass es doch besser war, der »Juristin« der Agentur ihre Adresse zu geben. Die verärgerte Frau wohnte Gott weiß wo. Die Straße trug zwar den stolzen Namen »Prasdnitschnoje«, aber »Festliches« war hier weit und breit nicht zu sehen. Ich parkte zwischen einer riesigen Mülltonne ohne Deckel und einem Bierstand und ging ins Treppenhaus. Hier gab es weder einen Schlüsselcode noch eine Sprechanlage, die Wohnungstüren waren klein, die Decken wohl nur anderthalb Meter hoch.

Katja ließ mich ein. Das kleine Zimmer war mehr als bescheiden eingerichtet. Eine jugoslawische Möbelwand, ein Sessel und ein Sofa. An der Wand und auf dem Boden jeweils der gleiche dunkelrote Teppich, neben der Balkontür ein kleiner Fernseher von Samsung. Die Brokatvorhänge glänzten wie Messgewänder. Ich dachte an die Achtzimmerwohnung meines Freundes in der Avenue Foch, die von einem der besten Pariser Designer eingerichtet worden war, und seufzte. Sollte Basil hier gewesen sein, konnte ich mir vorstellen, was für einen Eindruck das hier auf ihn gemacht hatte. Außerdem hatte der Mann einen pathologischen Sinn für Sauberkeit. Nicht dass es im Zimmer schmutzig gewesen wäre, aber eben auch nicht besonders sauber, geputzt wurde wahrscheinlich nur samstags. Und auch die Dame des Hauses sah nicht gerade perfekt aus. Auf den ersten Blick schätzte ich sie auf fünfundfünfzig Jahre. Die Haare waren fast weiß gebleicht, Tränensäckchen zierten die kleinen, tief liegenden, blassgrünlichen Augen. Entweder trank sie gern, oder ihre Nieren waren nicht in Ordnung, vielleicht machte ihr auch ihr Herz zu schaffen … Die schlaffe Gestalt hing in einem unvorstellbaren Poncho, an den Füßen hatte sie ziemlich fettige Hausschuhe. Auf dem Foto in der Agentur hatte sie anders ausgesehen: jung, rothaarig und zuversichtlich. Wahrscheinlich hatte sie ein Foto von vor zehn Jahren abgegeben.

Katja war furchtbar aufgebracht:

»Morgen gehe ich gleich zum Gericht und hetze die Steuerfahnder auf Sie, die sollen euch Schwindlern an den Kragen. Wen jubelt ihr den Leuten unter, ihr Schweine! Ihr nehmt ein Heidengeld und hetzt einem dann noch Diebe auf den Leib …«

Irgendwie schaffte ich es, die »Kundin« zu beruhigen, und bat sie zu erzählen, was passiert war.

Korsinkin hatte vor genau einer Woche angerufen und Katja am Telefon ausnehmend gefallen. Er hatte eine weiche, intelligente Stimme und die Ausdrucksweise eines gebildeten Menschen. Auch als sie ihn traf, enttäuschte er sie nicht. Er kam in einem guten Anzug, und in der Hand hielt er eine Rose. Sie gingen ein wenig spazieren, begannen aber schnell zu frieren. Da lud Katja ihn zu sich ein. Der Kavalier sah ordentlich aus, außerdem wollte er nicht einmal Wodka kaufen gehen.

»Ich trinke überhaupt nicht«, sagte Basil lächelnd, »und rauchen tue ich übrigens auch nicht.«

Völlig überwältigt von diesem für heutige Verhältnisse tadellosen Benehmen brachte Katerina den Mann zu sich. Zuerst tranken sie friedlich Tee und aßen dazu die Torte, die sie auf dem Weg gekauft hatten. Dann unterhielten sie sich ein wenig, und schließlich erklärte Basil:

»Liebe Katja, ich finde Sie wirklich sehr nett und möchte gern Klarheit schaffen, bevor wir näher miteinander zu tun haben.«

Er redete ziemlich lange, aber im Kern lief es auf etwas ganz Simples hinaus. Korsinkin suchte eine wohlhabende Frau, weil er glaubte, eine bettelarme könne unmöglich mit Geld umgehen.

»Zwei Freunde von mir«, so erklärte Basil sein Ansinnen, »haben nicht sehr begüterte russische Frauen geheiratet. Und was ist passiert? Gleich im ersten Jahr haben die Ehefrauen fast das gesamte Vermögen verschleudert. Das Geld war ihnen einfach zu Kopf gestiegen. Deshalb verzeihen Sie mir bitte, Katjenka.«

Die Frau geriet in Erregung. Die gute Partie war dabei, ihr aus den Händen zu gleiten. Das Dummerchen beteuerte, dass sie doch gar nicht so arm sei, wie es den Anschein habe, und dass sie durchaus mit Geld umgehen könne. Erstens habe sie eine Datsche, nicht etwa nur was Kleines, sondern ein Grundstück von tausend Quadratmetern mit einem schönen Haus, mit zwei Etagen, unten aus Backstein … Und natürlich hatte sie Schmuck. Katja zeigte dem Kavalier ihren gesamten Goldschatz und zwölf Silberlöffel. Das überzeugendste Argument – dreitausend Dollar – war in einer Schuhschachtel versteckt.

Basil begutachtete die Aussteuer aufmerksam und sagte:

»Ja, das ändert natürlich alles.«

Sie tranken also weiter Tee. Was dann passierte, wusste Katja nicht mehr. Entweder war sie eingeschlafen, oder sie hatte das Bewusstsein verloren … Erst tief in der Nacht kam sie mit schrecklichen Kopfschmerzen wieder zu sich. Der Kavalier war spurlos verschwunden und mit ihm das Schmuckdöschen, die Silberlöffel und die gesparten Dollars. Und nun drohte die vor Kummer fast verrückt gewordene Katja der Agentur mit dem Gericht.

»Gehen Sie zur Polizei«, riet ich ihr.

»Und dann?«, empörte sich die Möchtegernfranzösin. »Ich habe ihn doch selber hierher gebracht und ihm alles fast eigenhändig gegeben. Nein, die Polizei hilft mir nicht. Sie müssen Ihre Kunden sorgfältiger überprüfen.«

»Sie wurden doch gewarnt, dass Sie einen Unbekannten nicht am ersten Tag mit nach Hause nehmen sollen, oder?«

»Aber er wirkte so anständig«, heulte Katja los.

Schleunigst verabschiedete ich mich. Als ich wieder im Auto saß, ließ ich mir die Sache durch den Kopf gehen. So ein Dummerchen. Aber was war bloß in Basil gefahren? Konnte es sein, dass er einfach verrückt geworden war und unzurechnungsfähig durch Moskau zog, ohne zu wissen, was er tat? Dass er bei dieser alten Schachtel auftauchte und Silberlöffel klaute? Unsinn. In Frankreich hatten die Korsinkins wunderbares Tafelsilber und für jeden Anlass das passende Tafelservice bester Qualität …

Na gut, klar war bisher nur eines: Ich musste Basil so schnell wie möglich finden. Er musste Katja die gestohlenen Sachen zurückgeben, und dann würden wir überlegen, zu welchem Arzt der Mann zu bringen war – zu einem Psychotherapeuten oder zum Psychiater.

Die zweite »Kandidatin« nahm lange den Hörer nicht ab. Ich wollte schon wieder auflegen, als sich eine etwas atemlose Stimme meldete:

«Ja, bitte.«

Ich spielte wieder mein Liedchen von der »Juristin« aus der Agentur ab.

»Ich verstehe überhaupt nicht, was es da zu besprechen gibt. Kommen Sie, aber vor sechs, wenn es unbedingt sein muss. Geht das?«, sagte Anna.

Ich schaute auf die Uhr und stellte fest, dass die Zeiger sich auf halb fünf zubewegten. Die Wolokolamsker Chaussee befindet sich am anderen Ende der Stadt, aber ich konnte es versuchen. Mein Volvo rollte gleichmäßig im Fluss der Autos dahin. Aus dem Radio dudelte irgendein Unsinn, die Reklame löste die Nachrichten ab. Nachdem ich hoffnungslos in alle nur erdenklichen Staus geraten war, erreichte ich endlich die U-Bahn-Station Sokol, gelangte zur Wolokolamsker Chaussee und suchte nach der Nummer acht.

Das Haus sah eindrucksvoll aus. Es war riesig, aus hellem Backstein gebaut. An der Tür war eine Sprechanlage angebracht. Die Wohnung war mit der von Katja nicht zu vergleichen. Sie hatte hohe Decken, breite Korridore und riesige Zimmer. Ich wurde ins Wohnzimmer geführt. Die Hausherrin versank regelrecht in dem tiefen Fauteuil und fragte:

»Womit kann ich dienen?«

Ihre altmodische Ausdrucksweise passte wunderbar zu ihrem Äußeren. Anna schien direkt aus den sechziger Jahren des 19. Jahrhunderts zu stammen. Eine Bluse mit einem hohen, den Hals umschließenden Kragen, eine schmale Taille und ein langer, fast bis zum Boden reichender, schwerer Wollrock. Auf dem Kopf ein Lehrerinnendutt, an den Ohrläppchen winzige Perlen. Einfach, elegant, intelligent …

»Wir möchten gern wissen, wie Ihr Treffen mit Korsinkin verlaufen ist.«

Anna, die sich über meinen Besuch nicht wunderte, begann zu erzählen. Es kam heraus, dass Basil auch auf sie zunächst den besten Eindruck gemacht hatte. Er redete wie ein gebildeter Mensch und zitierte mehrmals Shakespeare im Gespräch. Einwandfreie Kleidung, teures Eau de Cologne. Zur Verabredung war er mit einer Rose in der Hand erschienen.

Sie gingen in der Nähe des Hotels »Ukraina« am Ufer spazieren, aber es war nasskalt, vom Fluss her wehte ein eisiger Wind, so dass Anna irgendwann ganz durchgefroren war. Da schlug der Kavalier vor, in ein Restaurant zu gehen, und Anna war über die Wahl begeistert.

»So ein unanständiger Mensch«, Anna fröstelte es, »zuerst hat er lang und breit mit seinem Haus und seinen Geschäften angegeben, dann fing er an, sich für meine materielle Lage zu interessieren.«

Sie erzählte ihm die ganze Wahrheit. Sie lebte zusammen mit den Eltern des früh verstorbenen Ehemannes und hatte einen Sohn. Die Alten liebten ihre Schwiegertochter über alles und wollten, dass sie wieder heiratete und glücklich wurde. Mit dem Geld war es bei ihr wie bei allen anderen, dem Bräutigam hatte sie nichts weiter zu bieten als ihre gute Erziehung und eine erstklassige Ausbildung.

»Er hat mich beharrlich ausgefragt, ob jemand zu Hause wäre.« Die Frau zuckte mit den Achseln. »Und dann wollte er unbedingt mitkommen, weil er sich auf den ersten Blick verliebt hätte. Er hat mir das Blaue vom Himmel versprochen …«

Aber der klugen Anna kam dieses Verhalten seltsam vor. Sie erinnerte sich an die Warnungen von Mika und antwortete entschieden:

»Zu mir gehen wir ein andermal!«

Der Verehrer ließ nicht locker, aber Anna blieb hart. Nein und noch mal nein. Er wechselte das Thema und fing an, von Italien zu erzählen. Dann bestellte er die teuersten Gerichte – Kaviar, Stör am Spieß, Salate, Eis, Obst und eine Flasche Kognak – und ließ ein wirklich großartiges Abendessen servieren. Das Gespräch drehte sich um Kulinarisches. Basil erzählte sehr amüsant davon, wie er einmal in China zum Abendessen weiße Bindfäden vorgesetzt bekommen hatte. Zuerst dachte er, es wären Makkaroni, aber dann kam heraus, dass es sich um eine besondere Art Würmer handelte. Er wusste überhaupt nicht, wohin er sich wenden sollte – ringsum nur Chinesen, die die Speise mit großem Appetit verzehrten. Anna lächelte und dachte bei sich, dass Korsinkin eigentlich doch ganz nett sei und wirklich nur zu Besuch kommen wolle, weil sie ihm gefiel …

Als der Kaffee serviert wurde, entschuldigte sich Basil und stand auf. Anna wartete mehr als eine halbe Stunde auf ihn. Dann dachte sie, ihm wäre etwas zugestoßen, und lief zur Herrentoilette. Fehlanzeige. Der Mann an der Garderobe meinte schließlich, der große Dunkelhaarige mit dem hellen Mantel sei schon vor langem gegangen. Anna, die ihren Ohren nicht traute, ging zurück in den Saal. Ihr Verehrer hatte sich einfach aus dem Staub gemacht und ihr die Rechnung für das exklusive Essen überlassen. Es waren um die dreitausend Rubel. So viel Geld hatte die Arme nicht. Sie diskutierte lange mit dem erbosten Maître d'Hôtel, und schließlich musste sie ihr Armband, ihre Ohrringe und ihren Pass als Pfand dalassen. Am nächsten Morgen lieh sich Anna das nötige Geld bei einer Freundin. Den Alten erzählte sie nichts davon.

»Sie hätten sich nur aufgeregt.« Sie machte eine wegwerfende Handbewegung. »Ich bin ja selber schuld, warum habe ich mir auch in den Kopf gesetzt, noch einmal zu heiraten? Gut, dass ich den Schuft wenigstens nicht nach Hause eingeladen habe.«

»Anjetschka, haben Sie seinen Pass gesehen?«

»Er hat ihn mir gleich zu Anfang gezeigt«, antwortete die Frau, »Basil Korsinkin. Nein, das war alles in Ordnung. Vielleicht ist es bei den Franzosen so üblich, dass im Restaurant die Dame bezahlt?«

Eigentlich nicht. Die Pariser sind furchtbar geizig, aber nicht so sehr, dass sie der Dame, die sie zum Essen eingeladen haben, galant die Rechnung überlassen. Sie sind schließlich nicht wie die Amerikaner mit ihrem penetranten Feminismus. Nein, Basil hatte eindeutig den Verstand verloren.

KAPITEL 5

Soja konnte ich nicht erreichen. Die ruhige Stimme auf dem Anrufbeantworter informierte darüber, dass keiner zu Hause war. Da ließ sich nichts machen, ich fuhr also zurück nach Loschkino. Es war schon fast sieben Uhr. Vom Himmel prasselte eisiger Hagel, der Wind drückte in heftigen Böen gegen den Volvo und zog heulend weiter. Bei solchem Wetter treibt ein guter Hund sein Herrchen nicht aus dem Haus. Unsere Hunde saßen jedenfalls alle im Esszimmer. Auf dem Büfett stand ein Teller mit aufgeschnittenem Schinken und Brot, während in der Mitte des Tisches Kartoffeln und Fisch mit Käsesoße aufgedeckt waren. Außer Mischa war keiner da.

Seine linke Hand wühlte sich ins dichte, zerzauste Haar, mit der rechten schrieb er eifrig etwas auf ein Stück Zeitungspapier.

»Guten Abend«, sagte ich, »wie geht's?«

Solotarew hob den Kopf, sah mich vollkommen abwesend an und murmelte vor sich hin:

»2c im Quadrat zu m …«

»Mischa«, versuchte ich ihn auf die Erde zurückzuholen, »guten Abend.«

»Oh, Verzeihung«, antwortete der Mathematiker und stand auf.

Es gab einen dumpfen Plumps: Der arme Chutschik war wieder von des Mathematikers Knien auf den Boden gefallen.

»Herr im Himmel, ich hatte völlig vergessen, dass er auf meinem Schoß hockt«, schrie Mischa auf und hob ihn wieder hoch. Chutschik hatte sich offenbar an die plötzlichen Abgänge gewöhnt und reagierte nicht weiter.

»Sind Sie allein?«, fragte ich und schaute auf das kalt gewordene Abendessen.

Mischa kratzte sich am Hinterkopf.

»Es muss jemand im Haus sein, irgendeine Frau und Manjalein mit ihren Freundinnen.«

»Warum essen Sie nicht?«

»Na ja«, begann der Professor zu erklären, »mir kam da so ein fantastischer Gedanke, und dann lag hier die Zeitung … Ich wollte gleich alles aufschreiben, bevor ich es wieder vergesse …«

»Mischa, du bist ein Genie, sogar Kryska hat alles verstanden.« Aus dem Flur erklang Manjas lebhafte Stimme.

Manja duzte den Professor also bereits. Interessant.

»Ich hab's doch gesagt, dass es ganz einfach ist, Hauptsache, du hast das Prinzip verstanden!«, erklärte der Mathematiker fröhlich.

Vor Freude war er wieder aufgesprungen, und Chutschik plumpste erneut zu Boden. Dort blieb er völlig ungerührt liegen, auf dem Rücken und mit allen vieren in der Luft. Er hatte offensichtlich verstanden, dass dieser seltsame, unverständliche Gast ihn immer wieder aufs Parkett fallen lassen würde.

Kryska, Manjas Freundin, die in Wirklichkeit Swetlana heißt, sagte gefühlvoll:

»Danke schön, zum ersten Mal verstehe ich jetzt überhaupt etwas.«

»Mami!« Manja fuchtelte aufgeregt mit ihrem Heft herum. »Er erklärt wirklich phänomenal, ich hab in der Klassenarbeit eine Eins! Mischalein, morgen musst du diesen blöden Lehrsatz auch noch Wildanow und der Kumuschkina erklären, das macht doch nichts, oder?«

»Nein, gar nichts«, bestätigte der Professor, »ich finde es sogar interessant. Man könnte es übrigens auch noch so versuchen. Schaut mal.« Und er begann selbstvergessen, etwas auf die Zeitung zu kritzeln. Ich sah, wie die beiden Kinderköpfe sich über die Skizze beugten, und seufzte. Wo war bloß Galja Wereschagina, für die ich das alles arrangiert hatte?

Sie saß seelenruhig in ihrem Zimmer vor dem Fernseher, in dem gerade irgendeine Serie lief.

»Hast du Mischa schon ein bisschen näher kennen gelernt?«

Galja schüttelte verneinend den Kopf.

»Warum nicht?«, fuhr ich auf. »Was soll das? Bist du etwa den ganzen Tag nicht runtergegangen?«

»Es ist mir so unangenehm«, stotterte das in die Jahre gekommene Mädchen, »was soll der Mensch denn von mir denken?«

»Dass es im Haus noch andere Gäste gibt«, schrie ich sie an, »und außerdem, wann willst du ihn denn kennen lernen?«

»Na ja, lieber ein andermal …«

»Jetzt reicht's«, unterbrach ich sie, »zieh dir was über und komm zum Abendessen. Wenn nicht, fährst du morgen wieder nach Hause.«

Galja öffnete ergeben den Schrank und zog ein schwarzes Kleid heraus. Der dünne Stoff spannte über dem dicken Körper, und man sah ihre Speckfalten und Fettrollen an den Seiten, auf dem Rücken und am Bauch … Das gefiel mir nicht, und gegen ihren schwachen Widerstand schnürte ich ihr das Korsett. Jetzt saß das Kleid hervorragend, sogar die Taille war zu sehen.

»Ich kann nicht mehr atmen«, flüsterte sie.

Aber ich blieb hart: »Unsinn!«

»Mein Magen ist buchstäblich bis zum Hals hochgeschnürt, ich werde keinen Bissen runterkriegen.«

»Na, umso besser, dann isst du weniger.«

Ich trieb die »Braut« vor mir her zum Esszimmer. Jetzt ging es darum, Mischas Aufmerksamkeit auf sie zu lenken. Vielleicht sollte ich ihr raten, eine Tasse Tee über ihn zu schütten?

Am nächsten Morgen stand ich früher auf und erreichte Soja endlich am Telefon.

»Ich bin Ihnen ja so dankbar«, meinte sie erfreut, »Herr Korsinkin und ich sind gerade beim Frühstück.«

Ich spürte, wie mir ein Stein vom Herzen fiel, und sagte streng:

»Warten Sie, bis ich bei Ihnen bin, Sie müssen mir noch einige Papiere unterschreiben.«

»Wir hatten ohnehin vor, den ganzen Tag zu Hause zu bleiben«, kicherte Soja.

Auf dem Weg in die Nesterowa-Straße malte ich mir genüsslich aus, wie ich Basil sagen würde, was ich von ihm dachte. Das Haus flößte einem Respekt, um nicht zu sagen Angst ein. Die Toreinfahrt war verschlossen, daneben stand ein Wachsoldat. Bevor er den Volvo durchließ, rief er die Hausbewohner an und ließ sich versichern, dass Gäste erwartet wurden.

Die erste Tür zum Aufgang war mit einem Nummerncode verschlossen, die zweite wurde durch eine Sprechanlage gesichert. Als ich endlich drinnen war, versperrte mir ein Liftboy den Weg. Nicht etwa einer dieser kümmerlichen, vor Altersschwäche zitternden Kerle wie sonst, sondern ein kräftiger Bursche mit dem Hals eines Sumo-Ringers. Er startete ein hochnotpeinliches Verhör, es fehlte bloß noch, dass er meine Blutwerte hätte wissen wollen. Schließlich rief auch er die Hausbewohnerin an … Mit einem Wort, als ich endlich zum Ziel gelangte, hatte sich in mir eine gehörige Portion Wut angestaut. Wer in aller Welt hat es nötig, sich so zu verbarrikadieren?

In der Wohnung erwarteten mich einige Überraschungen. Trotz der klangvollen Stimme und der modischen Frisur war Soja eindeutig um die sechzig. Aber sie hatte sich blendend gehalten: eine stramme, sportliche Figur, ein leicht gebräunter Teint, dazu geschicktes Make-up. Ganz offensichtlich steckte ein Haufen Geld dahinter. Von Reichtum zeugten auch die Ohrringe und das Armband, beide mit großen Saphiren besetzt. In der Luft hing der Duft von unbekanntem, aber unverkennbar teurem Parfüm. Das Mobiliar im Entree war einwandfrei, auf dem Boden lagen echte handgemachte turkmenische Teppiche …

»Die Agentur hat wirklich hervorragend gearbeitet«, flötete die Dame und führte die angebliche »Juristin« ins Wohnzimmer, »Herr Korsinkin ist all das, wovon ich mein Leben lang geträumt habe: klug, intelligent, schön …«

Wir kamen in ein riesiges Zimmer mit vier Fenstern. Der heldenhafte Liebhaber stand mit dem Rücken zur Tür und schaute sich irgendwelchen Nippes auf dem Kamin an. Als er hinter sich Schritte hörte, drehte er sich um und fragte interessiert:

»Haben wir Gäste, Sojalein?«

Ich war erstaunt. Vor mir stand ein großer, dunkelhaariger, schwarzäugiger Mann in einem maßgeschneiderten Anzug, der Korsinkin der Größe und den Gesichtszügen nach sehr ähnlich sah. Aber er war es nicht. Ich versuchte, meine Verwirrung zu kaschieren, sammelte mich und fragte:

»Sie sind Herr Korsinkin?«

»Ja«, lächelte der falsche Korsinkin freundlich, »zu Ihren Diensten.«

Nun galt es, nur noch eines zu prüfen. Mit bedauerndem Gesichtsausdruck jammerte ich los:

»Entschuldigen Sie bitte, dass ich störe, aber in der Agentur haben sie vergessen, die Nummer Ihres Passes zu notieren.«

Der Mann zog das blaue Büchlein aus der Jackentasche.

Es war eindeutig Basils Pass, wie war er bloß in seine Hände geraten?

»Bonjour, Monsieur«, sagte ich und sah, wie sich augenblicklich das Gesicht des Betrügers verzog. »Dites-moi.«

Der Mann hörte drei Minuten lang meinem französischen Redeschwall zu, bis er endlich zu sich kam.

»Verzeihen Sie«, schnurrte er sanft und etwas verhangen, »aber es ist mir ein bisschen unangenehm, jetzt in einer anderen Sprache zu sprechen. Sojalein versteht doch gar nichts.«

»Genau«, bekräftigte die Dame, »kein Wort.«

Ich grinste. Mal sehen, wie er sich jetzt aus der Affäre zog.

»Liebste«, schnurrte der Betrüger weiter, »wolltest du nicht gerade in den Salon? Geh nur, ich begleite die junge Frau hinaus und bereite das Essen für uns vor. Es wird eine Überraschung.«

»Reizend!«, flötete sie. »Wunderbar! Ich liebe Überraschungen! Bin schon weg!« Sie kicherte affektiert, spielte die unbefangene Naive und verließ das Wohnzimmer.

Ich schaute den Betrüger an und fing wieder an, französisch zu sprechen. Aber er winkte ab.

»Es reicht. Sie haben doch sowieso schon begriffen, dass ich die Sprache nicht kann.«

Ich nickte.

»Wer sind Sie?«, fragte der Liebhaber reicher Damen.

»Eine enge Freundin des echten Basil Korsinkin.«

»Wie viel wollen Sie, damit Sie hier verschwinden?«

Ich lachte.

»Geld will ich keins.«

»Was dann?«

»Woher haben Sie den Pass, und wo ist der echte Basil geblieben?«

»Ich habe keine Ahnung«, erklärte der Schwindler ruhig.

»Hören Sie auf mit dem Unsinn«, fauchte ich wütend. »Sonst rufe ich Katja und Anna an. Beide würden sich liebend gern ein wenig mit Ihnen unterhalten.«

Das Gesicht des Mannes verzog sich ein wenig, aber noch gab er nicht auf:

»Ich habe nicht die Ehre, sie zu kennen.«

Aber das war nun einfach zu dreist.

»Hören Sie«, begann ich sanft, »es ist wirklich sehr dumm, zu leugnen, was auf der Hand liegt. Man erkennt Sie ohne Probleme in der Agentur und im Restaurant Ukraina wieder. Finden Sie es eigentlich nicht peinlich, eine hilflose Frau im Stich zu lassen? Man hätte sie der Polizei übergeben können. Und der mittellosen Katja haben Sie alles Geld gestohlen …«

»Dummheit muss bestraft werden«, antwortete »Basil« unerwartet scharf. »Keiner hat sie dazu gezwungen. Sie selber hat alles auf den Tisch gelegt und ›Heirate mich‹ gejammert. Und Anna kann dankbar sein, dass ein interessanter Mann mit ihr ausgegangen ist. Wer soll die schon haben wollen, die langweilige Schnepfe. Wie sie allein das Fleisch schneidet! Sie spreizt den kleinen Finger ab und tut affektiert wie nur was, pfui, das ist doch keine Frau.«

Ich schaute ihn überrascht an. Hinter der Maske des Intellektuellen kam ein Flegel zum Vorschein.

»Na los«, befahl er ungeduldig, »sag schon, was du haben willst, und dann schließen wir die Sache ab.«

Ich seufzte.

»Also gut: dreitausend Dollar, Katjas Goldschmuck und dreitausend Rubel.«

Der Schwindler wieherte los:

»Sonst noch was gefällig?«

Ich ignorierte sein freches Benehmen und zog mein Handy aus der Tasche. Ich wählte und reichte es ihm.

»Hör hin, was sie sagen!«

»Miliz, Revier hundertfünfundvierzig, guten Tag«, hallte es laut durch das Telefon.

Ich nahm das Ericsson und sagte:

»Bitte verbinden Sie mich mit Oberst Degtjarew.«

»Ist ja gut«, schrie der Gauner los, »wie du willst, aber ich hab nur noch zweitausend Grüne, der Rest der Kohle ist schon weg, hab ich ausgegeben, verstehst du.«

»Raus damit«, befahl ich streng.

Der Casanova zog sein Portmonee aus der Jackentasche.

»Und das Gold?«

»Basil« zuckte mit den Achseln:

»Weg.«

»Woher hast du den Pass?«

Der Mann zögerte.

»Keine Angst«, beruhigte ich ihn, »du bist mir schnurzegal …«

Der Schwindler atmete auf. Wie alle kleinen Fische war er ein Feigling und wollte mit der Miliz nichts zu tun haben.

»Hab ihn gefunden«, redete er sich mit der typischen Ausrede eines Taschendiebs heraus.

»Wenn Sie bei dieser Version bleiben, stehen Sie unter dringendem Verdacht, an einer Entführung beteiligt zu sein. Ich fürchte also, es dürfte schwierig für Sie werden.«

Er wurde aschfahl im Gesicht.

»Es stimmt aber. Ich hab ihn gefunden.«

»Wo?«

Jetzt packte der Casanova aus. Zuerst musste ich mir seine Lebensgeschichte anhören. Er war zwar nur einmal kurz hinter Gittern gewesen, hatte aber schon sein Leben lang Probleme mit dem Gesetz gehabt. Er war Heiratsschwindler, obwohl er es nie bis zur Hochzeit kommen ließ. Er stellte sich in Agenturen als Partnersuchender vor und studierte dort die Anzeigen und Karteien. In erster Linie interessierten ihn die Frauen zwischen vierzig und fünfzig.

»Das ist genau das richtige Alter«, setzte mir »Korsinkin« sein System auseinander, »da sind sie entweder verwitwet oder geschieden und wissen genau, dass der Zug schon so gut wie abgefahren ist. Also sind sie zu allem bereit.«

Was er wollte, waren natürlich Geld oder Schmuck. Deshalb lenkte er, wenn er es endlich geschafft hatte, zu den Damen nach Hause eingeladen zu werden, das Gespräch so geschickt darauf, dass die Opfer ihm von sich aus zeigten, was sie wo aufbewahrten. Jetzt noch ein paar Tabletten in den Tee, und die »Braut« schlief tief und fest. Bei den sympathischsten hatte er übrigens auch nichts dagegen, erst mal mit ihnen ins Bett zu gehen. Das Ende war jedenfalls immer dasselbe: Die armen Frauen wachten morgens in einer ausgeraubten Wohnung auf. Fast keine von ihnen ging hinterher zur Miliz, denn es war doch zu peinlich, die eigene Dummheit auch noch öffentlich einzugestehen. Im Übrigen arbeitete der Ganove sehr vorsichtig: Er ging nie zweimal zur selben Agentur und versuchte immer, bei einem Besuch so viele Kandidatinnen wie möglich zu finden. Er besaß mehrere Ausweise und hieß abwechselnd mal Alexander, mal Wladimir, mal Nikolaj …

Vor einer Woche hatte das Schicksal ihn in eine absolut armselige Wohnung geführt. Nachdem er der Frau seinen »Cocktail« verabreicht hatte, durchsuchte er methodisch das Zimmerchen und die winzige Küche. Aber vergebens, nicht mal ein verlegter Ring oder ein Kettchen war zu finden. Nur im Schrank hing eine auffallend schöne Damenhandtasche aus Krokodilleder. Zwischen den ärmlichen Kleidern sah sie aus wie ein elegante Dame im Ballkleid unter Bettlern. Er nahm die Handtasche und machte sich aus dem Staub.

Zu Hause untersuchte er die magere Ausbeute genau und war schwer enttäuscht. Nur ein Taschentuch, ein Täschchen mit Markenkosmetik, ein Flakon französisches Parfüm und eine Schachtel mit Mentholtabletten lagen darin, sonst gar nichts, keine Börse, kein Portmonee, kein Geldumschlag … Erbost wollte er schon die Tasche in eine Ecke schmeißen, als er mit den Fingern unter dem Futter einen flachen Gegenstand ertastete. Sofort fand er das geschickt getarnte Geheimfach. Voller Erwartung zog er den auf den Namen Korsinkin ausgeschriebenen Pass heraus. Der Mann auf dem

Foto ähnelte ihm, er hatte die gleichen Augen und Haare. Kurz, am nächsten Morgen stellte er sich bereits als »Basil« in einer Agentur vor.

»Wem hast du die Tasche geklaut?«

»Sie heißt Maja.«

»Wo wohnt sie?«

Kurz überlegte er und gab mir schließlich die Adresse – ein großes Backsteinhaus an der U-Bahn-Station Aeroport, oberster Stock, die Wohnungsnummer wusste er nicht mehr, fünfundneunzig oder siebenundneunzig, wozu hätte er sie sich auch aufschreiben sollen …

»Wo hast du die Tasche gelassen?«

»Ich hab sie Soja geschenkt«, gab der Kavalier zu.

»Bring sie her.«

»Da, hol sie dir selber.« Er zeigte mit dem Finger irgendwo in Richtung Fensterbank.

Ich ging zum Fenster und sah eine große Handtasche aus Krokodilleder, ein auffallendes, teures Ding. So was nimmt keine Frau in die Hand, wenn sie nicht das passende Kostüm und – noch wichtiger – die richtigen Schuhe dazu hat.

Hinter mir klappte die Tür. Ich drehte mich schnell um. Das Zimmer war leer, der Schwindler hatte die Gelegenheit genutzt und das Weite gesucht. Basils Pass hatte er auf das Sofa geworfen. Ich nahm ihn, schob mir die Tasche unter den Arm und ging ebenfalls zur Tür. Soja hätte mir jetzt gerade noch gefehlt, zumal sie sicher zu heulen angefangen hätte.

An der U-Bahn-Station Aeroport standen zwei gelbe Backsteinhäuser. Ich stieg zu Fuß in den obersten Stock des Hauses, das links vom Platz stand. Der Fahrstuhl funktionierte nicht. Es gab drei Türen auf der Etage, die fünfundneunzig, sechsundneunzig und die siebenundneunzig. Ich klingelte an der ersten. Eine dicke Fratze mit Glasaugen öffnete die Tür.

»Wohnt Maja hier?«

»Welcher Mai«, gurgelte die Person und verbreitete dabei einen entsetzlichen Geruch. »Es ist schon lange November, bald kommt der Winter, dann muss das Klo geheizt werden …«

Da war jedes Wort verschwendet, also wandte ich mich zur nächsten Tür.

Eine würdige alte Dame erklärte kategorisch, dass es im ganzen Haus keine einzige Maja gebe. Ich musste also nach nebenan gehen. Dort gab es zwei Aufgänge, und im obersten Stock jedenfalls keine der Nummern, die ich suchte. Also noch einmal retour. Nachdem ich zum ersten Haus zurückgekehrt war, klingelte ich an der Siebenundneunzig. Zuerst hörte man lautes Kläffen, dann erschien eine kleine, dünne, fast schon ausgemergelte Frau an der Tür. In den Armen hielt sie einen kleinen schwarzweißen Hund, eine Promenadenmischung.

»Sind Sie Maja?«

»Ja, und Sie kommen von Margarita Lwowna? Treten Sie ein.«

In der Wohnung sprang einen aus allen Ecken die Armut an, um nicht zu sagen die blanke Not. Eine einfache, alte, polierte Schrankwand, ein abgenutztes Sofa und Sessel, die mit gebügelten Überwürfen bedeckt waren, ein Teppich, der so hingelegt war, dass die abgetretenste Stelle unter dem Esstisch lag. Die Bewohnerin war offenbar sehr auf Sauberkeit und Ordnung bedacht, man sah ihr an, dass sie jeden Groschen dreimal umdrehen musste. Sie selbst war deutlich unterernährt, vom Alter her wahrscheinlich um die fünfzig, sah aber aus wie eine alte Frau. Dieser Eindruck wurde noch durch den peinlich sauberen Flanell-Morgenrock und selbst gestrickte Wollsocken verstärkt. Im Zimmer war es warm, aber wer hungrig ist, friert immer.

»Bitte glauben Sie mir«, versicherte die Frau, »ich bin eine gute Putzfrau und gar nicht teuer, und dass ich so dünn bin, ist eher günstig, ich komme in jeden Winkel.«

Hoffnungsvoll schaute sie mich an. Sie hatte etwas von einem geschlagenen Hündchen.

»Ich habe gerade mit Ihrer Nachbarin gesprochen. Sie war sich sicher, dass es im ganzen Haus keine einzige Maja gibt ...«

»Wahrscheinlich haben Sie bei Alewtina Makarowna geklingelt«, lächelte die Frau, »die Arme ist schon lange schwachsinnig, sie leidet an Altersschwäche, erinnert sich an nichts und bringt alles durcheinander. Man hat sie schon oft auf der Straße aufgegriffen und hierher zurückgebracht, weil sie ihre Wohnung nicht mehr gefunden hat. Ich zeige Ihnen gleich meinen Ausweis.«

Ich blätterte in dem Dokument – Kolossowa Maja Iwanowna, Geburtsjahr 1964. Erst fünfunddreißig Jahre! Der zottelige kleine Hund schnüffelte geräuschvoll an meinen Schuhen. Plötzlich bekam ich ungeheures Mitleid mit ihm und seinem Frauchen. Aber was konnte ich tun! Ich seufzte, zog die Luxushandtasche heraus, ließ sie auf den Tisch fallen und fragte:

»Ist das Ihre?«

Majas schmales Gesicht fiel jetzt ganz zusammen. Sie sah plötzlich aus wie ein Meerschweinchen. Ihre Wangen wurden feuerrot, und aus den Augen flossen Tränen. Aufschluchzend zog sie die Nase hoch und stöhnte:

»Herrgott im Himmel, es ist das erste Mal, dass mich der Teufel verführt hat.«

Sie weinte verzweifelt, und der kleine Hund winselte aufgeregt. Ich ging in die Küche und öffnete den uralten Kühlschrank in der Hoffnung, darin Baldrian oder Valocordin zu finden. Die Metallfächer waren leer, nur in der Tür glänzte weiß ein einzelnes verlassenes Ei. Ich schaute in den Brotkasten – da lagen nur ein paar Stückchen Roggenbrot ...

Das Weinen hörte auf. Als ich mich umblickte, sah ich, wie die Kolossowa die Augen verdrehte und auf den makellos sauberen Teppich fiel. Ich beugte mich über die arme Frau und gab ihr ein paar Klapse auf die Wangen. Dann schüttete ich ihr kaltes Wasser in den Ausschnitt, aber alle Versuche, sie wieder zum Leben zu erwecken, schlugen fehl.

Maja kam nicht wieder zu sich, im Gegenteil, ihr Zustand verschlimmerte sich. Ich wählte die 03, dann versuchte ich es damit, ihren Kopf anzuheben. Als ihre eingefallenen Wangen aber noch fahler wurden, gab ich auf und beruhigte mich damit, dass die Unglückliche jedenfalls atmete. Erstaunlicherweise musste ich nicht lange warten. Nach einer Viertelstunde kamen mit einem scheppernden Metallköfferchen zwei schwerfällig kurzatmige Tantchen herein. Ohne jedes Mitleid fixierten sie die liegende Maja. Dann kniete sich die eine ächzend neben sie und sagte:

»Vera, bereite das Übliche vor.«

Die andere drehte geschickt den Kopf einer Ampulle ab, und die Frauen begannen Maja mit Spritzen zu traktieren. Nach der dritten verließ die Leichenblässe Majas Gesicht, ihre Wangen färbten sich wieder rosa, und die leicht getrübten Augen öffneten sich ein wenig.

»Also«, begann die Ärztin, »als Erstes braucht sie heißen Tee mit Zucker, Weißbrot mit Butter und am besten ein Stück gutes Fleisch mit Kartoffeln oder Fisch. Mit anderen Worten: Geben Sie ihr ordentlich was zu essen. Sie sehen ja, wie weit es mit ihr gekommen ist.«

»Was hat sie denn?«, fragte ich ängstlich.

»Zu geringe Körpermaße, Unterernährung, ein Schwächeanfall auf Grund von Hunger«, erklärte die Dicke gleichgültig, während sie den Koffer zuknallte. »Wir haben ihr die nötigen Spritzen gegeben, aber wenn sie nichts isst, wird sie wieder umfallen.«

»Helfen Sie mir doch, sie auf das Sofa zu heben«, schlug ich vor.

Die beiden Frauen schauten mich an.

»Viel zu anstrengend. Gleich kommt sie eh wieder zu sich und steht von selber auf.«

Schnaufend wie Möpse, die sich so richtig verausgabt haben, verschwanden sie wieder. Ich schaute zu der am Boden liegenden Maja und ging einkaufen.

KAPITEL 6

Nur ein paar Schritte vom Haus entfernt befand sich ein riesiger Supermarkt. Mit mehreren Paketen unter dem Arm kehrte ich zurück. Die Kolossowa saß bereits auf dem Sofa. Als sie mich sah, wurde sie wieder blass. Um zu vermeiden, dass die Gute noch einmal das Bewusstsein verlor, sagte ich schnell:

»Hier sind Lebensmittel, ich habe was zu essen mitgebracht.«

»Danke, ich möchte nichts«, murmelte sie abwehrend.

»Zuerst gibt's Salat, und hier ist Fisch in Aspik«, fuhr ich fort, »leider sind meine Kochkünste miserabel, aber Kaffee kochen kann ich.«

Es dauerte eine Weile, bis ich den Kühlschrank gefüllt hatte und das Wasser kochte. Den Rat der Ärztin im Kopf, schüttete ich Pralinen auf einen Teller und brachte sie ins Zimmer. Die Salatschüssel und das Brett, auf dem der Fisch gelegen hatte, waren sauber wie geleckt. Nachdem ich den Kaffee in die verschrammten Tassen gegossen hatte, zog ich meine Gauloises heraus und fragte:

»Stört es Sie, wenn ich rauche?«

»Könnte ich auch eine haben? Meine sind alle«, fragte Maja murmelnd.

»Haben Sie Ihre Arbeit verloren?«, fragte ich interessiert, nachdem die Frau mit offensichtlichem Genuss einen tiefen Zug an ihrer Zigarette getan hatte.

»So ist es«, antwortete Maja traurig.

Die Geschichte war, wie ich mir schon gedacht hatte, ganz banal. Maja war Mitarbeiterin in einem Forschungsinstitut gewesen. Solange der Lohn regelmäßig ausgezahlt wurde, kam sie noch einigermaßen über die Runden. Aber dann gab das Institut sanft seinen Geist auf, und die Mitarbeiter wurden zum Arbeitsamt geschickt. Leider hatte Maja, die Theaterwissenschaftlerin war, keine handwerklichen Fähigkeiten. Ihr Beruf ist natürlich interessant, aber heutzutage kann man damit kein Geld mehr verdienen. Ein Jahr lang bekam sie eine ständig sinkende Beihilfe, dann begann sie als Putzfrau in einem Geschäft zu arbeiten. Aber ein Unglück kommt selten allein: Die Arme bekam ein Myom, dann eine Zyste und schließlich noch irgendwas. Kurz, sie verschwand für fast vier Monate im Krankenhaus, und als sie es wieder verließ, hatte sie drei Operationen hinter sich. Sie erhielt einen Schwerbehindertenausweis und eine schmale Invalidenrente von vierhundert Rubeln sowie Geld für die Nebenkosten – zu viel zum Sterben und zu wenig zum Leben. Um Strom zu sparen, schaltete sie den Fernseher nur noch einmal am Tag ein, und das auch nur, um ihre Lieblingsserie zu schauen. Licht machte sie so gut wie nie an, sie las am Fenster. Natürlich kaufte sie keine Kleidung, statt Zahnpasta verwendete sie Zahnpulver, und auch die kleinsten Seifenreste wanderten nicht in den Abfall. Aber leider brauchte sie noch mal fünfzig kostbare Rubel, um nicht schmutzig und verlaust herumzulaufen. Für die verbleibenden zweihundertfünfzig musste sie zusehen, wie sie sich und ihren Hund Kuka, den sie einfach nicht weggeben kann, durchfüttert.

»Mein Gott«, brach es aus mir heraus, »wie kann man denn mit so wenig Geld auskommen?«

»Ganz einfach«, lächelte Maja, »sobald das Geld da ist, kaufe ich sofort Haferflocken, Pflanzenöl und ein Kilo Zucker. Manchmal auch noch Hirse, aber Reis und Buchweizen nie – die sind zu teuer.«

Insgesamt kam sie also irgendwie über die Runden, aber vor zehn Tagen musste sie ihren Geburtstag feiern. Zwei Freundinnen hatten sich einladen lassen, und sie wollte ihnen, die gut versorgt und gekleidet waren, nicht eingestehen, dass sie hungerte. Daher kaufte sie ganz undenkbare Dinge und bereitete einen Salat aus Reis, Eiern und Krabbenstäbchen vor, sie kochte Kartoffeln, nahm Heringe aus ... Dazu gehörten natürlich noch Butter und Weißbrot ... Aber die Torte gab dem Budget endgültig den Rest. So hatte Maja schließlich keine einzige Kopeke mehr. Immerhin waren die Freundinnen zufrieden mit dem Empfang und hatten ihr sogar Geschenke gemacht. Die eine brachte eine prächtige Schachtel mit Seife, Shampoo und einem Haarbalsam mit. Die zweite stattdessen ...

»Stellen Sie sich vor«, lächelte die Kolossowa traurig, »sie hat mich bei einer Heiratsagentur eingeschrieben und dort ein Foto von mir aus unserem zweiten Studienjahr abgegeben. Sie hat einen Haufen Geld bezahlt, tausend Rubel. Die hätte sie lieber mir geben sollen. Wer soll mich denn schon anziehend finden? Obwohl, ein Interessent hat sich ja gefunden ...«

Sie gingen eine Weile durch die Straßen spazieren, dann zu Maja nach oben, wo sie schwarzen Tee tranken und der Kavalier offensichtlich von ihrer Armut nicht gerade begeistert war. Noch dazu schlief die Arme bald schon direkt am Tisch ein. Natürlich machte sich der Bewerber aus dem Staub ...

»Und die Handtasche?«, unterbrach ich ihre Erzählung.

Maja wurde hochrot im Gesicht, ihre Augen füllten sich mit Tränen. Sie wäre so gern arbeiten gegangen, aber bei ihrem Beruf blieb ihr nichts außer körperlicher Arbeit, das heißt, Putzen oder Haushaltsführung. Nun hatte sie aber wegen ihres schlechten gesundheitlichen Zustandes nicht die Kraft, tagtäglich mit Schrubber und Lappen zu hantieren. Also schlug sie sich mit Gelegenheitsarbeiten durch.

Vor zwei Wochen machte ihr eine Bekannte, Sonja Rogowa – das war die, die Maja in der Agentur angemeldet hatte –, den Vorschlag, einen Abend bei wohlhabenden Leuten in der Küche zu arbeiten.

»Dort war eine Hausangestellte krank geworden«, erklärte Maja.

Die Kolossowa freute sich und nahm an. Allerdings war alles gleich von Anfang an etwas seltsam. Man nannte ihr keine Adresse. Nachmittags um zwei Uhr holte Maja ein Shiguli ab. Die Fenster des Wagens waren mit Vorhängen verhängt, und zwischen den Vorder- und den Rücksitzen befand sich schwarzes Glas mit einem Fensterchen. Sie fuhren etwa vierzig Minuten, bis sie außerhalb der Stadt, im Garten einer eleganten Villa, ankamen. Der Chauffeur sagte ihr, sie solle zum Hintereingang gehen. Dort holte sie eine junge Frau ab, die noch fast wie ein Kind aussah, sich aber als die Dame des Hauses zu erkennen gab und Maja befahl, eine Dienstmädchen-Uniform anzulegen. Sie sollte Kaffee und Kuchen servieren. Das Mittagessen trugen Kellner auf.

Im Wohnzimmer befand sich nur ein Paar. Um halb sieben brachte Maja ihnen ein Tablett mit Süßigkeiten. Um acht rief man sie erneut ins Zimmer, um wieder Kaffee und Kuchen aufzutragen. Diesmal saß auf dem Sofa ein anderes Paar.

»Ich wunderte mich bloß«, erzählte Maja, »wie reiche Leute ihre Gäste empfangen.«

Den ganzen Abend jagte man sie umher, dabei bediente sie nur drei Paare, und die Dame des Hauses war nie dabei.

Irgendwann gegen Mitternacht erschien die junge Frau wieder, holte einen Briefumschlag hervor und sagte ihr, sie solle jetzt in den Garten zum Auto gehen. Maja zog ihre Uniform aus und ihr altes Kostüm an und schaute erst dann in den Briefumschlag. Darin lag einsam ein Hundertrubelschein. So wenig hatte ihr noch nie jemand gegeben. Entschlossen ging sie in die Halle und stieg die Treppe zum ersten Stock hinauf, um mit der geizigen Hausherrin zu sprechen. Aber sie hatte kaum zwei Schritte im Korridor getan, als aus dem Zimmer ein junger Mann kam und sie fragte, was sie wolle. Die Kolossowa stotterte etwas von Geld, aber der Bursche fuhr ihr über den Mund, sie solle sofort verschwinden.

Man hatte sie also tatsächlich betrogen. Die Arme schluckte ihre Tränen hinunter und wandte sich zum Gehen. An den Kleiderhaken hingen ein paar luxuriöse Damen- und Herrenmäntel, von denen wunderbare unbekannte Düfte ausströmten. Auf einem kleinen Tisch lagen nachlässig Handschuhe, Schals und eben diese Tasche aus Krokodilleder herum. Da tat Maja etwas, was sie noch nie getan hatte. Sie nahm das herausfordernd schicke Stück, steckte die Beute unter ihr abgenutztes Mäntelchen und ging zum Auto. Niemand hatte den Diebstahl bemerkt. Diesmal brachte der Fahrer sie nur bis zur U-Bahn-Station Twerskaja.

»Sie werden es nicht glauben«, gestand Maja, »noch nie, in meinem ganzen Leben nicht, habe ich etwas genommen, was mir nicht gehörte, aber ich war so empört! Da werfen sie mir einen zerdrückten Hundertrubelschein hin, und gleichzeitig liegen Handschuhe im Wert von fünftausend herum. Ich habe einfach den Verstand verloren, und die Hände haben wie von selbst zugegriffen ...«

In die Tasche hatte sie dann natürlich geschaut, aber kein bisschen Geld darin gefunden. So hatte sie die Beute in ihren Schrank gehängt. Die Kosmetik und das Parfüm wollte sie nicht verwenden. Das teure Stück wegzuwerfen brachte sie aber auch nicht übers Herz. Daher war sie unendlich erleichtert, als sie nach dem Verschwinden ihres Verehrers bemerkte, dass die Tasche nicht mehr da war

»Wie absurd!« Die Kolossowa schüttelte den Kopf. »Dieser Mann war also tatsächlich ein Dieb. Wahrscheinlich wollte er sich auf meine Kosten bereichern und hat mir ein Schlafmittel in den Tee getan. Er muss sich gewundert haben, dass bei mir nichts zu holen war. Ich bin ihm ja so dankbar, dass er die Tasche mitgenommen hat. Immer wenn ich sie sah, habe ich mich selbst gehasst. Jeden Tag hatte ich Angst, jetzt würden sie kommen und mich wegen Diebstahl zur Miliz schleifen …«

Und wieder begann sie leise zu weinen.

»Gut«, sagte ich, »nun müssen Sie mir helfen, aber natürlich nicht kostenlos. Ich arbeite als Privatdetektivin, und meine Klientin ist bereit, für die Information gut zu bezahlen. Hier.«

Als Maja die schönen grünen Scheine sah, blieb ihr die Luft weg.

»Die sind für mich? Aber wofür?«

»Sagen Sie mir nur die Telefonnummer und die Adresse dieser Freundin, die Ihnen den Job verschafft hat.«

»Sonja Rogowa«, antwortete Maja wie aus der Pistole geschossen, während sie ihr Telefonbuch hervorholte.

Das Wetter war nun endgültig umgekippt. Es goss eiskalt vom Himmel herunter. Der Wind warf einem ganze Ladungen matschigen Schnees ins Gesicht, es wurde unerträglich kalt. Im Auto stellte ich die Heizung an. Die Uhr zeigte fast schon sieben, und draußen herrschte bereits tiefe Dunkelheit, als ob die Zeiger sich schon Mitternacht näherten. Eigentlich kein Wunder. Schließlich ist bald die Zeit der längsten Nächte. Die wenigen Fußgänger liefen wie aufgescheuchte Hühner durch die Straßen. Um mich irgendwie aufzumuntern, machte ich Musik an und fuhr nach Loschkino.

Es waren tatsächlich alle zu Hause. Man hatte gerade mit dem Abendessen begonnen. Ich schaute mich am Tisch um. Ein wie üblich zerzauster Mischa, ein müder Kescha, eine schweigende Olga und die lebhaft schwatzende Manja. Rechts saßen drei mir nicht bekannte Kinder.

»Mami«, Manja sprang auf. »Darf ich dir vorstellen: Das sind Serjosha Wildanow, Nadja Krutikowa und Kirill Kogtew. Sie bleiben nicht lange. Mischa erklärt ihnen nur kurz alles, und dann gehen sie wieder.«

Kescha seufzte. Erst vor kurzem hatte mir mein Sohn anvertraut, was er sich mehr als alles andere auf der Welt wünscht. Am liebsten würde er in einem Turm am Meer leben, nur in Gesellschaft eines Fernsehers und eines Kühlschranks. Und vor allem in völliger Stille ... ohne Gäste oder Verwandte!

»Wo ist Galja?«, fragte ich und füllte mir Salat auf den Teller.

»Sie sagt, ihr dreht sich der Kopf«, murmelte Häschen und schaute unglücklich drein.

Da ging die Tür auf, Galja erschien. Sie hatte wieder ihr schwarzes Kleid an, ihre Leibesfülle hatte sie gehorsam in das Korsett gezwängt. Leicht schwankend stakste die junge Frau auf hohen Absätzen zum Tisch, ließ ihre hundert Kilo auf den kläglich ächzenden Stuhl fallen und murmelte:

»Guten Abend.«

»Hallo«, brüllte Manja zurück.

Häschen und Kescha lächelten gequält, Mischa hob nicht einmal den Kopf vom Teller. Was musste man wohl anstellen, um ihn aus seinem Gleichgewicht zu bringen? Plötzlich ertönte freudiges Bellen – ins Esszimmer kam der mit Paketen behangene Oberst.

»Hurra!«, kreischte Manja auf und warf sich auf den Mann, um ihn zu küssen.

»Halt, halt«, machte sich mein Freund frei, »guck erst mal, was ich mitgebracht habe.«

Er warf die Tüten aufs Sofa. Die Mutter des Obersts war Lehrerin gewesen und hatte ihn vor langer Zeit ordentlich erzogen. Daher befolgt er streng die Regeln des Anstands: Wenn du jemanden besuchst, bring Geschenke mit.

Mit einem Freudenschrei zog Manja aus dem Haufen eine Schachtel heraus.

»›Korsinotschki‹, die mit der weißen Füllung! Super!«

»Man darf ihr nicht mehr so viel Süßes geben«, warnte Kescha, »bald ist sie dicker als ich.«

»Das ist ja auch nicht schwer, schließlich bist du …«, begann Alexander Michailowitsch.

»…so dürr wie ein Hering«, präzisierte Manja in diesem Moment, wofür sie von Olga mit der Zeitung eins hinter die Ohren bekam.

»Mama«, jammerte Manja los, »sie schlägt mich …«

Ohne auf den Lärm zu achten, zog Olga die eindrucksvolle Figur eines Dackels hervor und rief:

»Nein, wie süß!«

Häschen sammelt seit vielen Jahren Porzellanhunde und hat wie alle Sammler völlig den Verstand verloren. Jede Figur hat einen Namen und ist Teil der Familie. Die Hunderudel werden dabei nach einem vollkommen undurchsichtigen Prinzip aufgestellt.

Der aufgeheiterte Kescha schwenkte einen Schlüsselanhänger mit Mercedes-Stern in den Händen, und auch ich wollte mir gerade mein Teil holen, als man einen schweren Gegenstand zu Boden fallen hörte. Alle drehten sich um. Neben dem Tisch lag Galja, sie war ohnmächtig geworden. Meine Lieben rannten wie blinde Hühner sinnlos umher. Irgendwie schafften es Kescha, der Oberst und die Klassenkameraden von Manja, den mächtigen Körper zum Sofa zu schleifen und auf die Kissen zu hieven.

»Einen Arzt müsste man holen!«, riet Häschen.

Alle gaben mir schlaue Anweisungen.

»Hol Wasser und Valocordin«, befahl der Oberst.

»Bring ein nasses Handtuch«, gebot Kescha.

»Mamilein, im Bad ist Salmiak«, erinnerte mich Manja.

Was mir an meiner Familie am besten gefällt, ist ihre Angewohnheit, ihre Mutter herumzukommandieren. Als ich das Telefon gefunden hatte, rief ich zum zweiten Mal an diesem Tag die Erste Hilfe.

Und wieder erschien das Auto sofort. Allerdings war Galja inzwischen schon wieder zu sich gekommen, sie hatte die Augen geöffnet. Der sympathische junge Arzt hieß die Kinder und Männer hinausgehen, maß den Blutdruck und sagte vorwurfsvoll:

»Wissen Sie eigentlich, warum im neunzehnten Jahrhundert die reichen Damen auf den Bällen permanent in Ohnmacht fielen? Wegen der Korsetts! Wie kann man sich nur so einschnüren! Dünner werden Sie davon auch nicht, aber Ihrer Gesundheit schadet es …«

Dann schaute er sich im Zimmer um, sah den Tisch, die Schachteln mit den Törtchen und riet ihr:

»Nach sieben sollten Sie nur noch Kefir zu sich nehmen, am besten wäre allerdings die französische Diät.«

»Wie geht die?«, fragte Olga interessiert.

»Morgens Keks und Sex, mittags Sex und Keks, abends nur Sex. Und wenn das nicht hilft, lassen Sie den Keks weg«, antwortete der Arzt vollkommen ernst.

Ich prustete los. Galja wurde dunkelrot im Gesicht. Sie knöpfte ihr Korsett auf, auf der Haut wurden Streifenmuster sichtbar.

Nachdem ich den Arzt hinausgeführt hatte, beauftragte ich Olga, Galja ins Schlafzimmer zu begleiten, und fand, als sie weg waren, Mischa in der entferntesten Ecke des Zimmers. Der Mathematiker hatte es sich auf einer Sessellehne bequem gemacht, auf seinen Knien lag ein ziemlich großes Buch, darauf ein Blatt Papier, das er selbstvergessen mit einem Bleistift voll kritzelte, während er sich die Locken um die Finger der rechten Hand wickelte. Wenn er an einer Locke gezogen hatte, nahm er sich die nächste vor. Die Löckchen, die er losgelassen hatte, standen ihm zu Berge.

»Mischa«, rief ich ihn an.

Keine Reaktion. Ich musste zu ihm hingehen und ihn an der Schulter fassen. Der Professor schaute mich abwesend an.

»Mischa, wir trinken jetzt Tee, kommen Sie zu Tisch.«

»Natürlich, natürlich«, murmelte der Mann gehorsam und stand auf. Das Buch fiel zu Boden.

»Entschuldige, mein Lieber«, sagte Mischa und bückte sich. Eine Sekunde lang schaute er auf das Buch, dann fing er an zu lachen.

»Und ich dachte schon, ich hätte Chutschik wieder hinuntergeworfen.«

Dann blickte er erstaunt um sich und fragte befremdet:

»Wo sind denn die anderen? Ist etwas passiert?«

Ich seufzte. Was für ein komisches Exemplar, kriegt nichts von seiner Umgebung mit. Ob er Galja bemerken würde, wenn man sie ihm unter die Bettdecke schieben würde? Früher oder später wahrscheinlich schon, aber so wie ich ihn inzwischen kannte, würde er sich nicht weiter wundern, sondern einfach sagen:

»Nett, Sie kennen zu lernen. Gute Nacht.«

KAPITEL 7

Am nächsten Morgen fuhr ich als Erstes zu der dummen Katja und steckte ihr den Briefumschlag mit dem Geld, das ich dem falschen Basil abgenommen hatte, in den Briefkasten. Dann beschloss ich, mich mit Sonja Rogowa zu beschäftigen. Die Dame, die Maja diesen Job verschafft hatte, gefiel mir überhaupt nicht. Unglaublich! Sie hatte einfach ihre Freundin hinters Licht geführt, dazu eine so mittellose. Das machte wirklich keinen guten Eindruck, vor allem weil Madame Rogowa selber mehr als gut versorgt zu sein schien. Die Adresse, die mir die Kolossowa gegeben hatte, führte mich an den Rand Moskaus, fast schon aufs Land, zu einem schönen zweistöckigen Haus, das von einem hohen Zaun umgeben war.

Ich hielt in der Nähe des Eingangstors und steckte mir eine Zigarette an. Gerade überlegte ich, wie ich mich am Besten vorstellen sollte, da gingen die Torflügel auf und ein luxuriöser roter Mercedes glitt heraus. Hinter dem Steuer thronte stolz eine platinblonde Frau um die dreißig.

»Sonja Nikolajewna«, schrie gellend eine Stimme vom Hof, »Sie haben Ihre Handtasche vergessen.«

Der Mercedes bremste, und die Frau öffnete die Autotür. Mit einer kleinen Ledertasche fuchtelnd kam schnell ein Mädchen in blauem Kleid und weißer Schürze angerannt.

»Gib her«, murmelte Sonja Nikolajewna durch ihre Zähne und ließ den Motor wieder an.

Ohne groß nachzudenken, folgte ich ihr.

Den ganzen Tag vergeudete ich mit der Beschattung. Es war weitaus leichter als erwartet. Die Frau fuhr langsam und vorsichtig und keine großen Strecken, sie war nur in der Stadtmitte unterwegs. Vom teuren Friseur ging es zu einer französischen Konditorei, aus der sie mit einer Schachtel Törtchen herauskam. Schließlich fuhr sie zur Glagolewski-Straße und parkte bei einem kleinen, hellrosa gestrichenen Häuschen, das zu Beginn des 20. Jahrhunderts gebaut worden war.

Die Zeit des Wartens verstrich quälend langsam. Nach etwa zwei Stunden hatte ich mich genug gelangweilt und ging in den Hof.

Es war kalt, aber die Sonne schien, und auf einer Bank hatte sich eine alte, in lauter Schals gewickelte Frau mit einem Kinderwagen niedergelassen. Ich setzte mich neben sie. Die Alte schielte missbilligend auf mein Päckchen Gauloises und brummte:

»Was für eine Mode! Als ob es nicht reichen würde, dass die Männer rauchen, jetzt fangen auch noch die Frauen damit an, wie scheußlich.«

Ich steckte meine angebrochene Zigarettenpackung schnell wieder weg, zeigte mit dem Finger auf den aufreizend schicken Mercedes und sagte friedfertig:

»Schönes Auto, bestimmt sehr teuer!«

»Willst du wissen, wem es gehört?« Die Alte lebte plötzlich auf. »Lenja Gawrjuschin hat eine Geliebte.«

»Nein!«, ermunterte ich die Klatschbase. »Das ist doch nicht möglich!«

»Das hab ich mir zuerst auch gedacht!«, verkündete die Alte feierlich. »Der ist ja noch ein Kind, gerade erst achtzehn geworden. Sie dagegen muss schon um die vierzig sein, obwohl sie natürlich auf jugendlich macht. Das Röckchen gerade über dem Po, weiße Stiefelchen, der Busen fällt ihr fast aus dem Ausschnitt, und dazu stakst sie auf Pfennigabsätzen daher. Die Frauen hier sagen, sie hat ihn aus der Armee herausgekauft, und jetzt zeigt er sich ihr gegenüber dankbar.«

»Treffen sie sich häufig?«

»So gut wie täglich, immer zur selben Zeit. Wenn die Uhr drei schlägt, ist sie schon da, um fünf geht sie wieder.«

Ich schaute auf die Uhr – 16:50.

»Da, schau mal«, sagte die Alte lebhaft, »jetzt fangen sie mit ihrem Abschiedsritual an.«

Aus dem Treppenhaus kam ein Pärchen, es war Sonja Nikolajewna mit einem jungen athletischen Mann. Trotz der Kälte trug er nur ein Hemd mit kurzen Ärmeln, als wollte er allen seine imposanten Muskeln zeigen. Und zu sehen gab es mehr als genug. Der Romeo war wie ein Dreieck gebaut, das auf dem Kopf steht: Er hatte breite Schultern und schmale Hüften. Schöne hellblonde Haare, die sich bestimmt seidenweich anfühlten, umspielten seinen Kopf, das Gesicht hatte ebenmäßige, wenn auch irgendwie konturlose Züge. Anders gesagt: Der Junge schien direkt einem Werbeplakat entsprungen, so hübsch war er.

Er stützte Sonja Nikolajewna fürsorglich am Ellenbogen, brachte sie zum Auto und half ihr zuvorkommend beim Öffnen der Tür. Es folgte ein leidenschaftlicher Kuss. Die Alte und ich starrten ungeniert hin. Das Pärchen kümmerte sich kein bisschen um uns. Schließlich riss sich Gawrjuschin sichtlich schweren Herzens von seiner Geliebten los und schob sie ins Auto. Sonja streckte die linke Hand aus dem Fenster, die Lenja sofort abzuküssen begann. Dann endlich jaulte der Motor auf, und die Dame fuhr los.

Einen Moment lang zögerte ich. Die Adresse der Rogowa wusste ich nun, sie konnte ich jederzeit noch erschrecken. Vielleicht sollte ich erst einmal diesen leidenschaftlichen Prinzen einschüchtern, um mehr über Sonja zu erfahren. In der Zwischenzeit war der Junge wieder im Aufgang verschwunden. Ich ging ihm nach. Er zog gerade an der Tür im ersten Stock, als ich in einschmeichelndem Ton rief:

»Herr Gawrjuschin, bitte, haben Sie ein paar Minuten Zeit …?«

Ich hatte ihn erschreckt, und er hätte vor Überraschung fast aufgeschrien, hielt aber an sich und murmelte nur undeutlich:

»Was wollen Sie? Und wer sind Sie?«

Ich lächelte:

»Schwierig zu sagen, sagen wir, eine Vertreterin der Familie von Sonja Rogowa.«

Er wechselte die Farbe und flüsterte:

»Sind Sie ihre Mutter?«

Schlimmer hat mich noch nie jemand beleidigt! Die Mutter dieser angemalten Tussi?! Dabei sehe ich aus wie ihre jüngere Schwester! Entweder hatte der Casanova vor lauter Leidenschaft den Verstand verloren, oder auf der Treppe war zu wenig Licht.

»Nein«, erwiderte ich ziemlich schroff, »ich bin eine Verwandte von der anderen Seite, vom Ehemann.«

»Oh Gott!«, stotterte der Schönling und fand mit seinen zitternden Händen den Weg in die Hosentaschen nicht mehr. »Von ihrem Mann!«

»Wussten Sie denn nicht, dass Sonja verheiratet ist?«

»Nein, oder doch, oder genauer gesagt, nein«, begann der Arme sich zu winden.

Das schöne, ein bisschen apathische Gesicht war von Schweißperlen bedeckt. Die prachtvollen braunen Samtaugen irrten umher. Manja nennt solche Leute kurz und bündig Schleimer.

»Kind«, sagte ich ruhig, »nun hab keine solche Angst, ich tu dir nichts, ich will nur ein bisschen mit dir reden, das ist alles …«

Jetzt bekam der Knabe den Schlüssel nicht ins Schlüsselloch. Ich nahm ihm den Schlüsselbund ab und machte die Tür auf.

Im Flur herrschte tiefe Stille.

»Wohnst du hier allein?«

Der Knabe nickte, und wir gingen in ein ziemlich großes Zimmer. Ich war sofort von der Atmosphäre beeindruckt – eine Mischung aus fernöstlichem Bazar, Museum für aristokratischen Lebensstil und Bordell in Shmerinka. Alles war mit Teppichen ausgelegt, haargenau wie eine Nomadenjurte. Von der Decke hing ein für diesen Raum zu großer bronzener Leuchter. Prächtige dunkelgrüne Ledermöbel, ein niedriges Zeitungstischchen, ein riesiger Fernseher von Sony, ein Videogerät, jede Menge Kassetten und ein ganzer Stapel von Ausgaben der Zeitschrift »Semjon«.

»Was ist dort?«, fragte ich und zeigte mit dem Finger auf eine schwarze Tür.

»Das Schlafzimmer«, blökte Lenja.

Da ich sichergehen wollte, dass wir allein waren, machte ich die Tür auf und blieb sprachlos stehen.

Der ganze Raum war von einem riesigen runden Bett ausgefüllt, auf dem prachtvolle Spitzenbettwäsche lag. Die Wände waren dunkellila, in die Decke war ein Spiegel eingelassen. Auf dem Boden lag ein weißer Teppich mit kilometerlangem Haar. Eine Angorakatze mit himmelblauem Halsband schlief auf einem Kissen.

»Schön hast du's hier!«

»Sonja hat sich um die Renovierung gekümmert«, rechtfertigte sich Lenja.

Ohne auf sein Gestammel zu achten, nahm ich das mit Parfüms und Kosmetika voll gestopfte Bad in Augenschein und betrat dann die Küche.

Jedenfalls sparte die Rogowa bei ihrem Liebhaber nicht an Geld.

»Also, erzähl«, befahl ich und setzte mich auf einen mit Samt bezogenen Küchenstuhl.

»Was denn?«

»Alles, wie ihr euch kennen gelernt habt …«

»Warum eigentlich?«, wehrte sich der Knabe plötzlich. In

den eigenen vier Wänden hatte er sich offensichtlich beruhigt und wieder Mut gefasst.

»Weißt du, wer Sonjas Mann ist?«

Lenja nickte.

»Sag mir, wo er arbeitet!«

»Warum?«

»Ich will prüfen, ob du wirklich Bescheid weißt.«

»Sergej Nikolajewitsch Rogow ist der Inhaber der Monobank.«

Innerlich stieß ich einen Pfiff aus, hoffentlich log Lenja nicht.

»Richtig, du weißt also, dass er keine Geldprobleme hat?«

»Na klar«, konterte Gawrjuschin.

»Und jetzt erzähl mir alles über dich und Sonja.«

»Warum?«

Einen erstaunlich dürftigen Wortschatz hatte der Kleine, das muss man schon sagen.

»Darum, weil Sergej Nikolajewitsch Rogow wissen möchte, mit wem seine Frau ihre Zeit verbringt.«

»Das heißt, er weiß alles?« Gawrjuschin erstarrte vor Schreck.

»Aber sicher doch«, beruhigte ich ihn, » er selber hat einfach nicht die Zeit, Sonja seine männliche Aufmerksamkeit zu schenken, deshalb beobachtet er heimlich ihre Eskapaden. Aber natürlich möchte er sicher sein, dass der Liebhaber gesund und sauber ist und aus einer guten Familie stammt.«

»Aber wir gehen ja nie zusammen irgendwohin, weil sie Angst hat, ihr Mann könnte etwas erfahren«, murmelte Lenja.

»Sie soll ruhig Angst haben, sag ihr nichts davon. Aber Sergej Nikolajewitsch will sich dir gegenüber für dein Schweigen und dein gutes Benehmen erkenntlich zeigen. Er hat mich extra für solche Zwecke angestellt. Du bist ja nicht Sonjas Erster. Na los, Süßer, erzähl schon, sei ein kluges Bürschchen.«

Der dumme Gawrjuschin seufzte und begann, sein Herz auszuschütten. Er war noch jung, gerade erst achtzehn geworden. Sonja hatte er schon vor einem Jahr bei Wettkämpfen kennen gelernt. Frau Rogowa, die offensichtlich schöne Männerkörper schätzte, besuchte Bodybuilding-Wettbewerbe. Und Lenja war einer der Besten bei diesen Shows. Seit er vierzehn war, hatte er immer nur gemacht, was er wollte, und war in der neunten Klasse aus der Schule geflogen. Er hatte einen wunderbar entwickelten Körper, während die geistigen Fähigkeiten reichlich zu kurz gekommen schienen.

Bis sechzehn lebte Lenja bei den völlig dem Alkohol verfallenen Eltern. Kurz vor seinem siebzehnten Geburtstag tranken Papa und Mama einen billigen gepanschten Wodka und starben, bevor es Morgen war. Lenja beerdigte die Eltern, organisierte sogar einen Leichenschmaus, zu dem er die Nachbarn einlud, aber trauern tat er nicht sonderlich um sie. Nach ihrem Tod wurde sein Leben eher leichter. Nur das Geld war knapp. Ein paar Mal ließ er sich für eine Unterwäschereklame fotografieren, zweimal erhielt er Auszeichnungen auf Bodybuildung-Wettbewerben, außerdem arbeitete er sehr erfolgreich als »Dressman« in einem Modehaus. Zu trinken fing der junge Mann gar nicht erst an, er rauchte im Übrigen auch nicht. Stattdessen achtete er sehr ängstlich auf seine Gesundheit, aß nach der Uhr und berechnete genau das richtige Verhältnis von Eiweißen, Fetten und Kohlehydraten. Kurz: Er war rund um die Uhr beschäftigt, als Sonja auftauchte.

Es war Winter. Die Rogowa trug, wie dem naiven Lenja schien, einen grauen, unansehnlichen Pelzmantel aus Kaninchenfell. Doch schon bald machten ihm die neidischen Seufzer der anderen klar, dass der Mantel aus Chinchilla und ein Vermögen wert war.

Sonja warf den Mantel nachlässig über einen Stuhl, sie hatte einen Minirock und eine eng anliegende Bluse an. Der erfahrene Semjon Sheslow, der sich im selben Zimmer wie

Gawrjuschin umgezogen hatte, überließ Lenja gleich das Feld.

Um es kurz zu machen: Sie gingen zusammen zu ihm nach Hause. Sonja verzog das Gesicht vor Ekel, als sie die heruntergekommene Wohnung sah, und bemerkte nur:

»Hier muss renoviert werden.«

Gleich am nächsten Tag rückten die Handwerker an und verwandelten die unansehnlichen Zimmer in Gemächer. Dann kamen die neuen Möbel. Sonja löste im Handumdrehen alle Probleme. Irgendwie schaffte sie es, den Liebhaber vom Militärdienst freistellen zu lassen. Lenja kaufte sich neue Kleider, ging zum Friseur, zur Maniküre und Pediküre und begann »Erotische Fantasien« zu lesen. Die Liebhaberin bezahlte alles, sie verlangte von Lenja nur eines: Zu bestimmten Zeiten sollte er klar zum Gefecht und zu Hause sein. Wie er die restliche Zeit verbrachte, war ihr egal. Sonja ging mit ihrem Geliebten nie aus und erklärte dieses Verhalten mit der pathologischen Eifersucht ihres Mannes.

»Er ist wie ein eifersüchtiger Eunuch«, gab sie einmal zu, »selber kann er nicht, aber anderen erlaubt er es nicht. Und ich bin eine leidenschaftliche, temperamentvolle Frau …«

Was wahr ist, ist wahr. Im Bett brannte Frau Rogowa wie Zunder. Ihr kamen die erstaunlichsten Fantasien in den Kopf, so dass Lenja alle Bücher über Erotik vergaß. Über das, was diese Dame konnte, schrieb einfach keiner. Manchmal räkelte sich Sonja nach den wilden Umarmungen wie ein sattes Kätzchen und stellte fest:

»Du bist schon unglaublich schön, Lenjalein, und im Bett schläfst du auch nicht. Aber du bist so langweilig, ich weiß nicht, was ich mit dir reden soll.«

Gawrjuschin fing dann an, sie abzuküssen und sie wieder von seiner Liebe zu überzeugen.

»Keine Angst«, lachte die zynische Sonja, »du bist nicht der Erste und nicht der Letzte, aber später wird gut für dich gesorgt sein, so wie für die anderen.«

Sonja blieb nie über Nacht, sogar dann nicht, wenn ihr Mann verreist war. Lenja wusste oft aus dem Fernsehen, wenn Rogow in England oder Frankreich war …

»Ich würde ja gern bei dir schlafen«, seufzte Sonja, »dann könnten wir uns mal so richtig austoben, aber mein Mann hat eine Haushälterin angestellt, sie heißt Esfir Grigorjewna. Die ist immer hinter mir her und berichtet ihm alles. Wo ich war, wohin ich gefahren bin, wann ich wiederkomme. Weißt du, wie Sergej seine erste Frau, Marinka, vor die Tür gesetzt hat? Nackt und barfuß, wie sie gekommen war. Dazu hab ich überhaupt keine Lust, außerdem ist er schon fünfundsechzig. Es kann gut sein, dass ich eine reiche Witwe werde, ich bin schließlich erst dreißig …«

Nach den Offenbarungen des Knaben fuhr ich äußerst zufrieden nach Loschkino. Jetzt wusste ich, womit ich der liebreizenden Dame so richtig Druck machen konnte!

Im Ess- und im Wohnzimmer herrschte Stille. Wo waren sie bloß alle hin? Ich ging nach oben in den ersten Stock, schob die Tür zum Arbeitszimmer auf und staunte. Der Raum war voll mit Kindern. Fünf Mädchen und sechs Jungen. An der Wand zwischen den Bücherregalen war eine Tafel befestigt. Neben ihr stand, wie immer zerzaust, Mischa mit kreidebeschmierten Lippen.

»Ist hier alles so weit klar?«, fragte er.

»Ja«, antworteten die Kinder im Chor.

»Wunderbar, gehen wir weiter. 7b hoch zwei – 8c …«

Die Schüler schnipsten eifrig mit den Fingern. Direkt vor der Tafel thronte Chutschik, als wollte auch er die Prinzipien der Algebra verstehen.

Ich schloss leise die Tür und schaute zu Galja ins Zimmer. Sie lag auf dem Bett und las »Liebe mich ewig«.

Im Hof knallte eine Autotür. Der müde Kescha war nach Hause gekommen.

»Wie geht's?«, fragte ich, als ich wieder unten in der Diele war.

Kescha sah den Haufen Sportschuhe, Stiefel und Halbschuhe und fragte seufzend:

»Schon wieder Gäste?«

»Manjalein hat ihre ganze Schule angeschleppt. Mischa gibt oben im Arbeitszimmer eine Mathestunde ...«

»Schon gut«, murmelte Kescha.

Im Esszimmer stocherte er apathisch mit der Gabel im Fisch herum und schob dann den Teller weg.

»Bist du müde?«

Mein Sohn hob die Augen.

»Je mehr ich arbeite, umso überzeugter bin ich, dass es um mich herum nur Idioten gibt. Seit heute hab ich zum Beispiel einen neuen Klienten. Einen Mörder, sechzehn Jahre alt. Er hat den Teufel gespielt.«

»Wie bitte?«

Die Geschichte hatte sich einige Tage zuvor in einer der Schlafstädte abgespielt. Gegen Mitternacht hatte jemand an der Tür der achtzigjährigen Anna Markowna Stepaschina geklingelt. Erstaunt über den späten Besuch war Anna Markowna zur Tür gegangen, hatte durch den »Spion« geschaut und war zu Tode erschrocken. Auf dem dürftig beleuchteten Treppenabsatz stand der Teufel höchstpersönlich. Das Gesicht des Dreckfinken war schwärzer als Schuhwichse, nur das Weiß der Augen blitzte. Auf dem kleinen Kopf saßen drohend spitze Hörner. In der rechten Hand hielt er eine Heugabel, in der linken einen langen Schwanz mit einer Quaste am Ende. Anna Markowna heulte vor Entsetzen auf. Sie war sehr gläubig, hielt die Fastenzeiten und Feiertage ein, und das Erscheinen des Teufels erschreckte sie maßlos.

Der abscheuliche Gast hörte das Jammern und schrie:

»Mach auf, Stepaschina, ich bin gekommen, um deine Seele zu holen.«

Dann hörte man ein schreckliches Lachen. Anna Markowna stürzte zu Boden. Zum Glück war in dieser Nacht der Enkel zu Besuch. Er hörte die Schreie und rannte in die Diele. Dort sah er die Großmutter am Boden liegen, schaute durch den Spion und riss sofort die Tür auf. Der »Teufel«, der das nicht erwartet hatte, sprang zum Fahrstuhl, aber der Enkel, ein junger und starker Mann, packte ihn am Schwanz und zog ihn in die Wohnung. Nachdem er den »Gesandten der Hölle« im Zimmer eingeschlossen hatte, beugte er sich zu seiner Großmutter und stellte fest, dass sie tot war.

Wenig später nahm die Miliz die Personalien des »Teufels« auf. Es war Kostja Sirotkin, ein sechzehnjähriger Schüler, Nachbar der Stepaschina, und Anna Markowna hatte ihn permanent zurechtgewiesen. Mal hatte er auf dem Treppenabsatz geraucht, mal mit seinen Freunden herumgestanden ...

Schließlich hatte der Junge beschlossen, sich an der widerwärtigen Alten zu rächen. Da er wusste, wie gläubig sie war, bastelte er sich das Teufelskostüm und fing an, vor ihrer Tür herumzutanzen.

»Ich dachte doch nicht, dass sie sterben würde«, weinte er, und die Mischung aus Rotz und Schuhcreme verschmierte ihm das Gesicht restlos, »ich dachte, ich erschrecke sie einfach ein bisschen ...«

Aber Mord bleibt Mord, und der Junge musste mit zur Miliz. Die Eltern suchten sich einen Rechtsanwalt und landeten bei Kescha.

»Wie soll man so einen Dummkopf verteidigen?«, schäumte mein Sohn. »Verzeihen Sie, das habe ich nicht gewollt? Was für ein Blödsinn! Sechzehn Jahre alt – und so ein Vollidiot!«

Im Flur hörte man Geräusche, dann Lachen, die Kinder waren offenbar dabei zu gehen. Mischa kam herein, ihm auf den Fersen folgte Chutschik.

»Wirklich sehr wissbegierige junge Leute«, erklärte Mischa, »leider wird heutzutage in der Schule nicht besonders gut erklärt, aber ich habe versucht, für Klarheit zu sorgen.

Noch einen Monat Unterricht, dann wissen sie wirklich Bescheid. Kann ich Tee bekommen?«

»Natürlich, Mischenka, Lieber«, schrie Manja, die gerade hereinkam, »und dazu Törtchen, das Gehirn braucht Zucker.«

»Danke«, murmelte Mischa, zog aus der Hosentasche irgendein Stück Papier und begann schnell zu schreiben.

»Geh und ruf Galja zum Abendessen«, befahl ich.

Manja verzog das Gesicht, trottete aber gehorsam nach oben. Kescha stocherte weiter in seinem Fisch herum, Mischa schrieb, ich trank schweigend meinen Tee.

Nach fünf Minuten kam Galja ins Esszimmer. Diesmal hatte sie kein Korsett an, unter ihrem Kleid zeichneten sich deutlich die Fettwülste ab.

»Setz dich neben Mischa«, befahl ich.

Die junge Frau nahm fügsam Platz.

»Mischa, iss!«, sagte Manja in strengem Befehlston.

Ohne zu schauen, streckte der Mann die Hand aus, nahm den Deckel der Butterdose und führte ihn zum Mund.

»Aber nicht doch«, bremste ihn Manja und nahm ihm den Deckel weg, »hier, das sollst du essen!«

Sie stellte dem Professor ein Eclair unter die Nase.

»Ich verstehe überhaupt nichts«, schrie Mischa auf.

»Was gibt's da zu verstehen?«, wunderte sich Manja. »Ein Eclair ist ein Eclair!«

»Es haut nicht hin!«, beklagte sich der Mathematiker erneut und schob verärgert das Papier weg. »Nur Unsinn kommt dabei heraus!«

»Essen Sie lieber«, seufzte Kescha, »sonst treten Sie heute Nacht nur wieder auf Bandy.«

Ich lächelte. Gestern war der Professor so in Gedanken versunken gewesen, dass er vergessen hatte zu essen. Nachts um drei hatte ihn der Hunger überfallen, und er war im Dunkeln hinuntergegangen, um sich aus dem Kühlschrank in der Küche etwas Essbares zu holen.

Unser Pitbull schläft gern auf dem Treppenabsatz. Der nichts ahnende Mischa war mit voller Wucht auf seinen langen dünnen Schwanz getreten. Bandy, der mit dem Überfall nicht gerechnet hatte, jaulte laut auf und pinkelte wie üblich gleich los. Der Mathematiker, der sich nicht weniger erschrocken hatte, rutschte aus und knallte der Länge nach hin … Olga, die von dem Lärm aufgewacht war, rannte hinunter und fand dort ein Durcheinander aus Menschenfüßen und Hundepfoten, gewürzt mit duftender Flüssigkeit, vor.

»Sie haben Recht, Kescha«, bemerkte der Professor ganz ernsthaft und streckte die Hand nach dem Fisch aus.

»Ich glaube, hier muss eine andere Methode angewandt werden«, sagte eine schüchterne Stimme.

Alle starrten auf Galja. Es war das erste Mal, dass sie von sich aus begonnen hatte zu sprechen. Sie hielt das Blatt Papier in der Hand.

»Hier«, murmelte sie, »der Fehler liegt genau hier!«

Mischa nahm das Papier. Der schwarze und der rote Kopf gluckten zusammen.

Kescha und ich wechselten einen Blick.

»Verzeihen Sie, Galja«, erkundigte sich mein Sohn, »aber was sind Sie von Beruf?«

»Mein Fach ist die theoretische Physik«, antwortete sie und wurde rot.

»Aber natürlich!«, rief der Professor aufgeregt. »Himmel, dass ich da nicht drauf gekommen bin! Ach übrigens, wie ist Ihr Name? …«

Gegen elf, als ich ins Bett gehen wollte, schaute ich noch einmal ins Esszimmer. Der Teppich lag voll mit bekritzelten Zetteln. Mischa und Galja waren dabei, sich erbittert zu streiten und den nächsten Zettel voll zu schreiben. Ich sah, wie sich beide auf dieselbe Weise ihre Haare um die Finger wickelten, und seufzte befriedigt. Na also! Mal sehen, wie es weiterging.

KAPITEL 8

Am nächsten Tag so gegen elf machte ich mich zur Villa der Rogowa auf. Auf mein forsches Klingeln hin tönte es sofort durch die Sprechanlage:

»Wer da?«

»Ist Sonja Nikolajewna zu Hause?«

»Die Dame empfängt nicht«, hallte es aus dem Lautsprecher.

Muss man seine Dienstboten so abrichten? Unsere Irka lässt ohne Ansehen der Person alle durch.

»Sagen Sie ihr, eine alte Freundin ist gekommen.«

»Wie heißen Sie?«

»Ljuba Gawrjuschina.«

Mal schauen, wie die allerliebste Sonja auf den Namen ihres Liebhabers reagierte! Das Tor ging auf, und ich ließ den Wagen langsam zum Haupteingang rollen. Auf der Treppe stand ein junges Zimmermädchen in Kostüm und weißer Schürze.

Im Entree erwartete mich eine hagere, etwa sechzigjährige Dame in einem englischen Kostüm. Das musste die Spionin Esfir Grigorjewna sein. Die Haushälterin führte mich ins Wohnzimmer. Sonja stand nervös auf. Bevor sie den Mund aufmachen konnte, breitete ich die Arme weit aus und flötete kapriziös:

»Sonjalein, Herzchen, ich komme eben aus Paris und geradewegs zu dir, es gibt ja so viel zu erzählen! Lass das Mädchen Kaffee bringen!«

Sonja Nikolajewna war offensichtlich nicht dumm, denn sie deutete auf den Sessel und zwitscherte:

»Setz dich, meine Liebe!«

Dann drehte sie sich zur Haushälterin und ordnete an:

»Esfir Grigorjewna, bitte disponieren Sie!«

Die Frau verließ den Raum. Wir schauten uns schweigend an. Ebenso schweigend stand Sonja auf, schaute zur Tür hinaus, schloss sie dann fest und flüsterte:

»Wer sind Sie?«

»Ljuba Gawrjuschina, eine enge Verwandte von Lenja«, lächelte ich.

Frau Rogowa zuckte zusammen und betrachtete aufmerksam meinen Hosenanzug von Dior und meine Schuhe von Gucci.

»Sie sehen ihm irgendwie nicht sehr ähnlich«, murmelte sie, »wollen Sie Geld?«

»Ich weiß schon nicht, wohin mit meinem eigenen«, beruhigte ich sie.

Da sie es offenbar gewohnt war, alle Probleme mit der Kreditkarte zu lösen, schien sie leicht verwirrt. Hinter der Tür hörte man ein Geräusch. Sonja Nikolajewna setzte im Nu ein Lächeln auf und sagte mit mondäner Stimme:

»Das Museum für moderne Kunst ist einfach großartig!«

»Herrlich!«, parierte ich. »Aber Saint-Denis ist noch beeindruckender!«

Ein anderes Dienstmädchen, ebenfalls jung und hübsch, schenkte den Kaffee in filigrane Porzellantässchen ein und blieb dann abwartend stehen.

»Gehen Sie nur, Marina«, Sonja machte eine nachlässige Handbewegung in Richtung Tür.

»Moskau ist so langweilig«, sagte Sonja kapriziös und hielt warnend ihren Zeigefinger vor den Mund, »jetzt zeig ich dir die Fotos von Italien. Wenn man sich irgendwo wirklich amüsieren kann, dann in Rom!«

Sie wühlte in einem antiquarischen Sekretär und zog ein

schönes Album heraus, das ich durchzublättern begann. Auf meine Knie fiel ein Blatt Papier: »Hier können wir nicht reden, die Dienstboten belauschen uns«.

»Wie schön«, murmelte ich, während ich den Zettel schnell zusammenknüllte, »aber eigentlich wollte ich dich zu mir einladen. Weißt du, Basil hat ein neues Haus gekauft, es ist zwar klein mit seinen elf Zimmern, aber es ist gemütlich.«

»Wunderbar«, rief Sonja, und schon waren wir im Entree.

Dort ordnete Esfir Grigorjewna geschäftig die Blumen, die in einer riesigen Vase auf dem Fußboden standen.

»Zum Abendessen bin ich wieder da«, bemerkte die Dame des Hauses nachlässig, während sie sich ihren mit Leopardenfell gefütterten Ledermantel überwarf.

Wir gingen hinaus auf den nassen Hof, Sonja zu ihrem Mercedes, ich zu meinem Volvo. Eine Sekunde später rollte der rote Wagen munter zum Tor und auf die Straße und ich hinterdrein. Etwas seltsam, die Reihenfolge, wenn man bedenkt, dass wir angeblich zu meinem Haus unterwegs waren. Aber offensichtlich wusste Sonja Nikolajewna genau, wohin sie wollte, denn sie fuhr zielsicher durch die Dorfstraßen und Gassen, bis sie an einer kleinen Hütte ankam, die ganz folkloristisch im russischen Stil hergerichtet war. Aus der Tür kam ein junger Mann, der wie ein Kellner gekleidet war: Er trug ein himmelblaues Satinhemd, nach russischer Art mit einem Stehkragen und seitlichem Vorderverschluss, eine schwarze halbsamtene Hose und ein weißes Handtuch im Gürtel. Zu einer solchen Aufmachung gehören weiche Stiefel aus Saffianleder, aber der Junge trug ganz einfache schwarze Halbschuhe. Dafür waren die dichten Haare reichlich pomadisiert und mit einem sorgfältigen Mittelscheitel versehen.

»Einen schönen guten Tag«, rief der Knabe fröhlich, »bitte kommen Sie herein.«

»Hier sind wir absolut sicher«, erklärte Sonja, während wir uns an einen großen Holztisch mit einem bauchigen Samowar setzten. »Ich lebe in einem Schlangennest. Alle Angestellten erzählen alles meinem Mann, na und er ...«

Sie winkte hoffnungslos mit der Hand ab. Ich bekam unerwartet Mitleid mit ihr. Ich war selbst viermal verheiratet, aber letztendlich habe ich beschlossen, dass es besser ist, allein zu leben. Du musst vor keinem Angst haben, dich vor niemandem rechtfertigen, dir keine Vorwürfe anhören ...

Vielleicht gibt es irgendwo auf der Welt noch richtige Männer: ehrlich, klug, warmherzig, zärtlich, verständnisvoll ... aber mir ist so einer nie untergekommen.

Immer wenn ich heiratete, dachte ich jedes Mal aufs Neue, ich hätte zum letzten Mal den Brautkranz auf. Nie hatte ich mir eine gute Partie ausgesucht, die finanzielle Lage des Mannes war für mich nie entscheidend gewesen. Wahrscheinlich war ich schon immer überzeugt davon, dass Abhängigkeit, und sei es auch die von einem liebenden und geliebten Menschen, unwiderrufliche Folgen hat. Sonja Rogowa hatte wohl nicht so gedacht, und nun erntete sie die Früchte ihres Leichtsinns.

»Ich führe ein scheußliches Leben«, klagte sie, »ich lebe in einem goldenen Käfig. Ohne Freunde, ohne Freundinnen, ich habe ja noch nicht mal jemanden, mit dem ich reden kann!«

»Wie kommt das?« Ich war ehrlich erstaunt.

»Egal zu wem, mein Mann erlaubt mir keine Kontakte«, verkündete Sonja mit kindlicher Stimme, »nur mit Frauen aus seinem Bekanntenkreis, aber die sind dumm und wie Piranhas. Sie denken nur darüber nach, wie sie bei ihren Männern noch mehr Geld lockermachen können. Mein Sergej ist nicht geizig, er zählt die Dollars nicht, ich kann mir absolut alles kaufen, was ich will ... Aber dafür ist er eifersüchtig wie nur was.«

Offensichtlich hatte die Arme wirklich keinen, mit dem sie reden konnte, so wie sie jetzt alles vor der erstbesten Dahergelaufenen ausbreitete. Noch dazu blitzten ihre Augen fiebrig, und die Flügel ihrer schmalen, rassigen Nase bebten. Sie schien sich über den Besuch einer fremden Frau weder besonders zu wundern …

»Er hat Esfir Grigorjewna eingestellt«, beklagte sich die Rogowa, »die ist ein Spitzel. Sie sieht und hört alles, und die Zimmermädchen geben auch fleißig alles weiter. Und warum zum Teufel kommen Sie auch noch zu mir nach Hause? Hätten wir uns nicht bei Lenja treffen können? Wollen Sie Geld? Wie viel? Ihr Bruder gefällt mir, er ist ein guter Junge. Ich habe bloß Angst, dass Sergej alles rauskriegt. Wissen Sie, unter welchem Vorwand ich aus dem Haus gehe?«

Ihre Nase begann noch stärker zu zucken, und sie lachte.

»Ich lerne zeichnen. Hab ich mir das nicht gut ausgedacht?! Ich habe eine arbeitslose Frau angestellt, ihr meine Klamotten angezogen und sie frisieren lassen … Jetzt rennt sie in die Stunden und malt grässliche Landschaften. Ich zeige sie dann Sergej, und er lobt mich …«

Sie kicherte hysterisch, nahm ihr Täschchen und verschwand in der Toilette. Ich blieb befremdet sitzen. Wie konnte sie so offen zu einer Unbekannten sein? Dumm sah sie nicht aus, was war bloß los mit ihr?

Ruhig und ausgeglichen kam Frau Rogowa zurück. Das nervöse Zucken ihrer Nasenflügel hatte aufgehört.

»Also, was wollen Sie? Geld?«

Seltsame Frau.

»Kennen Sie Maja Kolossowa?«, stellte ich die Gegenfrage.

»Maja?«, fragte die Bankiersfrau erstaunt nach, »natürlich, wir waren in einer Klasse. Sie hat so ein Pech gehabt, sie ist schrecklich arm. An ihrem Geburtstag war ich mit Alka bei ihr, wir waren völlig schockiert …«

Warum hast du deiner Freundin dann nicht geholfen?, dachte ich. Hättest ihr ruhig ein paar hundert Dollar da lassen können, wirst doch wohl Mitleid gehabt haben, oder?!

Sonja Nikolajewna entsetzte sich weiter.

»Stellen Sie sich vor, auf dem Tisch standen ein Salat mit Krabbenstäbchen, Hering und Kartoffeln und eine scheußliche Torte mit Margarineröschen.«

Ich erinnerte mich, wie begeistert Maja ihre Vorbereitungen geschildert hatte, und unterbrach Sonja:

»Erinnern Sie sich, wohin Sie sie als Dienstmädchen vermittelt haben?«

»Na, zu den Nikitins, wieso?«

»Ich muss mit der Dame des Hauses sprechen.«

Sonja Nikolajewna beugte sich über den Tisch, bis ihr gekonnt geschminktes Gesicht direkt vor meiner Nase war. Die Nasenflügel meiner Gesprächspartnerin zitterten schon wieder, und ihre riesigen, unergründlichen Pupillen tauchten in meine Augen ein.

»Seltsam ist das alles«, sagte sie gedehnt, »sehr seltsam …«

Ihre Nasenspitze bebte, und über ihrer Oberlippe bemerkte ich winzige weiße Pulverkörnchen. Plötzlich wurde mir alles klar. Die Rogowa schnupfte Kokain. Daher der plötzliche Wechsel ihrer Launen, die unbegründete Schwatzhaftigkeit, die sexuelle Zügellosigkeit und ihre Hysterie. Ob der Ehemann Bescheid wusste?

»Was brauchen Sie von Wanda Nikitina?«, fragte Sonja weiter. »Falls Sie sich bei ihr was dazuverdienen wollen – sie nimmt nur verheiratete.«

Komisch, sehe ich etwa aus wie eine einsame Frau?

»Maja Kolossowa hat auch keinen Mann«, erinnerte ich sie, »Sie haben ihre Freundin doch selbst bei der Partnerschaftsagentur angemeldet, und sie wurde trotzdem eingestellt …«

Die Rogowa schaute auf die Brillantohrringe, die Kescha mir zum Geburtstag geschenkt hatte, und präzisierte bedächtig:

»Aber Sie wollten doch nicht etwa als Dienstmädchen dorthin …«

»Als was kann man denn bei den Nikitins noch arbeiten, als Sekretärin, Gesellschafterin, nennen Sie es, wie Sie wollen, es ist doch alles eins – Dienstmädchen bleibt Dienstmädchen.«

Sonja kicherte hysterisch.

»Dann wissen Sie wirklich nichts? Himmel, ist das komisch!«

Ich wartete, bis sie sich beruhigt hatte, und fragte dann gekränkt:

»Was weiß ich nicht?«

Sonja Nikolajewnas riesige Augen tauchten wieder in mein Gesicht ein. Sie schien sich köstlich zu amüsieren, denn sie wirkte entspannt, zufrieden und irgendwie satt, obwohl sie den appetitlichen Hühnchensalat noch nicht angerührt hatte.

»Hör mir gut zu«, duzte sie mich plötzlich vertraulich, »die Nikitins haben zu Hause ein Bordell, verstehst du?!«

»Was soll das heißen?«

»Na, ein Bordell, einen Puff haben sie, nur ist er etwas ungewöhnlich …«

Sie zog eine selbstgedrehte Zigarette aus einem goldenen Zigarettenetui, und der charakteristische süßliche Rauch schwebte über unserem Tischchen. Gras rauchte sie also auch noch. Wenn sie so weitermachte, würde sie bald zur Nadel greifen und krepieren, bevor sie ihren Bankier beerben konnte! Aber solche Gedanken kamen Sonja Nikolajewna natürlich nicht in den Kopf. Sie inhalierte selig und ließ nun alle Schranken fallen.

Wanda war die Exfrau von Alexej Nikitin. Oder besser gesagt, nicht die Ex-, sondern die verlassene Frau. Alexej Iwanowitsch hatte sich nicht scheiden lassen, er war einfach zu einer anderen gegangen. Der Tochter und der Ehefrau hinterließ er die Villa und das Auto, aber Geld gab er ihnen keins.

»Ihr habt damit mehr als genug«, lautete Nikitins kategorisches Urteil.

Zunächst waren die verwöhnten Frauen wie gelähmt. Dann kam Wanda eine außerordentlich profitable Idee.

In dem riesigen dreistöckigen Gebäude wohnten nur drei Menschen, wenn man die Dienstboten nicht berücksichtigte: Wanda, Julia, ihre Tochter aus erster Ehe, und die siebenjährige Rita aus der letzten Ehe. Es gab jede Menge Platz in der Villa, unzählige Zimmer, Korridore und Bäder …

Die schlaue Wanda wusste, dass viele Frauen der »neuen Russen«, also der Superreichen, unter zwei Dingen leiden: unter der Gleichgültigkeit ihrer Ehemänner und – so seltsam es klingt – unter Geldmangel. Meist sind es junge Mädchen, irgendwelche Möchtegerns, Mannequins, erfolglose Schauspielerinnen, die schnell den Geldbeutel mit den Dollars geheiratet hatten. Die Dummerchen dachten, sie könnten sich danach alles erlauben, und wurden meistens bitter enttäuscht. Die Männer kauften ihnen Schmuck, Autos, Pelzmäntel, setzten sie in schicke Häuser, aber das ersehnte Geld gaben sie ihnen nicht in die Hand. Sie gingen davon aus, dass die leichtsinnigen Verschwenderinnen Hunderttausende für irgendwelchen Flitter ausgeben würden, und damit lagen sie wohl auch nicht so falsch.

So fuhren die Schönheiten in teuren Autos umher, mit exklusiven Kleidern, aber ohne eine Kopeke in den schicken Täschchen. Noch dazu kam der Mann meist erst mitten in der Nacht von der Arbeit nach Hause und fiel mit dem Handy in der Hand wie ein Sack Kartoffeln ins Bett. Sex mit der geliebten Ehefrau war für die meisten eine unnötige Last, so etwas wie Gymnastik. Man kann sich lebhaft vorstellen, dass die Frauen dabei weder Freude noch Vergnügen empfanden …

Die armen Frauen versuchten die endlosen Tage im Rahmen ihrer Möglichkeiten zu füllen: Die einen griffen zur Flasche, die anderen versuchten sich Liebhaber an Land zu ziehen … Manchmal tauchte Wanda dann in dem einen oder anderen Haus auf, eine Dame unbestimmten Alters in teuren Kleidern. Sie verbreitete den erstickenden Duft französischen Parfüms und schlug den Frauen einen äußerst einfachen Ausweg aus ihrer Misere vor. Die jungen Frauen, die vor Langeweile schon fast umgekommen waren, wurden zu den Nikitins eingeladen. Gleichzeitig erschienen ganz zufällig imposante Männer, alle ausgesucht ehrenwert und reich. Ein angenehmes Gespräch in einem gemütlichen, abgedunkelten Zimmer mit hervorragenden Getränken, dazu leise Musik … Das Ganze endete im Nebenzimmer auf einem bequemen Doppelbett. Hinterher wartete ein kleines Kuvert mit knisternden grünen Scheinen auf sie. Das Geld reichte allerdings nie für lange, und so mussten sie sich wieder zu den Nikitins auf den Weg machen.

Der ganze Vorgang spielte sich absolut geheim ab. Die Dienstboten waren taubstumm. Jedenfalls machten sie sich nur durch Gesten verständlich. Auch das Wachpersonal war meistens schweigsam. Freier wurden nur aus der Provinz in die Hauptstadt eingeladen, damit sich in Moskau keine Gerüchte verbreiteten. Kunden gab es genug, darunter waren vor allem die Bürgermeister aus den großen russischen Städten, Gouverneure und ihre Vertreter, die oberste Militärführung … Viele nahmen die Handynummer von Wanda mit und gaben sie an Freunde und Kollegen weiter. Aber die Nikitina hatte überhaupt nicht die Absicht, alle hereinzulassen. Die Türen zur Villa öffneten sich nur denen, die absolut vertrauenswürdig, reich und wichtig waren.

Die untreuen Ehefrauen trafen nie aufeinander, die »Rendezvous« waren wie im Dampfbad zeitlich gut durchorganisiert. Die Frauen hielten wohlweislich ihren Mund und zogen es vor, sich ihr Taschengeld leise zu verdienen. Viele von ihnen hatten bis zur Hochzeit ein mehr als freizügiges Leben geführt und wurden auch jetzt nicht von ihrem Gewissen geplagt.

»Woher wissen Sie das alles?«, fragte ich interessiert.

»Sie hat mich zu sich eingeladen«, erklärte Sonja, »und

wollte mich lange überzeugen, dass ich nichts zu befürchten hätte. Angeblich hat in all den Jahren nie ein Ehemann etwas erfahren, aber ich wollte trotzdem nicht. Sergej gibt mir so viel Geld, wie ich will, und Gott sei Dank brauche ich meinen Körper nicht zu verkaufen. Da kaufe ich mir doch lieber selber einen Liebhaber, das ist irgendwie einfacher …«

Sonja Nikolajewna hatte entschieden abgelehnt, ein Callgirl zu werden. Immerhin hatte sie aber, als sie bei der verarmten Maja zu Besuch gewesen war, beschlossen, der Freundin zu helfen, und Wanda angerufen. Bei der hatte zufällig gerade eines der Dienstmädchen eine Grippe gehabt, und so stellte sie die Kolossowa für einen Tag ein.

Die Rogowa nestelte wieder nervös an ihrer Tasche herum und eilte zur Toilette. Ich stocherte lustlos mit der Gabel im Salat herum. Interessant! Alexej Iwanowitsch Nikitin war tot im Kofferraum meines Autos aufgetaucht. Basil, wegen irgendwelcher Geschäfte zu ihm gefahren, war verschwunden. Sein Pass hatte sich in der Handtasche eines dieser Flittchen gefunden. Jetzt musste es doch ein Leichtes sein, herauszufinden, wem die Tasche gehörte!

KAPITEL 9

Beflügelt fuhr ich nach Hause. Dabei war ich müde, als hätte ich Schwerstarbeit geleistet.

Nachdem Sonja wieder einmal aus der Toilette zurückgekommen war, hatte sie, ohne sich im Mindesten darüber zu wundern, warum Gawrjuschins »Schwester« Zutritt zu Wandas Haus brauchte, die Nikitins angerufen und mich ihnen vorgeschlagen. Zufällig suchte man gerade eine Gouvernante mit Sprachkenntnissen für die siebenjährige Rita, so dass ich mein Glück als Erzieherin versuchen konnte.

»Wahrscheinlich sind Empfehlungen notwendig«, sagte ich nachdenklich und überlegte, welche von meinen Freundinnen ich um diesen Gefallen bitten könnte.

»Rita ist einfach eine Katastrophe«, resümierte Sonja ruhig und klappte das Handy zu, »früher haben sie tatsächlich eine Muttersprachlerin bis ins zehnte Glied verlangt und nur über Agentur eingestellt, natürlich mussten zwanzig Empfehlungen vorliegen, eine spezielle Ausbildung und ein ärztliches Attest … Aber keine von denen hat es länger als eine Woche ausgehalten … Da konnten sie so viel bezahlen, wie sie wollen, trotzdem suchten alle entsetzt das Weite.«

»Warum?«

»Wirst schon sehen«, sagte Sonja geheimnisvoll. »Jedenfalls sind sie jetzt mit jeder einverstanden, Hauptsache, sie beschäftigt sich ein bisschen mit dem Kind. Es geht ja nicht in die Schule.«

»Wie kommt das?«

Sonja kicherte:

»Aus vieren ist sie rausgeflogen, aber was soll ich dir erzählen, du wirst selbst sehen. Morgen um eins erwartet man dich. Fahr nicht schon früher hin, sie frühstücken erst um zwölf.«

Nachdem sie noch einen Joint geraucht hatte, setzte sich Frau Rogowa in bester Laune hinter das Steuer ihres Mercedes und sagte gutmütig:

»Also, wenn du was brauchst, ruf an, ich helfe dir gern.«

Mit quietschenden Reifen verschwand der teure Wagen durch das Tor. Ich stieg in meinen Volvo. Eigentlich gar nicht so schlecht, die Frau, außer dass sie drogenabhängig war. Wahrscheinlich blieb ihr nicht mehr viel Zeit, im Leopardenmantel herumzulaufen. Bald würde der Herr Bankier ihren mehr als freizügigen Lebenswandel über haben. Bestimmt war der reiche Sergej Rogow bestens informiert über die Eskapaden seines Frauchens. Wahrscheinlich brauchte er sie für repräsentative Zwecke und jagte sie nur solange nicht zum Teufel, wie er noch keine andere gefunden hatte …

Die nächsten beiden Stunden hetzte ich durch alle möglichen Geschäfte und Boutiquen, die mit Lederwaren handelten. Die Verkäufer schauten auf das Handtäschchen und schüttelten ihre Köpfe. Eine solche Ware war ihnen noch nicht untergekommen. Nachdem ich diese Auskunft zum x-ten Mal erhalten hatte, machte ich eine Pause, rauchte eine Zigarette und versuchte, meine Gedanken zu sammeln. Vielleicht hatte sie jemand aus dem Ausland mitgebracht? Jedenfalls schwand meine Hoffnung dahin, die Dame, die sich dieses Ridikül zugelegt hatte, könnte eine Stammkundin von einem der hiesigen Läden sein. Das hieß, ich musste wirklich zu den Nikitins.

Den ganzen Morgen plagte ich mich damit herum, wie wohl eine Gouvernante auszusehen hatte. Bisher war ich noch nie mit Vertreterinnen dieses Berufs in Berührung gekommen. Und außerdem – schließlich war ich schon einmal bei den Nikitins gewesen und hatte mich mit der ältesten Tochter von Wanda unterhalten. Da hatten wir uns zwar nicht miteinander bekannt gemacht, aber vielleicht würde sie sich an mich erinnern. Also musste ich mein Äußeres verändern, so gut es ging.

Nach langem Zögern wählte ich ein Kostüm von Chanel. Ein teures, aber sehr einfaches, klassisches Stück – mit einem engen Rock, der bis über die Knie ging, und einem Jackett mit Elfenbeinknöpfen, darunter eine schlichte Bluse. Mit dem Resultat war ich zufrieden. So sieht eine Dame unbestimmten Alters aus.

Jetzt war mein Gesicht an der Reihe, aber da musste ich bei Häschen suchen – sie besaß die nötige Ausstattung.

Olga war frühmorgens ins Institut gegangen, während Kescha offenbar bereits bei der Arbeit war, daher betrat ich ihr Bad ohne großes Zögern. Die Regalfächer waren wie immer voll gestopft mit Fläschchen, Flakons und Gläschen aller Art … Ich begann, das Sortiment durchzusehen. Fingernägel zum Aufkleben, Perücken, Abdeckstifte für Hautunreinheiten, Puder aller Farbstufen, selbstbräunende Creme, künstliche Wimpern, gefärbte Linsen, Mieder mit gepolstertem Buseneinsatz, Push-up-Höschen, Tusche für die Haare und die Augen, verschiedene Cremes ….

Wahrscheinlich tun die Männer recht daran, nicht mit Frauen einkaufen zu gehen, sonst wären gleich alle Illusionen dahin … Ich erinnere mich, wie der kleine Kescha einmal vor vielen Jahren bei Poljanskijs zu Besuch auf der Datscha war. Die soundsovielte Frau von Max hatte gerade erst ihre schöne weiße Wäsche gewaschen und auf die Leine gehängt. Mein Sohn piekste mit dem Finger in den Schaumstoff an dem Spitzen-BH und fragte treuherzig:

»Warum hat Tante Shenja so komische Mieder?«

»Damit die Brust größer aussieht, als sie in Wirklichkeit ist.«

»Wie gemein!«, entrüstete sich das ehrliche Kind. »Weiß Max denn, dass seine Frau ihn betrügt?«

Bei der Erinnerung daran musste ich kichern. Dann probierte ich eine Perücke mit kastanienbraunem Haar, die wie ein leicht zerzaustes Bündel aussah. Mein Gesicht wirkte plötzlich rundlich. Ich setzte mir schokoladenfarbene Linsen ein und erkannte mich im Spiegel fast nicht wieder. Einfach großartig, jetzt noch ein wenig dunkles Make-up und auf die Lippen Perlmutt ... Das Ergebnis übertraf alle meine Erwartungen. Fröhlich pfeifend schritt ich nach unten und traf in der Diele auf Bandy und Snap, die es sich friedlich in den Sesseln gemütlich gemacht hatten.

Ich begann die seidigen Schnauzen zu streicheln, als die Tür aufging und Kescha hereinkam. Mit einem Blick erfasste er die Lage und sagte schnell:

»Haben Sie keine Angst, die Hunde beißen nicht, sie bellen nur, wenn sie Fremde sehen. Zu wem möchten Sie?«

Ich schwieg.

Kescha wiederholte ungeduldig:

»Wer sind Sie?«

»Erkennst du mich denn nicht?«

Mein Sohn zuckte erschrocken zusammen.

»Mutter?! Was soll diese idiotische Verkleidung?«

»Ich wollte mich mal ein bisschen verändern«, murmelte ich und sprang auf, »entschuldige, aber ich komme zu spät zur Arbeit.«

»Zu welcher Arbeit?«, rief mir Kescha hinterher, aber da war ich schon in der Garage und brachte den Volvo in Gang.

Ich hatte es tatsächlich eilig, denn vor dem Besuch bei den Nikitins musste ich noch zu dem Geschäft »Für Ihre Sicherheit«. Der nette Verkäufer, wahrscheinlich ein Altersgenosse von Kescha, hörte sich mein Problem an, ohne mit der Wimper zu zucken, und fragte dann nach:

»Wollen Sie Ihren Mann bespitzeln?«

Ich nickte erfreut. Die nächste halbe Stunde zeigte mir der junge Mann alle nur möglichen Gerätschaften. Was es nicht alles gab: Fotoapparate und sogar Videokameras in Form von Knöpfen, Uhren, Fingerringen und Zigarrenetuis ... die verschiedensten Vorrichtungen wie Aufnahmegeräte, die Gespräche auf große Entfernung übertrugen ... Einem Spion oder Erpresser wurde die Arbeit jetzt schon unanständig leicht gemacht. Du brauchst bloß irgendwo eine vollkommen harmlos aussehende Vase aufzustellen, am nächsten Tag nimmst du dann den fertigen Film heraus. Es konnte ja wohl nicht so schwer sein, unbeachtet in den entsprechenden Gebäudeteil zu gelangen ...

Der Nikitinsche Hof mit seiner pathologischen Ordnung war auch jetzt eine Augenweide, in der Tür stand wieder das schmale Mädchen. Diesmal klang ihre Stimme allerdings arrogant – so spricht ein Mensch, der gewöhnt ist, dass man ihm ohne Widerrede gehorcht. Dazu benutzte sie ein Mittel, das sich schlaue Führungskräfte schon lange zu Nutze machen: Sie redete im Flüsterton. Um die Sätze überhaupt verstehen zu können, musste man die Ohren spitzen.

»Sonja Nikolajewna Rogowa hat Sie geschickt?«

»Ja.«

»Gut«, stellte das Mädchen fest und stellte sich vor: »Julia Matwejewna.«

Ich antwortete:

»Ljubow Pawlowna Bodrowa.«

»Sehr schön, also hören Sie, Ljubotschka.« Durch das Weglassen meines Vatersnamens gab das unverschämte Mädchen gleich deutlich zu verstehen, wer hier das Sagen hatte. »Ich hoffe, Sie bleiben wenigstens einen Monat bei uns. Rita ist sehr verwöhnt, man muss streng sein mit ihr. Gehen Sie jetzt bitte in den ersten Stock, das Kind ist auf seinem Zimmer. Lena wird Sie hinbringen.«

Auf ihren Ruf hin erschien das junge Zimmermädchen in

blauer Dienstmädchen-Uniform und brachte mich nach oben. Auf dem Weg seufzte das Mädchen mitfühlend und flüsterte:

»Wenn sie es zu arg treibt, dann schließen Sie sie für eine Weile in die Abstellkammer.«

»Ich fürchte, die Eltern werden solche Erziehungsmethoden nicht gerade gutheißen ...«

»Wanda ist nicht da, und Julia kann Rita eh nicht leiden.« Lena zuckte mit den Schultern. »Rita hört nur auf Gewalt. Gott sei Dank habe ich nicht ständig mit ihr zu tun. Was ich sehe, ist schon mehr als genug.«

Sie öffnete eine Tür und sagte laut und deutlich:

»Margarita Alexejewna, hier ist Ihre neue Gouvernante.«

»Es ist zu früh, ich schlafe noch«, kam es aus dem dunklen Zimmer, »sie soll in der Küche warten.«

Lena schaute mich fragend an. Ich ging ins Zimmer. Meine Augen brauchten eine Weile, um sich an das Halbdunkel zu gewöhnen, aber dann konnte ich langsam die Möbel erkennen. In dem riesigen Raum von etwa vierzig Quadratmetern lag überall Spielzeug herum. Neben einem der Fenster stand ein großer Schreibtisch mit Computer, in der rechten Ecke ein Fernseher mit Videogerät, in der linken eine Stereoanlage. Eine Wand war komplett mit Regalen zugestellt, die sicher extra angefertigt worden waren. An der zweiten Wand befand sich ein riesiges Bett mit rosa Baldachin, außerdem gab es fünf Sessel, zwei Sofas und einige Stühle. Der Fußboden war mit einem Wollteppich ausgelegt, vor den Fenstern hingen schwere Vorhänge. Ich ging zu einem und zog den Vorhang auf. Graues Novemberlicht drang ins Kinderzimmer. Aus dem Berg Decken, der sich schwach bewegte, kam eine kleine, kapriziöse Stimme:

»Was zum Teufel! Ich habe gesagt, ich schlafe. Hau sofort hier ab!«

Ohne auf die freche Bemerkung zu achten, schaute ich aus dem Fenster. Das Haus war wie ein Hufeisen geformt, es bestand aus zwei Flügeln und einem Mittelteil, an den das bescheuerte Türmchen angebaut war. Wahrscheinlich hatte das Haus eine Unmenge Zimmer, Kammern und dunkle Ecken. Ich musste unbedingt den Ort finden, an dem die heimlichen Treffen stattfanden, und den getarnten Fotoapparat aufstellen. Nur so konnte ich herausfinden, wem die Handtasche gehörte …

»He, du«, tönte hinter mir die widerwärtige piepsige Kinderstimme, »bist du festgefroren oder was. Komm her.«

Ich drehte mich um. Rita saß splitternackt auf dem Bett und ließ die Beine zu Boden baumeln. Für seine sieben Jahre war das Mädchen ziemlich groß, es hatte ein hübsches Gesicht und schönes, dichtes Lockenhaar.

»Na los«, rief es, »zieh mich an. Oder denkst du, ich will den ganzen Tag hier sitzen?«

»Das kannst du halten, wie du willst«, antwortete ich friedlich.

»Das reicht«, schimpfte das Mädchen, »bring mir die Unterwäsche …«

»Wo gibt es bei euch Kaffee?«, fragte ich.

»Für dich in der Küche, für mich im Esszimmer«, antwortete Rita unerwartet friedfertig.

»Ich gehe kurz was Warmes trinken«, erklärte ich.

»Wie?«, wunderte sie sich. »Du wagst es, mich hier nackt sitzen zu lassen? Ich erfriere!«

»Schlüpf doch unter die Decke«, riet ich ihr und ging zur Tür.

Wütend warf Rita ein Kissen nach mir. Aber das ziemlich schwere, mit Daunen gefüllte Ding erreichte mich nicht und landete in der Mitte des Zimmers. Ich hob es bedächtig auf, stellte fest, dass der Spitzenbezug aus reinster Seide war, und warf es mit aller Kraft zu Rita zurück. Damit hatte die kleine Rita nicht gerechnet.

Nachdem ich mich glücklich durch die Korridore gearbeitet hatte, fand ich endlich die Küche. An einem großen Tisch saßen zwei Frauen und tranken friedlich Tee. Angesichts des ungebetenen Gastes waren sie zunächst misstrauisch, aber ich beruhigte sie schnell:

»Darf ich mich vorstellen? Ljuba, die neue Gouvernante.«

»Da kann man Sie nur bemitleiden«, seufzte die ältere rundliche Frau, »setzen Sie sich, ich bin Nastja, die Köchin, und das ist Vera, sie ist das Zimmermädchen. Möchten Sie einen Tee?«

Ich sagte erfreut Ja, und die leutseligen Frauen begannen, die Neue in die Eigenheiten des Hauses einzuweihen.

Das Haus war in zwei Hälften geteilt. Die eine gehörte Wanda und Rita, die andere Julia. Die Frauen hatten unterschiedliche Bedienstete. Bei Wanda arbeiteten ganz normale Frauen, während Julia Taubstumme einstellte.

»Sie nimmt die, die am schlimmsten dran sind«, teilte Vera mit, »sie gehen herum wie Schatten. Fürchten Sie sich nicht, wenn Sie ihnen begegnen. Meist kommen sie auch gar nicht hier herüber, und umgekehrt lässt man uns nicht in den anderen Teil des Hauses.«

»Warum nicht?«, wunderte ich mich.

»Wegen der Kollektion«, erklärte Nastja ernsthaft. »Julias Vater hat eine Sammlung antiker Statuen hinterlassen, die ein Heidengeld wert ist. Sie haben Angst, jemand könnte was stehlen. So schätzen die uns ein! Als würden wir alles klauen und dann abhauen …«

»Es scheint nicht leicht zu sein, in diesem Haus zu arbeiten …«

»Das können Sie laut sagen.« Vera winkte mit der Hand ab. »Nur eins ist tröstlich: Pünktlich um sechs gehen wir alle nach Hause, wir mussten noch nicht einmal länger dableiben. Und das Gehalt ist natürlich großartig, für so viel Geld bist du zu allem bereit. Nur die Kindermädchen halten trotzdem nicht durch. Rita ist so eine unverschämte Göre!«

Sie hatte den Satz kaum zu Ende gesprochen, als meine Schutzbefohlene in die Küche polterte. Das Mädchen hatte offensichtlich beschlossen, sich doch selbst anzuziehen, anstatt allein im Bett Trübsal zu blasen.

»Wie konntest du nur«, zischte sie von der Türschwelle her, »du bist angestellt worden, um meinen Launen zu gehorchen.«

Ich ignorierte das Geschrei und wandte mich an Nastja:

»Einen schönen Garten haben Sie hier.«

»Sie sollten ihn erst im Sommer sehen«, antwortete die.

Über die Maßen erbost, kam Rita zu mir gerannt und packte meine Hand. Die Tasse mit dem Tee fiel um. Ich nahm eine Flasche Mineralwasser vom Tisch, drehte langsam den weißen Verschluss ab und goss der kleinen Hysterikerin die Flüssigkeit über den Scheitel. Rita begann vor Überraschung zu schreien, während Nastja und Vera ihre zufriedenen Gesichter in Richtung Fenster abwandten.

»Jetzt geh ich sofort zu Julia und sag ihr, sie soll dich fortjagen«, weinte die nasse Rita.

»Tu mir den Gefallen, mach schnell und halt nirgendwo an auf dem Weg«, befahl ich.

Das Mädchen, das schon auf dem Weg zur Tür gewesen war, bremste, drehte sich um und fragte:

»Hast du denn gar keine Angst?«

»Im Gegenteil, ich freue mich!«

»Warum denn das?«, informierte sich der Frechdachs.

»Ganz einfach«, erklärte ich, »man hat mir schon drei Monate im Voraus bezahlt, und wenn ich früher gehe, umso besser!«

Rita blieb stehen, schüttelte die nassen Haare und sagte gedehnt:

»Ich kann mich erkälten, meine Jacke ist feucht ...«

»Geh dich umziehen.«

»Ich will essen!!!«

»Setz dich an den Tisch und bitte Nastja, dir Tee einzuschenken.«

»Was denn, bin ich ein Dienstmädchen, dass ich in der Küche essen soll? Ich kriege im Esszimmer zu essen.«

»Na schön, dann geh dorthin und bitte um das Frühstück.«

»Ich bitte nie um etwas, ich befehle, ihr kriegt schließlich Geld dafür.«

»Wie viel bezahlst du Nastja im Monat?«

»Weiß ich nicht«, jetzt wirkte Rita ein wenig verloren, »Mama gibt das Geld, aber es ist viel, wir haben keine billigen Dienstboten.«

»Dann wird also deine Mutter befehlen, du dagegen sagst bitte.«

»Tss!«, erklärte der kleine Nichtsnutz, »dann nehme ich mir eben selber was …«

Sie sprang zu dem riesigen Kühlschrank, zog eine Dose finnischen Schmelzkäse heraus, dann nahm sie das Brot und warf mir ein Messer hin.

»Schneid mir was ab!«

»Schneid es dir selber!«

»Kann ich nicht.«

»Dann bleib hungrig oder bitte ordentlich darum.«

»Geh zum Teufel«, erklärte das liebenswerte Wesen und begann ungeschickt an dem Weißbrot herumzusäbeln.

Das weiche Innere war schon längst zerkrümelt, aber die Kruste wollte nicht nachgeben. Rita drückte weiter, ein lauter Schrei hallte durch die Küche. Das Unvermeidliche war geschehen: Das Messer war abgerutscht und hatte ihr in den Finger geschnitten.

»Aua, aua«, jammerte Rita, »au, tut das weh …«

Ich wartete, bis sie etwas ruhiger war, und forderte sie auf: »Schüttle mal die Hand.«

»Wozu?«, fragte das kleine Mädchen verdattert.

»Bitte tu, was ich dir sage, schüttle deine Hand.«

Rita schüttelte sie gehorsam. »Und jetzt?«

»Wenn der Finger jetzt herunterfällt, dann ist es schlecht,

sonst ist es nichts Ernstes, wir tun Jod drauf und vergessen das Ganze.«

»Ich will kein Jod, dann brennt es bloß!« Rita stampfte mit den Füßen auf.

»Dann eben nicht«, stimmte ich sofort zu und goss mir in aller Ruhe noch eine Tasse von dem wunderbaren Tee ein.

Nastja und Vera, die den Atem angehalten hatten, verfolgten den Fortgang des Kampfes mit Spannung.

»Du willst mich gar nicht zwingen?«, fragte Rita unerwartet friedfertig.

»Nein, schließlich ist es dein Finger. Du musst entscheiden, ob du willst, dass er sich entzündet und eitert. Wer würde da mit dir streiten wollen, ich bestimmt nicht.«

Rita war ruhig geworden. Sie war daran gewöhnt, dass die Kindermädchen und Erzieherinnen Angst davor hatten, ihre Arbeit zu verlieren, und daher alles taten, was sie befahl. Mein Verhalten war sichtlich neu.

Am Ende murmelte sie:

»Wahrscheinlich wäre es wirklich besser, ihn zu betupfen.«

Ich tat so, als hörte ich sie nicht.

»Bist du taub?«, kreischte meine Schutzbefohlene auf. »Betupf sofort meinen Finger!«

Ich saß da wie eine Sphinx.

»Hörst du nicht?«

»Ich höre nie, wenn man nicht bitte zu mir sagt.«

Rita schnaufte beleidigt. Endlich bewegte sich etwas in ihrem launischen Köpfchen, und sie sagte gedehnt:

»Na gut, wenn du es so willst. Bitte, betupf mir meine Wunde.«

Das war der erste Sieg, die nächsten würden schon einfacher zu bekommen sein.

Vor dem Mittagessen gingen wir hinaus in den Garten und liefen ums Haus herum. Julia unterstand der linke Flügel, an dessen Rückseite sich eine Tür befand. Von hier aus führte ein kleiner asphaltierter Weg direkt zu einer kleinen Pforte.

Ich ging zum Zaun. Auf der anderen Seite befand sich ein großer Parkplatz. Das war wirklich gut ausgedacht. Die Geishas und Gäste konnten, ohne bemerkt zu werden, ins Haus gelangen.

»Gehen wir«, drängte mich Rita, »Julia wird böse, wenn wir hier herumstehen.«

»Warum?«

»Sie ist nicht normal«, erklärte das kleine Mädchen, »alles versteckt sie vor irgendwem, überall sind Wachen aufgestellt. Selber ist sie manchmal ganze Tage nicht zu Hause, aber die Security ist immer da ...«

»Man lässt doch sicher gar niemanden zu ihr herein!«

»Mich schon«, erklärte Rita stolz, »aber nur bis sechs Uhr abends.«

»Dass man dir etwas verbietet, hätte ich mir auch nicht vorstellen können«, lachte ich.

»Es verbietet mir auch keiner«, erläuterte Rita, »aber um sechs Uhr abends werde ich ins psychologische Zentrum zum Unterricht gefahren. Zurück nach Hause komme ich erst um elf. Und Julia hat abends Gäste, das ist langweilig, da wird nur über Politik geredet. Willst du, dass ich dir ihre Hälfte zeige?«

»Wird man nicht mit uns schimpfen?«

»Mama ist in Karlsbad, und Julia ist weggefahren, jetzt bin ich hier die Chefin«, schnitt Rita stolz meine Bedenken ab.

Ich fühlte in meiner Jackentasche nach der Dackelfigur und sagte:

»Na, dann los!«

KAPITEL 10

Nach Hause kam ich erst gegen acht. Genau um sechs hatte man Rita ins psychologische Zentrum gefahren und die Gouvernante angewiesen, sich auf den Weg nach Hause zu machen. Ich ging vom Tor aus etwa dreihundert Meter in Richtung Chaussee und kehrte dann von der anderen Seite noch einmal zurück, weil ich mir die hintere Pforte genauer anschauen wollte. Dabei entdeckte ich eine in den Zweigen eines Baums versteckte Videokamera. Es blieb mir nichts anderes übrig: Ich musste so tun, als wollte ich ein Taxi anhalten. Den Volvo hatte ich vorsorglich zu Hause in der Garage gelassen.

»Na, egal«, beruhigte ich mich selbst, »dafür hab ich den Fotoapparat umso leichter platziert!«

Was wahr ist, ist wahr. Rita hatte mich durch alle Räume gezerrt, die ihrer älteren Schwester gehörten. Eigentlich waren es gar nicht so viele, nur insgesamt fünf ohne die Küche.

Julia selbst bewohnte drei davon. Am interessantesten waren für mich die Räume, die den Gästen vorbehalten waren: ein Wohnzimmer und ein Zimmer mit einem riesigen Doppelbett und einem Badezimmer.

»Julia Matwejewna hat wohl oft Gäste?«, fragte ich Rita.

»Ich weiß nicht«, winkte das Kind ab, »ehrlich gesagt kann sie mich nicht leiden und ich sie auch nicht. Wir haben dieselbe Mutter, aber nicht denselben Vater. Meiner ist Alexej Iwanowitsch. Er ist reich und hat das hier alles gekauft und gebaut, während der von Julia ein Hungerleider ist, der bis heute ständig bei Wanda um Geld bettelt ...«

»Und wo ist dein Papa?«, fragte ich, während ich die schönen Decken auf dem Bett im Gästezimmer bewunderte.

»Er ist von Geschäftspartnern umgebracht worden«, erklärte das Kind ruhig, »aber mein Vater hat es trotzdem geschafft, Geld zu verstecken, das geben wir jetzt aus.«

Erstaunlich herzlos für ein kleines Mädchen von sieben Jahren, dachte ich und stellte unbemerkt die Dackelfigur auf die Kommode. Dort häufte sich schon ähnlicher Kleinkram – ein Hirte mit einer Hirtin, ein paar Porzellankühe und -ziegen. Der Dackel passte wie die Faust aufs Auge dazu. Nur in den Turm konnte ich keinen Blick werfen.

»Was gibt es hier?«, fragte ich und zeigte mit dem Finger auf eine kleine Tür in der hintersten Ecke der Treppe.

»Nichts weiter«, antwortete Rita und zog mich an der Hand, »Julia hat die Tür abgeschlossen, sie ist wirklich krankhaft ängstlich ... Da ist ein winziges Zimmerchen, in dem die Bettwäsche aufbewahrt wird, das ist nicht weiter interessant. Zu zweit passt man da auch gar nicht hinein.«

Alles klar, dachte ich und erinnerte mich an das aus dem Fenster geschüttelte weiße Tuch, das Dienstmädchen hat einen Kissenbezug ausgeschlagen.

»Und wo ist Julias berühmte Sammlung?«

Rita kicherte.

»Die gibt es gar nicht. Julia ist eine Verrückte, sie lässt keinen Angestellten außer ihren eigenen taubstummen hier herein. Mama hat sich das mit der Sammlung nur ausgedacht, damit die Dienstmädchen nicht anfangen, über Julia zu tratschen. So denken alle, dass sie aus Angst vor Dieben nicht reingelassen werden.«

An den Film kam ich erst drei Tage später heran. Ich zerbrach mir schier den Kopf darüber, wie ich noch einmal in das Gästezimmer gelangen könnte. Schließlich schlug ich Rita vor:

»Komm, wir spielen ein interessantes Spiel. Ich nenne dir die Eigenschaften von irgendeinem Gegenstand, und du suchst ihn im ganzen Haus.«

»Also los!«, kreischte Rita fröhlich.

Trotz der endlos vielen Spielsachen und des Computers war das Kind überhaupt nicht in der Lage, sich selbst zu beschäftigen, und aus lauter Langeweile belästigte es ständig die Dienstmädchen und das Wachpersonal.

»Es ist groß, rot, mit weißen Punkten und steht in der Küche.«

Rita machte sich auf den Weg und kam ziemlich schnell mit der Mehlbüchse zurück.

»Schön, jetzt suche etwas Flaches, Graues, es steht im Esszimmer.«

Johlend rannte Rita die Treppe hinunter und kam nach fünf Minuten mit dem Tablett wieder.

»Gut«, sagte ich gedehnt, »ich sehe, die Aufgabe war zu leicht, die nächste wird schwerer. Es befindet sich in Julias Wohnungsteil, in einem der Gästezimmer, es ist rot und klein, hat vier Beine und trägt ein Halsband um den Hals!«

Das arme manipulierte Kind sprang zum Ausgang und stürzte geradewegs zum anderen Flügel des Hauses. Diesmal blieb es ziemlich lange weg. Nach einer halben Stunde fing ich an, unruhig zu werden. Wenn nun die Wache den Fotoapparat entdeckt hatte ... Aber dann hörte ich ein zufriedenes Lachen, und mein zerzauster Schützling kam mit dem Dackel in der Hand ins Kinderzimmer gelaufen.

»Das hast du gut gemacht«, sagte ich. »Und jetzt musst du die Sachen wieder an ihren Ort zurückbringen.«

»Das wär ja noch schöner«, Rita antwortete mit einem hochmütigen Achselzucken, »wozu haben wir denn Dienstmädchen?«

Wenigstens die Mehldose brachte sie schließlich weg. Während sie in der Küche war, steckte ich den Dackel schnell in die Tasche und stellte an seine Stelle eine Figur, die genauso aussah, die ich aber in einem normalen Geschäft gekauft hatte. Nun musste ich nur noch bis zum Abend warten.

Die Zeit verstrich quälend langsam. Am liebsten hätte ich die Zeiger der Uhr angestoßen, mir schien, als wären sie festgefroren.

Endlich hörte man es vom Hof her hupen, der Fahrer rief Rita nach draußen. Ich war heilfroh, dass der Arbeitstag zu Ende war, und brachte das Kind nach unten. Plötzlich drehte sich Rita zu mir um und sagte:

»Steig ein, ich bringe dich bis zur Metro, hier kriegst du sowieso kein Taxi und musst fünf Kilometer zu Fuß laufen.«

Erstaunt über die Fürsorge stieg ich in den innen mit Leder beschlagenen Wagen und fuhr gut gelaunt mit bis zur U-Bahn.

Der Verkäufer aus dem Geschäft »Für Ihre Sicherheit« versprach, die Bilder würden in einer Stunde fertig sein. Meine Ungeduld war so groß, dass ich mich gleich in den Sessel neben dem Eingang zum Labor setzte und wartete. Endlich hielt ich den dicken Umschlag in Händen. Nur mit Mühe konnte ich meine Neugier zügeln und fuhr erst einmal nach Loschkino.

Bei uns zu Hause ist es schlichtweg unmöglich, etwas heimlich zu tun. Kaum hatte ich leise die Tür geöffnet, als mir Bandy mit lautem Bellen entgegenkam.

»Pst, still, mein Süßer«, flüsterte ich und lief schnell zur Treppe.

Nun war zwar der eine still, dafür wurde aber jetzt der Rottweiler böse.

»Sei ruhig, Snap«, befahl ich und tätschelte ihn beruhigend.

Der Hund folgte mir in mein Schlafzimmer und schaute mit offenem Maul meiner Metamorphose zu. Nachdem ich mich gewaschen hatte, ließ ich mich aufs Bett fallen und breitete die Fotos vor mir aus. Es waren insgesamt vierundzwanzig, auf acht davon war das Zimmer leer. Denn einen Nachteil hatte das Zaubergerät: Das voreingestellte Programm lief ab, egal ob vor dem Objektiv etwas Interessantes zu sehen war oder nicht ...

Es gibt spezielle Wecker für stillende Mütter. Du stellst ihn einmal alle vierundzwanzig Stunden ein, und er klingelt alle drei Stunden, um dich an das Stillen zu erinnern. Der Fotoapparat funktionierte nach einem ähnlichen Prinzip. Man konnte eine Funktionsweise auswählen. Bei der, die ich eingestellt hatte, bewegte der Dackel einmal pro Stunde sanft die Augen und nahm das Geschehen auf. Achtmal hatte er umsonst ausgelöst, aber die anderen Male hatten sich dafür richtig gelohnt – es handelte sich um gelinde gesagt erotische Fotos! Auf einigen waren nur vage verschlungene Körper auszumachen, aber in zehn Fällen konnte man alles sehen. Auf einem Foto erkannte ich zu meinem größten Erstaunen den Abgeordneten Saoxky, der andernorts permanent über den Verfall der Sitten schimpft. Nur war er diesmal ohne Jackett und Schlips, um die Wahrheit zu sagen: Er hatte gar nichts an. Auf seinen Knien saß eine nackte junge Frau mit erstaunlich schönem Gesicht, die freundlich geradewegs ins Objektiv hineinlächelte. Das Farbbild gab ihre riesigen grünen Augen, die kastanienbraunen Haare, den hübsch geschwungenen Mund und das süße Grübchen auf der rechten Wange hervorragend wieder. Ihr tadellos geformter Hals und ihre Brust zeigten, dass die Schönheit nicht älter als fünfundzwanzig sein konnte. Bei Dreißigjährigen ist das Fleisch nicht mehr so frisch, selbst wenn man sich von morgens bis abends mit den teuersten Cremes einschmiert. So zart leuchtende Körper haben nur sehr junge Frauen.

Auf einem anderen Bild war eine sehr viel ältere Dame mit einem Freier zu sehen, der mir unbekannt war. Er war dick und kahlköpfig und hatte krumme, behaarte Beine. Ich schüttelte mich. Eklig sah er aus, einfach widerwärtig, vom Gesicht her war er eindeutig kaukasischer Herkunft. Die Dame war eine Blondine, schon leicht verwelkt, aber mit einer erstaunlich gut erhaltenen Figur. Wahrscheinlich war das nicht ohne Lifting und teure Ärzte möglich gewesen. Ihr Alter zu bestimmen war schwer, sie konnte ebenso erst dreißig wie schon um die fünfzig sein. Der Freier saß am Bettrand und rauchte, während seine Partnerin auf der Bettdecke lag und ihre langen, tadellos geformten Beine zeigte …

Beim Anblick der dritten Geisha wäre ich fast vom Bett gefallen. Seitlich abgewandt stand da in voller Kleidung, sogar mit einem eleganten roten Hut auf dem Kopf – Lola, die Geliebte des ermordeten Alexej Iwanowitsch Nikitin.

Alle Achtung, das waren ja Zustände in der Familie! Der Mann verließ das Haus, und die Frau gab ihrer Nachfolgerin gleich auch noch Arbeit.

Nachdem ich die Fotos noch einmal durchgeschaut hatte, beschloss ich, am nächsten Tag zu Maja Kolossowa zu fahren und sie danach zu fragen, ob sie nicht zufällig eine dieser Frauen hier bedient hatte.

Draußen wütete ein echter Novembersturm. Als ich gegen elf Uhr vor dem Haus der Kolossowa parkte, war es fast so dunkel auf der Straße, als wäre es Nacht. Über Moskau hing ein tiefer grauer Himmel, aus den düsteren Wolken fielen kleine Schneeflocken.

Ich war noch nicht aus dem Volvo gestiegen, als das Telefon klingelte.

»Dascha«, heulte Suzette in den Hörer. Diesmal hatte sie sich aus irgendeinem Grund für das Russische entschieden. »Lieber Gott, was für ein Unglück!«

»Was ist passiert?«, fragte ich erschrocken, weil mir sofort einfiel, dass Basils Pass in meiner Handtasche lag.

»Basil ist verrückt geworden!«, weinte Suzie. »Und zwar endgültig. Ich hab ja schon gehört, dass so was bei Männern um die fünfzig vorkommt, aber ich dachte immer, uns würde das nicht passieren!«

Sie schluchzte und schniefte. Dann erzählte sie mir die letzten Neuigkeiten. Heute früh war ein Brief aus Moskau gekommen, in dem Korsinkin seiner Frau sehr höflich mitteilte, dass er sie nicht mehr liebe und die Absicht habe, einige Zeit in Russland zu bleiben. Hier habe er eine andere getroffen, die jung sei und schön. In ein paar Monaten wolle er nach Paris kommen und sich um die Scheidung kümmern, bis dahin bat er sie, sich nicht zu beunruhigen und ihn nicht zu suchen. Er wohne bei der Dame seines Herzens und sei restlos glücklich.

Suzie bekam vor Verzweiflung keine Luft mehr.

»Lieber Gott, wir sind seit so vielen Jahre zusammen, was ist bloß in ihn gefahren?«

Ich habe von Freundinnen gehört, zu welchen Verrücktheiten ganz und gar anständige Ehemänner im Vorpensionsalter fähig sind. Auf der Jagd nach der verlorenen Jugend lassen sie sich auf die unmöglichsten Abenteuer ein. Die traurige Folge davon ist dann meist die Scheidung oder ein Herzinfarkt. Es war also noch vorstellbar, dass sich auch Korsinkin mit diesem Virus infiziert hatte, aber wie wollte er ohne Pass klarkommen?!

Suzie weinte immer noch.

»Ich hab's doch gewusst, dass dieses Geld uns nichts Gutes bringen würde. Hatten wir etwa nicht genug mit dem, was wir besaßen? Nein, er wollte mehr, fuhr los, und jetzt haben wir den Salat. Er ist einfach durchgedreht! Was soll das für eine Liebe sein bei seiner Prostatitis und Osteochondrose?«

»Moment mal«, unterbrach ich ihr Gejammer, »was hat das alles mit Geld zu tun?«

Suzette verstummte. Offensichtlich wurde ihr klar, dass sie zu viel gesagt hatte. Aber jetzt ließ ich nicht mehr locker.

»Wirklich interessant. Von mir willst du, dass ich Basil finde. Ich renne wie eine Blöde mit hängender Zunge durch Moskau auf der Suche nach deiner besseren Hälfte ... und dann enthältst du mir einfach Informationen vor. Entweder du erzählst mir jetzt sofort, wozu er überhaupt hergekommen ist, oder du kannst ihn selbst suchen.«

Suzie schluchzte kläglich. Natürlich war es nicht gerade fein von mir, so mit ihr zu reden.

Nach einigem Zögern entschied sich Suzette schließlich dazu, die ganze Wahrheit zu erzählen.

Basil hatte tatsächlich einen Geschäftspartner in Moskau. Das Geschäft lief nicht so besonders, er verlegte Autoren, die nicht sehr bekannt waren. Das war jedoch kein Problem, da das Verlegergeschäft für ihn ohnehin nur ein Hobby darstellte. Basil und Suzette hatten genügend Geld von ihren Eltern geerbt, um davon leben zu können. Aber Korsinkin ist ein tatkräftiger Mensch, Faulsein ist nichts für ihn, daher hatte er sich begeistert auf die Bücher gestürzt.

Aber in letzter Zeit, und zwar seit Basil Nikitin kennen gelernt hatte, hatte das schöne Hobby zu Suzettes großem Erstaunen unglaubliche Einkünfte eingebracht.

»Alexej hat eine große Firma in Moskau«, schrie Suzette durch den Hörer, »einen riesigen Verlag, eine eigene Buchdruckerei ...«

Natürlich musste Korsinkin jetzt fast monatlich nach Moskau fahren, aber das regelrecht märchenhafte Geld wog die ganzen Unannehmlichkeiten und Schwierigkeiten auf.

»Und dazu kam noch diese dumme Idee mit dem Schatz! Basil hat sich da richtig hineingesteigert!«

»Was für ein Schatz?« Jetzt verstand ich überhaupt nichts mehr.

»Erinnerst du dich an Basils Vater?«

Hätte man den Alten je vergessen können? Nikolaj Korsinkin starb erst mit hundertundzwei Jahren und war in Wirklichkeit nicht sein Vater, sondern sein Großvater. Mit dem eigentlichen Vater war irgendeine dunkle Sache passiert. Nikolajs Tochter hatte, soweit ich weiß, das Kind direkt nach der Hochzeit bekommen, während er, kaum zwanzig Jahre alt, unter seltsamen Umständen ums Leben kam. Ich habe ihn natürlich nie kennen gelernt, weiß aber seinen Namen. Er hieß Andrej Obnorski und stammte ebenfalls aus einer Familie von russischen Emigranten. Auch Basils Mutter starb sehr früh, so dass der Großvater die Pflege des Jungen übernahm. Er adoptierte ihn und vererbte ihm sein ganzes Vermögen.

Natürlich war Nikolaj ein ungewöhnlicher Mensch. Von Natur aus schon ein Abenteurer, geriet er immerzu in irgendetwas hinein, nur dass er anders als die meisten Leute, die das Risiko lieben, das Glück immer auf seiner Seite hatte.

1918 erreichte der zwanzigjährige Nikolaj, wie schon erwähnt, erfolgreich Paris – die Familienschätze und das Hündchen Foka im Gepäck. Das ist schon beachtlich, längst nicht alle haben das geschafft. Genau ein Jahr später verliebte sich die vierzigjährige Amanda Rachel in ihn und machte den jungen Mann zu ihrem Liebhaber. Amanda führte ihn in die Gesellschaft ein und machte ihn mit der gesamten Elite bekannt: mit den Besitzern der großen Banken, den reichen Großgrundbesitzern, den Großindustriellen. Die Verbindung dauerte bis zu Amandas Tod 1941.

Während des Zweiten Weltkriegs war Nikolaj einer der Aktivsten im Widerstand. Er war ein Anführer des Maquis, der französischen Partisanen.

Die Deutschen hatten ein enormes Kopfgeld auf ihn ausgesetzt, aber keiner seiner Freunde verriet ihn. General de Gaulle hielt große Stücke auf ihn und gewährte ihm weit reichenden Schutz. 1951, als er vierundfünfzig Jahre alt war, wurde er Großvater. Seinen Enkel liebte er maßlos. Die Tochter, die ihm 1931 nicht Amanda, sondern seine rechtmäßige Ehefrau geschenkt hatte, mochte Nikolaj, um ehrlich zu sein, nicht besonders. Das mochte auch daran liegen, dass er Natalja Wodowosowa 1930 nur geheiratet hatte, weil

Amanda ihn anstandshalber dazu gezwungen hatte, eine andere als sie selbst zu ehelichen. Nikolaj hatte sich zwar gefügt, liebte aber seine Frau nicht, er unterhielt sie und seine Tochter nur. Als daher seine Frau starb, berührte ihn das kaum, während Amandas Tod ihn so sehr traf, dass er sogar eine Zeit lang Paris verließ. Die Tochter wuchs ohne väterliche Liebe heran, den Enkel dagegen vergötterte er. Er ersetzte ihm Vater und Mutter, brachte ihn eigenhändig zur Schule und trennte sich nie von dem Kind.

Erst in diesem Jahr war Nikolaj in Basils Armen gestorben. Kurz vor seinem Tod hatte er seinem Enkel noch ein Geheimnis verraten. Als Korsinkin 1918 aus Russland geflohen war, hatte er zwar die kostbarsten Edelsteine, aber bei weitem nicht alles mitgenommen, was die reiche Familie besaß. Die Bauern hatten schon 1917 das Gut auseinander genommen und Nikolajs Vater und Mutter erschlagen. Nikolaj war zu der Zeit in Moskau gewesen. Als er begriffen hatte, dass er nicht alles würde mitnehmen können, versteckte er einen Teil der Wertgegenstände. Jetzt, kurz vor seinem Tod, hatte er seinem Enkel mitgeteilt, wo er die Schatulle damals versteckt hatte.

»Ich dachte, ich könnte selbst hinfahren und sie dir bringen, aber es sollte anscheinend nicht sein«, seufzte der Großvater.

»Vielleicht ist sie ja schon vor langer Zeit verschwunden«, sagte Basil langsam.

»Das kann nicht sein«, erklärte der Alte kategorisch, »sie ist sehr sicher vergraben.«

Nun also hatte sich Basil auf die Suche nach dem Schatz gemacht.

»Wo ist das Versteck?«, fragte ich.

Suzette schwieg.

»Jetzt sag schon!«, trieb ich sie an.

»In Gorlowka. Das Dorf liegt vierzig Kilometer vor Moskau. Am Rand des Dorfes befindet sich ein Friedhof. Dort muss man nach dem Grab des Neugeborenen Semzow suchen. Am Kopfende steht ein Stein. Wenn man ihn umdreht, öffnet sich eine Nische, darin liegt die Schatulle.«

»Also gut«, erklärte ich entschieden, »ich werde es überprüfen. Hat Basil dir denn auch den Namen seiner neuen Flamme geschrieben? Vielleicht eine Telefonnummer oder eine Adresse, unter der man sich mit ihr in Verbindung setzen kann?«

»Nichts«, Suzette fing wieder an zu weinen. »Am Ende des Briefes steht nur: ›Wenn ich dich brauche, melde ich mich.‹ Daschalein, Liebste, bitte finde diesen Dummkopf, ich flehe dich an …«

»Ist ja gut«, begann ich, aber da brach die Verbindung ab.

Kein Telefon hält solche Gespräche auf Dauer aus, noch dazu hatte ich gestern vergessen, das Handy wieder aufzuladen, und jetzt war das Ding ein völlig nutzloses Stück Kunststoff.

Um meinen brummenden Kopf zu beruhigen, rauchte ich erst mal eine Zigarette. Interessant, warum hatte Basil Suzie belogen? Und das hatte er schließlich. Wahrscheinlich war er nicht ein einziges Mal in Nikitins Firma gewesen. Ich hatte das »erfolgreiche« Unternehmen doch mit eigenen Augen gesehen. Ein winziges Zimmerchen und eine schlecht gekleidete Mitarbeiterin. Wenn die Partner wirklich so großes Geld verdienten, dann befand sich die Quelle dafür garantiert nicht im Licht-Verlag. Aber wo sonst? Was für Geschäfte hatten Nikitin und Korsinkin miteinander gemacht? Der verstorbene Alexej Iwanowitsch konnte, seinem Anwesen nach zu urteilen, nicht gerade arm gewesen sein. Basil raffte nach Suzies Worten riesige Summen zusammen. Solche Einkünfte verdiente man nicht mit der Veröffentlichung von unbekannten Autoren. Und wohin war Basil verschwunden? Hatte er den Schatz gefunden? Warum tauchte sein Pass in einer Damenhandtasche auf? Und was war das für eine Geliebte, die sich Korsinkin angelacht hatte? Außerdem hätte ich doch zu gerne gewusst, wie die Leiche des Verlegers in den Kofferraum meines Auto gelangt war.

Ich seufzte, während ich diese Fragen immer wieder im Kopf durchging und auf keine eine Antwort fand.

Vor Majas Wohnung angekommen, klingelte ich. Keiner öffnete. Komisch, ob sie wohl eine Arbeit gefunden hatte? Ich versuchte es sicherheitshalber noch einmal und hörte ein leises Geräusch. Irgendwer war in der Wohnung, aber dieser welcher wollte mich keinesfalls hereinlassen. Das Geräusch wurde lauter, dann hörte ich ein Kratzen und Bellen. Es war nur der allein gelassene Hund, der winselte.

»Klingeln Sie Sturm«, sagte eine einladende Stimme.

Die Nachbartür war aufgegangen, auf der Schwelle stand die freundliche alte Frau und lächelte. Ich erinnerte mich, dass Maja gesagt hatte, die Alte sei schwachsinnig. Rein äußerlich sah es allerdings gar nicht danach aus: Sie war sorgfältig angezogen, ordentlich gekämmt und redete ganz normal.

»Warten Sie, warten Sie, meine Liebe«, riet mir die Alte, »Majalein sitzt auf dem Balkon, womöglich hört sie Sie nicht.«

»Auf dem Balkon?«, wunderte ich mich. »Bei dieser Kälte?«

»Ich wundere mich auch, dass sie nicht erfriert«, nickte die Oma liebenswürdig, »seit gestern schon und nur im Morgenmantel …«

»Darf ich mal schauen?«, fragte ich Böses ahnend.

»Aber natürlich, Herzchen, kommen Sie«, lud mich die Alte ein.

Ich ging in die saubere Diele.

»Hier entlang bitte«, forderte sie mich entgegenkommend auf.

Wir kamen in die ziemlich geräumige Küche, wo die Alte die Balkontür öffnete.

Ein eiskalter Wind wehte herein, ich trat hinaus auf die Loggia, von wo aus der Balkon der Nachbarwohnung einzusehen war. In der hintersten Ecke saß schnurgerade, als ob sie einen Stock verschluckt hätte, auf einem Stuhl die Kolossowa. Sie hatte einen leichten Kattunmorgenrock an, der Kopf war ihr auf die Brust gefallen, die Hände hingen frei am Körper hinunter.

»Maja«, rief ich, während ich schon wusste, dass es hoffnungslos war, »Majalein ...«

Natürlich kam keine Antwort.

»Rufen Sie, rufen Sie«, schlug die Oma vor, »Sehen Sie, sie hört nicht, vielleicht ist sie schon erfroren!«

KAPITEL 11

Die Miliz kam erst nach zwei Stunden. Zwei Sergeanten – vielleicht waren es auch Fähnriche, ich verstehe leider gar nichts von Schulteraufsätzen und Kragenspiegeln – erkundigten sich friedlich:

»Was ist denn passiert?«

Ich winkte sie in die Küche und zeigte mit dem Finger Richtung Balkon. Ein paar Minuten lang schauten die Knaben zu dem Stuhl hinüber, dann fragte der eine hoffnungsvoll: »Vielleicht ist sie eingeschlafen?«

Der zweite seufzte.

»Bei der Kälte?«

»Und vor allem schon seit zwei Tagen«, holte ich sie aus ihrer Träumerei.

Die Milizionäre wechselten einen Blick und riefen Verstärkung. Eine halbe Stunde später erschien ein Trupp finsterer Leute, allen voran ein hoch gewachsener Mann mit einem riesigen Koffer.

»Sie sind wohl die Nachbarn?«, fragte einer der Ankömmlinge.

»Ja«, antworteten die Alte und ich wie aus einem Munde.

»Sie dienen als Zeugen«, bestimmte der Kommissar, »Vorname, Vatersname, Nachname bitte …«

»Weiß ich nicht, mein Sohn«, sagte die Alte sanft, aber ich hatte auf dem Büfett ihren Pass liegen sehen und reichte ihn dem Milizionär.

Der schaute in das Büchlein und nutzte, als die Alte Teewasser aufsetzen ging, die Gelegenheit, um mich zu fragen:

»Die Oma ist wohl schon ein bisschen …«

»Genau«, bestätigte ich, »sie wirkt nur ganz normal …«

»Hab ich mir schon gedacht«, stimmte der Vorgesetzte zu, »und wie heißen Sie?«

»Olga Jewgenjewna Woronzowa«, platzte ich unüberlegt heraus und bereute im selben Moment, dass ich Häschens Namen angegeben hatte.

Sollte ich meine Lüge korrigieren? Aber nach einer solchen Erklärung hielt uns die Miliz vielleicht beide für schwachsinnig und ließ uns in die Psychiatrie einweisen!

Hinter der Wand hörte man dumpfe Schläge, anscheinend brach man gerade die Tür auf. Ein ordentlicher Fußtritt hätte wahrscheinlich genügt …

»Oleg Michailowitsch!«, klang es aus dem Treppenhaus.

»Ich komme gleich«, rief der Kommissar und fragte mich weiter aus:

»Sind Sie hier gemeldet?«

»Nein, Sirenjewy Boulevard dreiundzwanzig, Wohnung vierundzwanzig«, gab ich mutig eine ausgedachte Adresse an und nannte dazu meine tatsächliche Telefonnummer in Loschkino.

»In welchem Verhältnis stehen Sie zu der Mieterin?«

»Ich bin eine Verwandte, nur dass sie mich nicht erkennt. Sie denkt, ich wäre eine Fremde, verstehen Sie?«

»Wie sollte ich nicht verstehen?«, seufzte er. Man merkte ihm an, dass er nicht in die andere Wohnung zu seiner Arbeit wollte. »Altersschwachsinn ist eine traurige Angelegenheit! Na, dann wollen wir mal. Wenn Sie es zu unheimlich finden, brauchen Sie nicht mit rüberzukommen …«

»Vorschriften muss man einhalten«, erklärte ich und lief mit forschem Schritt in die Nachbarwohnung.

Die Tür zum Balkon stand sperrangelweit offen, so dass die Kälte ins Zimmer zog. Plötzlich kam die Sonne durch die

Wolken. Das schwache Licht drang herein und ließ die erschreckende Armut nur noch deutlicher werden.

»So was kann passieren«, sagte einer der jungen Milizionäre in Uniform mit zaghafter Stimme, »vielleicht wollte sie nur die Wäsche aufhängen, ist im Morgenmantel in die Kälte gegangen, und dann ist ihr das Herz stehen geblieben …«

Aber die Mitarbeiter in Zivil beachteten die Bemerkung nicht weiter. Natürlich, keiner hatte Lust, noch einen Mord in seinem Bezirk bearbeiten zu müssen. Und dass Maja nicht eines natürlichen Todes gestorben war, lag auf der Hand, denn in der Wohnung herrschte ein irrsinniges Durcheinander: Der einzige Schrank war weit geöffnet, die ärmliche Wäsche über den Boden verstreut, am Eingang zur Küche lag ein geöffneter Koffer, aus dem ein Wirrwarr von Flicken quoll. Die Schubfächer waren herausgezogen, das Bett durcheinander gewirbelt, das Tischtuch lag unter dem Tisch. Hier hatte eindeutig jemand etwas gesucht.

Als sie Majas Körper nach drinnen trugen, konnte ich sehen, dass die Frau vor ihrem Tod schrecklich geschlagen und dann erschossen worden war, und zwar von einem Profi. Ein Schuss direkt ins Herz, ein zweiter – für alle Fälle – in den Kopf …

»Was denkst du, woran ist sie gestorben?«, fragte einer der Männer den, der mit Gummihandschuhen neben der Leiche hockte.

»Denken ist Glückssache«, brummte der nur, »ich schau mir den Bauch an, dann sag ich was dazu!«

»Die hatte nichts im Bauch«, mischte ich mich in das Fachgespräch ein. »Maja hat von einer armseligen Rente gelebt, gehungert hat sie …«

»Aber eine Harnblase wird sie ja wohl gehabt haben?«, mischte sich der Sachverständige in die Diskussion ein.

»Olga Jewgenjewna«, unterbrach der Kommissar das nette Gespräch, »gehen Sie jetzt nach Hause, Sie haben hier nichts mehr zu suchen. Im Notfall melden wir uns bei Ihnen.«

Ich versuchte mich zu wehren, aber die Milizionäre setzten mich kurzerhand vor die Tür. Da war nichts zu machen, ich musste mich fügen. Im winzigen Flur raschelte es leise hinter dem Schuhständer. Ich bückte mich und sah zwei glänzende Augen. Ach du lieber Himmel, der arme Hund! Zuerst hatte er ewig gewartet, dass er Futter bekam und ausgeführt wurde, und jetzt saß er zitternd vor Angst in der hintersten Ecke. Wie hatte Maja ihn noch gerufen – Koka? Kika? Kuka!!

Als das Hündchen seinen Namen hörte, kam es aus dem Winkel hervor. Ich hob es auf und spürte über den nur mit Fell bespannten Rippen, wie wild das kleine Herz pochte.

In unserem Haus in Loschkino herrschte tiefe Stille. Die Kinder waren bei der Arbeit oder in der Schule. Bandy und Snap träumten friedlich im Esszimmer vor sich hin. Als sie Kuka sahen, schnüffelten sie geräuschvoll und kamen an, um den Gast zu beschnuppern. Der arme kleine Hund drückte sich so fest es ging in den Teppich. Aber nun kamen auch noch Chutschik, July, Tscherry und die Katzen, um den Neuankömmling zu begrüßen ... Der Napf mit Fleisch, den ich ihr hinstellte, ließ Kuka kalt. Sie schnüffelte teilnahmslos am Fressen und wandte sich wieder ab.

»Komischer Hund«, sagte ich zu Irka, »sie scheint hungrig zu sein, aber fressen tut sie nicht.«

»Woher haben Sie sie denn?«, fragte die Haushälterin interessiert.

»Auf der Straße gefunden«, log ich, »sie saß da so unglücklich ...«

»Sieht aus wie ein Haushund, ganz sauber«, murmelte Irka, »wissen Sie, viele können es sich heutzutage nicht mehr leisten, ihren Hunden Fleisch zu geben, manche Tiere wissen gar nicht, was das ist. Wir müssen ihr normales Essen geben.«

Ich schaute sie erstaunt an – eine echte Tierpsychologin!

»Was glaubst du, was sie normalerweise frisst?«

Irka zuckte mit den Schultern.

»Haferflocken in Wasser, ich mache ihr einen Brei.«

Als Irka ihr den Teller Haferbrei vorsetzte, in den sie für den Geschmack ein kleines Stück Wurst hineingeschnitten hatte, machte sich Kuka sofort gierig darüber her. Ich ging nach oben. Mir reichte es für heute, immerzu sah ich die tote Maja vor mir, die ihre Mörder wer weiß warum an den Stuhl gefesselt hatten ...

Am besten legte ich mich ruhig aufs Sofa und las einen Krimi. Aber auch mein geliebter Rex Stout half nicht. Als ich auf den Satz stieß: »Die blutüberströmte Leiche schaute mit weit geöffneten Augen in den Herbsthimmel«, knallte ich das Buch zu. Nein, Krimis waren heute nicht das Richtige. Da holte ich mir lieber aus Häschens Schlafzimmer einen Liebesroman. Fremde Leidenschaften – das konnte ich jetzt gut gebrauchen.

Auf dem Nachttisch neben dem Doppelbett lagen eine leere Schokoladeneistüte und ein ganzer Stapel mit Zeitschriften.

Guck mal einer an, mich rügt sie wegen einer Praline, die ich vorm Schlafengehen esse, aber selber haut sie sich heimlich im Bett noch ein Eis rein! Na warte, du Leckermäulchen ...

Ich begann die Zeitschriften durchzublättern. Sie sahen alle gleich aus: Glanzpapier und tolle Fotos, Kochrezepte, die Rubrik »Wie unterstütze ich meinen Mann«, der neueste Klatsch ... Meine Augen blieben an einem Bericht über die Präsentation des neuen Clips von Wikulow hängen. Ein schmales, zerzaustes Jüngelchen, das von schicken Damen und jungen Hüpfern umgeben war, glotzte fröhlich in die Kamera. Wenn ich etwas noch nie verstanden habe, dann ist es die Beliebtheit dieses Knaben. Nähme man einen Teofil Kirkorow, da gäbe es wenigstens was zu sehen – der ist groß, seine Augen blitzen, und die Stimme ist auch nicht schlecht … Aber Wikulow? Er ist klein, gerade mal einssechzig. Trotz der dicken Schicht Puder kommen die Pubertätspickel durch. Auch die Frisur, die ihm ein bekannter Stylist verpasst hat, macht die dünnen Haare nicht voller … Auf der Bühne tritt dieses unbegreifliche Wesen in glänzenden Stiefeln mit riesigen Plateausohlen auf und flüstert leise unsägliche Lieder ins Mikrofon – »Oh deine Augen, oh deine Augen, so schöne Augen, oh was für Augen« … Dabei schlägt ihm die Stimme schon beim dritten Ton über. Aber aus irgendeinem Grund kreischen alle im ganzen Saal, seine Clips werden pausenlos im Fernsehen gezeigt, im Radio plärrt ständig sein klirrender Tenor …

Nein, ich verstehe wirklich nichts von Musik … Und was für Mädchen um den Wicht herumschwirren! Vor allem das mit den grünen Augen und den kastanienbraunen Haaren, ein Bild von einer Frau!

Plötzlich trat mir der Schweiß auf die Oberlippe. Die Schönheit in dem eleganten schwarzen Kleid, die Stefan Wikulow an der Hand hielt, war dieselbe wie die, die auf dem Foto nackt auf den Knien des Abgeordneten Saoxky gesessen hatte …

»Schämst du dich nicht?!«, hörte ich Häschens Stimme. »Breitest dich auf meinem Bett aus und frisst dazu noch Eis!«

»Nichts hab ich gegessen«, versuchte ich mich zu rechtfertigen, »die Tüte lag schon hier.«

»Lüg nicht«, erklärte Olga streng, »weder ich noch Kescha haben die widerliche Angewohnheit, im Bett zu essen, so was machst nur du. Wenn es dir gefällt, in verschmierter Bettwäsche zu schlafen, bitte schön, aber warum musst du das bei mir tun?«

Sie schimpfte weiter, während ich mich nur schwach wehrte und mit dem Stapel Zeitschriften unter dem Arm zu mir ging.

Der Verdacht bestätigte sich. Die junge Frau in der Zeitschrift und die auf meinen Fotos war ein und dieselbe. Ich blätterte fieberhaft mein Telefonheft durch. Irgendwo musste die Nummer von Iljuscha sein, einem alten Klassenkameraden. Er leitet jetzt im Fernsehen eine Musiksendung, auf dem Bildschirm erscheint oft sein lächelndes Gesicht.

Bei Iljuscha sprang der Anrufbeantworter an. Nach der üblichen Ansage, man solle nach dem Signal sprechen, wartete ich das nervige Pfeifen ab, bis ich anfing, mein Problem darzustellen. Bald unterbrach mich Iljuschas fröhlicher Bass:

»Hallo, hallo!«

»Du bist ja zu Hause?«, wunderte ich mich.

»Ach du lieber Gott«, seufzte mein Freund, »bald vergesse ich noch, wo ich wohne! Entweder habe ich morgens Aufnahme und abends Sendung oder morgens Sendung und abends Aufnahme. Und dann muss ich auf Partys gehen, Leute treffen und Sponsoren finden. Willst du nicht zum Beispiel ein paar Tausender anlegen? Wir haben hier ein tolles Mädel …«

»Gib mir die Telefonnummer von Stefan Wikulow …«

»Warum denn das?«, brüllte Iljuscha. »Erstens nennt man ihn Stjopka, und zweitens, was willst du in dieser Szene? Schau dir lieber das Mädel an, das ich hier habe: schön, klug und erst die Stimme!«

»Iljuschalein!« Ich schüttelte schnell die erstbeste Erklärung aus dem Ärmel. »Ich will in überhaupt niemanden Geld stecken. Aber meine Tochter Manja ist ein Fan von Wikulow …«

»Wieso hast du dem Kind keinen Geschmack beigebracht«, brummte Iljuscha, »kauf ihr ein Abonnement fürs Konservatorium, wahrscheinlich glaubt sie, Mozart sind Pralinen und Tschaikowski eine Ketchup-Sorte.«

Ich wartete geduldig, bis mein Freund fertig war. Als er sich endlich ausgetobt hatte, gab er mir die Nummer und warnte mich gleich noch vorsorglich:

»Ruf ihn tagsüber an. Abends singt er, und nachts rennt er durch die Clubs und Casinos.«

Es war drei Uhr, ich drückte also schnell die Tasten. Wahrscheinlich würde sich ohnehin der Anrufbeantworter einschalten. Aber ganz unerwartet drang die dünne Tenorstimme an mein Ohr:

»Halloou.«

»Dürfte ich bitte mit Herrn Stefan Wikulow sprechen?«

»Wer fragt nach ihm?«, wollte er misstrauisch wissen.

Bei so vielen Verehrerinnen muss man vorsichtig sein.

»Die französische Firma ›Die goldene Stimme‹ möchte mit ihm sprechen.«

»Am Apparat«, reagierte Stjopka sofort.

»Wir haben Ihnen geschäftlich etwas vorzuschlagen. Wir möchten eine CD machen und wollten gern persönlich mit Ihnen sprechen.«

»Können Sie zu mir kommen?«, schlug Wikulow sofort vor. »Verzeihen Sie, dass ich Sie zu mir nach Hause bitte, aber heute Abend habe ich ein Konzert, und jetzt übe ich gerade.«

Aha, dachte ich, während ich die Adresse aufschrieb, jetzt versuchst du, dem Dummerchen aus dem Ausland weiszumachen, dass du den ganzen Tag Tonleitern übst.

Aber anscheinend war Wikulow wirklich gerade dabei zu arbeiten. Jedenfalls führte er mich in ein Zimmer, das fast ganz von einem Konzertflügel ausgefüllt wurde. Der Abgott selbst war häuslich gekleidet, er trug blaue Jeans und ein kariertes Hemd. Von nahem sah er erst recht bemitleidenswert aus. Er war noch dünner als auf dem Foto. Das kleine pickelige Gesicht und die drei Härchen auf dem runden Schädel machten einen trostlosen Eindruck.

Eine Viertelstunde lang besprachen wir sein bevorstehendes Gastspiel in Paris. Ich ließ mich gleich auf seine kapriziösen Launen ein – den privaten Cadillac mit Chauffeur, die Luxus-Suite im »Hotel de Ville«, das astronomische Honorar und zehn Konzerte im »Moulin Rouge«. Als ich merkte, dass mein Kunde Feuer gefangen hatte, kam ich zum eigentlichen Zweck meines Besuches.

»Wir finden es gut, wenn der Sänger auf der Bühne von schönen Frauen umgeben ist.«

»Das ist gar kein Problem«, erklärte Stjopka, »ich habe sechs Background-Sängerinnen und acht Tänzerinnen. Die Mädels sind erste Klasse, zwei davon sind Schwarze.«

Damit kannst du in Paris garantiert niemanden beeindrucken! Aber der naive Wikulow strotzte nur so vor Stolz. Ha, eine schwarze Tänzerin – das war doch geil.

»Meinem Chef«, sagte ich einschmeichelnd, »hat eine Dame aus Ihrem Umfeld ganz besonders gefallen, er würde gern mit ihr einen Vertrag abschließen.«

Stjopka starrte das Foto aus der Zeitschrift an, dann lachte er:

»Nein, die kommt nicht.«

»Warum nicht?«, heuchelte ich Erstaunen. »Wir zahlen gut.«

»Die braucht kein Geld«, winkte Stjopka ab. »Wissen Sie, wer ihr Mann ist? Aram Indshikjan, der Bankbesitzer, der könnte Ihr ganzes ›Moulin Rouge‹ mit allem Drum und Dran kaufen!«

»Eine schöne Frau.« Ich ließ nicht locker. »Wie heißt sie?«

»Vika, Viktoria.«

Wir unterhielten uns noch eine Weile, dann verließ ich den angeschmierten Wikulow, der nun lange auf einen Anruf von einem gewissen Herrn Lorraine warten würde. Ehrlich gesagt weiß ich überhaupt nicht, wem das »Moulin Rouge« gehört. Aber Aram Indshikjan kenne ich gut. Über seine Bank bekommen wir unser Geld aus Paris. Zusammen mit anderen betuchten Kunden wurden wir früher zu allen möglichen Veranstaltungen eingeladen, die die Bank organisiert hatte. Indshikjan gilt als Mäzen, er kauft Bilder russischer Künstler. Wenn er ein Geschäft erfolgreich abgeschlossen hat, feiert er nach allen Regeln der Kunst ein rauschendes Fest. Als er einmal ein Gemälde von Aiwasowski gekauft hatte, überreichte er im Beisein der Presse und einer riesigen Zahl geladener Gäste das Bild als Schenkung an die Tretjakow-Galerie.

Dazu organisierte er einen fantastischen Empfang, für den ihm die von seiner Freigebigkeit geschmeichelten Journalisten ein paar Tage lang lauthals um den Bart gingen. Auch wenn ich Herrn Indshikjan schon seit zwei Jahren nicht mehr gesehen habe, weiß ich doch, dass er damals noch eine andere Frau hatte: eine Armenierin namens Liana, die um die vierzig und ziemlich rundlich war …

In der Wohnung des Bankiers nahm eine alte Frau den Hörer ab, anscheinend eine Hausangestellte.

»Dürfte ich bitte mit Viktoria sprechen?«, bat ich liebenswürdig.

»Wer sind Sie?«, fragte meine Gesprächspartnerin streng.

»Wanda Nikitina.«

Zuerst war es still, dann ertönte die klangvolle Stimme einer jungen Frau:

»Wandotschka, meine Liebe, hier bin ich.«

»Wir müssen uns treffen.«

»Wer sind Sie?«, wunderte sich Vika. »Was wollen Sie?«

»*Sie* wollen etwas«, lachte ich in den Hörer, »Sie werden interessiert daran sein, dass die kompromittierenden Fotos von Ihnen mit Herrn Saokskij nicht auf Aram Indshikjans Tisch landen.«

Eins musste man der Frau lassen. Die meisten Damen hätten jetzt an ihrer Stelle nach meinem Namen gefragt und ungereimtes Zeug gestammelt. Vika dagegen schwieg kurz und schlug dann sachlich vor:

»Heute Nachmittag um fünf, Café Rusalka in der Sokolow-Straße, schaffen Sie das?«

Ohne auf Antwort zu warten, knallte sie den Hörer auf die Gabel. Ich blätterte den Straßenatlas auf und fand die gesuchte Hauptverkehrsstraße ziemlich weit außerhalb, schon fast in Lianosowo.

Seltsam, ob sie ihre Angelegenheiten immer dort regelte oder einfach einen Ort genannt hatte, der so weit wie möglich von zu Hause entfernt war?

Um Viertel vor fünf betrat ich den kleinen, dunklen und irgendwie schmuddeligen Raum. Auch die Meerjungfrauen mit den schlichten Madonnengesichtern an der Wand konnten diesen Eindruck nicht vertuschen. Der Ort war ganz offenkundig kein Lokal erster Klasse. Von den klebrigen Plastiktischen roch es nach dreckigen Lappen. In der Ecke saßen ein paar Arbeiter, die nach der Schicht ihr Bier zischten. Eine Kellnerin gab es nicht, man musste direkt an der Theke bestellen und das Bestellte selbst zum Tisch tragen. Ich saß fünf Minuten herum, bis die Barkeeperin unzufrieden brummelte:

»Das ist hier kein Park. Bestellen Sie sich was!«

»Ich warte auf eine Freundin«, rechtfertigte ich mich.

»Ist mir egal«, sagte die Frau hinter dem Tresen schroff, »und wenn's die englische Königin wäre. Kaufen Sie was, dann können Sie hier so lange sitzen, wie Sie wollen.«

Ich musste mir ein hellbraunes Gebräu holen, das auf der Karte stolz als »Kaffee nach türkischer Art« angepriesen wurde. Dazu gehörte ein widerliches Stück von einer Torte, die aussah wie eine aufgeweichte Schuhschachtel aus stolzer Heimatproduktion.

Ich trug das Essen zum Tisch und begann genüsslich zu rauchen. Die Tür ging auf, und Vika kam herein. Ihre Kleidung entsprach der Umgebung, sie trug einfache schwarze Jeans, eine ganz gewöhnliche dunkelgrüne Jacke, auf dem Kopf eine Baskenmütze, die ihre wunderschönen kastanienbraunen Haare sorgfältig versteckte. Keine Ringe, keine Armreifen, nicht mal eine Uhr, nur die teuren Schuhe verrieten ihren tatsächlichen Wohlstand. Ihren Füßen wollte sie offenbar nichts Billiges zumuten.

Ich war die einzige Frau im Raum, so dass sie sofort auf mich zusteuerte.

Mit schnellen Schritten kam sie zum Tisch, zog einen eher abschreckenden Stuhl zurück und erkundigte sich ziemlich unfreundlich:

»Wie viel wollen Sie?«

Immer diese reichen Weiber, die alles mit Geld meinen regeln zu können.

»Wovon?«, stellte ich mich dumm.

Sie schaute auf meine Kleidung, dann auf die Handtasche aus Krokodilleder, die auf dem Tisch lag, und seufzte:

»Hören Sie auf mit dem Getue. Was wollen Sie dafür, dass Sie den Mund halten? Was haben Sie, Fotos?«

Ich nickte und zog das Kuvert heraus. Viktoria zündete sich eine Zigarette an, betrachtete die Fotos und bemerkte:

»Die Negative sind natürlich an einem sicheren Ort?!«

Verwundert über die Selbstbeherrschung dieser Person nickte ich wieder.

»Also«, wiederholte Vika ungeduldig, »was wollen Sie nun für alles zusammen?«

Wie sie wohl reagieren würde, wenn man ihr eine Million Dollar vorschlüge? Überhaupt, diese Kaltblütigkeit verdiente eine Abreibung. Während ich mir selber eine Zigarette herauszog, sagte ich also leise:

»Eine Million in Grün.«

Viktoria zog die schmalen, nachgezogenen Augenbrauen hoch, ihre schönen Augen betrachteten mich ohne einen Hauch von Überraschung.

»Billiger wäre es, Sie einfach umzubringen«, lachte sie. »Also hören Sie. Aram wird Ihnen ohnehin nicht glauben. Ich erkläre ihm einfach, dass Leute, die uns Böses wollen, eine geschickte Fotomontage gemacht haben. Bezahlen will ich, weil ich diese lästigen Gespräche vermeiden will, außerdem müsste ich bei so einer Aussprache mit meinem Mann weinen und das unschuldige Mädchen spielen, und das ist sehr lästig. Also nennen Sie mir eine vernünftige Summe, und wir sind im Geschäft. Ich gebe Ihnen die Kohle, Sie mir die Negative.«

Eine so unverschämt selbstbewusste Person war mir noch nie über den Weg gelaufen.

»Geld brauche ich keins«, entschied ich mich dafür, es drauf ankommen zu lassen.

»Ach ja?«, fragte das Mädel spöttisch. »Was denn nun, haben Sie es sich anders überlegt?«

»Sagen Sie mir lieber, wo Sie diese Tasche vergessen haben!«

Vika drehte das Krokodilleder in den Händen herum.

»Einen solchen Plunder habe ich nie besessen.«

»Sind Sie ganz sicher?«

Viktoria zuckte mit den Achseln:

»Im Schrank hab ich ungefähr vierzig Handtaschen hängen. Zu jedem Paar Schuhe gibt's eine passende. Ich kann mich nicht an alle erinnern, aber Sachen aus Reptilienleder mag ich nicht, Antilope oder Känguru gefallen mir besser. Sehen Sie?«

Sie schob einen feinen Fuß nach vorn, der mit einem hellbraunen absatzlosen Schuh geschmückt war.

Ich bin nicht besonders groß und trage dabei Schuhgröße neununddreißig, deshalb konnte ich nicht umhin, Vika um ihre kleinen Füße zu beneiden. Ob man sie ihr, als sie klein war, wie den Chinesinnen gebunden hatte?

»Das heißt, die ist nicht von Ihnen?«, sagte ich langsam und enttäuscht. »Dann sagen Sie mir bitte, kennen Sie diese Dame?«

Viktoria schaute sich nachdenklich das Foto einer in die Jahre gekommenen Schönheit an, die angezogen an einem Tisch saß. Eine solche Aufnahme als Mittel für eine Erpressung zu benutzen ist unmöglich, aber als Warnung konnte ich sie doch verwenden.

»Wir begegnen uns manchmal bei Einladungen«, erklärte

Madame Indshikjan, »aber eigentlich kennen wir uns nicht, wir grüßen uns nur ...«

»Wie heißt sie?«

Vika schwieg einen Moment. Dann sah sie mich mit ihren riesigen grünen Augen an und sagte:

»Na ja, eigentlich ist das ja kein Geheimnis: Sie heißt Karina und ist die Frau von Wladimir Solomatin.«

»Und wer ist das?«

Viktoria lachte:

»Ein sehr nützlicher Mensch, ein Gynäkologe. In seiner Klinik haben schon fast alle gelegen. Ein Modedoktor. Haben Sie sonst noch Fragen?«

Ich zögerte eine Sekunde, dann zog ich aus meiner Jackentasche ein kleines Päckchen mit den Negativen hervor, legte es demonstrativ in den Umschlag mit den kompromittierenden Fotos und sagte langsam:

»Ich hoffe, Ihnen ist klar, dass niemand von unserem Treffen erfahren darf.«

Viktoria saß mit versteinerter Miene da. Mein Gott, bei dieser einmaligen Selbstbeherrschung sollte das Mädchen als FSB-Agentin arbeiten.

Ich warf den Umschlag auf den Tisch.

»Da, nimm! Ist alles drin!«

»Wie viel?«, fragte sie vollkommen gelassen, zog ihr Portmonee heraus und klopfte damit auf den Tisch. »Ein-, zwei-, dreitausend?«

»Steck sie dir in den Hintern«, riet ich ihr freundlich und ging zur Tür. Dieses für eine Erpresserin reichlich seltsame Verhalten würde diese unerschütterliche Person hoffentlich wenigstens ein bisschen erstaunen. Viktoria jedoch rauchte seelenruhig ihre Sobranie, ein Lächeln in den Augen, aber der Mund blieb fest verschlossen. Was für ein Früchtchen, hoffentlich war Karina Solomatina nicht auch so eine!

Es war nicht schwer, die private Nummer des Modedoktors herauszufinden. Zuerst fuhr ich in seine Klinik. Eine luxuriöse Empfangshalle mit teuren Möbeln und einer überaus freundlichen Sprechstundenhilfe erwartete mich. Mit nach oben verdrehten Augen und der Stimme einer verwöhnten Vollidiotin zwitscherte ich:

»Meine Liebe, es ist mir ja so unangenehm, nur Sie können …«

Die Schwester setzte ein professionelles Lächeln auf und sagte beruhigend: »Keine Sorge, in unserer Klinik wird absolut allen geholfen, alle Probleme sind lösbar.«

Offensichtlich dachte sie, ich bräuchte eine Abtreibung nach Ablauf der Frist, denn sie fixierte mit ihren schönen Augen meinen völlig flachen Bauch.

»Das ist ja wunderbar, wirklich furchtbar lieb«, schnitt ich weiter Gesichter und wedelte beiläufig mit meiner goldenen Uhr von Cartier vor ihrem Gesicht, »heute ist der Namenstag der lieben Karina, der Frau von Wolodja Solomatin …«

»Ja, und?« Die Sprechstundenhilfe war ehrlich erstaunt.

»Und ich habe mein Adressbüchlein mit ihrer Adresse und Telefonnummer verloren. Wie soll ich ihr denn jetzt Blumen schicken? Versetzen Sie sich in meine Lage, meine Liebe, Karinotschka ist böse, wenn sie von mir keine Grüße erhält … Unter uns gesagt, Wolodja hat mir vor ein paar Jahren ja so geholfen! Ganz schnell und im Stillen, verstehen Sie? Also bitte, Kindchen, geben Sie mir ihre Koordina-ten!«

Auf die Theke legte ich einen hübschen grünen Schein. Die Schwester schaute auf den Schmuck der Bittstellerin, dann auf meine innen mit Nerz beschlagene Jacke und beschloss, dass es sich bei mir um eine dieser extravaganten, außergewöhnlichen Kundinnen handeln musste. Und da drei Viertel der Patienten dieser Klinik aus solchen bestand, sagte sie nur ruhig:

»Wladimir Michailowitsch gibt allen Stammkunden seine private Telefonnummer, also schreiben Sie …«

Während ich zu meinem Volvo zurückging, machte ich innerlich Luftsprünge vor Freude.

KAPITEL 12

Bei den Solomatins nahm keiner den Hörer ab, während auf der Straße ein regelrechter Sturm losbrach. Daher war ich schon früh wieder zu Hause. Auf dem Weg ins Haus bedeckte der nasse, klebrige Schnee im Nu meinen Mantel von allen Seiten. Man hatte uns vorgeschlagen, den Übergang zur Garage direkt von der Diele aus zu legen, aber nein! Die Kinder hatten aufbegehrt, es sei unhygienisch, den Wohnraum mit der Autogarage zu verbinden. Und jetzt hatten wir den Salat.

Aus dem Esszimmer waren aufgeregte Stimmen zu hören. Nachdem ich es irgendwie geschafft hatte, die überall an mir klebenden Schneeflocken abzuklopfen, ging ich mit forschem Schritt ins Zimmer und fragte:

»Was ist denn das hier für ein Lärm, prügelt ihr euch etwa?«

»Das haben wir schon hinter uns, du kommst zu spät«, lachte Kescha. »Häschen hat gerade mit schweren Geschützen um sich geschossen.«

»Was ist denn passiert?«

»Passiert ist, dass irgendwer in unserem Bett gelegen hat und dort seelenruhig alles Mögliche gefuttert hat!«, schrie Häschen aufgeregt. »Ich komme aus der Uni, und was finde ich vor? Auf dem Nachttisch stehen zwei leere Dosen China-Suppe. Wer kann bloß so was Ekliges essen?«

»Auf dem Boden«, fuhr die erboste Olga fort, »war eine

Schale Pistazien umgefallen, außerdem liegen Tüten von ekelhaften Chips und Fruchtbonbons herum! Und auf Keschas Nachttisch gammeln gleich drei leere Schokoladeneistüten vor sich hin und dazu noch klebrige Plastiklöffelchen!«

»Und jetzt«, kicherte Kescha, »geht der Angriff gegen mich. Als hätte ich dieses Chaos angerichtet!«

»Höchstens, wenn du besoffen wärst«, platzte Manja heraus und bekam sofort einen Fußtritt von Olga.

Dabei hatte das Mädchen Recht. Ihr verehrter Bruder aß so gut wie nichts, Eis konnte er schon seit seiner Kindheit nicht ausstehen. Wenn andere Kinder fröhlich um die Eisbude herumsprangen und den sich sträubenden Eltern ein »Leningrader« oder ein »Leckermäulchen« abbettelten, kehrte sich Kescha voller Ekel ab und verzog das Gesicht.

»Wenn er's nicht war, wer soll es dann gewesen sein?«, fragte Häschen. »Außerirdische vielleicht?«

Ihre wütenden Augen blieben an meinem Gesicht hängen.

»Ich bin gerade erst heimgekommen«, rechtfertigte ich mich schleunigst, »ich war den ganzen Tag in der Stadt unterwegs.«

»Ich weiß«, seufzte meine Schwiegertochter, »dich habe ich als Erste verdächtigt, aber Irka hat gesagt, der Volvo ist seit heute Morgen nicht in der Garage gewesen ...«

In diesem Moment brachte die Hausgehilfin eine große Schüssel mit gebratenem Hühnchen herein und stellte sie auf den Tisch. Mischa und Galja, die die ganze Zeit geschwiegen hatten, rissen sich jeder einen Schenkel davon ab.

»Wo ist denn Chutschik?«, fragte Manja fünf Minuten später.

Der Mops liebt Hühnerfleisch. Ein Stückchen Hühnerbrust ist für ihn der größte Leckerbissen. Normalerweise kommt er, sobald ihm der Geruch eines fertigen Hühnchens in die Nase steigt, sofort ins Esszimmer und schaut erwartungsvoll zum Tisch. Heute drängten sich zwar sonst alle Hunde mitsamt Kuka um uns herum, aber er fehlte.

»Chutsch«, rief Olga, »komm her, hier gibt es Hühnchen.«

Keine Reaktion.

»Chutschik, Chutschik«, riefen wir nun in verschiedenen Tonlagen, aber der kleine Hund war wie vom Erdboden verschluckt.

»Ob er vielleicht zufällig in den Hof gelaufen ist und jetzt vor der Tür sitzt und jault?«, schlug Manja vor und stürmte in die Diele. Das war ehrlich gesagt nicht sehr wahrscheinlich. Auf Grund seiner kleinen krummen Pfoten ist Chutschik kein großer Liebhaber von Spaziergängen. Noch dazu kann er kaltes, windiges Regenwetter überhaupt nicht leiden. Morgens klettert der kleine Mops ächzend auf das Sofa im Arbeitszimmer und schaut elegisch aus dem Fenster. Wenn es im Hof schneit oder nieselt, begibt er sich würdevoll zum Katzenklo und setzt sich melancholisch auf den gekörnten Sand von »Pipi-Cat«, ohne weiter auf das böse Fauchen von Fifina und Kleopatra zu achten. Dann kriecht er wieder unter die Plaids und träumt vor sich hin, bis das Wetter umschlägt.

Manja riss die Tür sperrangelweit auf, so dass der eisige Wind mit einem Pfeifen in die Diele drang. Nein, diese Kälte war nichts für den wärmebedürftigen Mops.

Über eine Stunde lang suchten wir im ganzen Haus nach ihm. Mischa und Galja blieben ruhig im Esszimmer sitzen. Sie nahmen keinerlei Anteil an der Suche, schoben die Teller ein wenig beiseite und schrieben selbstvergessen irgendwelche Zeichen auf einen Notizblock.

Wenn ich – »Chutschik, wo bist du?« – rufend durch das Esszimmer lief, sah ich immer, wie Mischa mit den Händen Stücke von dem Hühnchen abriss.

Schließlich versammelten wir uns wieder im Wohnzimmer. Es half alles nichts: Der Mops war verschwunden.

»Wie sollen wir das nur Alexander Michailowitsch beibringen?«, fragte Manja mit schlechtem Gewissen.

Alle schwiegen betreten. Chutsch gehört eigentlich dem Oberst. Als er irgendwann Freundschaft mit dem französischen Polizeikommissar Perrier schloss, hatte der ihm den Hund geschenkt.

Aber in Moskau saß der kleine Mops dann Tag für Tag traurig in der leeren Wohnung und wartete, bis sein Herrchen endlich von der Arbeit kam. Schließlich begann Chutsch zu kränkeln und fraß nicht mehr. Seine Krankheit hieß Melancholie … Wir hatten Mitleid mit ihm und nahmen ihn mit zu uns nach Hause. Trotzdem blieb er für uns der Hund des Obersts.

»Wie sollen wir jetzt Alexander Michailowitsch noch in die Augen schauen?«, fuhr Manja wie die Heldin einer Tragödie fort.

»Wieso wollt ihr mir nicht mehr in die Augen schauen?«, hörte man eine fröhliche Stimme, und der Oberst kam ins Wohnzimmer.

»Chutschik ist verschwunden!«, schluchzte Manja auf.

»Ach ja?«, wunderte sich mein Freund. »Habt ihr schon in der Kammer nachgeschaut?«

Jetzt fingen wieder alle an zu suchen. Schließlich kam dem Oberst eine blendende Idee – vielleicht hatten wir ihn ja aus Versehen in der Garage eingesperrt!

Alle auf einmal rannten wir durch den Hof. Ich knipste an dem Schalter herum, doch vergeblich, die Birne war durchgebrannt.

»Auf dem Regal steht eine Laterne«, erklärte Kescha.

»Ich hole sie«, schlug Alexander Michailowitsch freundlich vor und verschwand in der Dunkelheit, während er in gleichmäßigen Abständen »Chutschik, Chutschik …« rief.

Wir blieben zitternd am Eingang stehen. Keiner war schlau genug gewesen, sich einen Mantel überzuziehen.

»Links oben«, rief Kescha, als es plötzlich laut krachte, klirrte und dann so klang, als ob ein schwerer Sack mit Getreide auf den Boden gefallen wäre.

»Die Grube!«, schrie Kescha auf. »Da ist doch die Reparaturgrube für die Autos!«

Aber die Warnung kam zu spät.

Kescha tastete sich fluchend in die entfernteste Ecke der Garage, ihm nach folgte stolpernd und gegen die Autos stoßend die ganze Familie.

Ein heller Strahl erleuchtete das Innere der ziemlich tiefen Grube. Auf ihrem Grund saß in einer merkwürdig schwarzen und stinkenden Pfütze Alexander Michailowitsch.

»Du lebst!«, stellte ich erfreut fest.

Unser Freund hob sein absolut schwarzes Gesicht zu mir empor, die wenigen ihm gebliebenen Haare, die eigentlich grau waren, sahen aus wie Rabenfedern.

»Meine Güte«, flüsterte Häschen, »ein Schwarzer!«

»Nein«, setzte Kescha ebenso leise nach, »er hat nur eine Riesenbüchse mit Solidol über sich ausgeschüttet.«

Wir ließen eine Leiter hinunter, zogen den Unglücklichen heraus und schleppten ihn ins Haus. Irka ließ ein heißes Bad ein. Kescha drückte den Oberst in den Schaum hinein und begann, ihm die klebrige Masse abzuwaschen. Alles kam zum Einsatz: Shampoo, Gel, ein Schaber ... Dann sahen wir, wie Kescha eine Flasche Wodka für die »chemische Reinigung« holte.

»Kipp mir dieses Zeug bloß nicht auf die Glatze«, wehrte sich Alexander Michailowitsch.

Man hörte Wasser rieseln, ein Plätschern und ein leises Stöhnen. Das Solidol weigerte sich standhaft, seinen Körper zu verlassen.

»Keschik, versuch es doch mal mit Terpentin«, riet Manja, die vor der Tür herumsprang.

»Hol's her«, befahl ihr Bruder, »und bring auch Benzin mit.«

Mit einem Komantschenschrei schleppte Manja die zwei großen Flaschen an und schlüpfte ins Badezimmer.

»Raus hier, um Himmels willen!«, schrie Alexander Michailowitsch.

Keschas nasse Hand stieß die sich heftig wehrende Schwester hinaus.

»Ja, ja«, jammerte die, »gut genug, um was zu holen, bin ich! Wieso schmeißt du mich jetzt raus?«

Sie rüttelte wütend an der Klinke.

»Manjalein«, versuchte Häschen ihr die Lage klar zu machen, »der arme Oberst da drin ist doch nicht angezogen!«

»Na und, hab ich etwa noch nie einen nackten Mann gesehen«, schnaubte Manja, »was ist daran schon so besonders! Ich bin schließlich kein kleines Kind mehr. Wisst ihr noch, wie ihr mir die Geschichte mit dem Schwanz erzählt habt?«

Manja war ungefähr fünf Jahre alt gewesen, als sie einmal ins Badezimmer ging, während sich Kescha dort wusch, und sich für die Beschaffenheit seines Körpers interessierte.

»Was ist das?«, fragte das Kind und zeigte mit dem Finger auf seine Männlichkeit.

Kescha antwortete, ohne lange zu überlegen:

»Ein Schwanz.«

»Und warum hab ich keinen?«, beunruhigte sich Manja. »Wo ist mein Schwanz?«

»Weißt du«, begann Kescha zu erklären, »eigentlich gehört es sich nicht, einen Schwanz zu haben, es ist eine richtige Schande. Deshalb haben sie ihn dir gleich bei der Geburt wegoperiert.«

»Wie?«, ließ das kleine Mädchen nicht locker, »wird er etwa allen abgeschnitten?«

»Na klar.«

»Und warum hast du ihn dann behalten?«

»Als du auf die Welt kamst«, murmelte der abscheuliche Junge mit gepresster Stimme, »hatten Mama und Natascha das Geld für die Operation, aber damals, als ich geboren wurde, mussten sie sparen. Deshalb lauf ich jetzt mit dem Schwanz umher …«

»Das ist ja schrecklich!«, schrie Manja los und rannte zu

der nichts ahnenden Natascha. »Schneidet ihm sofort den Schwanz ab!«

Wir mussten ihr dann anhand eines Anatomie-Atlas erklären, worin sich die Jungen von den Mädchen unterscheiden.

Ob nun das Terpentin half oder das Benzin Wunder wirkte, jedenfalls kam Alexander Michailowitsch endlich aus dem Badezimmer, eingehüllt in Keschas Frottee-Bademantel. Gesicht und Glatze des Oberst waren dunkelrot. Während er die auf dem Boden schleifenden Rockschöße hochhob, bat mein Freund erschöpft:

»Jetzt möchte ich bitte einen Tee.«

Galja und Mischa saßen im Esszimmer unverändert auf ihren Plätzen. Neben dem Mathematiker häuften sich Unmengen von Hühnerknochen auf einem kleinen Teller. Insgeheim wunderte ich mich über den Appetit des Professors, sagte aber laut:

»Mischa, Galja, darf ich vorstellen, das ist ein enger Freund von uns, Alexander Michailowitsch.«

Das verrückte Pärchen hob die Augen von den Zetteln. Eine Sekunde lang drückten ihre Gesichter vollkommenes Unverständnis aus. Dann murmelte Galja leise:

»Wir kennen uns bereits.«

»Sehr angenehm«, sagte Mischa höflich, stand auf und reichte dem Oberst die Hand.

Es gab einen dumpfen Plumps, und erstaunt blickten wir auf Chutschik hinunter. Der Mops wachte noch nicht einmal auf, sein Bauch hatte einen riesigen Umfang.

»Er hat bei euch auf den Knien geschlafen!«, rief Häschen empört. »Das ist doch nicht die Möglichkeit! Wir haben Chutsch überall gesucht! Das müssen Sie doch mitgekriegt haben!«

»Nein«, antwortete der Professor ganz offen, »hast du was gehört?«

Galja schüttelte den Kopf.

»Bei denen wundert mich das gar nicht«, rief Manja, »die

sind beide nicht normal, aber warum hat Chutsch nicht reagiert?«

»Ja«, wollte auch Häschen wissen, »warum?«

»Weil er damit beschäftigt war, das Hühnchen zu fressen, das ihm jemand zuvorkommend in den Rachen geschoben hat«, seufzte der Oberst und zeigte mit dem Finger auf den Knochenhaufen.

»Mischa«, schrie ich auf, »Sie haben dem Mops fast zwei ganze Hühner zu fressen gegeben!«

»Ach wirklich?«, murmelte der Professor verdutzt, »das war keine Absicht, er hat gebettelt und ich hab ihm gegeben …«

»Na gut«, seufzte Alexander Michailowitsch. »Gehen wir mal davon aus, dass ich mich einfach nur waschen wollte!«

Am nächsten Morgen erreichte ich Karina Solomatina. Die arme Frau erschreckte sich fast zu Tode. Zuerst leugnete sie ziemlich dümmlich:

»Ich kenne keine Nikitina!«

»Ach wirklich?«, fragte ich ironisch. »Na gut, dann schicke ich die Fotos Ihrem Mann, soll er selber schauen, was Sache ist.«

»Um Himmels willen, bitte bringen Sie mich nicht um«, heulte Karina los. »Was wollen Sie haben, damit Sie schweigen?«

Nicht schon wieder. Wieso will man mir immer Geld aufdrängen, wenn ich doch nun mal keins brauche.

Die arme Karina war so außer sich, dass sie mir ein Treffen bei McDonald's vorschlug.

Ich stellte mir das vor Kindern wimmelnde Lokal vor und sagte der Solomatina, sie solle in das Restaurant Kapitan in der Lesnaja-Straße kommen. Soweit ich mich erinnern kann, ist es dort noch nie voll gewesen.

Ich kam wie üblich zehn Minuten zu früh, aber Karina saß

schon an einem der Tische. Ihr hübsches, volles Gesicht war rot gefleckt, die gepflegten Hände, die wahrscheinlich keine Hausarbeit kannten, zupften nervös an dem Spitzendeckchen.

Als sie mich sah, sprang sie auf und schrie mir fast entgegen:

»Haben Sie die Fotos dabei?«

»Hab ich«, beruhigte ich sie und zeigte ihr die Aufnahmen.

Zuerst überzog sich ihr Gesicht mit dunkelroter Farbe, dann wurde es bläulich weiß. Mit völlig veränderter Stimme brachte sie heraus:

»Ich wusste, dass es so enden würde. Ich habe immer den Verdacht gehabt, dass Wanda ein falsches Spiel spielt. Jetzt will sie also auch noch mit Erpressung Geld verdienen! War wohl immer noch zu wenig, was sie bekommen hat …«

Wütende Tränen kullerten aus den gekonnt geschminkten Augen. Aber zum Glück ist die Schminke heutzutage wasserfest, so dass ihr nur klare Tropfen über die Wangen liefen.

»Was sie an mir verdient hat, diese Gaunerin«, jammerte Karina. »Mit Gold hat man sie überschüttet, und mir hat sie nur ein paar Kopeken hingeschmissen, die Schlange …«

Wenn ich ihre Rubinohrringe und den leichten Mantel aus weichem Persianerpelz betrachtete, fiel es mir schwer, an die große Armut ihrer Besitzerin zu glauben. Aber Karina klagte und stöhnte weiter.

»Ich bin vollkommen mittellos, nicht eine Kopeke besitze ich, aber ich gebe Ihnen alles, was ich habe! Nehmen Sie's vielleicht auch in natura?«

»Wie?« Ich bekam einen Schreck.

»Na, in natura.«

»Was meinen Sie damit?«

»Na, zum Beispiel meine Ohrringe«, rief sie verzweifelt und zeigte auf ihre Ohren.

»Ich brauche kein Geld«, beschloss ich die Hysterikerin zu beruhigen, aber ohne großen Erfolg.

»Was denn dann? Was wollen Sie?«, wiederholte sie dumpf, wobei ihre hervorragend gemachten Zahnkronen hörbar aufeinander stießen.

»Eine Information.«

»Ich weiß nichts«, sagte Karina schnell.

»Wer hat Sie mit Wanda bekannt gemacht? Wie wählt sie die Frauen aus?«

Karina seufzte.

»Dieses gerissene Schwein. Ich weiß nicht, wie sie es bei anderen macht, ich habe dort noch nie andere Frauen getroffen. Aber mit mir hatte sie es ganz leicht.«

Wanda hatte Karina bei verschiedenen gesellschaftlichen Gelegenheiten getroffen, bei allen möglichen Präsentationen, Premieren und Geburtstagen gemeinsamer Bekannter. Beide führten ein reges gesellschaftliches Leben. Daher wunderte sie sich überhaupt nicht, als Wanda sie anrief und zum Abendessen einlud.

Karina wunderte sich erst, als sie dort war, denn in dem großen Esszimmer saßen nur drei Leute am Tisch: Wanda, ein unbekannter Mann mit einer mächtigen Stimme und sie selbst. Der Abend war sehr anregend. Während die Hausfrau die Gäste mehrmals über längere Zeit allein ließ, überhäufte der Kavalier Karina mit Komplimenten.

Am nächsten Morgen, gleich bei Tagesanbruch, rief die Nikitina an.

»Meine Liebe«, flötete sie ins Telefon, »du hast Lew Andrejewitsch gestern so beeindruckt. Er spricht nur noch von dir, ist gar nicht mehr zu bremsen, direkt krank ist er geworden. Tu mir den Gefallen, komm heute um sieben zum Kaffee. Weißt du, er hat sich einfach verliebt … Aber er hat so eine hohe Position, dass er sich nicht unter Leuten zeigen kann. Sofort kommen die Reporter angerannt und schießen Fotos …«

Jede Frau freut sich über eine Liebeserklärung. Außerdem war Karina weiß Gott nicht verwöhnt. Seit fünfundzwanzig Jahren war sie mit Wladimir verheiratet, sie hatten gerade erst Silberhochzeit gehabt. In den letzten Jahren war der Gynäkologe, der ausschließlich mit der Klinik und dem immer größer werdenden Patientinnenkreis beschäftigt war, kaum noch zu Hause gewesen. Früher hatte sich Karina, die nie gearbeitet und keinen Beruf hatte, um den Haushalt gekümmert. Aber der Reichtum, den er mit der Zeit angehäuft hatte, machte es nun möglich, eine Haushälterin einzustellen. Kinder hatten die Solomatins keine. Karina schaffte sich eine Perserkatze an und verbrachte ganze Stunden damit, dem geliebten Tier das Fell zu kämmen. Sie verpasste keine einzige Katzenausstellung und sammelte begeistert alle Medaillen und Rosetten, die sie für Murka bekam …

Trotzdem hing sie tagsüber die meiste Zeit ziellos auf dem Sofa oder vor dem Fernseher herum.

Leider hatte das große Geld auch Wladimir verändert. Früher, als er noch als einfacher Arzt in einem Krankenhaus gearbeitet und sich mit Abtreibungen etwas dazuverdient hatte, war er nie geizig gewesen, hatte sich nur ein paar Kopeken für Zigaretten in die Tasche gesteckt und seiner Frau die Rubel in die Hand gedrückt. Jetzt hatte sich die Lage grundlegend geändert. Die Haushälterin erhielt von Herrn Solomatin eine genau festgelegte Summe und musste exakte Abrechnungen vorlegen. Karina gegenüber wiederholte Wladimir immer wieder, er habe schließlich keine Gelddruckerei im Keller, und gab ihr nur noch eine Art Taschengeld. Einmal hielt es seine Frau nicht mehr aus und sagte, sie habe die ewigen Vorwürfe satt. Sie hätten schließlich keine Kinder, wozu also sparen?

»Du wirst doch nicht denken, dass ich bis zu meinem Tod arbeiten kann?«, parierte der Gynäkologe. »Schon jetzt sind meine Augen nicht mehr so gut wie früher. Mit den Jahren wird das nur noch schlimmer, und mit einer armseligen Rente ein kümmerliches Dasein fristen will ich nicht. Armut kann man gut aushalten, wenn man jung ist. Im Alter ist sie eine Schmach. Und du, meine Liebe, hast dein ganzes Leben nicht einen Groschen nach Hause gebracht. Also freu dich lieber, dass du so einen klugen und sparsamen Mann hast!«

Nach dieser Predigt hörte sie auf, um Geld zu betteln, brauchte aber natürlich weiterhin welches. Es war schrecklich unangenehm, Einladungen von Freundinnen anzunehmen. Wenigstens ab und zu hätte es sich gehört, sie selber ins Restaurant einzuladen. Als vollkommen erniedrigend empfand sie es schließlich, in einen Vorort von Moskau zu der Schneiderin Sinotschka zu fahren, um dann deren Erzeugnisse als exklusive Markenware zu verkaufen …

Um es kurz zu machen: Karina ging zu Wanda. Und wieder gab es ein Abendessen bei Kerzenschein, viel Wein, die irgendwohin verschwindende Gastgeberin …

Alles Weitere geschah wie im Traum. Frau Solomatina wusste nicht mehr, wie sie in dem luxuriösen Schlafzimmer und in den Armen des zärtlichen Lew Andrejewitsch gelandet war.

Das Erwachen war fürchterlich. Gegen zehn Uhr abends rüttelte jemand Karina rüde wach. Als sie die Augen öffnete, sah sie Wandas lächelndes Gesicht vor sich.

»Na, ausgeschlafen, meine Liebe?«

Frau Solomatina schüttelte ihren unerträglich schmerzenden Kopf, ihr Gewissen setzte ihr zu. Aber Wanda Nikitina reichte ihr ein ziemlich üppiges Kuvert.

»Nimm, Herzchen. Lew Andrejewitsch hat dir das als Geschenk dagelassen.«

Im Umschlag befand sich eine ziemlich große Summe. Zuerst hätte sich Karina beinahe übergeben. Man bezahlte sie wie eine Prostituierte! Aber am nächsten Tag schien ihr das, was passiert war, schon gar nicht mehr so tragisch. Sie lud drei Freundinnen ins Restaurant ein und kaufte sich teure Schuhe.

Aber Geld hat eine sehr unangenehme Eigenschaft: Es ist schnell alle. Als daher nach einer Woche Wanda wieder anrief und liebevoll sagte, dass Lew Andrejewitsch auf dem Weg nach Moskau sei, begab sich Karina in Vorfreude auf das Kuvert, so schnell sie ihre Füße trugen, zu der Nikitina. Es folgten Begegnungen mit dem bezaubernden Sergej Petrowitsch, mit dem wenig einnehmenden Gleb Markowitsch … Die Namen der Partner wechselten, nur das Geld im Kuvert blieb das gleiche.

Und nun erschien ich mit den entlarvenden Fotos. Das war schon zum Verstandverlieren. Deshalb hatte Karina sofort ihren Schmuck als Pfand für das Schweigen angeboten.

»Ist das Ihre Tasche?«, unterbrach ich ihren von Jammern und Weinen begleiteten Erguss.

Frau Solomatina unterbrach ihr Stöhnen und schaute sich interessiert das Ridikül an.

»Ein teures Stück!«

»Ist das Ihre?«

»Nein.«

»Wissen Sie, wem sie gehört?«

Karina kratzte sich nachdenklich an ihrer Nase.

»Wo hab ich diese Tasche schon mal gesehen? Ist noch gar nicht lange her, entweder jemand hatte sie in der Hand, oder sie lag auf dem Tisch …«

Ich seufzte. Wahrscheinlich in der Diele bei den Nikitins, von wo Maja sie gestohlen hatte.

»Jetzt hab ich's!«, schrie Karina fröhlich auf. »Natürlich, bei Lola! Sehen Sie den goldenen Buchstaben ›B‹ am Henkel baumeln? Lola sagte noch, die Tasche sei ja wunderbar, aber es wäre doch unangenehm, eine fremde Initiale daran zu haben. Ich erinnere mich genau. Wir saßen im ›National‹, und Lenotschka Matwejenko fragte, was es denn mit dem ›B‹ auf sich hätte. Lola hat dazu gesagt:

›Das hat damit zu tun, dass Männer einfach Idioten sind. Ich müsste sie wegschmeißen, aber das Geschenk ist von dem Sohn einer Freundin. Er hat die Tasche in einem Geschäft gesehen und für seine Mutter und mich einfach die gleiche gekauft, der Buchstabe hat ihn nicht weiter gejuckt. So ein Idiot, oder? Jetzt muss ich sie anstandshalber manchmal benutzen. Aber irgendwann werde ich lügen und sagen, sie ist mir geklaut worden.‹«

Und nun ist dir das Lügen direkt erspart geblieben, dachte ich bei mir, fragte aber laut:

»Lola? Wer ist denn das?«

Karina war ganz in ihrem Element. Klatsch und Tratsch, jede Art Gerüchteküche – darin fühlte sie sich zu Hause.

Etwas beruhigt, rauchte sie eine Sobranie und erklärte:

»Lapanalda Artaschesowna Momogagebjan, so lautet ihr richtiger Name! Was meinen Sie, ob es jemanden in Moskau gibt, der ihn gleich beim ersten Mal richtig aussprechen kann?«

»Wahrscheinlich nicht«, lächelte ich, »so einen komischen Namen wie Lapanalda höre ich zum ersten Mal!«

»In der ersten Klasse haben die Kinder schon Lola draus gemacht«, fuhr die Solomatina fort, »und dabei ist es geblieben. Sie stellt sich übrigens auch gar nicht anders vor, was ja auch verständlich ist.«

»Wo arbeitet sie?«

»Oh, sie hat ein tolles Geschäft – eine Reiseagentur. Sie hat unsere Leute schon Gott weiß wohin gebracht, auf die Bahamas, nach Tunis, Marokko, zu den großen Seen in Amerika! Einsame Spitze! Geld verdient sie zuhauf!«

»Das heißt, Nikitin hat sie finanziell gar nicht unterstützt?«

»Welcher Nikitin? Ach so, Alexej Iwanowitsch! Ach, wissen Sie«, jetzt kam Karina erst richtig in Fahrt, »das sind vielleicht komische Verhältnisse dort, ich hab mich immer nur gewundert. Sagen Sie selbst: Er scheint ihretwegen Wanda verlassen zu haben, aber das ist doch äußerst zweifelhaft.«

»Warum?«

»Kennen Sie Wanda?«

»Nein.«

»Wenn Sie sie sehen, werden Sie verstehen. So eine verlässt man nicht. Sie ist eine Femme fatale, klug, schön, auch wenn sie eine Gaunerin ist. Lola ist natürlich auch nicht von schlechten Eltern, aber viel einfacher gestrickt, eben nicht die Superklasse, sondern nur erste Wahl. Also, kommen Alexej Iwanowitsch und Lola irgendwo zu Besuch. Er lässt sie sofort stehen, um anderen Frauen den Hof zu machen, aber sie ist auch nicht faul und amüsiert sich im Kreis ihrer Verehrer. Am Ende treffen sie sich wieder und gehen zusammen weg.«

Ich seufzte. Ich kannte ein Paar, wo beide ungeheure Freude daran hatten, jeweils vor den Augen des anderen mit Dritten zu flirten. Und es funktioniert blendend, sie leben bis heute zusammen und erzählen sich gegenseitig ihre Abenteuer. Aber Karina erzählte schon weiter:

»Und dann noch dieser Junge!«

»Wer?«

Es kam heraus, dass Lola irgendwo so ein junges Bürschchen kennen gelernt hatte. Er hieß Jegor Atamanenko, sie hatte ihn immer im Schlepptau.

»Es ist wirklich lächerlich«, schmunzelte Karina, »sie hat ihn in ihrer Agentur untergebracht, jeden Abend erscheint sie mit ihm an der Hand. Der reinste Zirkus! Vorneweg Alexej Iwanowitsch, ihm nach das süße Pärchen. Der Junge ist halb so alt wie sie! Und sie rollt mit den Augen und zwitschert: ›Der Junge ersetzt mir den eigenen Sohn.‹ Ha, ha! Solche Söhne kennen wir!«

»Wo liegt denn Lolas Agentur?«

»Prjamikowa-Straße zwei«, erklärte Karina fröhlich.

Die Adresse kam mir bekannt vor. Da war ich doch schon mal gewesen, aber weswegen bloß?

KAPITEL 13

Am nächsten Tag beschloss ich, die Dame mit dem exotischen Namen aufzusuchen. Bei sich zu Hause hatte sie mir schon einmal die Tür vor der Nase zugeschlagen, also versuchte ich lieber bei ihrer Arbeit mein Glück. Als ich zum Haus Nummer zwei kam, fiel mir sofort wieder ein, dass sich hier ja auch Nikitins Verlag befand. Gegen die armseligen Zimmerchen des Licht-Verlags wirkte die Agentur Albatros geradezu luxuriös.

Schon von außen funkelte und schillerte das ganze Erdgeschoss des ziemlich lang gestreckten Gebäudes, es war mit Schildern geschmückt, auf denen ein weißer Vogel abgebildet war. Auch die Innenausstattung sprach Bände. Die Böden waren durchweg mit Teppichboden ausgelegt, Bilder verzierten die absolut weißen Wände, die Türen waren aus hellem Holz. An jeder Tür hingen Tafeln – Marokko, Singapur, die Moskauer Umgebung, Frankreich. Das Geschäft schien in großem Maßstab aufgezogen zu sein.

Ganz am Ende wurde der Korridor breiter und ging in den Empfang über. Dort saß an einem Schreibtisch eine bezaubernde junge Frau mit einem amerikanischen Lächeln auf den Lippen. Als sie mich sah, strahlte die Angestellte schier vor Glück und verkündete sofort:

»Albatros heißt Sie willkommen. Wissen Sie schon, wohin Sie reisen möchten, oder brauchen Sie einen Rat?«

Ich seufzte und schaute in ihre absolut glücklichen Augen:

»Ehrlich gesagt hat Lola mir versprochen, sich persönlich um meine Reise zu kümmern.«

Die junge Frau strahlte noch mehr, als hätte allein der Gedanke an ihre Chefin sie unsagbar glücklich gemacht.

»Wie ungeheuer schade! Lola ist heute Morgen losgefahren, um eine neue Route zu erschließen!«

»Ich verstehe nicht!«

»Wir nehmen ein neues Reiseziel in unser Programm auf – die Kapverdischen Inseln. Es soll ein paradiesisches Plätzchen sein. Das ganze Jahr über fünfundzwanzig Grad, das Meer so warm wie die Luft, dreihundertsechzig Sonnentage im Jahr und europäischer Service zu einem lächerlichen Preis. Lola besucht die Urlaubsorte immer zuerst selbst, bevor sie anfängt, Reisen dorthin zu verkaufen. Heute früh um sieben ist sie mit Jegor losgeflogen.«

»Und wann kommt sie wieder?«

»In drei, vier Tagen, genauer kann ich's nicht sagen.«

Ich marschierte wieder auf die Straße und freute mich über die Sonne, die plötzlich zum Vorschein gekommen war. Kein Schnee, kein Regen, keine Wolken, einige Leute auf der Straße hatten Mut gefasst und trugen helle Hosen. Ein bisschen seltsam, wenn man bedachte, dass es November war. Na gut, wartete ich eben bis zur Rückkehr der unternehmungslustigen Dame und ging erst mal ins Hotel Inturist.

Ein bedrohlich dreinblickender Wachposten bewachte den Eingang. Kaum hatte der Gorilla allerdings meinen französischen Pass gesehen, glättete sich seine finstere Miene. Ich ging zur Rezeption, wedelte mit dem blauen Büchlein und fragte bestimmt:

»In welchem Zimmer hat hier der französische Tourist Basil Korsinkin gewohnt?«

Die Diensthabende, eine dicke, etwa fünfundfünfzigjährige Frau, die sich noch gut an die Zeit erinnern konnte, als Ausländer in der Hauptstadt noch sehr selten waren, seufzte und fragte:

»Wozu wollen Sie das wissen?«

»Herr Korsinkin hat eine Kleinigkeit im Zimmer vergessen. Es ist nur sein Telefonbuch, also absolut nichts Wertvolles, aber er braucht es dringend. Er bat mich herauszufinden, ob das Zimmermädchen es vielleicht gefunden und aufgehoben hat.«

»Wir haben eine Fundstelle!« Die Dame blieb standhaft.

»Wunderbar«, zeigte ich mich erfreut.

Innerhalb von zehn Minuten stellte sich heraus, dass natürlich nichts im Zimmer liegen geblieben war, und die Dame gab, ohne es zu wollen, die Zimmernummer preis. Ich ging in den vierten Stock und suchte nach dem Zimmermädchen. Es war eine hübsche junge Frau um die fünfundzwanzig, und sie konnte sich genau an Basil erinnern. Erstens gab er gutes Trinkgeld, und zweitens war er so gut wie nie auf dem Zimmer gewesen.

»Natürlich kommt keiner her, um auf dem Zimmer herumzusitzen«, erzählte die junge Frau offen, »aber zum Schlafen sind sie doch alle wieder da, während Ihr Bekannter am Montag wegging und erst am Dienstag wiederkam. Und dazu noch völlig verdreckt! Dann hat er sich selbst und seine Sachen einen halben Tag lang gewaschen. Ich habe mich noch gewundert, weil er sie in der Badewanne mit den eigenen Händen gescheuert hat! Wir haben doch eine Wäscherei, und die ist noch nicht mal teuer! Schließlich ist er ganz verschwunden. Es kam nur eine Frau, eine Russin, die war sehr schön. Sie sammelte gerade seine Sachen zusammen, als ich ins Zimmer wollte, um zu saugen ...«

Das Zimmermädchen hatte sich zuerst erschrocken und dann gemeint, dass eine Diebin in das teure Hotelzimmer eingedrungen war. Aber die Dame hatte gleich allen Verdacht zerstreut und Korsinkins Pass vorgezeigt. Ihren Worten zufolge lag Basil sehr erkältet bei ihr zu Hause im Bett. Er hatte sie nur gebeten, die Sachen abzuholen. Dem Mädchen konnte es eigentlich egal sein. Das Zimmer war bezahlt, wo der Tourist wirklich wohnte, ging sie nichts an. Die Frau nahm die Reisetasche mit, und einige Tage später bezog ein Geschäftsmann aus Berlin das Zimmer.

»Die Frau, die die Sachen mitgenommen hat, war das eine schmale kleine Blondine?«

»Ganz im Gegenteil – eine große starke Brünette.«

Lola! Sie hatte Basils Koffer mitgenommen, das heißt, sie wusste oder hatte zumindest gewusst, wo Korsinkin war. Und wo hatte er diese eine Nacht verbracht? Ich verstand überhaupt nichts mehr. Und nicht ein Mal hatte er mich angerufen, obwohl er sich sonst, wenn er nach Moskau gekommen war, immer sofort bei uns gemeldet, uns besucht und Grüße von Suzette bestellt hatte.

Ich kaufte ein paar Schachteln mit Kuchen und fuhr langsam nach Loschkino. Jetzt musste ich mir gut überlegen, wie ich weiter vorgehen wollte. Aber zu Hause war wirklich der ungeeignetste Ort, um in Ruhe nachzudenken.

Aus dem ersten Stock waren das wütende Geschrei der Zwillinge und die aufgebrachte Stimme von Serafima Iwanowna zu hören.

»Was ist passiert?« Ich steckte den Kopf ins Kinderzimmer.

»Anka wollte das Erdbeershampoo austrinken, und ich hab's ihr verboten«, schrie die Kinderfrau.

Na schön, hier ist also alles in Ordnung. Manja ist in der Abendakademie, Kescha und Olga sind auch irgendwo unterwegs, und wo stecken Mischa und Galja?

Im Esszimmer lagen Männerhausschuhe und ein ganzer Packen mit voll geschriebenen Zetteln herum, im Wohnzimmer fand sich ein Stoß bekritzeltes Papier und ein roter Frauenpantoffel. Vielleicht sitzen sie im Arbeitszimmer vor dem Computer? Aber das geräumige Zimmer ist leer, auf dem Bildschirm dreht ein kleiner, virtueller, blau-weißer Ball seine Kreise … Auch in den Schlafzimmern ist keiner … Wohin sind sie nur verschwunden? Von den Hunden auch keine Spur. Aber die tummeln sich vielleicht im Garten.

Die mit Blättern bedeckten Wege waren verlassen, außerdem war es trotz der Sonne ziemlich kalt, während unsere Hunde es warm lieben und bei solchem Wetter eher unter den Decken vergraben zu schlafen pflegen.

Ich ging zurück in die Küche, aber Irka und Katerina, die friedlich vor dem Fernseher saßen, zuckten nur mit den Schultern.

»Irgendwo hier sind sie, in die Stadt sind sie nicht gefahren«, erklärte die Haushälterin.

Ich ging nach oben in den ersten Stock und öffnete die Tür zu Keschas und Olgas Schlafzimmer. Auf ihrer Hälfte des großen Bettes lag seelenruhig der Professor. Ein Berg Pistazienschalen, Bananenschalen und zwei Plastikgläschen Eis häuften sich auf dem Nachttisch ... Auf Keschas Seite hatten es sich der Pitbull und der Rottweiler gemütlich gemacht. Ihre Mäuler waren mit Chipskrümeln verschmiert. Der Mathematiker las gerade ein dickes Buch und steckte dabei von Zeit zu Zeit die Hand in eine große Tüte Pringles. Die Hunde wedelten fröhlich mit den Schwänzen und warteten auf ihre Gaben. Chutschik hatte sich auf dem Bauch des Professors bequem eingerichtet. July und Cherry schliefen friedlich in den Sesseln. Weder der Terrier noch der Pudel mögen gesalzene Speisen, sie stehen mehr auf Süßes.

»Mischa«, sagte ich entrüstet, »was machen Sie hier?!«

Der Mann riss sich von seinem Buch los und schaute mich eine Sekunde lang verständnislos an. Dann kam er offenkundig auf die Erde zurück, setzte sich schnell auf und fragte:

»Dascha? Brauchen Sie mich?«

Chutschik war durch die plötzliche Bewegung auf die andere Bettseite gerollt. Aber der vollkommen überfressene Mops rührte sich nicht einmal.

Ich war außer mir.

»Wie können Sie dem Mops nur so viel zu fressen geben!«

»Aber er hat gebettelt«, versuchte Mischa dagegen zu halten.

»Dieser kleine Hund hat kein Stoppsignal, er wird so lange fressen, bis er platzt. Warum sind Sie überhaupt in diesem Zimmer?«

Mischa schaute sich verwundert in Keschas Schlafzimmer um:

»Wohne ich denn nicht hier?«

»Nein, Ihr Zimmer ist das nächste auf dem Flur.«

»Tatsächlich«, murmelte der Professor. »Irgendwie kam es mir komisch vor. Morgens wache ich auf, da ist ein Bett, tagsüber komm ich rein, dann sind da zwei, und abends wieder nur eins!«

»Sie haben einfach die ganze Zeit die Zimmer verwechselt und sind tagsüber immer bei Kescha hineingegangen. Das heißt, Sie sind derjenige, der im Bett isst?«

Der Mathematiker begann an seinen Haaren zu zupfen.

»Ja, ich tue das ganz automatisch. Ich hab es mir so angewöhnt, wissen Sie, arbeiten und kauen. Da hab ich zuerst das Eis genommen, dann die Pistazien und dann hat Manja noch Chips angebracht …«

»Na gut«, unterbrach ich die Erklärungen, »kommen Sie, wir räumen den Müll weg, und dann gehen Sie in Ihr Zimmer. Sonst gibt es Ärger, wenn Olga auftaucht und das hier sieht.«

»Sie haben Recht, es ist mir wirklich schrecklich peinlich. Ich habe sogar noch den Schrank aufgemacht und mich gefragt, woher all die Frauenkleider kommen …«

Ich stieß den Verrückten zur Tür hinaus. Dann sammelte ich so gut es ging die Speisereste zusammen, schüttelte die Schalen und Krümel von der Bettdecke und jagte die Hunde hinaus. Danach klopfte ich bei Mischa an.

»Wo steckt eigentlich Galja?«

»Wer? Was für eine Galja?« Wieder konnte er sich kaum von seinem Buch losreißen.

Ich entschied mich, die Ruhe zu bewahren:

»Galja Wereschagina, die Physikerin.«

»Ach so, Galotschka! Sie ist irgendwohin gegangen. Eine erstaunliche Frau, ein selten klarer Verstand, ein absolut außergewöhnliches Denken, eine glänzende Logik und eine fast enzyklopädische Bildung. So einer Frau bin ich noch nie begegnet. Der Umgang mit ihr macht einfach Freude.«

Leise schloss ich die Tür und ging zu mir hinüber. Nun sage mir einer, kann man so jemanden heiraten? Der vergisst ja innerhalb von zwei Minuten sogar den Namen seiner Geliebten!

Nachdem ich mich die halbe Nacht schlaflos herumgewälzt hatte, kam mir endlich eine geniale Idee. Laut Suzette war Basil gekommen, um den Schatz zu suchen, den sein unternehmungslustiger Großpapa vergraben hatte. Das war natürlich vollkommener Unsinn. Aber einer unserer plötzlich reich gewordenen Bekannten hatte sich eine riesige Wohnung in einem Haus am Alten Arbat gekauft. Die Wohnungen, die bis vor kurzem Kommunalwohnungen gewesen waren, hatte man zum letzten Mal 1916 restauriert. Seitdem hatten die Zimmer immer wieder den Besitzer gewechselt, und das Einzige, was der jeweils neue dann vielleicht noch machte, war die Decke neu zu streichen und neue Tapeten zu kleben.

Man kann sich vorstellen, was Petka vorfand, als er zum ersten Mal in die heruntergekommenen Säle kam. Er nahm die Sache richtig ernst, organisierte eine Restaurierung nach westeuropäischem Vorbild und ließ bei der Gelegenheit gleich alles auswechseln – die sanitäre Technik, die Böden, die Türen, die Fenster. Als die Arbeiter damit anfingen, die alten Fensterrahmen kaputtzuschlagen, passierte etwas Unglaubliches. Sie waren gerade dabei, ein altes Fensterbrett abzureißen, als aus der kleinen Vertiefung eine Eisenkassette herausfiel, auf der »Landrin« geschrieben stand. Geistesgegenwärtig steckte sie sich Petka in die Hosentasche und stellte den Arbeitern ein paar Flaschen Wodka mit einem Imbiss hin.

In der Fruchtbonbon-Verpackung fanden sich drei wunderschöne Armbänder und einige große, kostbare Edelsteine, es waren Smaragde oder Brillanten. Kurz, die Restaurierung war damit gedeckt, es blieb sogar noch etwas übrig. Die Geschichte passierte 1996. Wahrscheinlich hatte der erfolgreiche Moskauer Rechtsanwalt, der noch vor der Revolution hier gewohnt hatte, bis ihn die Bolschewiken fortjagten, den Schatz versteckt. Bestimmt hatte er gedacht, dass dieser Unfug nicht von langer Dauer sein würde … Aber dann hatten die Kleinode volle achtzig Jahre in dem stillen Winkel gelegen …

Vielleicht wartete ja auch das, was Nikolaj Korsinkin damals beiseite geschafft hatte, auf dem Friedhof des Dorfes Gorlowka immer noch seelenruhig auf seinen Besitzer? Bestimmt befand sich Basil jetzt dort. Aber warum war er noch nicht wieder zurück? Wahrscheinlich hatte er im Regen in der feuchten Erde gebuddelt, war krank geworden, hatte sich eine Lungenentzündung eingefangen und lag jetzt in irgendeinem Provinzkrankenhaus, in einem Hotel oder in einer Hütte …

Ich stellte mir vor, wie sie ihn dort gesund pflegten! Bestimmt hatte er vierzig Grad Fieber und konnte sich an nichts mehr erinnern … Ich musste ihn sofort suchen gehen und nach Gorlowka fahren. Die Bewohner wussten bestimmt, wo er geblieben war.

Wie groß so ein Dorf auch sein mag, Gerüchte verbreiten sich dort wie ein Lauffeuer, auch wenn Basil sicher niemandem von seiner französischen Staatsangehörigkeit erzählt hatte. Er sprach ja Russisch wie ein Moskauer, zog sogar die Vokale lang und intonisierte die unbetonten O's wie A's. Ja, ich sollte mich sofort auf den Weg machen.

Ich konnte es kaum erwarten, lief aber erst um acht ins Arbeitszimmer hinüber. Wir haben etwas ganz Feines, was uns vor zehn Jahren einer meiner Studenten zum Dank geschenkt hat – einen Kriegsatlas. Die gesamte Moskauer Umgebung ist darin bis in die kleinsten Details dargestellt, nicht nur die Chausseen und asphaltierten Wege sind eingetragen, sondern auch die Feldwege und Fußwege bis hin zu den winzigsten Trampelpfaden. Ich stürzte hinüber und fand dort ganz unerwartet Kescha vor, der am Schreibtisch saß.

»Mutter?«, wunderte er sich. »Was suchst du denn hier so früh am Morgen?«

»Den Atlas will ich mir anschauen. Arbeitest du?«

Kescha streckte und räusperte sich.

»Jetzt sag mir bloß, warum ich immer nur Idioten verteidigen darf!«

Eine gute Frage. Mein Sohn hat lange studiert und anders als die meisten Studenten so gut wie nie den Unterricht geschwänzt. Noch dazu hat er im Grunde zwei Hochschulausbildungen – die eine hat er an der juristischen Fakultät der Moskauer Universität gemacht, die andere parallel dazu an der Sorbonne, der Pariser Universität. Eigentlich hätte man sich um so einen Rechtsanwalt reißen müssen. Stattdessen passierte genau das Gegenteil.

Zuerst saß der arme Kescha in einer Beratungsstelle und beantwortete Fragen wie: »Auf wie viele freie Tage hat man mit einem Magengeschwür Anspruch?« Die Klienten mit strafrechtlichen Anliegen zogen es vor, sich an ältere Männer oder Frauen meines Alters mit Haaren auf den Zähnen zu wenden. Vor lauter Gram ließ Kescha sich einen spärlichen Schnurrbart wachsen und sah aus wie ein gerupfter Hahn, solider wirkte er durch den kümmerlichen Wuchs über der Lippe jedenfalls nicht. Nach und nach kamen dann aber doch die ersten Mandanten: der kleine Schwindler, der einen Kaffee, welcher schon seit langem jeglichen Geschmack verloren hatte, als erstklassigen »Arabica« ausgegeben hatte; der Student, der besinnungslos betrunken an einem Kiosk zwei Snickers geklaut hatte; der Alkoholiker, der im Hof das Auto vom Nachbarn aufgebrochen hatte … Meiner Meinung nach hätte man ihnen allen den Hintern versohlen und sie nach Hause schicken müssen. Aber die russische Justiz ist streng mit den kleinen Gesetzesbrechern, und so sind sie hinter Gittern gelandet. Selbst eine schriftliche Verpflichtung, den Wohnort nicht zu verlassen, bewahrte sie nicht vor dem Gefängnis. Man hielt sie für so gefährlich, dass sie in der Butyrka eingesperrt wurden.

»Würde man aus den Moskauer Haftanstalten alle Idioten, Kretins und kleinen Gauner entfernen«, regte sich Kescha auf, »dann wäre es möglich, die echten Kriminellen unter ordentlichen Bedingungen einsitzen zu lassen. Stattdessen quälen sie die Leute und kümmern sich meist nicht um die gesetzlichen Regelungen: Weil Platzmangel herrscht, legen sie Spießgesellen zusammen in eine Zelle. Was soll denn um Himmels willen für eine Gefahr von einem kleinen Gauner ausgehen, der einem Dummkopf ein paar Tafeln Schokolade geklaut hat? Mach ihm ruhig einen gerechten Prozess, lass ihn sich verpflichten, seinen Wohnsitz nicht zu verlassen, gleich inhaftieren muss doch nicht sein! Aber die Miliz rechnet da anders: Sind die Knäste überfüllt, heißt das für sie, dass die Ordnungskräfte funktionieren.«

Dann hatte Kescha andere Fälle, auch ein paar richtig ernste waren dabei, aber das hier war nun wieder …

»Willst du es lesen?«, schlug Kescha vor und reichte mir seinen Notizblock herüber.

Ich blätterte die Seiten durch, die er mit seiner kräftigen, klaren Schrift beschrieben hatte. Eine Minute später wusste ich nicht, ob ich lachen oder weinen sollte.

Die beiden Straßenarbeiter Gwosdjew und Podolskij hatten sich irgendwo drei Liter Spiritus abgefüllt. Die Männer freuten sich über den unerwarteten Fund und liefen mit ihrer Flasche schleunigst zu ihrem Aufenthaltsraum, wo in aller Ruhe der dritte Beteiligte der tragischen Geschichte, der Gleisbauarbeiter Nikandrow, saß und gerade sein Mittagessen verzehrte. Die Arbeiter beschlossen, sich ordentlich volllaufen zu lassen, stellten aber fest, dass in dem begehrten »Feuerwasser« Späne und Staubkörner schwammen.

»Das macht nichts«, Gwosdjew kratzte sich seine Glatze, »wir seihen es einfach ab.«

Gesagt, getan. Sie suchten nach einem geeigneten Material, stellten den ganzen Raum auf den Kopf – fanden aber nichts. Da kam dem armen Nikandrow ein wunderbarer Gedanke.

»Freunde«, rief er, »meine Frau hat mir gesagt, ich soll Pampers für unser Töchterchen kaufen, gießen wir es doch durch die.«

Im Nu hatten sie das Paket mit den Pampers aufgerissen, eine Windel herausgezogen, darunter einen Topf gestellt und begannen nun vorsichtig, den Spiritus darüber zu gießen. Als das Glas leer war, rieben sich die Männer schon voller Vorfreude die Hände. Sie hoben die aus irgendeinem Grund furchtbar schwer gewordene Windel hoch und staunten – der Topf darunter war leer. Die Windel hatte die ganze Flüssigkeit aufgesogen. Die Burschen begannen nun erbost, die Pampers auszuwringen, aber die hielt wacker stand, kein Tropfen trat heraus. Wie die Reklame versprach, hatte die Pampers die Flüssigkeit in Gel verwandelt. Die Pechvögel zerteilten das Utensil für Säuglingshygiene in kleine Stücke – aber außer leicht angefeuchteten Innenteilen kam nichts zum Vorschein. Wie drei Liter Flüssigkeit es geschafft haben konnten, in einem ziemlich kleinen Papierhöschen zu verschwinden, war und blieb ein Rätsel.

»Das haben wir nun davon«, konnte Nikandrow nur sagen.

»Alles nur wegen dir, du Esel.« Gwosdjew geriet in Zorn.

»Selber Esel«, antwortete Nikandrow.

Ein Wort gab das andere, sie begannen eine Schlägerei, in deren Verlauf Gwosdjew im Eifer des Gefechts »Nikandrow mit einer Stichwaffe sieben Wunden beibrachte«, um es mit den Worten des Protokolls wiederzugeben, »die mit dem Leben unvereinbar waren und den Tod des Letzteren nach sich zogen.« Die Bilanz des Windeldramas: eine Leiche und der in Sicherheitsgewahrsam gebrachte Gwosdjew, der nun zu Keschas Mandant geworden war.

»Jetzt stell dir mal vor, was im Gericht los sein wird, wenn sie sich mit der Geschichte vertraut machen«, sagte Kescha traurig. »Nehmen wir mal an, der Richter kann sich beherrschen, aber die Schöffen werden sich doch biegen vor Lachen!«

Wirklich sehr komisch, dachte ich, während ich in meinem Atlas blätterte, man könnte sich glatt kaputtlachen, da hat man wegen einem Schluck Alkohol doch einen Menschen umgebracht.

KAPITEL 14

Das Dorf Gorlowka lag, wie Suzie schon gesagt hatte, etwa vierzig Kilometer von Moskau entfernt. Die Abfahrt von der Chaussee erreichte ich ziemlich schnell, dann hüpfte der Volvo noch eine Zeit lang über die Schlaglöcher des Feldweges, bis vor mir ein kleines, sehr schmutziges Flüsschen auftauchte. Die einzige kleine Brücke bestand aus ein paar halb verfaulten, schmalen Holzbalken. Es war gar nicht daran zu denken, mit dem Auto darüber zu fahren. In der Ferne auf der Anhöhe konnte ich kleine Hütten erkennen. Das musste Gorlowka sein.

Seufzend schloss ich den Wagen ab und lief über das schwankende Gebilde. Die vermoderten Balken wackelten bedrohlich. Wie wohl die Ortsansässigen damit zurechtkamen? Es mussten doch schließlich Brot, Lebensmittel und die Post ins Dorf gebracht werden.

Aber als ich am Rande des Dorfes angelangt war, begriff ich, dass Gorlowka entweder ganz oder so gut wie verlassen war. Am Weg standen etwa zehn heruntergekommene Häuser, die von niedrigen, umgerissenen Zäunen umgeben waren. Aus den Fenstern der Hütten waren die Scheiben herausgeschlagen, die Türen standen offen. Es gab weder bellende Hunde noch schreiende Kinder oder gackernde Hühner. Nur ein Haus, das allerletzte in der Reihe, sah bewohnt aus. Im Hof hingen ein paar Lappen auf der Leine, die Tür zierte ein schweres, rostiges Schloss. Ich berührte es mit den

Händen und seufzte. Ob der Hausbewohner nur einkaufen gegangen war? Am besten ich wartete ein bisschen und schaute mich derweil in der Umgebung um.

Der Weg führte in eine Senke und verlor sich im Wald. Ich ging langsam den Pfad hinunter und atmete dabei die schwere Herbstluft ein. Es war ungewöhnlich warm und trocken, wie es sonst nur Anfang Oktober vorkommt. Plötzlich öffnete sich zwischen den Fichten eine Lichtung. Vor mir lag ein zweistöckige verlassenes Haus, das früher ein Gutshaus gewesen sein musste. Vor der Eingangstür hing kopfüber ein Schild – »Kindergarten Nr. 2456 – Sommerdatsche«.

Alles klar: Zu Sowjetzeiten hatten viele Kindergärten ihre Zöglinge in die Moskauer Umgebung gebracht. Eine Wohltat für arbeitende Eltern und allein stehende Mütter. Man musste nur ein paar Kopeken dafür zahlen, dass die Kinder den ganzen Tag beaufsichtigt und an der frischen Luft waren und zu essen bekamen. Nachdem der ungezügelte Kapitalismus seinen Einzug gehalten hatte, ging diese Institution langsam, aber sicher ein. Die Datsche, die vor mir lag, war also eine dieser sang- und klanglos verlassenen Einrichtungen.

Im Innern gab es einige geräumige Zimmer, einen riesigen Saal, eine Küche, ein Bad, aber keine Möbel, und die Tapeten hingen in Fetzen von den Wänden …

Ich ging durch die Hintertür hinaus und lief eine Weile am Flussufer entlang, bis ich zum Friedhof kam. Die erbarmungslose Herbstsonne beleuchtete die verlassenen Gräber. Von selber denkt der Mensch ja nicht ans Sterben, aber wenn man schon irgendwo unter die Erde muss, dann am besten hier, in diesem tiefen Frieden, am Fluss und unter Bäumen, in denen die Vögel singen …

Ich stieß die verrostete Pforte auf und ging hindurch. Der Friedhof teilte sich in zwei Bereiche: in dem einen gab es einige beachtliche Marmorgrabsteine, in dem anderen nur einfache Holz- und Eisenkreuze.

Der erste Grabstein bestand aus einem knienden Engel. »Glikeria Korsinkina, geborene Rokotowa, 1836 – 1901, Fjodor Korsinkin 1829 – 1900«. Lieber Gott, das waren doch Basils Vorfahren! Die nächste Grabstätte gehörte Michail und Warwara Korsinkin, daneben lagen die Kindergräber des Säuglings Pjotr und des Mädchens Anna, ganz in der Ecke Dormidont und Praskowja Korsinkin, von denen der eine 1856, die andere 1861 gestorben waren.

Im anderen Teil des Friedhofs gab es einen Haufen kleine Hügel, auf den Kreuzen standen verschiedene Familiennamen, zuletzt war hier 1986 eine Awdotja Koslowa begraben worden. Die alte Frau hatte ein langes Leben hinter sich gebracht, sie war 1906 geboren worden. Ganz am Ende stand ein gewöhnliches, schon schwarz gewordenes Kreuz. Mit Mühe konnte ich die Buchstaben entziffern. »Den unschuldigen Opfern eines Mordes. Lieber Gott, schenke Andrej, Maria und Trofim Korsinkin deinen Frieden. 1917«. Das hieß, hier ruhten Basils Urgroßvater und Urgroßmutter, die Eltern seines Großvaters Nikolaj, die von den aufständischen Bauern ermordet worden waren! Wo wohl das Grab von dem Neugeborenen Semzow war, in dem angeblich der Schatz versteckt war?

Ich kehrte in den »reichen« Teil zurück und schaute mich um. In der linken Ecke hinter der Umzäunung war noch eine Art Hügel zu sehen. Ich kletterte durch den Zaun und fand dort einen kleinen, steinernen Obelisken: »Herr, verzeih unserer Tochter, dass sie sich das Leben genommen hat. Anastasija Korsinkina 16 Jahre. Semzow, Säugling«.

Armes Mädchen! Wahrscheinlich war sie unverheiratet schwanger geworden und hatte die Schande nicht ertragen. Da hatte sie sich selbst und ihren Sohn umgebracht. Deshalb lag das Grab auch hinter der Abzäunung und hatte kein Kreuz. Aber wo war der Stein, den man umdrehen musste?

Ich lief um den ganzen Hügel herum. Da waren weit und breit keine Steine zu sehen, nur der kleine, etwa ein Meter hohe Obelisk. Ob der Großvater, als er im Sterben lag, den gemeint hatte?

Der Grabstein, der aus weißem, leicht nachgedunkeltem Marmor war, stand unbeweglich da. Ich rüttelte daran, aber er gab nicht nach. Nach einer halben Stunde vergeblicher Mühe beschloss ich, mich auf die kleine, etwas gespaltene Marmorbank zu setzen und eine Zigarette zu rauchen. Der vertraute Geschmack der Gauloises beruhigte meine Nerven, und ich bekam Durst. Die Sonne schien hell und klar und bestrahlte großzügig die Friedhofslandschaft. Im Gras, das hoch stand und – obwohl es schon November war – grün war, sah ich etwas glitzern. Ich bückte mich und hob ein goldenes Feuerzeug von der Marke Ronson mit dem eingravierten Buchstaben »B« hoch. Basil war also hier gewesen. Die nette Kleinigkeit hatte Korsinkin von Häschen zu Weihnachten bekommen. Das heißt, er hatte auch auf diesem Bänklein gesessen, wahrscheinlich hatte er sich nach etwas gebückt, und das kleine Ding war ihm aus der Tasche gefallen.

Ich schaute mir die Unterseite der Bank genauer an und befühlte mit den Fingern ihren Fuß. Vielleicht musste man ja gerade ihn umdrehen? Plötzlich gab unter meinen Händen etwas nach, ein leises Knarren war zu hören, und der Obelisk bewegte sich ein wenig zur Seite. Bingo! In der Bank war ein Mechanismus versteckt, der den Stein bewegte, und ich hatte zufällig den »Knopf« gefunden – man musste einfach nur einen der Marmorsteine drücken.

Ich begutachtete das Versteck. Eine kleine, sauber gearbeitete Nische, die absolut trocken und ohne die geringsten Anzeichen von Spinnweben war. Natürlich war Korsinkin auf dem Friedhof gewesen, wahrscheinlich hatte er auch den Schatz gehoben. Sein Großvater hatte Recht gehabt – so ein Versteck findet man nicht so leicht. Ich hatte gewusst, wo ich suchen musste, und es trotzdem nicht auf Anhieb geschafft!

Der Rückweg ins Dorf erschien mir ungewöhnlich lang.

Als der verlassene Kindergarten wieder auftauchte, hielt ich einen Moment inne und schaute wehmütig auf die Fenster mit den ausgeschlagenen Scheiben. Das musste das heimelige Adelsnest der Korsinkins gewesen sein, das geliebte Elternhaus, das die Ausgelassenheit von Hochzeiten und die Traurigkeit von Begräbnissen gekannt hatte … Jetzt stand es da, nützte keinem mehr was und starb vor sich hin, genau wie die Familie der Korsinkins. Suzette und Basil hatten keine Kinder, bald würde das Geschlecht ausgestorben sein.

Im Dorf hatte sich während meiner Abwesenheit nichts verändert, es herrschte dieselbe Totenstille, nur an der Tür des Hauses, das mir bewohnt erschienen war, fehlte jetzt das Schloss, und an der Leine hingen noch ein paar Lappen mehr.

Ich stieg die schiefe Vortreppe hinauf und rief:

»Ist jemand zu Hause?«

»Komm herein, es ist offen«, hörte ich eine rüstige Männerstimme.

Ich trat in die geräumige Küche. Drinnen stand mit dem Rücken zur Tür ein Mann, der in irgendwelche Lumpen gehüllt war. In den Händen hielt er eine Ofengabel, mit der er in einem riesigen russischen Ofen herumstocherte.

»Guten Tag«, murmelte ich.

Der Mann drehte sich um. Erst da ging mir auf, dass er zwar noch kräftig, aber unwahrscheinlich alt sein musste. Sein Gesicht war zerfurcht, aber nicht so wie ein Backapfel, sondern wie ein von der Trockenheit aufgerissener Wüstenboden. Seine Haut war entweder noch von der Sommersonne gebräunt oder durchs Alter gegerbt worden. Sein Mund war eingefallen, doch unter dichten, weißen Augenbrauen strahlten mich unerwartet helle, kornblumenblaue Augen an.

»Sei willkommen, Töchterchen, falls du es ernst meinst«, antwortete der Alte laut und stellte polternd einen schwarzen Kessel auf einem Untersatz ab. »Wie hast du das erraten, du kommst genau richtig für den Schtschi. Setz dich und iss was Warmes.«

Er stöberte im Schrank herum und stellte zwei Teller mit den goldenen Buchstaben »Obschepit« von der öffentlichen Kantinenversorgung, Aluminiumlöffel und einen Brotkorb mit einem in Stücke geschnittenen krummen Laib Graubrot auf den Tisch.

»Du musst entschuldigen«, sagte der Alte, »ich backe das Brot selbst. Früher gab's das im Kolchosladen, aber heute ist das Leben schwerer geworden. Ich muss zehn Kilometer weit laufen, um Mehl, Graupen, Zucker und Butter zu holen – und das Pferd ist krepiert. Früher, als die Frau noch lebte, hat sie gutes Brot gebacken, ich krieg das nicht so hin. Dabei nehme ich dieselben Zutaten wie sie, aber bei mir kommt nichts Gescheites dabei heraus. Noch früher gab es hier auch Elektrizität und Gas und sogar einen staatlichen Laden ... Jetzt gibt es das alles nicht mehr, und ich zünde mir Kerzen an.«

»Warum gehen Sie nicht weg von hier?«

»Wohin soll ich gehen? Kinder hat uns der liebe Herrgott keine geschenkt, in ein Altersheim will ich nicht, dann sollen sie mich doch besser hier, neben meiner Alten, neben Awdotja, begraben. Ich habe mir das so ausgedacht: Den Sarg habe ich mir zusammengenagelt und in die Scheune gestellt. Und auf der Post habe ich Bescheid gesagt: Wenn ich am fünften meine Rente nicht abhole, dann heißt das, dass ich tot bin. Das Geld können sie ruhig behalten, aber sie sollen mich ins Grab legen und Erde drüberschütten. Sie haben es mir versprochen. Und lange kann's ja nicht mehr dauern.«

»Wie alt sind Sie denn?«, brach es aus mir heraus.

»1902 bin ich getauft worden«, antwortete der Alte.

Das waren ja fast hundert Jahre! Wie hielt er es hier bloß alleine aus?! Als hätte er meine Gedanken gehört, erklärte der Alte:

»Es geht mir gut hier. Der Brunnen ist in Ordnung, ich habe einen Gemüsegarten, ziehe Kartoffeln, Kohl, Möhren und Rüben. Ich hatte mal Hühner, aber die sind mir krepiert, die Undankbaren. Insgesamt läuft alles bestens! Einmal im Monat kaufe ich Zeitungen. Die Augen sehen, die Ohren hören, der Kopf funktioniert, was soll ich dem Herrn zürnen und mich beklagen? In der Stadt sind die Männer in meinem Alter längst unter der Erde oder Invaliden, und ich trage noch nicht einmal eine Brille.«

Mit einer beneidenswerten Geschwindigkeit machte er sich daran, die Graupen aufzuessen. Ich nahm mir ebenfalls und begann zu kauen – es war mehr Brei als Schtschi, aber ungewöhnlich lecker und aromatisch. Er zerging auf der Zunge.

Nachdem ich meinen Teller zweimal leer gegessen hatte und der Alte hörte, wie mein Löffel über den Teller kratzte, lachte er:

»Na, Töchterchen, wie hat dir die Suppe vom Ofen geschmeckt?«

»Unvergleichlich gut!«

»Ja, das ist schon etwas anderes als auf Gas oder Kerosin gekocht, ein ganz anderer Geschmack.«

Er griff in ein Säckchen, das am Fenster hing, und holte eine Hand voll Tabak heraus. Aus einem Stück Zeitung drehte er sich eine Zigarette und begann genießerisch zu rauchen. Ich zog meine Gauloises hervor. Der Alte grunzte missbilligend.

»Das schickt sich nicht, rauchen ist nichts für eine Frau, oder trinkst du etwa auch Wodka?«

»Nein, ich rauche nur. Erinnern Sie sich zufällig an die Korsinkins?«

»Die Herrschaften? Aber natürlich! Ich war fünfzehn, als die Rotarmisten unsere Wohltäter erschossen haben.«

»Mir wurde erzählt, die Bauern hätten sie umgebracht ...«

Der Alte verschluckte sich fast vor Entrüstung.

»Was, wir? Unsere eigenen Herrschaften? Ich will dir erzählen, wie es wirklich gewesen ist!«

Von dem Schtschi oder davon, dass er plötzlich eine so aufmerksame Zuhörerin hatte, hatte er rote Backen bekommen. Er erzählte ausführlich und mit vielen nützlichen und überflüssigen Details.

Die Korsinkins hatten ihr ganzes Leben in Gorlowka gelebt. Jedenfalls konnte sich noch die Urgroßmutter meines Gesprächspartners daran erinnern, dass ihre Mutter von den Herrschaften zur Hochzeit eine Hütte und eine Kuh als Aussteuer erhalten hatte. In früheren Zeiten hatten sie nicht nur Gorlowka, sondern auch Sergejewo, Kostino, Pawlowo, Marino und noch etwa fünfzehn weitere Dörfer besessen. Mit einem Wort, sie waren typische Feudalherren gewesen, die den arbeitenden Bauernstand unterdrückten, wie es in meinen Geschichtsbüchern aus der Kinderzeit geschrieben stand.

Aber die Wirklichkeit sah anders aus. Die Korsinkins bauten eine Schule für die Dorfkinder, ein Krankenhaus für ihre Bauern, sie eröffneten eine Bibliothek und prügelten nie jemanden im Pferdestall. An Weihnachten, Ostern und den Namenstagen der Herrschaften organisierten sie Feste für das Volk mit Pfefferkuchen und Samowar, dazu verteilten sie Geschenke. Sie kümmerten sich um alte Menschen, die keine Kinder hatten, und um die Witwen …

»Ach, die Erinnerungen.« Der Alte war sichtlich bewegt. »Sie waren unsere Eltern und wir alle ihre Kinder. Wir kannten keine Sorgen: Hauptsache, man arbeitete ehrlich, ging in die Kirche und trank nicht.«

Trunksucht wurde schonungslos bekämpft, die Alkoholiker in den Keller gesperrt. Und wenn das nichts half, heilte der Arzt die Liebhaber der feurigen Getränke mit eiskalten Umschlägen und irgendwelchen Kräutern, von denen man einen unwiderstehlichen Brechreiz und Durchfall bekam.

»Ich war zehn Jahre alt«, fuhr der Alte fort, »als unsere gnädige Frau Maria Antonowna – Gott sei ihr gnädig – meine Mutter zu sich rief und ihr befahl: ›Bring deinen Sohn Prochor ins Haus‹.«

Prochors Mutter gehörte zum Hausgesinde und war die Vertraute der Gutsfrau. Sie war verschlossen und behielt die Geheimnisse der Herrschaften für sich.

»Zwei Söhne hatten sie«, erklärte Prochor, »Trofim und Nikolaj, sie waren ein Jahr auseinander. Mich stellten sie als Diener für Nikolaj, den Jüngeren, ein. Er war ein bisschen älter als ich und hat mich nie schlecht behandelt. So sind wir zusammen groß geworden, er lernte mit dem Lehrer, und ich hörte zu, er ging spazieren, und ich …«

»Warten Sie«, unterbrach ich ihn, »da müssen Sie etwas durcheinander gebracht haben, Nikolaj hatte keine Brüder, er ist allein aufgewachsen …«

Prochor lachte und schaute mich aus seinen hellen Augen an.

»Ach, das ist alles so lange her, inzwischen ist ja keiner von ihnen mehr am Leben. In der Familie gab es da einen Vorfall, einen amourösen …«

Die alten Herrschaften Glikeria und Fjodor hatten zwölf Kinder geboren, aber nur zwei davon – Andrej und Nastja – waren am Leben geblieben. Der Junge war ein bisschen älter als das Mädchen. Als Anastassia sechzehn Jahre alt wurde, stellten die Eltern zu ihrem Entsetzen fest, dass die Tochter schwanger war. An Fremden im Hause gab es nur den Musiklehrer Elisar Semzow. Sie gaben ihm kurzerhand die Schuld und warfen ihn ohne Gehalt aus dem Haus. Aber als nach einigen Monaten das lästige Kind geboren wurde, wuchs in Glikeria ein schrecklicher Verdacht. Der Neugeborene hatte Andrejs dunkelblaue Augen und genau wie der Onkel ein großes Muttermal zwischen den Schulterblättern.

Die Mutter schloss sich mit der Tochter im Schlafzimmer ein, dann rief sie den Vater dazu. Das Gesinde, das begriffen hatte, dass da etwas Außergewöhnliches vor sich ging, versteckte sich im Küchentrakt. Aus Nastjas Zimmer drang kein einziger Laut. Dann kamen die Herrschaften heraus, Glikeria mit einem irren Blick und zitternden Händen. Der

Dienerschaft wurde erklärt, dass die junge Mutter schlafe und nicht gestört werden wolle.

Vor dem Mittagessen befahlen sie die Kutsche anzuspannen, luden Andrejs schleunigst zusammengepackte Sachen auf und ließen ihn zur Großmutter mütterlicherseits nach Moskau fahren.

»Was soll er hier tatenlos herumsitzen«, erklärte Fjodor, »soll er sich anderswo eine Braut suchen …«

Zum Abendessen kam Nastja nicht hinunter, man schickte das Zimmermädchen nach ihr. Fünf Minuten später kam es schreiend ins Esszimmer gerannt. Es hatte das Mädchen in der Nähe des Ofens in einer Schlinge an der Decke hängend vorgefunden, das Kind war in der Wiege erstickt worden.

Der Vater und die Mutter bemühten sich, erschreckt und verzweifelt zu wirken. Schließlich riefen sie den Arzt, der nur Ratlosigkeit zeigte. Man begrub die Unglücklichen hinter der Abzäunung des Familienfriedhofs.

Die Bediensteten steckten die Köpfe zusammen. Marfa, die Nastja gefunden hatte, erzählte ihrer engsten Freundin, Glikeria und Fjodor hätten sich überhaupt nicht gewundert, als sie vom Tod ihrer Tochter erfahren hätten, im Gegenteil, es sei gewesen, als hätten sie diese Nachricht erwartet.

»Sie fürchtete die Schande«, sagte der Vater.

»Der Herr ist ihr Richter«, seufzte die Mutter.

»Sie haben sie selber gerichtet«, weinte Marfa.

Am nächsten Tag gab man ihr Geld, schenkte ihr ein Haus weit weg, in dem Dorf Potapowo, das hundertzwanzig Kilometer, also mehrere Reisetage auf guten Pferden von Gorlowka entfernt lag, damit sie dort lebte. Dazu gab man ihr eine Kuh und alles mögliche Gerät, angeblich für ihre treuen Dienste.

»Sie haben doch nicht etwa die eigene Tochter umgebracht?«, brach es aus mir heraus.

»Ohne weitere Umstände«, antwortete Prochor, »so eine Sünde, ein Kind vom Bruder! Wenn so etwas bei Herrschaften geschah, wurde das Mädchen entweder ins Kloster oder zu fernen Verwandten geschickt, während man die Kinder erstickte oder die Kinderfrau etwas ins Fläschchen mischte.«

»Aber warum, um Himmels willen?«

»Man wollte das eigene Blut schützen, es sollte keine Missbildungen in der Familie geben. Selbst wenn das Kind normal war, dessen Kinder hätten auf jeden Fall behindert sein können.«

»Und warum war man so grausam zu der Tochter?«

»Den Sohn musste man schließlich verheiraten. Das Mädchen hätte nur Ränke geschmiedet und die junge Frau gequält, das durfte nicht passieren! Und einen Mann hätte es auf keinen Fall gefunden, verdorbene Ware will keiner haben! Da blieb nur eines, entweder die Sünden abbüßen oder bei einer entfernten Tante leben …«

»Das ist wirklich ungerecht«, regte sich die Feministin in mir. »Die Frau leidet, und der Mann kommt ungeschoren davon. Ins Bett hat sie sich doch nicht allein gelegt, sondern zusammen mit ihrem Bruder …«

»Er muss dafür sorgen, dass die Sippe nicht ausstirbt«, antwortete Prochor streng. »Er heiratet und führt den Stammbaum weiter, während das Mädchen in die Familie des Mannes übergeht.«

Andrej Korsinkin ließ man mehrere Jahre in Moskau bleiben. Als die Sache vergessen war, holte man ihn zurück nach Gorlowka und verheiratete ihn mit Maria Wjasemskaja. Aber echte Liebe gab es nicht zwischen den beiden, obwohl die junge Frau genau neun Monate nach der Hochzeit einen Sohn gebar, den sie Trofim nannten. Kaum ein paar Wochen nach der Geburt begann Andrej eine Affäre mit der Nachbarin vom Nachbargut. Es folgte eine weitere, dann eine dritte, kurz: Er benahm sich wie ein Junggeselle. Als dann noch die Eltern gestorben waren, ließ er alle Zurückhaltung fahren und kam selbst nachts nicht mehr nach Hause.

Maria kümmerte sich um den Garten, sie schnitt endlos die

Rosen und züchtete neue Sorten. Sie war die Demut in Person und beklagte sich nie. Niemand hat je ein lautes Wort von ihr gehört. Im Sommer kam es vor, dass sie ganze Tage im Wald verschwand und abends mit Blumensträußen wieder nach Hause kam … Ihre zweite Schwangerschaft kam für Andrej sehr unerwartet, selbst wenn er ab und zu im ehelichen Schlafzimmer vorbeischaute. Aber ganz und gar überrascht war der Ehemann, als er das Neugeborene sah. Die hellhäutigen, hellblonden, blauäugigen Eltern hatten einen dunkelhaarigen, dunkelhäutigen Jungen mit braunen Augen bekommen.

»Ganz der Urgroßvater«, erklärte Maria und lächelte.

Wieder begann das Hausgesinde zu tuscheln. Je älter Nikolaj wurde, desto deutlicher wurde sichtbar, dass er und Trofim nicht aus demselben Stall stammten. Schließlich stach der Unterschied so in die Augen, dass man den Jüngeren nach Moskau in die Schule schickte. Die Brüder hatten nie eine enge Bindung zueinander gehabt. Der Ältere schlug Nikolaj oft und schimpfte ihn flüsternd einen Bastard. Als Maria einmal das Wort hörte, bekam Trofim zum ersten und zum letzten Mal die Rute. Seitdem lächelte er den Bruder immer nur freundlich an, brach aber jede Beziehung zu ihm ab.

»Macht nichts«, seufzte die Mutter, »sie werden erwachsen, heiraten, dann teilen wir die Dörfer auf, und über der Arbeit werden sie alles vergessen. Mein Großvater war ein echter Zigeuner, der Urenkel gerät ganz nach ihm, und Trofim ist einfach eifersüchtig. Aber mit dem Alter wird das vergehen.«

Im Dezember 1917 kamen die Rotarmisten mit einem Dokument nach Gorlowka, in dem angeordnet wurde, dass das Gutshaus zu räumen sei.

»Ab sofort werden hier die Verletzten gepflegt, zieht Leine, meine lieben Herrschaften, ihr habt genug geprasst«, verkündete der etwas angetrunkene Bursche im Armeemantel.

Maria machte sich rasch daran, das Tafelsilber zusammenzupacken

»Das lassen Sie mal schön sein, gute Frau«, grinste der Kommandeur ein ungutes Lächeln. »Zum Nutzen der siegreichen Revolution wird alles konfisziert.«

Maria sah verwirrt ihren Mann an. Der schlug höflich vor: »Wollen die Herren Soldaten vielleicht etwas essen und trinken? Lass aufdecken, meine Liebe!«

Sofort wurde ein riesiger Tisch vorbereitet. Die jungen Hausangestellten beobachteten voller Abscheu, wie die Soldaten mit ihren ungewaschenen Händen das knusprige Hähnchen in Stücke rissen. Es dauerte nicht lange, da sangen die Konfiszierer Lieder, und schließlich sanken sie in einen bleiernen Schlaf. Um ganz sicher zu gehen, hatte man ihnen Schlafmittel in die Getränke gegeben.

Während die Rotarmisten, die den erstickenden Gestank ungewaschener Fußlappen um sich verbreiteten, schliefen, rannten die Bediensteten zusammen mit ihren Herrschaften durch die Zimmer und sammelten die kostbarsten Dinge zusammen. Ein paar Sachen verscharrten sie im Hof, die anderen nahmen sie mit.

»Wir gehen nicht für lange auseinander, Freunde«, weinte Andrej und verabschiedete sich von seinem Gesinde. »Bald werden die Halunken wieder verjagt sein, dann führen wir unser altes Leben weiter.«

Nachdem sie der Haushälterin und dem Koch ihre Kleider anvertraut hatten, machten sich der Gutsherr und seine Frau auf den Weg ins Dorf. Trofim, der das Pferd gesattelt hatte, trug den kleinen Koffer mit den Kleidern und Wertsachen, die sie mitnehmen wollten.

In Gorlowka übernachteten sie. Doch am Morgen fanden die Soldaten, die inzwischen ihren Rausch ausgeschlafen hatten, Andrej und Maria, führten sie in den Hof und erschossen sie.

»Dabei hatte der Dorfälteste sie gut versteckt«, seufzte Prochor. »Aber sie haben sie doch gefunden ... Gleich hinter der Hütte haben sie ihnen den Garaus gemacht.«

Gegen Abend hoben die treuen Diener auf dem Friedhof die Gräber für sie aus und begruben sie.

»Und Trofim?«

Prochor begann zu husten, schließlich brachte er heraus:

»Ach, was soll's, die verdammten Kommunisten gibt es ja schon lange nicht mehr. Der Junge hat sich gerettet.« Jewlampias Tochter Awdotja hatte das Fieber niedergeworfen, Trofim hatte man zu ihr gelegt. Die Soldaten trauten sich noch nicht einmal, in die Hütte zu gehen. »Keiner von unseren Leuten hat den jungen Herrn verraten. Er hat überlebt ...«

Bald danach kam Nikolaj aus der Stadt und weinte lange am Grab der Eltern. Er schloss Frieden mit seinem Bruder, die Jungen umarmten sich und beschlossen, gemeinsam zu emigrieren. Aber in der Nacht vor der Abreise wurde Trofim krank. Er musste sich bei Awdotja angesteckt haben. Zur gleichen Zeit hatte auch den gleichaltrigen Jungen Ljoschka Nikitin das Fieber ereilt.

»Flieh allein, mein Sohn, solange du noch am Leben bist«, befahl Jewlampia Nikolaj, »natürlich ist es traurig, aber wahrscheinlich wird Trofim ohnehin sterben.«

Bitterlich weinend drückte Nikolaj das Hündchen Foka an sich und reiste ab. Trofim genas unerwartet, während Ljoschka Nikitin starb. Die kluge Jewlampia ließ für den Unglücklichen ein Grab neben denen der Herrschaften ausheben und auf dem Kreuz den Namen Trofim hinzufügen. Der Gutssohn dagegen bekam die Dokumente von Ljoschka und lebte als Bauernsohn weiter. Seine adelige Herkunft hielt er von nun an sorgfältig geheim. Keiner der Bauern verriet ihn, sogar dann nicht, als klar wurde, dass die Sowjetmacht sich ernsthaft und auf lange Zeit durchsetzen würde.

Ich zog Korsinkins Pass heraus und gab ihn dem Alten:

»Ist dieser Mann hierher gekommen?«

Prochor betrachtete das Foto angestrengt, dann schnäuzte er sich die Nase.

»Dem seligen Nikolaj wie aus dem Gesicht geschnitten, lieber Gott, das heißt, mein guter Herr hat überlebt. Der Herrgott hat meine Bitten erhört!«

«Ist Basil also nicht hier gewesen?«

Aber Prochor achtete nicht auf mich.

»Welche Freude«, jammerte er laut, »der Stammbaum ist erhalten. Die Kinder von Trofim tragen doch den Namen Nikitin. Neulich waren ein Mann und eine Frau hier, Alexej Iwanowitsch und Vera Iwanowna. Sie sagten, sie seien die Enkelkinder von Trofim Korsinkin. Sie wollten wissen, ob noch irgendwelche Dokumente über Haus und Grundstück existierten. Aber sie kamen vergebens. Die selige Jewlampia, die bei den Herrschaften als Wirtschafterin diente, hatte zwar etwas versteckt. Aber nach ihrem Tod hat Awdotja, furchtsam, wie sie war, alles verbrannt. Trofims Enkel haben sich furchtbar gegrämt, die Frau hat sogar ihre Adresse dagelassen, für alle Fälle.«

»Haben Sie sie noch?«

Prochor ging zur Ikone und zog einen zerknitterten Zettel dahinter hervor. Mehr war wohl nicht zu erfahren.

Ich verließ das Haus und eilte zu meinem Wagen.

»Töchterchen«, rief der Alte mir hinterher, »du bist doch mit dem Auto da: Bitte tu mir einen Gefallen. Fahr für mich zur Apotheke, für dich ist es nicht weit, und ich schaffe es nicht bis dorthin. Kauf mir ein Fläschchen Valokordin, warte, ich gebe dir Geld, es ist teurer geworden.«

Ich fuhr zur Apotheke, ohne von dem Alten das Geld genommen zu haben. Dann dachte ich an die unförmigen Graubrotscheiben und ging in den Supermarkt mit dem stolzen Namen »Sieger«. Der Volvo hat einen großen Kofferraum, aber die Einkäufe passten trotzdem nicht alle hinein, ein paar Sachen musste ich auf die Rückbank werfen. Kisten mit Makkaroni und Sonnenblumenöl, Pakete mit Reis, Hirse, Weizengraupen und einer mir unbekannten Grütze namens »Artek«, dreißig Kilo Mehl, zwanzig Pakete Tafelbutter, Berge von Schmorfleisch in Büchsen, dazu Tee, Kakao, Pralinen, fünfhundert Stearinkerzen, eine Fledermaus-Lampe, eine Kerosinflasche, Zeitungen, etwa zwanzig Krimis, Seife, Shampoo ... Diesen Winter brauchte Prochor nur für die Rente in die Stadt zu gehen, dann hatte er auf dem Rückweg nichts zu tragen. Nachdem ich noch ein wenig überlegt hatte, kaufte ich ihm auch noch ein Radio und Batterien dazu – so hatte er ein bisschen Abwechslung.

Als der Alte sah, wie ich aus dem Volvo stieg, der wie ein Kaufladen auf Rädern aussah, verschlug es ihm für eine Minute die Sprache.

»Was soll das, wozu, aber nicht doch«, murmelte er, während ich keuchend die Säcke und Schachteln schleppte.

»Prochor«, sagte ich streng, »Nikolajs Enkel Basil Korsinkin hat mir aufgetragen, Ihnen die Lebensmittel und alles andere zu übergeben. Ihr früherer Herr erinnerte sich an Sie und liebe Sie, dies sind Geschenke von ihm. Im Frühjahr komme ich wieder und bringe Ihnen mehr.«

Der Alte fing an zu weinen, dann rieb er sich die Augen.

»Ach, dass die Frau diese Freude nicht mehr hat erleben können. Wie heißt du, Töchterchen?«

»Dascha.«

»Daschutka, wenn du zurückfährst, stößt du auf zwei Wege. Beide führen zur Chaussee, aber du, mein Kind, nimm nicht den guten, sondern nimm den anderen, wo der Beton liegt, den Feldweg.«

»Warum das?«

Prochor druckste etwas herum.

»An der Schlucht steht eine Hütte. Früher hat darin Nikanor, der Schmied, gewohnt. Er war menschenscheu und schweigsam, hat sich abseits eingerichtet. Das Haus ist schon lange verlassen. In letzter Zeit haben sich da Verrückte eingenistet. Sie leben einen Monat dort und verschwinden dann wieder. Jetzt ist auch einer da. Sagt immer nur ›msjö, msjö‹ auf Französisch, und spricht kein bisschen Russisch, oder er tut nur so. Da hab ich gedacht, warum sollten ehrliche Menschen, und dazu noch Fremde, an so einen abgelegenen Ort fahren? Vielleicht sind es Geisteskranke oder Mörder und verstecken sich vor der Miliz? In den Zeitungen werden doch immer alle möglichen Schauergeschichten berichtet.«

Ich bedankte mich bei dem Alten und fuhr los. Der Weg teilte sich tatsächlich, und zwar ganz unmerklich. Zwischen den Sträuchern lagen die Betonplatten, kaum zu sehen, wenn man nach Gorlowka fuhr. Der Volvo rollte schnell dahin und hüpfte über die Fugen. Mein Herz frohlockte: Sah so aus, als hätte ich Basil gefunden.

KAPITEL 15

Der Schmied musste wirklich sehr menschenscheu gewesen sein. Das Blockhäuschen lag im Wald versteckt, im Sommer wäre es wahrscheinlich gar nicht zu finden gewesen. Aber jetzt, wo die meisten Bäume ihre Blätter verloren hatten, hoben sich die dunklen Balken scharf gegen die nackten Baumstämme im Vordergrund ab. Zum Weg zeigten drei Fenster, zwei davon hatten noch Glasscheiben, beim letzten war der Rahmen zerbrochen. Ich ging zu der schiefen, verfaulten Vortreppe und rief:

»He, Basil, komm raus, ich bin es, Darja Wasiljewa. Ich bin extra wegen dir hier.«

Die Antwort war Stille. Ich drückte den einfachen Eisenbügel, der als Griff diente. Die Tür rührte sich nicht, von drinnen kam kein Laut, aber ich sah, dass im Schlüsselloch ein Schlüssel steckte. Das hieß, da drinnen waren Leute.

»Basil, stell dich nicht so an«, schrie ich auf Französisch. »Suzie ist kurz davor, verrückt zu werden in Paris, hab Mitleid mit deiner Frau, du alter Idiot. Du hast jetzt genug Robinson Crusoe gespielt.«

Das Schloss rasselte, die schwere Tür ging auf, und auf der Schwelle erschien ein großer, dürrer, blonder Mann in dreckigen, zerrissenen Jeans und einem dicken Pullover. Basil sah er überhaupt nicht ähnlich. Ich hatte mich kaum von der Überraschung erholt, als der seltsame Bewohner in hervorragendem Französisch fragte:

»Lieber Himmel, sind Sie aus Paris?!«

»Ja«, antwortete ich, »Sie anscheinend auch?«

»Das ist einfach unverschämt«, erboste sich der Wilde, »nur drei Tage bleiben mir noch! Wie konnte man es wagen, schon wieder Neue zu schicken, ich werde mich bei der Agentur beschweren! Das ist jetzt schon das zweite Mal! Und im Dorf wohnt auch jemand!«

Ich verstand kein Wort und erklärte für alle Fälle:

»Ich suche Herrn Basil Korsinkin, den Verleger aus Paris!«

Der Robinson Crusoe wurde etwas freundlicher:

»Heißt das, Sie wollen nicht hier übernachten?«

»Nein.«

»Gut, dann kommen Sie herein.«

Ich betrat die kleine Hütte und stieß sofort mit der Stirn gegen den niedrigen Türrahmen. Mit eingezogenem Kopf folgte ich dem Hausherrn ins Wohnzimmer. Darin stand ein Eisenbett mit einem alten Drahtgestell, ein vorsintflutlicher Tisch, zwei wacklige Stühle und eine eisenbeschlagene Truhe, eine echte Rarität. Als Tischdecke diente eine Zeitung, auf dem Bett gab es keinerlei Anzeichen von Bettwäsche, nur eine verschlissene Steppdecke und ein Kopfkissen mit einem schmuddeligen Bezug.

»Also«, sagte der Franzose ausgesprochen unfreundlich. »Raus mit der Sprache! Was wollen Sie hier eigentlich?«

Ich beschloss, den Flegel in seine Schranken zu weisen, lächelte mondän und zwitscherte:

»Darf ich mich vorstellen: Baronesse Natalie Makmaier.«

Franzosen sind fürchterliche Snobs, und dieser hier war keine Ausnahme.

»Oh bitte, Madame, setzen Sie sich doch, mein Name ist Claude Rabel. Welches Problem führt so eine reizende Dame wie Sie in diese Einöde?«

Allein die Nennung des Titels hatte offenkundig sein Interesse geweckt. Ich erklärte:

»Ich suche einen Freund, Basil Korsinkin. Er sagte, er wolle für einen Tag nach Gorlowka, und jetzt ist er verschwunden.«

»Wie?«, wunderte sich Claude seinerseits. »Sind Sie etwa nicht über Albatros nach Russland gekommen? Sind Sie keine Extremtouristin?«

»Was bitte?« Jetzt wurde ich wirklich böse. »Nun sagen Sie mir endlich, was das alles heißen soll.«

Rabel war verwirrt. Ich bemerkte sein Schwanken und fügte unverfroren hinzu:

»Solange ich nichts verstehe, rühre ich mich nicht vom Fleck.«

Claude seufzte. Wahrscheinlich dachte er bei sich, dass er diese dumme Gans nicht so leicht wieder loswerden würde.

Die Geschichte war interessant. In Paris arbeitete Herr Rabel als Geschäftsführer einer großen Firma. Sein Leben glich dem eines Hamsters im Laufrad. Alles ärgerte ihn – die verwöhnten dummen Kunden, die stumpfsinnigen Angestellten. Zu Hause warteten die unberechenbare Ehefrau und drei pubertierende Kinder. Kurz: Weder am Tag noch in der Nacht kam er zur Ruhe.

Vor ein paar Jahren hatten die Ärzte bei Claude ein Magengeschwür festgestellt und ihn ins Krankenhaus eingewiesen. Dort hatte er den Spaßvogel Alexander kennen gelernt. Alex erzählte Claude von einem großartigen Urlaub, den die russisch-französische Reiseagentur Albatros organisiert. Extremtourismus. Zwar wahnsinnig teuer, dafür kriegst du aber auch was geboten! Alle Touren sind ganz und gar individuell, man kann alles bestellen, was das Herz begehrt.

Kaum war er aus dem Krankenhaus entlassen, fuhr Claude zum Boulevard Roti. Die Sache war nicht ganz legal, und Alex hatte ihn gewarnt, dass er sich unbedingt an eine Dame namens Hélène wenden und sagen solle, er habe die Adresse von Alexander.

Hélène lächelte freundlich und begann dem verblüfften

Claude den Service darzulegen. Man konnte zum Beispiel einen Monat in einem russischen Knast oder Lager einsitzen oder in ein verlassenes Dorf in der Provinz fahren und dort das Leben eines Ureinwohners fristen. Daneben wurde noch ein extremer Nervenkitzel angeboten, ein Abenteuer, für das sich tatsächlich viele entschieden. Es ging darum, zum Opfer eines Gewalttäters oder selbst zum Henker zu werden. Die einen wählten die Rolle des Landstreichers, die anderen die eines Zuhälters, dritte lebten einfach vier Wochen in einer der Moskauer Schlafstädte mit nur dreihundert russischen Rubeln in der Tasche. Auch der Aufenthalt in einer geschlossenen psychiatrischen Anstalt war im Angebot …

Claude überlegte hin und her. Schließlich entschied er sich für das Lager. Schon zwei Wochen später lud man ihn in die Moskauer Dependance von Albatros ein. Eine schöne, stattliche Brünette namens Lola nahm ihm den Pass weg und sagte:

»Der ist hier bei mir im Safe besser aufgehoben.«

Dann setzte man Claude ins Auto.

Die Fahrt dauerte etwa eine Stunde, bis der Wagen an einer Tafel bremste, auf der stand: »Halt, Sperrzone. Zutritt verboten!« Sie gingen durch einen hohen Zaun mit Stacheldraht an einem Wachturm mit Wachposten vorbei bis zu einem Gebäude, wo man Claude schwarze Kleider – Jacke, Hose und Schirmmütze – gab. Dann stießen ihn die Begleitposten in die Baracke.

In dem kleinen Raum standen drei eiserne Doppelbetten, die blau angemalt und mit ausgewaschenen Decken bedeckt waren. Bald erschienen auch seine »Kollegen«, zwei Männer mit einfachen Gesichtern. Claude konnte gerade noch verstehen, dass sie Wanja und Sascha hießen. Mehr kapierte er nicht, da er des Russischen nicht mächtig war. Bis zum Ende der »zu verbüßenden« Frist hatte er dann allerdings ein paar Wörter gelernt – Brot, Tee, Zucker und ein paar Schimpfwörter.

Die Tage in der Zone glichen sich wie ein Ei dem andern. Aufstehen, Appell, Kontrolle, Arbeit, Spaziergang. Dreimal am Tag bekamen sie zu essen – ekliges und vollkommen ungenießbares Zeug. Die Wachen versetzten Rabel ein paar Mal nicht gerade schmerzhafte Schläge. Wanja und Sascha belästigten ihn nicht. Sie waren sogar freundlich zu ihm, boten ihm Zigaretten an, teilten Kuchen und Tee mit ihm. Als sein Entlassungstermin bevorstand, brachten sie dem Franzosen sogar noch den Gaunerslang bei und machten sich über seine Aussprache lustig.

Das Leben im Lager war so organisiert, dass Claude nie mit den anderen Häftlingen zusammentraf. Ganz selten sah er, wie ein Trupp von etwa hundert Mann in den Speisesaal ging und dabei ein munteres Lied sang. In den Werkstätten, in denen Fäustlinge aus Segeltuch genäht wurden, saß jeder hinter seiner Maschine, und die Wachposten verhinderten alle Gespräche.

Zwei Wochen später war das Magengeschwür aller Wahrscheinlichkeit nach durch den Hunger verschwunden, oder zumindest quälte es ihn nicht mehr. Dann regulierte sich sein Schlaf wieder. Kaum hatte Claude um zehn Uhr abends den Kopf auf das Kopfkissen gelegt, fielen ihm vor Müdigkeit schon die Augen zu. Der dumpfe Schmerz im Kopf verlor sich. In seiner letzten Woche als Lagerinsasse machte sich Rabel mit ungeheurem Appetit über die Fischsuppe und die Graupen her, die mit Maschinenöl verfeinert waren.

Vollkommen gesund, fröhlich und wunderbar erholt, kehrte er nach Paris zurück.

Und in diesem Jahr hatte er beschlossen, als Einsiedler zu leben. Diesmal hatten sie ihn nach Gorlowka gebracht und mit einem Minimum an Lebensmitteln in der Hütte des Schmiedes abgesetzt. Zuerst lief alles hervorragend. Claude machte eigenhändig die Hütte sauber und holte das Wasser mit Eimern aus dem kleinen Fluss. Tagelang beschäftigte er sich mit dem Haushalt, kochte sich Suppen und räumte die

Steine aus dem Hof fort. Er legte sich um acht schlafen und stand gegen sechs wieder auf. Ausgerechnet hier, in dem verlassenen Dorf, fiel dem Geschäftsführer ein, dass er als Junge Gedichte geschrieben hatte, und er begann wieder zu reimen. Das Gefühl von völliger Einsamkeit und totaler Abgeschiedenheit machte ihn wunderbar ruhig …

Aber mit der Idylle hatte es bald ein Ende. Zuerst stellte der Pariser fest, dass im Dorf ein alter Mann wohnte. Prochor störte ihn zwar nicht, sie trafen sich nur selten, aber das Gefühl der völligen Abgeschiedenheit war dahin. Dann erschien irgendein Ausländer, der französisch sprach.

»Korsinkin?«, brach es aus mir heraus.

»Keine Ahnung, seinen Namen hat er mir nicht gesagt.«

»Ein dunkler Typ mit dunklen Haaren und braunen Augen?«

»Ja, könnte hinkommen.«

Der Gast klopfte nachts gegen das Fenster. Claude erschrak ein wenig und schaute auf die Uhr, es war Mitternacht.

»Wer da?«, rief er auf Französisch. Im selben Moment begriff er, wie dumm das war. Wer sollte ihn schon verstehen?

Aber von der Türschwelle her antwortete unvermutet jemand auf Französisch:

»Machen Sie auf, um Himmels willen, haben Sie keine Angst.«

Rabel öffnete die Tür und sah einen völlig verschmutzten Mann vor sich.

»Ich habe einen Platten«, erklärte der. »Ich habe im Dunkeln versucht, den Reifen zu wechseln, aber es hat nicht geklappt. Bitte lassen Sie uns hier schlafen.«

»Uns?«, wunderte ich mich.

»Ja, da war noch eine junge Frau bei ihm. Eine große Blondine mit fantastischen Beinen. Ich hab noch gedacht: Was macht eine solche Schönheit neben so einem hässlichen Typen?«

»Was ist dann passiert?« Vor Ungeduld hüpfte ich auf der Stelle, so wie Manja. »Nun sagen Sie schon!«

»Da gibt's nicht mehr zu erzählen. Sie haben aus dem Auto eine Tasche mit Lebensmitteln geholt und gegessen. Dann haben sie sich hingelegt.«

Claude überließ der Frau das Bett und legte sich selbst auf die Ofenbank, der Mann machte es sich irgendwie auf dem Boden bequem. Am frühen Morgen wechselte der Gast den Reifen, und das Pärchen fuhr weiter.

»Und das ist alles?«, fragte ich gedehnt. Ich war enttäuscht.

»Ja.«

»Wie hieß die Frau?«

Claude zuckte mit den Achseln.

»Ich weiß nicht, sie hat sich nicht vorgestellt.«

Der Kavalier hatte auf die Frage nach seinem Namen auch nur etwas in der Art von »br – br« gemurmelt. Ausgesprochen schlecht erzogen, der junge Mann.

»Jung?«

»Na ja, er wird vielleicht sechs-, höchstens siebenundzwanzig gewesen sein ...«

Jetzt kam ich nicht mehr mit. Ich zog Basils Pass heraus und hielt ihn Claude unter die Nase.

»Ist es der?«

»Ja«, bestätigte Claude. »Aber komisch, hier sieht er so alt aus wie ich. Er sprach übrigens französisch mit Akzent, ein Franzose war er nicht.«

Also war Basil jetzt restlos verrückt geworden: Spielte den jugendlichen Romeo, schminkte sich, so dass er aussah wie ein junger Mann, und verfremdete seine Pariser Aussprache. Was für ein Idiot!

Claude war zu böse gewesen, um sich für die ungebetenen Gäste zu interessieren. Während sie leise schnarchten, überlegte er die halbe Nacht lang, was er den Angestellten von Albatros sagen wollte. Das Dorf war bewohnt, und Leute kamen auch noch vorbei. Mein Besuch hatte ihn nun restlos aus der Fassung gebracht.

Ich beschloss, den nervösen Franzosen zu beruhigen.

»Ich fahre gleich wieder, mich hat nur Korsinkin interessiert.«

Claude beobachtete misstrauisch, wie ich zum Volvo ging. Dann rief er:

»Warten Sie! Werden Sie diesen Basil vielleicht treffen?«

»Das will ich sehr hoffen.«

»Dann nehmen Sie bitte etwas für ihn mit, die beiden haben hier was liegen lassen.«

Claude verschwand in der Hütte und warf mir eine Sekunde später ein kleines Päckchen mit einer Marlboro-Reklame ins Auto. Ich fuhr bis zur Chaussee, bremste und schaute in das Päckchen hinein. Aber es war nichts Besonderes darin: nur ein Damen-Taschenschirm und »Hundert Jahre Einsamkeit« von Marquez. Offenbar entstammte die junge Frau einer Familie von Intellektuellen, sie hatte nicht etwa einen Krimi oder Science-Fiction, sondern den klugen Marquez mitgenommen.

Als ich gegen neun Uhr abends wieder zu Hause ankam, hatte ich es endgültig aufgegeben, irgendetwas verstehen zu wollen. Mein Kopf platzte fast von der Fülle an Ereignissen.

Im Esszimmer saß Olga mit versteinertem Gesicht.

»Guten Abend«, sagte sie mit eiserner Stimme.

Ihr Tonfall verhieß nichts Gutes.

»Was ist passiert?«

»Das sollte ich dich fragen«, zischte Olga durch die Zähne. Sie sah mich durchdringend an wie ein Staatsanwalt.

»Alexander Michailowitsch, kommen Sie mal her!«

Man hörte Schritte, der Oberst trat ins Zimmer. Als er mich sah, lächelte er süß und erkundigte sich:

»Daschalein, wo warst du? Du bist bestimmt müde.«

Aber mir war klar, dass dieser Ton nichts Gutes zu bedeuten hatte. Deshalb versuchte ich, meinen Freund nicht zu verärgern.

»Zuerst war ich einkaufen, dann bin ich zu den Poljanskijs gefahren …«

»Ach so«, nickte Alexander Michailowitsch, »Kaffee trinken, ein bisschen schwatzen und so, ja?«

»Genau«, stimmte ich vorsichtig zu und witterte Böses. »Und wie habt ihr den Tag verbracht?«

»Ich gut«, grinste der Oberst, »aber Häschen hat richtig Glück gehabt, nicht das kleinste bisschen Langeweile, sie hat das reinste Abenteuer erlebt!«

Olga schnaubte und begann, demonstrativ mit ihrem Löffel den Zucker im Tee umzurühren. Das rhythmische Klirren brachte mich aus der Fassung. Ungeduldig fragte ich:

»Was zum Teufel ist denn nun eigentlich passiert?«

»Hör zu!«, brauste Häschen auf.

»Warte, warte«, unterbrach sie Alexander Michailowitsch. »Lass mich erzählen, ganz ruhig und schön der Reihe nach.«

Morgens hatte sich eine Dienststelle der Miliz bei ihr gemeldet und sie gebeten zu kommen. Man wolle von ihr Zeugenaussagen zum Fall Maja Kolossowa. Olga, die nichts verstanden hatte, erschien gehorsam im Amtszimmer Nummer siebzehn, wo sie ein strenger Hauptmann empfing. Ihr Gespräch verlief ähnlich wie das zwischen einer Gans und einem Ferkel: in völligem gegenseitigem Unverständnis.

»Erzählen Sie, wie Sie die Leiche der Kolossowa auf dem Balkon gefunden haben«, befahl der Milizionär.

»Wer ist das?«, wunderte sich Olga.

»Ihre Wohnungsnachbarin«, gab der Ermittlungsbeamte nicht auf.

»Ich habe keine Nachbarn«, entgegnete Olga.

»Sie brauchen nicht nervös zu werden, niemand will Sie bislang beschuldigen«, »beruhigte« sie der Hauptmann.

Olga blieb standhaft, der Untersuchungsführer wurde

langsam böse, und so ging es fast anderthalb Stunden lang weiter. Währenddessen fragte der Milizionär immer wieder:

»Sind Sie Olga Jewgenjewna Woronzowa?«

»Ja«, bekräftigte Olga.

Schließlich war der Hauptmann von ihren ewigen, sinnlosen Antworten vollkommen entnervt und ließ eine alte Frau in den Raum rufen.

»Erkennen Sie Ihre Verwandte?«

»Aber natürlich, hallo, liebes Kind«, antwortete Maja Kolossowas Nachbarin, die schwachsinnige Alewtina Markowna.

»Warum leugnen Sie?«, wandte sich der Vernehmende an Olga. »Haben Sie irgendwas zu verheimlichen? Wenn Sie sich weiterhin so benehmen, lasse ich Sie für drei Tage verhaften.«

Aber sie war nicht umsonst die Frau eines Rechtsanwalts. Da sie inzwischen begriffen hatte, dass sich hier etwas ihr Unverständliches abspielte, erklärte sie bestimmt:

»Ich habe das Recht auf einen Anruf. Ohne meinen Rechtsanwalt sage ich kein Wort mehr.«

Der Hauptmann schäumte vor Wut und warf ihr den Telefonhörer hin. Die Arme konnte nur eben hineinschreien: »Alexander Michailowitsch, komm sofort hierher«, als man ihr das Telefon wegriss und Olga selbst bis zur Feststellung der Personalien in den Affenkäfig sperrte.

Das Missverständnis klärte sich erst mit der Ankunft des Obersts. Im Gespräch mit den ermittelnden Beamten begriff er sofort, dass die »Verwandte« namens Olga Jewgenjewna älter sein musste: eine elegante Blondine, etwa fünfunddreißig Jahre alt, mit blauen Augen, die Zigaretten aus einem weiß-blauen Päckchen rauchte und den Tatort mit einem Volvo verlassen hatte.

»Wie konntest du nur«, heulte Häschen auf, »wie bist du auf die Idee gekommen, einfach meinen Namen zu benutzen?«

Tatsächlich, das war äußerst dumm gewesen.

»Und dann sagt man, die Miliz arbeitet schlecht«, brach es aus mir heraus. »Gibt es denn wirklich nur eine einzige Olga Jewgenjewna in ganz Moskau? Wie haben sie dich nur gefunden?«

Alexander Michailowitsch schaute mich an und lachte.

»Du bist unnachahmlich! Sie haben einfach bei der Nummer angerufen, die du dem Einsatzleiter selbst gegeben hast.«

Oh Gott, was war ich blöd gewesen!

»Wieso bist du zur Kolossowa gefahren?« Unser Freund wurde wieder ernst.

»Ich?! Ich habe gar keine Ahnung, wer das ist!«

Der Oberst lächelte wieder.

»Hör mal, das ist jetzt einfach albern. Schalte endlich deinen Kopf ein. Erstens hat man in der Wohnung die Fingerabdrücke genommen. Die Kolossowa bekam selten Besuch, Fingerabdrücke von Fremden gibt es nur wenige, deine sind bestimmt auch dabei. Außerdem gibt es einen lebenden Beweis.«

»Wen?«

Die bisher schweigsame Olga rief:

»Kuka! Komm her.«

Die Tür knarrte, die zottige kleine Hündin sprang ins Zimmer und wedelte anhänglich mit dem Schwanz. Offenbar hatten sie sie gerade gewaschen, denn ihr Fell glänzte und roch angenehm nach Shampoo. Um den Hals trug Kuka ein neues rotes Halsband.

»Also«, teilte mir der Oberst mit und hob den Zeigefinger. »Die Tote hatte einen kleinen Mischling mit dem Kosenamen Kuka. Der Hund ist nach dem Tod seiner Besitzerin verschwunden.«

Ich begriff, wie es echten Verbrechern gehen muss, wenn sie mit unwiderlegbaren Beweisen konfrontiert werden, und gab nach:

»Na gut, ich war dort!«

»Warum hast du dich Olga genannt?«

»Das ist rein zufällig passiert.«

Olga sprang vom Stuhl hoch, rannte aus dem Zimmer und knallte mit Wucht die Tür hinter sich zu.

»Na schön«, murmelte Alexander Michailowitsch, »wenn du nicht willst, schweig weiter. Aber du solltest wissen, dass man die Kolossowa vor ihrem Tod gefoltert hat.«

»Was?!« Ich war entsetzt.

»Und zwar böse. Sie haben ihr die Finger und Zehen gebrochen, an Brust und Bauch hatte sie Brandwunden, die Nase war ebenfalls gebrochen, ein paar Zähne ausgeschlagen. Dann haben sie die Unglückliche erschossen und auf den Balkon gesetzt.«

»Himmel, warum?«

»Nach dem Chaos zu urteilen, haben sie in der Wohnung etwas gesucht. Aus den zerrissenen Büchern, dem ausgeweideten Fotoalbum und dem aufgetrennten Plüschbären können wir außerdem schließen, dass es sich um einen kleinen, wahrscheinlich flachen Gegenstand gehandelt haben muss.«

Der Pass von Basil Korsinkin! Ob sie die arme Maja etwa deswegen umgebracht hatten?

»Was glaubst du«, fragte ich leise, »haben die Verbrecher das Gesuchte gefunden?«

»Wie soll man das wissen?«, seufzte mein Freund. »Ich hoffe es.«

»Warum?«

»Weil ich sonst davon ausgehen muss, dass der gesuchte Gegenstand in deine Hände geraten ist.«

»Unsinn«, erschrak ich.

»Wieso bist du eigentlich zu der Kolossowa gegangen?«

»Ich war doch gar nicht bei ihr, sondern bei der verrückten Alewtina Markowna. Ich kenne sie schon lange, und jetzt ist sie völlig durchgedreht. Ich habe sie besucht und die Leiche auf dem Balkon gesehen … Warum hat man sie wohl nach draußen gesetzt?«

»Damit es nicht aus der Wohnung roch, sie ist im letzten Stock, da konnte kaum jemand den Balkon einsehen. Sie hofften, dass die Miliz die Leiche nicht sofort finden würde. Warum hast du dich Olga genannt?«

»Aus Dummheit, ich habe mich so erschrocken. Immer gerate ich in irgendwelche Geschichten.«

»Das ist wohl wahr«, seufzte Alexander Michailowitsch. »Na gut, ich werde die Alte fragen, ob sie dich kennt.«

Frag nur, frag nur, Dicker, grinste ich in mich hinein, während ich mir Tee eingoss. Die Alte ist so schlecht beisammen, da wirst du deine Freude haben.

KAPITEL 16

Meine gute Laune hatte mich verlassen. Ich wollte mich nur noch in meinem Schlafzimmer verkriechen. Die arme, arme Maja. Sie war doch ohnehin schon so vom Pech verfolgt gewesen. Und nun hatte ihr schweres Leben auch noch so geendet. War es wirklich möglich, dass man die Arme nur wegen Korsinkins Pass umgebracht hatte? Könnte es sein, dass sie noch am Leben wäre, wenn ich ihr die Tasche gebracht und sie überredet hätte, sie zurückzugeben? Wohl kaum. Was muss ich daraus schließen? War Lola womöglich dahinter gekommen, dass Maja die Tasche gestohlen hatte, und hatte die Killer zu ihr geschickt? Sollte ich nicht doch einfach alles dem Oberst erzählen? Aber dann würde er Lola sofort festnehmen, und ich hätte keine Chance mehr, Basil zu finden. Denn sie würde sich schnell aus allem herauswinden. Den Pass hatte ich schließlich von dem Heiratsschwindler bekommen, außer ihm gab es keine Zeugen.

Und falls man gar nicht den Pass gesucht hatte? Falls doch alles anders war?

Ich öffnete das Fenster und begann zu rauchen. Dabei achtete ich sorgfältig darauf, dass der Rauch direkt in den Garten abzog. Meine Familie raucht nicht und verurteilt meine Schwäche einmütig.

Es wurde kalt. Schneeflocken fielen vom Himmel. Der Winter stand vor der Tür, bald würde es frieren … Lola! Plötzlich war sie die Hauptperson. Ich hatte einfach Glück, dass sie nicht mit mir sprechen wollte. Jetzt musste ich mir erst einmal einen Überblick über die Informationen verschaffen, die ich hatte.

Der alte Prochor behauptete, Trofims Enkel Alexej Nikitin sei zu ihm gekommen. Der ermordete Verleger hieß genauso. Sind sie ein und derselbe? Es dürfte nicht schwer sein, das herauszubekommen, ich habe die Adresse. Morgen fahre ich hin und rede mit den Leuten. Ob der Schatz wohl noch existiert? Wer hat ihn aus dem Versteck geholt? Wo ist Basil abgeblieben? Wie kommt er ohne Pass aus? Oder …

Plötzlich brach mir der Schweiß aus, und meine Hände zitterten. Zum ersten Mal kam mir der Gedanke, der eigentlich am nächsten lag: Man konnte Basil umgebracht haben. Aber wer? Wo ist die Leiche? Sicher kennt Lola die Antworten auf all diese Fragen. Aber wie bringe ich sie zum Sprechen? Überhaupt, vielleicht kann die mysteriöse Begleiterin von Korsinkin Licht ins Dunkel bringen. Aber wo soll ich das Mädchen finden, wenn ich weder Vor- noch Nachnamen weiß? Ich habe nur den Regenschirm und das Buch in den Händen.

Ich blätterte in dem Marquez. Auf der ersten Seite stand der Stempel »Bibliothek Nr. 3467«. Wunderbar, eine Spur, wenn auch nur eine schwache.

Am nächsten Tag ging ich gegen zehn zum Frühstück nach unten. Olga saß mit unnahbarem Gesicht da. Offensichtlich war sie immer noch böse.

»Häschen, du bist so schlank geworden, einfach unglaublich«, versuchte ich ihr zu schmeicheln.

Olga ist permanent auf Diät und prüft ihre Schenkel dauernd auf Spuren von Zellulitis. An jedem anderen Tag hätte sie eine solche Bemerkung begeistert.

Aber heute stand sie nur auf und erwiderte scharf:

»Hör auf, Süßholz zu raspeln. Ich glaub dir sowieso nicht.«

Ich schaute ihr zu, wie sie aus dem Esszimmer schwebte, und konnte meine Entrüstung nur mit Mühe im Zaum halten. Was für eine Schauspielerei, das war doch wirklich übertrieben!

Am einfachsten war es, ich machte mich erst einmal auf die Suche nach der Bibliothek. Ich fand sie am Ende der Welt, in dem abgelegenen Wohnkomplex Degunino, fast anderthalb Stunden Fahrtzeit entfernt. Vom Himmel fiel eisiger Schneematsch, graue Wolken bedrängten die Stadt. Mitten am helllichten Tag musste ich die Scheinwerfer einschalten. Endlich erreichte ich den siebenstöckigen Plattenbau und stieg die paar Stufen hinunter, die zur Bibliothek führten.

Eine ärgerlich dreinschauende Frau, die mich vage an eine Mathematiklehrerin erinnerte, fragte ziemlich streng:

»Was wollen Sie?«

Interessante Frage für eine Bibliothekarin, natürlich ein Pfund Wurst. Aber ich beschloss, die unzugängliche Dame nicht zu verärgern, setzte mein zuckersüßestes Lächeln auf und trällerte, während ich ihr das Buch entgegenstreckte:

»Hier, das möchte ich abgeben.«

»Vorname, Nachname, Frist?«

Sonst noch was, wie spricht denn die mit mir?

»Na los«, drängte sie, »die Frist!«

In der Not frisst der Teufel Fliegen, hätte ich gern geantwortet. Laut sagte ich natürlich etwas ganz anderes:

»Verzeihen Sie, aber ich verstehe nicht.«

»Lieber Himmel«, seufzte die Bibliothekarin. »Wenn die Alten vergesslich werden, ist es ja noch in Ordnung. Aber Sie sehen so aus, als wären Sie noch bei Verstand. Es kann doch nicht so schwer sein, sich ein Datum zu merken.«

»Was für eins?«, fragte ich verwirrt.

»Das Abgabedatum«, fuhr sie mich an. »Wann sollten Sie das Buch abgeben? Am fünfzehnten? Am siebzehnten?«

»Sehen Sie«, versuchte ich die Situation zu erklären. »Ich

habe das Buch nicht ausgeliehen, eine Freundin von mir hat mich gebeten, es für sie abzugeben, weil sie krank geworden ist. Sie hat nichts von einem Datum gesagt.«

»Na so was«, empörte sich die Frau. »Die Karteikarten sind nach Datum geordnet. Soll ich jetzt etwa alle durchsehen? Ich muss mich doch wundern, wie unverantwortlich und schlampig die Leute sind. Eine einzige Katastrophe!«

Ich hörte dem Gezeter zu und schaute mir dessen Urheberin dabei genauer an. Vom Alter her um die fünfzig, gelbliche Haut, schmale, zusammengepresste Lippen, kleine, tief sitzende Augen und auf dem Kopf ein Mopp. Sie trug keinen Ehering. Saß da und wütete vor sich hin, während das Leben ohne jede Freude an ihr vorbeizog. Die Arme tat mir Leid.

Endlich hatte sie sich ausgetobt. Sie forderte streng:

»Nachname, Vorname …«

»Wessen?«, fragte ich verloren.

»Nicht Ihren«, antwortete sie scharf, »den Ihrer Freundin, für die Sie das Buch abgeben wollen.«

Aber den wollte ich doch gerade in der Bibliothek erfahren.

»Weiß ich nicht«, nuschelte ich unwillkürlich.

Die gute Frau sprang von ihrem Stuhl hoch.

»Wollen Sie sich über mich lustig machen? Was soll das heißen, Sie wissen den Namen Ihrer Freundin nicht? Sind Sie verrückt, oder was?«

Eine berechtigte Frage. Jetzt musste ich das Problem anders lösen. Ich wedelte mit einem dunkelroten Büchlein mit der Aufschrift »Ministerium des Innern« vor ihren Augen herum und erklärte streng:

»Major Wassiljewa aus der Abteilung für den Kampf gegen Banditentum.«

Die Bibliothekarin starrte entgeistert auf den Ausweis, den ich vor Urzeiten für fünfundzwanzig Rubel auf dem Markt gekauft hatte:

»Was ist passiert?«

»Darüber darf ich nicht sprechen«, bellte ich zurück. »Die Ermittlungen sind laut Gesetz geheim zu halten.«

Die unfreundliche Bibliothekarin war völlig verschreckt. Sie wurde plötzlich zuckersüß und liebenswürdig.

»Warum haben Sie nicht gleich gesagt, dass Sie von den Sicherheitsorganen sind?«, rügte sie mich liebevoll. »Was haben Sie für ein Problem?«

»Wir müssen feststellen, wer dieses Buch entliehen hat.«

In diesem Moment trat ächzend ein durchsichtiges uraltes Mütterlein in die Bibliothek. Die Alte war nach der Mode von 1912 gekleidet. Sie trug eine Jacke mit Stehkragen und einen fast bis zum Boden reichenden Rock. An den Händen hatte sie Handschuhe, auf dem Kopf ein Hütchen mit einem mit Glasperlen bestickten Schleier.

»Nadeshda Andrejewna«, zwitscherte die Besucherin mit einem bittenden Lächeln. »Bitte seien Sie nicht böse, meine Liebe. Ich habe wieder das Datum vergessen. Nur eines weiß ich ganz genau, es war im November.«

Nadeshda Andrejewna hatte schon den Mund geöffnet, aber plötzlich fiel ihr ein, dass ein Major anwesend war. Also zog sie die zusammengekniffenen Lippen zu einem Lächeln auseinander:

»Schon gut, Anna Albertowna, machen Sie sich keine Sorgen. Schauen Sie sich schon mal die Neuerwerbungen an. Ich bediene schnell noch die Dame hier, dann kümmere ich mich um Sie.«

Anna Albertowna, die einen so freundlichen Empfang nicht erwartet hatte, blinzelte wie ein Kind erstaunt mit den Augen. Dann fragte sie unvermutet:

»Geht es Ihnen gut? Oder sind Sie vielleicht krank?«

»Dort liegt eine neue Nummer von dem Magazin Gesundheit«, antwortete die Bibliothekarin.

Die Alte beugte sich über den Tisch. Nadeshda Andrejewna sah mich von der Seite an:

»Sehen Sie? Rügst du die Leute, plärren sie los und beklagen sich beim Direktor. Bist du freundlich, werden sie gleich frech zu dir.«

Auf der Suche nach dem Namen der Entleiherin verstrich der ganze Vormittag in schrecklicher Eintönigkeit. Ich musste sämtliche Karteikarten durchgehen.

Gegen zwei hatte ich fürchterliche Kopfschmerzen, vor meinen Augen tanzten schwarze Punkte. Die liebenswürdige Nadeshda Andrejewna brachte mir ein Glas scheußlichen Tee. Gegen drei stürmte ein Haufen Leute in den kleinen Raum, es waren vor allem Schüler aus den obersten Klassen und Studenten, die lautstark nach Lehrbüchern verlangten. Ob die Bibliothekarin bloß nichts mit der Jugend zu tun haben wollte und lieber die Alten beschimpfte, oder ob sie sich wegen mir genierte – jedenfalls war sie höflich zu den Jugendlichen. Nur einmal verlor sie die Geduld und reagierte scharf auf ein Mädchen, das nach »Schuld und Sühne« von Tschechow gefragt hatte.

»In deinem Alter solltest du wissen, dass der Roman von Dostojewski ist.«

Das Mädchen murmelte etwas. Nadeshda Andrejewna schaute zu mir herüber und ließ eine Tirade über die Unwissenheit der heutigen Jugend vom Stapel. Aber ich hörte nicht weiter zu, denn endlich hatte ich den gesuchten Eintrag gefunden. Eine Kira Leonidowna Welitschko hatte das Buch ausgeliehen, auch ihre Adresse und die geheimnisvollen Buchstaben AIL, eine Abkürzung für ihre Ausbildungsstätte, waren angegeben.

Verschwitzt und mit dem Geruch von Staub in der Nase ging ich auf die Straße, wo ich im Nu zu zittern anfing. Wie die meisten Autofreaks trage ich weder einen Mantel noch einen Pelz. Hinterm Steuer sitzt es sich bequemer in einer Jacke. Wenn dir kalt wird, kannst du ja immer noch die Heizung anstellen. Dafür musst du dann eben manchmal auf dem Weg zum Auto frieren.

Kira Leonidowna wohnte in demselben Haus, in dem sich auch die Bibliothek befand. Ich begriff es erst, als ich schon um die Ecke gefahren war und mich hinter dem Gebäude befand. Der Turm war T-förmig, links davon hatte das Haus aus irgendeinem Grund eine andere Nummer.

In dem schmutzigen Aufgang war weit und breit kein Lift zu sehen. Was hatten sich wohl die Architekten gedacht, als sie dieses Gebäude geplant hatten? Dieser dunkle Winkel, weit vom Eingang entfernt, war ja geradezu prädestiniert für Einbrecher und Vergewaltiger. Der Hauptstrom der Leute floss ganz woanders vorbei. Wenn einer sein Opfer hierher geschleppt hatte, störte ihn garantiert niemand.

Der Lift knarrte bedrohlich, als er mich in den elften Stock fuhr. Die Wände waren mit absolut banalen Graffiti bekritzelt. Wenn man ihnen glaubte, musste die männliche Bevölkerung massenhaft für Spartak schwärmen, während die Frauen einen gewissen Kolja verehrten. In einer Ecke hatte sich eine Pfütze gebildet. Obwohl ich mir die Nase mit meinem Taschentuch zuhielt, erstickte ich fast bei dem Gestank.

Ich drückte lange auf die Klingel, aber drinnen rührte sich nichts. Wahrscheinlich war keiner da. Aber dann hörte ich von weitem eine Stimme:

»Wer da?«

»Ich komme von der Bibliothek, von Nadeshda Andrejewna.«

Ein dreieckiges, fast ganz von einem Handtuch bedecktes Gesichtchen schaute heraus.

»Sind Sie Kira Leonidowna?«

Das Mädchen nickte.

»Verzeihen Sie, ich habe mir gerade die Haare gewaschen. Was wünschen Sie?«

»Haben Sie ›Hundert Jahre Einsamkeit‹ von Marquez aus der Bibliothek ausgeliehen?«

Die kleinen Augen des Mädchens zuckten ängstlich. Sie murmelte:

»Oh je, kommen Sie herein. Aber kriegen Sie bitte keinen Schreck, meine Eltern sind weg, und ich habe gestern Gäste gehabt. Ich habe noch nicht aufgeräumt.«

Sie schob mich in ein geräumiges Zimmer und verschwand. In der Ferne hörte ich das Surren eines Föhns.

Ich sah mich um. Es schien eher so, als würde hier jeden Tag gefeiert. Überall standen Flaschen herum, auf dem Tisch, auf dem Fensterbrett, auf dem Fernseher und direkt auf dem Boden.

Alles war voll von zerknüllten Papierservietten und Wurst- und Käseresten …

In den vielen Aschenbechern häuften sich die Kippen, entsprechend war auch die Luft. Wie viele Raucher kann ich abgestandene Zigarettenluft nicht ertragen, deshalb riss ich kurz entschlossen das Klappfenster auf. Als die eisige Novemberluft ins Zimmer drang, konnte man endlich frei atmen. Aber das Mädchen, das eben hereinkam, sagte entrüstet:

»Machen Sie sofort das Fenster zu, sonst erkälte ich mich noch.«

Ihr graues Gesichtchen mit den dunklen Schatten unter den Augen sah tatsächlich ungesund aus. Nur war wohl weniger ein Schnupfen als vielmehr die zügellose Trinkerei daran schuld, die dem jugendlichen Organismus nicht gut tat. Kira Leonidowna sah aus wie sechzehn.

»Also, wo ist das Buch?«, fragte ich drohend. »Die Frist ist längst um, andere Leute haben danach gefragt!«

Kira seufzte:

»Ich hab's verloren!«

»Wie?«, täuschte ich Erstaunen vor. »Sie haben Eigentum der Bibliothek verloren?«

»Bitte verzeihen Sie, ich bezahle Ihnen das Zehnfache dafür!«

»Wozu Geld aus dem Fenster werfen? Versuchen Sie sich zu erinnern, wo Sie den Marquez hingetan haben.«

Kira runzelte ihre niedrige Stirn.

»Wenn ich ehrlich sein soll: Nina Samochwalowa hat das Buch mitgenommen. Sie wollte es lesen, und das war's. Ich habe sie immer wieder darum gebeten, es mir zurückzugeben, aber sie zuckt nur mit den Achseln: Sie weiß nicht mehr, wohin sie es getan hat.«

»Wissen Sie ihre Adresse?«

»Die Adresse von wem?«

»Von der Samochwalowa.«

»Sie wohnt in einem Studentenwohnheim an der Maslowka.«

Ich überließ die junge Alkoholikerin ihrem Kater, ging nach unten auf die Straße und atmete genussvoll tief durch. Die Wolken hingen jetzt ganz tief, es war dunkel geworden und wurde immer kälter. Am besten fuhr ich nach Hause, aß etwas und machte morgen mit meiner Suche weiter. Dann musste ich mir unbedingt warme Stiefel anziehen, in den dünnen Wildlederschuhen waren meine Füße völlig vereist. Aber bevor ich nach Loschkino aufbrach, fuhr ich noch am Twerskoi-Boulevard an einem Antiquariat vorbei und kaufte eine unglaublich kitschige Statue eines Jungen mit einem riesigen roten Windhund, die ein Heidengeld kostete, aber hoffentlich Olgas Herz erweichen würde.

So kam es auch. Als sie die hässliche Statue sah, lächelte sie.

»Wie süß! Ist die schön! Wo hast du die denn her? So eine hatte ich noch nie!«

Aller Ärger war vergessen, sie ging nach oben, um für die neuen Mitbewohner einen Platz zu suchen.

Wie angenehm, in ein hell erleuchtetes Zimmer zu kommen, wo auf einem schön gedeckten Tisch ein frisch gebackener Schweinebraten duftet. Umso mehr, als auf der Straße draußen inzwischen ein echter Orkan tobte! Der heftige Wind fegte die Zweige der Bäume in alle Richtungen, die Laterne über der Garage schaukelte bedenklich. Die Hunde verkrochen sich in die dunkelsten Ecken, die Katzen schliefen bestimmt in der Küche im Körbchen, während Chutschik wahrscheinlich wieder auf den Knien des Professors lag. Aber wo waren Mischa und Galja?

Das Pärchen fand sich im Arbeitszimmer, beide wie üblich völlig abwesend. Neben dem Computer standen zwei Gläser von der chinesischen Nudelsuppe.

»Kommt zum Abendessen«, befahl ich.

»Gleich«, antworteten die Mathematiker wie aus einem Mund und drehten dabei an ihren abstehenden Locken. »Wir wollen nur noch kurz etwas zu Ende rechnen …«

»Kommt nicht in Frage«, erklärte ich. »Erst esst ihr, wie es sich gehört, dann könnt ihr weiterrechnen.«

Galja und Mischa warfen unwillig ihre Zettel hin und gingen ins Esszimmer hinüber.

Dort fuchtelte Manja leidenschaftlich mit ihrer Gabel herum.

»Mamilein«, rief sie, »stell dir vor! Ich habe eine Eins im Mathetest! Esmeralda hätte fast einen Herzinfarkt gekriegt. Sie wollte nicht glauben, dass ich die Aufgaben allein gelöst habe, und hat mir noch was extra aufgegeben. Und das habe ich auch wieder ratzfatz mit ›Sehr gut‹ gelöst. Vor Wut wäre sie fast geplatzt. Das ist alles Mischas Verdienst. Er hat mir beigebracht zu rechnen!«

Mathematik fällt Manja nicht leicht, noch dazu hat sie diese unfreundliche, strenge Lehrerin, die immer einen äußerst scharfen Ton anschlägt und so gut wie nie Einsen gibt. Ich weiß nur nicht, warum die Kinder die Dame Esmeralda nennen. Manja jubelte weiter:

»Mischalein, vergiss nicht, iss Fleisch und Kartoffeln, tu dir Honig in den Tee! Du bleibst doch noch ein bisschen bei uns? Bitte fahr nicht weg.«

Der Professor aß gedankenverloren ein Stück Fleisch.

»Irgendwann wird die Renovierung fertig sein, dann kehre ich zurück in meine eigenen vier Wände. Aber ehrlich gesagt, es wird mir schwer fallen, euch zu verlassen, ich habe mich so an euch alle gewöhnt. Ich weiß gar nicht, wie ich ohne Galja zurechtkommen soll! Wisst ihr, sie hat einen fantastischen analytischen Verstand.«

Galja wurde rot und steckte ihre Nase in die grünen Bohnen.

»Ihr braucht euch doch nicht zu trennen«, platzte Manja wie immer taktvoll heraus. »Heiratet doch einfach, dann habt ihr die Sache gelöst!«

Galja hustete und begann, ihren Tomatensaft in großen Schlucken hinunterzukippen. Mischa drehte sich zu Manja um.

»Was hast du da gesagt, Kindchen?«

»Ach, nichts weiter«, kicherte Manja. »Wissen Sie, manchmal heiraten Leute auch. Warum sind Sie eigentlich allein?«

»Über diese Frage habe ich noch nie nachgedacht«, meinte der Professor gedehnt, ließ seine Gabel auf den Boden fallen und versuchte gedankenverloren, das Fleisch mit den Händen zu essen.

»Da hast du's wieder!«, atmete meine Tochter befriedigt aus. »Erstens, nimm dir eine andere Gabel. Und zweitens, denk mal über meinen Vorschlag nach. Aber beeil dich, sonst schenkt Galja ihr Herz womöglich einem anderen.«

Die Wereschagina sprang auf, murmelte etwas Unverständliches und rannte aus dem Zimmer. Mischa legte seine Gabel hin und schaute ihr nach.

»Na los«, drängte Manja, »lauf ihr nach und erklär ihr deine Liebe.«

»Aber ich liebe sie doch gar nicht«, versuchte sich der Mann zu rechtfertigen. »Ich habe keine leidenschaftlichen Gefühle …«

»Pff«, schnaubte Manja, »haben Sie denn früher schon mal so was gehabt …?«

Manja konnte sich einfach nicht entscheiden, ob sie Mischa duzen sollte wie einen Gleichaltrigen oder ihn als Erwachsenen anerkennen und siezen sollte.

Ich erschrak. Jetzt würde Mischa dem frechen Mädchen gleich eins aufs Dach geben. Aber der Gast antwortete ganz friedlich:

»Als ich jung war, war ich in ein schönes Mädchen verliebt, aber es entschied sich für einen anderen ... Und dann hat mich die Arbeit gepackt. Ehrlich gesagt ist mir meine Forschung am wichtigsten ...«

»Da seid ihr ja ein wunderbares Paar«, ließ die Kupplerin nicht locker. »Galja braucht auch nichts weiter als die Mathematik. Und sie ist eine echte Schönheit, nur ein kleines bisschen rundlich, aber das ist nicht so schlimm, da macht sie eine Diät und nimmt eben ab ...«

»Ich habe nicht bemerkt, dass sie dick wäre«, murmelte Mischa. »Sie hat für eine Frau einfach ein seltenes mathematisches Talent. Im Übrigen haben das auch die meisten Männer nicht. Stellt euch vor, bei der variablen Funktion hat sie vorgeschlagen ...«

»Worauf warten Sie dann noch?«, rief Manja. »Wollen Sie allein bleiben bis ans Ende Ihrer Tage, wo Sie hier eine verwandte Seele haben ...«

»Tatsächlich«, brummte der Professor, »die Bemerkung ist vernünftig, das muss ich zugeben.«

Er stand auf und ging in den Korridor.

»Ha«, Manja sprang auf, »die Sache ist geritzt. Jetzt müssen wir nur noch dafür sorgen, dass sie bis zum Standesamt kommen, aber da bringe ich sie eigenhändig hin. Was für ein Tollpatsch!«

»Ich glaube, du hast es ein bisschen zu eilig«, bemerkte ich vorsichtig. Ich war überrascht von dem Eifer, mit dem Manja sich der Brautwerbung widmete.

»Sie sind so schwerfällig«, seufzte meine Tochter. »Den ganzen Tag sitzen sie nebeneinander, und nichts passiert. Wenn sie sich wenigstens küssen würden. Aber gut, ich werde sie schon noch dazu bringen. Ich fürchte nur, wir werden die Hochzeit organisieren müssen. Wo es wohl besser wäre: im Restaurant oder zu Hause? Und dann gibt es noch ein Problem: Sollen sie kirchlich heiraten oder nicht?«

»Kind, ich weiß nicht, ob Mischa und Galja wirklich heiraten wollen. Das müssen sie schon selbst entscheiden.«

»Mami, diese Menschen sind nicht in der Lage, irgendetwas selbst zu entscheiden. Sie können nur mathematische Gleichungen aufstellen. Sollen sie lieber dankbar sein, dass es so jemanden gibt wie mich.«

Mit diesem Satz ergriff Manja das vierte Stück Kuchen und lief ebenfalls in den Korridor. Ich trank schweigend meinen kalt gewordenen Tee aus. Das Mädel war offenkundig fest entschlossen, sich in Mischas Leben einzumischen.

KAPITEL 17

Die untere Maslowka ist eine Straße mit wenig einnehmenden grauen und gelben Backsteinhäusern aus den fünfziger Jahren. Sie endet als Sackgasse mit einem Straßenbahnring. Hinter dem Gewirr von Gleisen ragt links von einer Tankstelle ein seltsames Gebäude mit abgebröckeltem Stuck empor.

Am Eingang stand ein Stuhl. Das Studentenwohnheim war nicht bewacht. Im Hof luden ein paar fröhlich plappernde Vietnamesen riesige karierte Taschen voller Waren in einen LKW. In der Luft hing ein übler Gestank. Es roch nach Hering.

Als ich noch Studentin war, ging ich oft zu Freundinnen, die im Wohnheim wohnten. Alles war dort gut bis auf die Vietnamesen, die immerzu mit den Bratpfannen in der Küche herumhantierten. Wie konnte man bloß eingelegten Hering heiß essen?

Die Zimmertüren im Erdgeschoss standen offen. Ich riskierte einen Blick in einen der kleinen Räume. Er war voller lärmender Kinder, die verstummten, als sie mich sahen. Eine Frau, die so dünn war wie ein Strich, lächelte mich an und flüsterte:

»Willst du Sportschuhe? Nein? Vielleicht einen Badeanzug von Adidas? Schau dir die Socken an.« Sie begann eine riesige Tasche auseinander zu nehmen. »Brauchst du einen Lippenstift? Nein? Hier, der ist ganz billig.«

»Kennst du Nina Samochwalowa?«, unterbrach ich die Händlerin.

Sie schüttelte den Kopf.

»Im Erdgeschoss und im ersten Stock wohnen Vietnamesen. Geh in den zweiten Stock, da sind die Russen.«

Ich stieg die schmutzige Treppe nach oben. Auch hier war ein enger Gang, aber es herrschte Stille, die Zimmertüren waren zu. Ich überlegte nicht lange, sondern klopfte gleich an die erste Tür. Ein Mädchen schaute heraus und sagte sehr unfreundlich:

»Der vietnamesische Markt ist unten.«

»Ich suche Nina Samochwalowa.«

Die Studentin wurde freundlicher.

»Es ist einfach unerträglich. Den ganzen Tag gehen hier Käufer ein und aus, Kinder schreien, es stinkt. Und dabei sollen wir lernen. Stellen Sie sich vor, was für ein Schlitzohr unser Rektor ist: Er hat einfach einen Teil des Wohnheims vermietet. Die, die mehr Geld haben, sind schon lange in irgendwelchen Wohnungen untergekommen. Nina übrigens auch.«

»Wissen Sie vielleicht, wo sie jetzt wohnt?«

Das Mädchen zeigte mit dem Finger auf das Ende des Korridors.

»Gehen Sie zur Nummer zweiundzwanzig, da finden Sie Ira. Sie hat bestimmt die Adresse.«

Die redselige Ira gab sie mir sofort und fügte hinzu:

»Gehen Sie zu ihr und sagen Sie ihr, Geschäft ist Geschäft, aber lernen muss man trotzdem. Nina hat die letzten drei Tests nicht bestanden. Kann sein, dass sie nicht zur Prüfung zugelassen wird, obwohl es ihr vielleicht gelingen könnte, das Ganze mit Geld zu regeln. Nina ist unsere Neureiche, sie ist nicht so arm wie wir anderen Hungerleider.«

»Wo arbeitet denn die Samochwalowa?«

Ira gab zurück:

»Haben Sie vielleicht Zigaretten? Ich bin den ganzen Tag noch nicht draußen gewesen.«

Als ich ihr die Packung Gauloises reichte, ließ sie mich herein.

In dem quadratischen Raum standen drei Betten, Nachttische, ein Schrank und ein Schreibtisch. Auf dem Fensterbrett war ein elektrischer Teekessel untergebracht. Im ganzen Durcheinander standen Büchsen mit Kaffee, Kakao und Tee herum.

Ira tat einen tiefen Zug an ihrer Zigarette und teilte mir mit:

»Nina hat es faustdick hinter den Ohren. Was wollen Sie von ihr?«

»Sie hat sich in der Bibliothek ein Buch ausgeliehen und nicht zurückgegeben.«

Ira lachte.

»Sicher hat sie es verloren. Aber scheuen Sie sich nicht, verlangen Sie Geld von ihr, sie hat mehr als genug davon. Der geht's richtig gut, sie streicht ein Schweinegeld ein.«

»Wo arbeitet sie denn?«

»In einer Reiseagentur. Vera hat sie dort untergebracht.«

»Wer?«

Die vertrauensselige Ira platzte fast vor Verlangen, über die erfolgreiche Kommilitonin zu klatschen. Sie fragte:

»Haben Sie es eilig?«

»Gar nicht.«

»Dann trinken wir einen Kaffee zusammen. Ich schreibe seit heute früh an einem Referat und bin noch nicht mal unten gewesen. Ich bin ja auch nicht die Samochwalowa, mir schenkt keiner die Zulassung zur Prüfung, bei mir schauen sie genau hin.«

»Und bei ihr ist das nicht so?«

Das Mädchen zuckte mit den Achseln.

»Sie braucht noch nicht mal den Mund aufzumachen.«

»Wie kommt das?«

Sie füllte sorgfältig die braunen Körner in Plastiktassen und murmelte:

»Da gibt's schon Gründe für.«

»Sicher weiß sie alles sehr gut«, provozierte ich sie.

Sie wurde rot vor Zorn.

»Mit Wissen hat das überhaupt nichts zu tun. Aber fast alle Lehrer stehen bei Vera in der Schuld.«

»Gibt sie ihnen Geld?«

Ira trank einen Schluck von dem widerlichen Instantkaffee und zischte:

»Sie gibt ihnen schon was, aber was ganz anderes.«

»Was denn?« Ich ließ nicht locker und legte hundert Dollar auf den Tisch. »Was gibt Vera?«

»Sie sind nicht zufällig von der Miliz?«, erkundigte sich das Mädchen bange.

Ich wies mit dem Kopf auf den grünen Schein.

»Haben Ihnen die Polypen irgendwann mal Geld angeboten?«

»Ja«, gab Ira zu. »Sie würden alles tun, um Informationen zu sammeln. Nina verraten Sie aber nicht, was ich Ihnen erzählt habe?«

Sie seufzte und plauderte nun hemmungslos.

Ihr Institut war wenige Jahre zuvor nur ein staatliches Technikum mit sehr dürftigen Lehrern gewesen. Jeder, der wollte, wurde ohne Aufnahmeprüfung aufgenommen. Eigentlich erhielt man auch keinerlei Bildung vermittelt. Die Absolventen waren halbgebildete Buchhalter oder so genannte Systemtechniker, die zu nichts nütze waren. Aber die Lage änderte sich grundlegend, als der ehrgeizige, vierzigjährige Andrej Kortnew Rektor wurde. Innerhalb eines halben Jahres hatte der frisch gebackene Chef fast alle bisherigen Lehrerinnen, die asthmatisch röchelten und Doppelsichtbrillen trugen, entlassen. An ihrer Statt stellte er junge, eifrige Männer ein, die ausnahmslos zwischen dreißig und vierzig waren. Auch das Profil des Technikums änderte sich. Jetzt nannte es sich sogar »Akademie«.

Die Buchhaltung blieb im Ausbildungsplan, nahm aber

nur noch wenige Stunden ein. Dafür wurden jetzt neue, modische Fächer unterrichtet: Werbewissenschaft, Soziologie, Psychologie, Managementwissen und Englisch.

Die Schulabgänger zog es in Massen in die umstrukturierte Lehranstalt. Kortnew unterrichtete nicht umsonst Werbekunst. Ein paar Artikel in der Boulevardpresse, einige Berichte im Radio, ein Auftritt in der Sendung »Der Held des Tages« … Nach einem Jahr hatten alle, die nicht gerade blind oder taubstumm waren, von der Akademie gehört.

Natürlich wurde nun auch eine gebührenpflichtige Abteilung aufgemacht. Man nahm dort übrigens gar nicht übertrieben viel Geld, und es mangelte nicht an Bewerbern.

Ira und Nina hatten zusammen angefangen. Beide kamen aus einem winzigen Städtchen mit dem seltsamen Namen Ptitschi und hatten ihr Abitur mit Bravour abgeschlossen.

Es gab nur eine Schule, und die Mädchen hatten seit der ersten Klasse miteinander gewetteifert. Ira war in den humanistischen Fächern besser, Nina in der Mathematik. Sie hätten sich anfreunden und gegenseitig bei den Klassenarbeiten helfen können, aber nein. Stattdessen saßen sie weit entfernt voneinander in verschiedenen Ecken des Klassenzimmers und beobachteten sich eifersüchtig. Das Komischste daran war, dass die Mädchen sich eigentlich sehr ähnelten. Iras Papa war Chef der Kreisverwaltung, der von Nina war Direktor eines Straflagers. Die Väter hatten durch ihre Arbeit oft miteinander zu tun, waren befreundet und gingen zusammen ins Dampfbad oder auf die Jagd. Die Mütter hatten ebenfalls gemeinsame Interessen, sie waren beide Ärztinnen. Iras Mutter war Zahnärztin, die von Nina Gynäkologin.

Die Töchter dagegen wollten partout keine Freundinnen sein, obwohl das Schicksal sie ständig miteinander konfrontierte. Zuerst verliebten sie sich gleichzeitig in Oleg Kolessnikow und beobachteten in stummem Leiden, wie er eine andere nach Hause begleitete. Dann wurden beide ganz plötzlich zu Halbwaisen. Im Mai starb Iras Mama an einem Herzinfarkt direkt auf der Arbeit, ein halbes Jahr später geriet Ninas Mutter unter einen Lastwagen. Aber auch der gemeinsame Kummer brachte die Mädchen einander nicht näher. Nach Moskau ins Institut fuhren sie einzeln, obwohl die Väter sie zusammen in ein Zugabteil gesetzt hatten.

In der Hauptstadt herrschten andere Töne. Zu Hause in Ptitschi hatten sie zur lokalen Elite gehört, sie waren sozusagen die goldene Jugend gewesen: schön gekleidet, gut versorgt …

In Moskau stellte sich plötzlich heraus, dass hier Elite etwas ganz anderes war. Die Strickkostüme, die sie gekauft hatten, trugen hier die Armen. Das Geld, das die besorgten Väter ihnen schickten, reichte kaum für eine Woche. Die Moskauer aus der gebührenpflichtigen Abteilung protzten mit schwarzen, eng anliegenden Hosen und einfachen T-Shirts mit der Aufschrift »Naf-Naf«. Als Ira in das gleichnamige Geschäft ging, war sie sprachlos: Ein unansehnliches Sporthemdchen kostete dort fast viertausend Rubel. In den Diskotheken waren sie oft die Mauerblümchen, die Jungens zogen es vor, sich mit schicken Großstadtdingern zu beschäftigen.

Aber im zweiten Studienjahr änderte sich Ninas Leben grundlegend. Im Sommer fuhr sie nicht nach Hause. Ihren Freunden und Bekannten erklärte sie, dass sie ein Praktikum machen wolle. Ira, die nach Hause gefahren war, jammerte zwar, verriet aber die Lügnerin nicht. Dafür erwartete sie im September eine böse Überraschung.

Am ersten Tag erschien Nina in schicken Trussardi-Jeans und einem roten Jäckchen von Naf-Naf im Seminar. Sie wedelte nachlässig mit einer eleganten Lederhandtasche und setzte sich neben die lokale Schönheitskönigin Alissa Komarowa. Alissa, die sich vorher immer bemüht hatte, die Provinzhäschen nicht wahrzunehmen, fing an, mit Nina zu schwatzen, während sich Ira schweigend in die Nachbarreihe setzte und vor Neid fast verging.

Kurz vor Silvester kam die verhasste Nina mit einem neuen Shiguli ins Institut. Sie schlug geräuschvoll die Autotüren zu, bevor sie in den Unterricht gesaust kam. Im Wohnheim wohnte sie schon lange nicht mehr, sie hatte sich eine Wohnung gemietet.

Das war ein Schlag! Ira konnte es kaum fassen. Ihren ersten Impuls, die Reifen der Konkurrentin zu zerstechen, konnte sie gerade noch im Keim ersticken.

Aber die allergrößte Erniedrigung sollte erst noch kommen. Im Studentenwohnheim wollte man Neujahr feiern. Ira wartete auf eine Überweisung vom Vater, aber auch am neunundzwanzigsten Dezember war noch kein Geld da. Schweren Herzens musste sie sich an die reiche Freundin wenden.

Nina öffnete schweigend ihr schönes Portmonee und zog ein dickes Päckchen mit Dollarscheinen hervor. Sie hielt Ira einen Hunderter hin und fragte von oben herab:

»Reicht das fürs Erste?«

Ira fühlte sich unendlich erniedrigt und begann zu stammeln, dass sie die Schulden so schnell wie möglich zurückzahlen wolle, aber die frühere Klassenkameradin winkte ab:

»Ach was, ich werde doch einer Freundin nicht so eine lächerliche Summe anschreiben. Du solltest dir lieber eine Arbeit suchen, Iralein, von dem winzigen Stipendium kannst du eh nicht leben, und dein Vater wird dir jetzt nicht mehr viel schicken können. Meiner beklagt sich auch die ganze Zeit, dass sie ihm den Lohn nicht auszahlen, er lebt nur noch von seinem Gemüsegarten.«

Ira schluckte die Moralpredigt hinunter. Sie suchte seit langem einen Nebenverdienst, aber ohne Erfolg. Sie hatte schon fast alles ausprobiert, hatte Kinder betreut, Big Macs bei McDonald's verkauft, als Kurier der Mobilfunkfirma Bilain Kunden die Rechnungen ausgetragen. Aber das bisschen Geld reichte gerade mal fürs Mittagessen.

»Wo arbeitet denn Nina?«, fragte ich interessiert.

»Das weiß der Teufel, sie ist in einer Reiseagentur angestellt. Aber sagen Sie mir: Kann man etwa auf ehrliche Weise solche Summen verdienen?«, schrie Ira vor Zorn. »Die ganze Zeit hat sie irgendwas mit Vera zu tuscheln, immerzu stehen sie in einer Ecke und flüstern miteinander.«

»Wer ist denn das?«

»Vera Iwanowna Nikitina, sie ist Leiterin des Studiendekanats. Nina macht ihre Prüfungen jetzt auch nicht mehr wie alle anderen, sondern früher, und kommt kaum noch in den Unterricht«, knurrte die wohlmeinende Freundin böse, »sicher gibt sie den Dozenten Geld. Vera Iwanowna hat bei uns uneingeschränkte Macht!«

Ich notierte mir die Adresse der geschäftstüchtigen Nina und ging tief in Gedanken versunken nach unten. Vera Iwanowna Nikitina! War das nicht die Schwester von Alexej Iwanowitsch, dessen Leiche es sich im Kofferraum meines Volvos gemütlich gemacht hatte? Und war sie nicht auch in das verlassene Dorf zu Prochor gefahren? Wo sollte ich jetzt zuerst hin? Zu Nina?

Das Mädchen scheute offenbar keine Ausgaben, denn es hatte nicht etwa irgendwo eine Wohnung gemietet, sondern in der Tschernjachowski-Straße, in einem Haus, in dem nur Schriftsteller und deren Familienangehörige wohnten. Natürlich war die Tür mit einer wenn auch vorsintflutlich aussehenden Sprechanlage versehen. Ich drehte an den eisernen Klingelhebeln, erhielt aber keine Antwort.

Aus der Nummer Dreiundachtzig drang kein Laut.

Auf mein lang gezogenes Läuten hin erschien ein altes Mütterchen, die Portiersfrau, an der Tür.

»Zu wem wollen Sie?«

»Zu Nina Samochwalowa.«

Die Alte wurde freundlich.

»Nina kommt erst morgen zurück, sie ist nach Hause gefahren. Hier, sie hat mir den Schlüssel dagelassen, damit ich die Katze füttere, die ihr Milada Lwowna anvertraut hat.«

»Wer?« Ich verstand nicht.

Die Alte winkte mich in den dunklen, aber warmen und sauberen Aufgang und überschüttete mich gleich mit Informationen.

Im vierten Stock in der Nummer Dreiundachtzig hatte sein ganzes Leben lang der Prosaschriftsteller Arkadjew mit seiner Frau gelebt. Er war schon lange tot, während seine Witwe erst vor zwei Jahren zu ihrer Tochter in das Nachbarhaus gezogen war. Ihre Wohnung hatte sie ihrer Nichte überlassen, einem sehr netten Mädchen namens Nina.

»Eine richtige Schönheit«, polterte die Alte, »und ein kluger Kopf. Sie grüßt immer freundlich: ›Guten Morgen, Katerina Andrejewna‹ und lädt mich zu Tee und Pralinen ein.«

Milada Lwowna hatte ihre Katze in der Wohnung gelassen, denn ihre Tochter hatte eine Allergie gegen Katzenhaare. Die liebe Nina gab nun dem Tier zu fressen. Wenn sie irgendwohin fuhr, ließ sie die Schlüssel bei Oma Katja, damit das Kätzchen nicht vor Hunger einging.

»Ist sie oft weg?«

»Das ist ja gerade ihre Arbeit!«

»Was macht sie denn?«

»Wer sind Sie eigentlich?« Die Alte wurde plötzlich misstrauisch.

Aber ich hatte schon eine Antwort parat.

»Darf ich mich vorstellen: Ljubow Pawlowna, ich arbeite im Institut. Ich soll erkunden, warum Nina nicht zum Unterricht kommt.«

»Die Arme hat es wirklich schwer: lernen und arbeiten zugleich«, seufzte Katerina Andrejewna. »Von einem Stipendium kann man heutzutage nicht mehr leben. Von der Rente übrigens auch nicht, und so sitze ich da, auf meine alten Tage, und bewache die Türen.«

Ich hatte den Wink mit dem Zaunpfahl richtig verstanden

und gab der Concierge hundert Rubel. Im Nu hatte sie den Schein eingesteckt und sagte:

»Schimpfen Sie nicht mit dem Mädchen, sie tut nur Gutes!«

»Wo arbeitet sie denn?«

»In der Gesellschaft für Invaliden. Sie kümmert sich um Leute ohne Beine, ohne Arme, manchmal bringt man sie ihr sogar nach Hause. Nina hat es mir so erklärt: Man lässt den Kranken für eine Operation nach Moskau kommen. Er hat weder Unterkunft noch sonst jemanden, der ihn begleitet. Die Verwandten bezahlen sie dafür, dass sie den Kranken empfängt, ins Krankenhaus bringt und sich um ihn kümmert ... Eine sehr, sehr edle Beschäftigung, für die sie gut bezahlt wird. Vor einer Woche ist ihr Auto kaputtgegangen, und sie musste eine Frau abholen. Da bat sie Juri, den Hauswart, ihr zu helfen, und gab ihm fünfhundert Rubel dafür. Vor Freude hat er sich gleich drei Tage lang betrunken.«

Das endlose Altweibergerede verfolgte mich bis in den Hof, wo ich nach dem Hauswart suchte. In meinem Kopf türmten sich die Gedanken. Wenn Nina offiziell als Pflegerin arbeitete, dann konnte sie kein Geld haben. Medizinische Angestellte erhalten nur Kopeken. Das heißt, sie arbeitete für ein Privatunternehmen. Viele Angehörige sind ja bereit, jemanden zu bezahlen, damit sie sich nicht selbst um die Kranken kümmern müssen, umso mehr, wenn es darum geht, sie von einer Stadt in die nächste zu transportieren. Aber das konnte doch unmöglich so viel Geld einbringen, dass man eine Wohnung in einem angesehenen Viertel mieten, sich bestens kleiden und hundert Dollar als Kopeken bezeichnen konnte?

Den Hauswart fand ich hinter einer kleinen Tür mit der Aufschrift »Müllcontainerraum«. Der Mann stand neben einem Haufen von Speiseresten und betrachtete melancholisch eine leere Whisky-Flasche von der Sorte »Weißes Pferd«. Als er mich sah, räusperte sich der Säufer und erklärte tiefsinnig:

»Siehst du, was sich die Leute hinter die Binde kippen?! Wenn sie wenigstens einen Rest drin ließen … das zu probieren wäre eine wahre Lust!«

»Das schmeckt Ihnen sowieso nicht«, beruhigte ich ihn.

»Woher willst du das wissen?« Juri war beleidigt. »Vielleicht würde ich Whisky mögen, ich hab ja bloß die Mittel nicht für solche Leckereien …«

Ich musste schmunzeln. Etwa um 1987, als Gorbatschows Kampf gegen den Alkohol seinen Höhepunkt erreicht hatte, ging ich einmal in ein Lebensmittelgeschäft in der Kirow-Straße mit jungfräulich leeren Regalen und – weiß der Teufel woher – einer Flasche Benediktinerlikör, der giftig grün und absolut nicht genießbar aussah. Man hatte direkt Angst davor, sich so was an die Lippen zu führen, aber die zwei Arbeiter vor mir betrachteten die Flasche begehrlich. Nachdem sie ihr Geld gezählt hatten, kauften sie den Likör, zögerten nicht lange und drehten den Verschluss auf. Der eine roch ängstlich an der Flasche und fragte:

»Was meinst du, kann man das trinken?«

Der zweite, der mutiger und entschiedener war, resümierte:

»Alles, was fließt, kann man trinken.« Er schob seinem Kumpel die Flasche hin: »Na los, fang an.«

Der erste schluckte vorsichtig und horchte nach innen, wie die Flüssigkeit die Speiseröhre hinunterlief.

»Na«, drängte der andere, »wie ist es, sag schon!«

»Ist okay«, murmelte der andere und holte tief Luft, »es bleibt jedenfalls nicht stecken.«

Besser hätte er den Benediktiner, glaube ich, nicht beschreiben können.

Der Hauswart schaute mich wehmütig an.

»Was brauchst du? Hast du deine Löffel in den Müll geworfen? Aber du wohnst ja gar nicht hier, oder?!«

»Nein, ich möchte mit dir reden.«

»Worüber wollen wir denn schwatzen?«

»Kennst du Nina aus der Dreiundachtzig?«

»Na klar doch! Ein selbstständiges Mädchen, schön, und Geld hat sie auch.«

»Was für eine Frau hast du zu ihr gefahren?«

Der Hauswart zog die Nase hoch und kratzte sich nachdenklich mit seinen schmutzigen Fingernägeln.

»Das Leben ist teuer geworden, richtig schlimm! Und das Einkommen, lächerlich, es reicht gerade mal fürs Brot.«

Ich zog meinen Geldbeutel hervor und drehte ihn vielsagend in meinen Händen hin und her. Juri wurde munter.

»Zu Nina gibt es viel zu sagen! Sehr viel!«

»Ach ja?«, tat ich erstaunt. »Und wenn du lügst?«

»Wer? Ich?« Der Hauswart war empört. »Ich weiß alles über alle. Der Müll verrät mir alles.«

»Wie das?«

»Hier, schau mal!« Er zeigte mit dem Finger auf den duftenden Haufen. »Drei Schachteln Baisers mit Schokoladenüberzug, das heißt, die Solowjowa aus der Einundachtzig hat ihren Lohn bekommen; die Pakete aus dem Supermarkt Ramstor hat die Neunundsiebzig weggeworfen, sie erwarten also Gäste; die fünf Flaschen hat offensichtlich Serjosha weggeschmissen, seine Eltern sind verreist, er nutzt das aus und säuft. Anelia Polikarpowa aus der Achtundsiebzig hat vor kurzem geheiratet. Im weißen Kleid, mit Brautschleier … Die alten Weiber auf den Parkbänken waren ganz hingerissen: Was für eine Braut, die reinste Unschuld, nicht so wie die Mädchen von heute, sie trinkt nicht, raucht nicht, hat sich bis zur Hochzeit dem Bräutigam nicht hingegeben, immer nur Händchen gehalten haben sie. Die Alten sind begeistert, aber ich kenne die Wahrheit. Mit ihrem Zukünftigen hat sie bestimmt nicht geschlafen, aber sagen Sie mir, wer soll wohl die ganzen gebrauchten Präservative in den Abfall geworfen haben? In den Müllschlucker, der an die Wohnung der Polikarpowa angrenzt, werfen außer ihr nur ein paar alte Muttchen ihren Müll, die eine achtzig, die andere fünfundsiebzig … die werden solche Sachen wohl kaum mehr verwenden.«

»Und Nina?«

»Bist du nicht schon am Ersticken hier?« Der Hauswart zeigte plötzlich unerwartetes Zartgefühl. »Gehen wir doch zum Kamel, da können wir weiterreden.«

Wir gingen über den kleinen Platz in ein Restaurant namens »Camel«. Drinnen roch es angenehm nach Fleisch und Kaffee. Juri machte es sich an einem Tisch bequem und rief:

»Ljuska, ein Hähnchen vom Grill!«

Man kannte ihn offenbar gut hier, denn die Frau, die aus der Küche herausschaute, fragte streng:

»Hast du Geld?«

»Die Dame zahlt«, erklärte Juri.

Ich nickte und griff nach meinem Portmonee. Ljuska winkte ab:

»Lassen Sie nur, einen ordentlichen Kunden erkennt man sofort. Nur bei Juri müssen wir uns immer zuerst vergewissern. Er hat schon so oft hier gegessen und ist dann einfach abgehauen. Er nutzt es aus, dass ich mit seiner Frau befreundet bin. Aber geben Sie ihm bloß kein Geld: Das versäuft er sonst nur.«

»Ab in die Küche«, sagte Juri böse und drehte sich zu mir um: »Bezahl das Essen und gib mir zweihundert Rubel.«

»Was bietest du mir dafür?«

»Wart's ab!«

Er steckte die Scheine ein, schlang das Hähnchen hinunter, rülpste zufrieden und erklärte:

»Also pass auf: Nina ist Drogenhändlerin.«

»Wie kommst du denn darauf? Haben dir das auch ihre Speisereste verraten?«

»Nein«, verkündete er vollkommen ernst. »Aber denk doch mal nach. Es kommen ständig Leute zu ihr. Sie huschen herum wie Schatten, und schon sind sie wieder weg. Gekleidet sind sie alle in Schwarz, um kein Aufsehen zu erregen.

Es ist ein ewiges Kommen und Gehen mit diesen bescheuerten Invaliden.«

»Wieso Invaliden?«

»Weiß der Teufel. Vielleicht sind sie unter die Straßenbahn gekommen: dem einen fehlt die Hand, dem anderen der Fuß. Und dann sehe ich noch, die Frau fliegt ins Ausland …«

»Welche?« Nun verstand ich gar nichts mehr. »Bitte erklär's mir so, dass ich's verstehen kann.«

Juri seufzte. Seine Gedanken klar zu vermitteln, ist auch eine Kunst, die gelernt sein will. Er gab sich jetzt jedenfalls Mühe, die Geschichte zusammenhängend zu erzählen.

Normalerweise hängt er den ganzen Tag im Hof herum. Erstens wohnt er hier in einer winzigen Wohnung, die seine Eltern früher zufällig ergattern konnten, zweitens hofft er immer auf ein bisschen Schwarzarbeit. In den Wohnungen leben nur noch alte Frauen, Schriftstellerwitwen. Juri kennen sie alle von Kindesbeinen an. Sie vertrauen ihm, lassen ihn in ihre Wohnung, wenn eine Dichtung im Wasserhahn oder eine Glühbirne auszuwechseln ist. Umfangreichere Aufgaben übernimmt er nicht. Aber er trägt alle möglichen schweren Sachen wie Taschen mit Einkäufen oder Wäschebündel aus der Wäscherei nach oben. Und schließlich hat Juri ein Auto, einen ordentlichen Shiguli. Die hochbetagten Damen bitten ihn manchmal, sie zur Apotheke oder zum Markt zu fahren.

»Haben sie keine Angst, du trinkst doch?«, fragte ich.

»Denkst du, ich bin Alkoholiker?«, fauchte mich der Mann an. »Ich trinke zyklisch.«

»Wie bitte?«

»Zyklisch. Drei Wochen arbeite ich, eine Woche trinke ich. Aber jeden Tag – das kommt nicht vor.«

Ich seufzte, er war also kein normaler Alkoholiker, sondern ein Quartalssäufer.

Kurz, während einer seiner nüchternen Phasen war Nina zu ihm gekommen und hatte ihn gebeten, eine Frau vom

Krankenhaus zu ihr zu fahren. Es ging angeblich um eine Verwandte, und Ninas Auto war kaputt. Juri freute sich und holte das junge Mädchen ab, das furchtbar aussah: Es war gräulich blass mit einem aufgedunsenen Gesicht, der rechte Fuß fehlte, der Hosenanzug war einfach mit Stecknadeln zusammengeheftet, das linke Bein stak bis zum Oberschenkel im Gips. Allein konnte sie gar nicht laufen, der Hauswart musste sie bis in die Wohnung tragen.

Etwa zwei Tage später beauftragte Amalia Karlowna aus der Hunderfünfundsiebzig Juri, nach Scheremetjewo zu fahren. Ihre Tochter, die in England lebte, hatte jemandem für ihre Mutter ein Päckchen mitgegeben. Der Hauswart fand den vereinbarten Treffpunkt sofort, nahm die Tüte entgegen und wollte sich schon wieder auf den Heimweg machen, als er neben den Tischen, wo man die Zollerklärungen ausfüllte, Nina entdeckte. Sie füllte gerade flink ein Papier aus. Neben ihr saß in einem Rollstuhl die Frau, deren Fuß amputiert war. Sie sah jetzt ein bisschen besser aus, auf den Wangen hatte sie Rouge, ihre Lippen waren geschminkt.

Ohne zu wissen warum, versteckte sich Juri hinter dem Zeitungskiosk und beobachtete das seltsame Paar. Als ein Flug nach Paris ausgerufen wurde, schob Nina den Rollstuhl schnell zur Zollkontrolle. Der Hauswart folgte ihnen.

Am Schalter warteten noch zwei weitere Krüppel. Die eine Frau hatte eine Hand verloren, der anderen fehlten zwar keine Körperteile, dafür war sie praktisch kahlköpfig. Die rosafarbene Kopfhaut war nur mit einem spärlichen Flaum bedeckt. Nina schob den Rollstuhl heran und gab einem stattlichen Mann die Papiere. Sie sprachen in einer fremden Sprache, die Juri nicht verstand. Er erinnerte sich nur an ein Wort – »bien«, »bien«, »bien« –, das Nina immerzu wiederholte. Endlich ließ sie der Zollbeamte durch, und die seltsame Gesellschaft begab sich zum Flugsteig.

»Also, ganz sicher sind das Drogenhändler«, zog Juri Bilanz.

Verständnislos schaute ich ihn an.

»Was hat das denn mit Drogen zu tun?«

»Kennst du nicht diesen berühmten Film von Leonid Gajdaj mit dem Clown Nikulin, ›Die Brillanthand‹? Erinnerst du dich, wie er im Gips Gold transportiert hat? Diese hier hatten Heroin bei sich, da könnte ich drauf wetten. Die scheffeln Moos eimerweise«, sagte er träumerisch.

Sein Blick verschleierte sich. Offensichtlich sah er Koffer voller Dollars vor seinem inneren Auge. Ich schwieg und versuchte zu verstehen.

»Na, dann will ich mal wieder«, brach der Hauswart plötzlich das Gespräch ab. »Ich hab keine Zeit mehr zum Quatschen, die Arbeit wartet.«

Er rülpste zufrieden und ging zum Ausgang. Ich sah ihm nachdenklich hinterher. Mein Gott, in was für eine Geschichte war ich da bloß wieder hineingeraten?

KAPITEL 18

Meine Familie achtet nie darauf, die Heizung zu regulieren, so dass im Esszimmer eine afrikanische Hitze herrschte. Zum Abendessen hatte Katerina außer anderen Speisen auch den von mir heiß geliebten Milchpudding zubereitet. Kescha nannte ihn seit seiner Kindheit Wackelpudding und weigerte sich, das weiße Hügelchen auch nur anzurühren. Auch heute schob er seine Portion weit von sich und brummte nur:

»Wie kann man so was Widerliches nur essen!«

»Das ist sehr lecker, Keschik«, meinte Manja, die alles isst. »Du solltest auch ein Stück probieren.«

»Auf gar keinen Fall«, verneinte ihr Bruder kategorisch.

»Dann gib her, ich esse deine Portion mit«, schlug Manja vor und schaute sehnsüchtig auf seinen Teller.

»Geb ich dir nicht«, Kescha schüttelte den Kopf.

»Warum nicht?«

»Bald wirst du so dick sein, wie du groß bist«, erklärte er, ganz der freundliche Bruder, »und Mutter wird ihr Töchterchen in einem Karren herumfahren müssen, weil ihr die Füße unter dem Körpergewicht zusammenbrechen und sie nicht mehr alleine laufen kann.«

Manja brauste auf:

»Du Hänfling, du dürrer Ast, wie hält es Olga nur mit dir aus? Ich weiß schon, warum sie einen Nachttisch zwischen eure Betten gestellt hat: Sie hat Angst, sich an deinen Knochen zu stoßen.«

Olga hatte tatsächlich vor kurzem das große Ehebett zu zwei unabhängigen Einzelbetten auseinander geschoben.

»Immer wacht er um sieben auf und klettert zum Aufstehen über mich«, beklagte sie sich, »soll er doch jetzt alleine schlafen.«

Sie streiten sich seit Ewigkeiten darüber. Olga ist eine Nachteule, Kescha dagegen ein Frühaufsteher, was immer wieder für Ärger sorgt. Sie möchte morgens länger schlafen, während er nicht versteht, wie man bis elf im Bett bleiben kann. Dafür beginnt Kescha abends krampfhaft zu gähnen, wenn im Fernsehen gerade mal die Sendung »Zeitgeschehen« beginnt, während Olga und ich frisch sind wie der Morgentau und ohne Probleme bis Mitternacht sitzen bleiben können.

»Du bist noch zu klein, um darüber zu urteilen, wer wie schläft«, zischte Kescha.

Wenn Manja etwas nicht verträgt, dann sind es Bemerkungen über ihre Jugend. Das Mädchen war beleidigt und warf dem Bruder, ohne lange zu überlegen, ein Stück Pudding entgegen. Das schwere, glitschige Klümpchen erreichte sein Ziel nicht und landete stattdessen auf dem Teller des schweigenden Mischa. Der wunderte sich nicht weiter und begann das Geschenk sofort zu löffeln.

»Mutter«, erklärte Kescha erbost, »wie kann man ein Kind so verhätscheln? Bald wird sie allen auf dem Kopf herumtanzen, sie mischt sich in alle Gespräche ein, redet ohne Ende, und schließlich ist sie nicht satt zu kriegen, sie hat einen Appetit wie Gargantua.«

Ich senkte meinen Kopf tief über den Teller. Das war ja wie im Kindergarten! Derselbe Gedanke musste auch Olga gekommen sein, denn sie murmelte:

»Lass das Kind in Ruhe, Kescha, soll sie essen, bis sie genug hat. Wenn sie will, wird sie schon wieder abnehmen.«

»Bin ich etwa dick?«, schrie Manja entrüstet. »Ich esse doch wie ein Vögelchen.«

»Eleonora Jakowlewna hat dieses Thema auch immer aufs Tablett gebracht«, feixte ihr Bruder.

»Lass bloß Nora aus dem Spiel«, unterbrachen Häschen und ich einstimmig.

Eleonora ist meine erste Schwiegermutter, die Mutter von Keschas Vater. Bei ungefähr einem Meter fünfzig Länge wiegt sie hundertundfünfzig Kilo. Immer wenn wir uns gerade zu Tisch gesetzt hatten, verkündete sie erst einmal unweigerlich: »Darja, iss weniger, du hast sehr zugenommen.« In unserer Familie gibt es eine goldene Regel: Sprich den Namen von Nora aus, und es gibt garantiert Ärger.

»Außerdem esse ich viel weniger als Galja«, wetterte Manja weiter.

Galja, die sich schon zum vierten Mal einen Nachschlag vom Pudding geholt hatte, seufzte nervös und schob das Dessert weg.

»Das sagt man nicht«, meinte Olga ihre erzieherischen Fähigkeiten spielen lassen zu müssen, »Galjalein, achten Sie nicht darauf, essen Sie nur, in Ihrem Alter ist eh alles egal.«

Kescha räusperte sich und schmierte sich äußerst konzentriert Butter aufs Brot. Aber Manja war nicht mehr zu beruhigen.

»Ich bin überhaupt nicht dick«, schrie sie und versuchte, an die Schüssel mit dem Pudding heranzukommen. »Ich wachse nur gerade, mit sechzehn höre ich auf, so viel zu essen.«

»Mit sechzehn ist es eh egal, wie Häschen schon freundlich bemerkt hat. Die Fettschicht bildet sich in der Kindheit«, legte ihr Bruder noch einmal nach.

Manja stieß einen Kriegsruf aus, sprang auf und warf sich mit ausgestreckten Fäusten auf ihren Bruder. Ihre Geschicklichkeit war schon immer erstaunlich gewesen. In ihrer Kindheit warf sie mit beneidenswerter Regelmäßigkeit alle Behältnisse um, die ihr begegneten: egal ob Vasen, Tassen oder Töpfe. Kescha nannte sie lange die »Meisterin ausgefallener Unannehmlichkeiten«. Mit der Zeit hatte meine Tochter gelernt, ihre Ausfälle etwas im Zaum zu halten. Nur in Stressmomenten wie gerade jetzt gelang ihr dies nicht. Sie heulte auf und stieß mit dem Ellenbogen den Teekessel um, dessen Inhalt sich über Häschen ergoss.

»Au, au, au«, jammerte Häschen, »Manja, du Trampeltier.«

»Selber«, zischte das Mädchen zurück, das nicht bereit war, Reue zu zeigen.

»Sofort entschuldigst du dich bei Olga«, befahl Kescha.

»Was mischst du dich ein?«, empörte sich seine Schwester. »Wir klären das unter uns.«

Abrupt drehte sie sich um und stieß mit dem anderen Ellenbogen Mischas Teller um. Das heiße Kartoffelpüree rutschte herunter auf Chutsch, der friedlich auf Mischas Schoß schlief. Der Mops jaulte mehr vor Überraschung als vor Schmerz auf. Mischa, nichts Böses ahnend, stand automatisch auf. Der Hund, der von oben bis unten mit Püree beschmiert war, plumpste mit Gepolter auf den Boden und begann plötzlich mit dem jammervollen dünnen Stimmchen eines Welpen zu winseln.

»Chutschik«, schrien von allen Seiten Kescha, Olga und Manja.

In der nächsten Sekunde stürzten sie zu dem unglückseligen jaulenden Mops, und nun geschah das Unvermeidliche. Kescha stolperte über den Teppichrand und fiel aus seinen fast zwei Metern Länge zu Boden. Im Fallen hielt er sich instinktiv an Mischa fest und riss den Mathematiker mit sich. Die beiden Männer landeten geradewegs auf dem Mops. Der fing an, so herzerweichend zu jaulen, dass nun alle zu Hilfe eilten, wobei Manja mit der Hand die Stehleuchte erwischte.

»Sie fällt!«, schrie Olga auf und stürzte zur Lampe.

Aber zu spät. Mit schrecklichem Klirren und Poltern fiel der schwere Bronzeständer auf die verknäulten Männer auf dem Boden. Chutschik jaulte herzzerreißend. Als Snap die Todesschreie seines Freundes hörte, jaulte auch er auf, July und Tscherry, die unter dem Sofa lagen, stimmten mit ein, während Bandy natürlich geistesgegenwärtig unverzüglich eine Pfütze auf der Türschwelle hinterließ.

»Keschik!«, schrie Olga.

»Mischa!«, rief Galja.

»Chutschik!«, brüllte Manja, und alle weiblichen Anwesenden stürzten hinzu, um die Stehleuchte wieder aufzustellen.

»Lebt ihr noch?«, erkundigte ich mich, während auch ich mich beeilte, zum Ort des Geschehens zu kommen.

»Na, na«, erklang es plötzlich von der Tür her. »Die liebe Familie ist mal wieder ganz in ihrem Element. Sagt nur schnell, wer hat denn da vorm Haus gepullert, weil er nicht hereingelassen wurde?«

Meine Familie erstarrte. Wir wussten genau, wer das war, und ich bin sicher, dass durch alle Köpfe ein und derselbe Gedanke schoss: *Bitte, lieber Gott, mach, dass Efim Iwanowitsch wieder verschwindet!*

Wir kommen ja nur selten innerhalb der Familie zu einem Konsens. Im Klartext: Wir streiten uns permanent. Wenn es zum Abendessen Fisch gibt, will Manja Fleisch haben. Gibt es Fleisch, ist Häschen unzufrieden, Hühnchen kann wiederum Kescha nicht ausstehen. Nur gut, dass wir inzwischen in jedem Zimmer einen Fernseher haben, so dass wir uns wenigstens die täglichen Kämpfe um die Programme sparen. Dafür haben wir uns fast tödlich verzankt, als wir unglücklicherweise beschlossen hatten, unser Pariser Haus renovieren zu lassen, und die Farben für die Wände auswählen mussten. Überhaupt sind wir alle sehr verschieden, und jeder möchte die anderen mit seinen Vorlieben beglücken.

Meistens halten wir an uns, manchmal fangen wir an zu schreien und zu schimpfen. Nur in einem sind wir uns immer einig: Alle hassen wir Efim Iwanowitsch. Und genau der war jetzt zu Besuch gekommen.

Das genaue Alter dieses kräftigen Mannes, der ein großer Liebhaber von Alkohol, schönen Frauen und gutem Essen ist, kennt keiner. Er muss 1906 oder so das Licht der Welt erblickt haben, aber Efim Iwanowitsch verbirgt sein Alter wie eine alte Kokotte und feiert seit zwanzig Jahren jedes Jahr seinen fünfundsechzigsten Geburtstag. Er sieht übrigens auch nicht älter aus als sechzig, hat einen aufrechten Gang, klare Augen, ist sehnig und immer noch agil.

Er ist ein früherer Schwiegervater von mir. Besser gesagt: der erste Mann meiner Schwiegermutter Eleonora Jakowlewna, der Mutter von Kostik, der wiederum Keschas Vater ist, alles klar? Nora hat sich schon gegen Ende der vierziger Jahre von Efim getrennt, um einen strahlenden Offizier zu heiraten, von dem sie ihren Sohn bekam. In der Ehe mit Efim hatte es keine Kinder gegeben. Der heiratete ebenfalls schnell wieder und ging nach Sotschi. Da Efim Iwanowitsch nicht in der Lage ist, ein und dieselbe Frau über mehr als drei Jahre auszuhalten, ist sein Leben eine endlose Kette von Scheidungen. Darin hat er mich überrundet: Er hat acht oder neun Ehen und einen Haufen von Affären auf dem Buckel.

Da Efim jedes Mal der Ehefrau die Wohnung überließ, musste er immer wieder umziehen. Der Casanova ließ sich in den verschiedensten Städten nieder: in Sotschi, Jalta, Minsk, Tiflis, Baku … In den letzten Jahren hatte es ihn nach St. Petersburg verschlagen. Aber man konnte sich darauf verlassen, dass er jedes Jahr im Herbst zu Eleonora Jakowlewna fuhr, die seine Besuche stoisch über sich ergehen ließ. Seit sie gestorben ist, wird mir nun diese Ehre zuteil.

Kostik kann ihn nicht ausstehen und lässt den Alten nicht über die Schwelle. Auch uns schüttelt es, wenn wir den früheren Schauspieler sehen, aber die verdammte Erziehung erlaubt uns nicht, ihm die Tür zu weisen.

»Also, wer hat gepullert?«, fragte Efim mit blitzenden Augen.

»Guten Tag«, stotterte Olga, die sich schneller als die anderen wieder gefangen hatte.

»Hallo«, warf unser Gast nachlässig in die Runde und ließ ungeniert seine Augen an ihrem schön gebauten Körper hinuntergleiten. »Du solltest bald mal eine Diät machen, seit dem letzten Herbst hast du zugenommen, dein Hintern hängt herunter, als hättest du Reithosen an!«

Wie immer war er absichtlich gemein, aber Manja, die Olga eben noch angeschrien hatte, verteidigte ihre Schwägerin sofort, denn im Moment äußerer Gefahr hält die Familie immer zusammen:

»Guten Abend, Opa Fima! Ist es nicht toll, dass Olga dicker geworden ist? Sie wollte es so sehr, dass sie jeden Abend Bier getrunken hat … Und du? Möchtest du vielleicht bei uns deinen Fünfundneunzigsten feiern?«

Der Alte räusperte sich. Wenn man ihn an sein Alter erinnert, wird er immer sehr nervös. Manjascha schaute Efim treuherzig an. Sie weiß genau, dass der Casanova alle nur erdenklichen Listen anwendet, um jugendlich zu wirken und das unaufhaltsame Altern zu bekämpfen: Er färbt sich die Haare und die Augenbrauen. Kescha, der einmal mit ihm im Dampfbad war, konnte sich davon überzeugen, dass auch seine intimste Stelle gefärbt ist. Deshalb nennt Manja den alten Bock immer nur Opa, was ihn zur Weißglut treibt.

Mischa und Kescha stellten die Stehlampe irgendwie wieder an ihren Platz zurück und tasteten den Mops ab. Nachdem sie sich vergewissert hatten, dass er unversehrt war, setzten sie sich an den Tisch. Efim Iwanowitsch hat für Haustiere nichts übrig. Als daher der Mops seine Pfoten liebevoll auf seine Knie legte, sagte er verärgert:

»Weg, weg, du Ratte! Hunde haben bei Tisch nichts zu suchen!«

Unsere Hunde können den Alten übrigens auch nicht leiden. Als Bandy die Worte hörte, begann er leise zu knurren. Aber Efim hatte inzwischen Mischa entdeckt und sagte:

»Dascha, mach mich mit deinem Liebhaber bekannt.«

»Mischa ist Galjas Bräutigam«, antwortete Manja schnell.

»Wie ich sehe, hast du eine flinke Zunge«.

»Natürlich, Opa Fima«, ließ sich Kescha hören. »Unsere Manja ist ein sehr leutseliges kleines Mädchen, Sie haben wie immer Recht. Möchten Sie ein Kotelett? Oh, verzeihen Sie, ich hatte es ganz vergessen. Letztes Mal sagten Sie, dass Sie mit neunzig aufgehört haben, Fleisch zu sich zu nehmen.«

Efim wurde hochrot im Gesicht. Es ist noch gar nicht lange her, da machte er sich ungestraft über die Kinder lustig. Aber jetzt sind sie erwachsen und haben sich zu ebenbürtigen Gegnern gemausert.

Trotzdem ging er wieder zum Angriff über: »Und ich dachte, Darja hätte den Verstand verloren und wollte noch einmal unter die Haube, obwohl klar ist, dass nichts Gutes dabei herauskommen kann. Sie wird ihr Leben lang ein Jammerlappen bleiben.«

»Wozu braucht Dascha einen Mann?«, wunderte sich Häschen. »Sie hat Kinder, Liebhaber zuhauf und Geld so viel, dass es für zehn Leben ausreicht. Unter diesen Umständen lebt sich's besser allein, da ist sie ihre eigene Herrin!«

Bei der Erwähnung meines Besitzes bekam Efim Iwanowitsch schlechte Laune. Er hat ein paar Schwächen, zu denen das Kartenspiel und Pferderennen gehören. Aber wer Glück in der Liebe hat, hat Pech im Spiel. Daher verliert der Alte ständig. Wahrscheinlich wollte er jetzt von mir ein paar Tausender schnorren.

Er begann zu lächeln und entblößte seine einwandfrei gemachte Zahnprothese. In diesem Moment entdeckte er die still am Tisch sitzende Galja.

»Darf ich mich vorstellen, meine Liebe? Fima, Kinoschauspieler.«

Er war gerade mal in drei oder vier Streifen aufgetreten, die keinen besonderen Erfolg gehabt hatten. Eigentlich hatte er sein ganzes Leben im Wesentlichen hinter den Kulissen als Synchronsprecher gearbeitet.

Galja färbte sich rosa. Der Casanova nahm ihre Hand und küsste ihr das Handgelenk.

»Was für ein wunderbares Parfüm.« Der Alte rollte mit den Augen.

»Ich parfümiere mich nicht«, stotterte sie, nun restlos verlegen.

»Dann duftet also Ihre Haut so wunderbar, wirklich sehr sexy!«

Galja wurde rot wie eine Tomate. Efim lächelte galant. Mischa begann sich nervös die Haare um die Finger zu drehen. Kescha biss die Zähne so fest zusammen, dass sich seine Wangen ausbeulten. Olga schlüpfte schnell aus dem Esszimmer, ich folgte ihr. Es schien, als könnte es in der nächsten Zeit heiß hergehen im Haus.

Immer wenn mein Kopf zu voll ist mit Gedanken, kann ich nicht schlafen. So auch heute: Ich wälzte mich im Bett hin und her, warf die Bettdecke immer wieder von mir und stopfte am Kopfkissen herum. Schließlich zündete ich mir eine Zigarette an und versuchte, Ordnung in meinen wirren Kopf zu bringen.

Da ist Nikitins Leiche, die aus irgendeinem Grund in meinem Kofferraum gelandet ist; Basil Korsinkin, der geschäftlich mit Alexej Iwanowitsch zu tun gehabt hat, ist spurlos verschwunden; Maja Kolossowa ermordet; dazu die geheimnisvolle Vera Iwanowna und die plötzlich wohlhabende Nina ... Was hat sie mit Basil in dem verlassenen Gorlowka zu suchen gehabt? Hat sie den Schatz gesucht? Kann er so dumm gewesen sein, eine fremde Frau mitzunehmen? Aber wieso fremd? Vielleicht ist Nina ja die geheimnisvolle Geliebte, wegen der dieser Idiot in seiner Midlife-Crisis Suzette verlassen will. Ob sie den Schatz wohl gefunden haben? Und weiter: Wenn Alexej Iwanowitsch und Vera Iwanowna tatsächlich Trofims Kinder sind, dann heißt das, sie sind mit

Korsinkin verwandt. Weiß Basil davon? Wo ist er, zum Teufel, abgeblieben? Wäre es möglich, dass er mit Nina nach Ptitschi gefahren ist?

Ich warf entschlossen die Kippe in den Garten und schaute auf meinen Wecker: Es war zwei Uhr. In Paris war es jetzt Mitternacht, wahrscheinlich schlief Suzette noch nicht, sie ging selten vor eins ins Bett.

Suzie nahm sofort den Hörer ab.

»Daschka! Wo ist Basil?«

»Hör mal, hat dein Mann irgendwas von Moskauer Verwandten erzählt?«

»Er hat keine Verwandten«, rief meine Freundin. »Er hatte nur den Großvater. Such Basil, ich flehe dich an.« Sie begann zu weinen.

Nachdem ich die Arme irgendwie beruhigt hatte, legte ich schließlich den Hörer auf. Das hieß, Basil wusste von nichts! Gleich morgen würde ich nach Ptitschi fahren, um die Wahrheit über die Nikitins herauszufinden.

Die Rigaer Chaussee führt nach Ptitschi, das seinen Vogelnamen wahrscheinlich von den nahe gelegenen Geflügelgroßfarmen hat. Es ist ein kleines, verschlafenes Städtchen mit ein paar Geschäften am Bahnhof. Ich bremste bei einem halb erfrorenen Händler und fragte:

»Hier muss irgendwo ein Strafgefangenenlager sein.«

»Folge den Straßenbahnschienen bis zum Kreisverkehr«, erklärte mir der Mann.

Zehn Minuten später kam ich zu einem kleinen Backsteinhaus, von dem der Putz abgebröckelt war. Hinter einer schweren Tür befanden sich ein Gitter und ein Schild mit der Aufschrift: »Eingang nur für zwei Personen gleichzeitig«, daneben eine Klingel mit einem unangenehm klirrenden Ton. Mit einem Schnipsen öffnete sich die Tür.

Ich kam in einen kleinen Windfang. Davor lag eine weitere verschlossene Tür, rechts ein eisernes Wächterhäuschen.

»Was wollen Sie?«, erkundigte sich der pausbäckige Knabe.

Ich hatte mich sorgfältig auf ein Treffen mit Ninas Vater vorbereitet, zog also einen schönen dunkelroten Ausweis mit der Aufschrift »Fernsehen« hervor und reichte ihn durch das kleine Fenster. Der Mann blätterte das Dokument durch und fragte ängstlich: »Was wollen Sie denn?«

»Ich möchte Ihren Vorgesetzten, den Natschalnik Herrn Samochwalow, sprechen.«

Der Knabe ging in den Nebenraum, von wo ich das leise Knacken einer Wählscheibe hörte. Buchstäblich eine Sekunde später trat ein großer, sehr beeindruckender Mann in den Windfang. Alles an ihm war schön, er war fast zwei Meter hoch, hatte breite Schultern und schmale Hüften.

Sein Alter war schwer zu schätzen, vielleicht um die fünfzig. Seine Gesichtsfarbe war einfach großartig. Natürlich, er lebte an der frischen Luft und hatte anscheinend keine Sorgen. Der Natschalnik lächelte freundlich. Voller Neid bemerkte ich seine hervorragenden weißen und kräftigen Zähne. Mit einem solchen Gebiss konnte man direkt Nüsse knacken. Nicht so wie meins, das von vorne bis hinten voller Plomben und Stiftzähne ist.

»Von welcher Fernsehsendung kommen Sie denn?«

Ich lächelte ihn an.

»Von der Sendung ›Held des Tages‹. Wir würden gern mit Ihnen sprechen.«

Wir gingen über die sauber gekehrte Treppe in den ersten Stock, der Natschalnik ließ der Dame galant den Vortritt. Das Arbeitszimmer beeindruckte durch seine Pracht. Auf dem Boden lag ein heller Teppich, in der Ecke stand ein großer Fernseher mit Videoanlage. Auf dem Schreibtisch eine Stiftablage, die an einen Grabstein erinnerte, sowie eine Lampe bester Qualität, die sich in alle Richtungen biegen ließ. Neben dem Fenster hatte ein zweitüriger Bosch seinen Platz gefunden, darauf stand eine große Stereoanlage mit

CD-Player. Und dann behauptet man, die Straflager hätten nicht genug Geld!

»Ich mag Ihre Sendung«, nahm der Mann den Faden wieder auf, »aber was wollen Sie bei uns?«

»Nun ja.« Ich breitete die Arme aus. »Ich habe beschlossen, nicht nur Berühmtheiten zu zeigen, sondern auch einfache Leute. Dazu kommt, dass wir dank der Massenmedien eine dankbare Aufgabe haben: Wir wollen dem Zuschauer ein positives Bild von einem Mitarbeiter des Innenministeriums vermitteln. Deshalb haben wir Sie ausgesucht. Ich will es nicht verbergen: Die Leitung hat Sie empfohlen.«

»Durch das Programm führt aber eine andere Frau«, murmelte der Milizionär, »so eine leutselige mit langen Haaren.«

»Richtig«, beruhigte ich ihn, »die Sajzewa. Sie führt durch die Sendung, während wir die Vorarbeit leisten. Wir schauen uns den Drehort an, bereiten den Helden vor, erfragen interessante Einzelheiten. Lassen Sie uns doch gleich anfangen. Bitte stellen Sie sich vor.«

»Wenn jemand von oben Sie geschickt hätte, hätte man Ihnen meinen Vor- und Nachnamen genannt«, räsonierte mein Gesprächspartner.

»Natürlich, Herr Samochwalow, aber Sie müssen sich doch dem Publikum vorstellen.«

»Felix Michailowitsch«, taute er endlich auf und erklärte: »Schon mein Vater war bei den Sicherheitsorganen. Er hat mir meinen Namen zu Ehren von Dsershinski gegeben.«

»Großartig«, sagte ich begeistert. »Und nun erzählen Sie mehr über sich.«

»Unser Lager …«, begann er.

»Nein, nein.« Jetzt kam die Journalistin durch: »Bitte nur Persönliches.«

Felix Michailowitsch seufzte und begann mir seine Biografie zu schildern. Ich mimte die Korrespondentin und schrieb konzentriert in meinem Notizbuch mit. Schließlich sagte Samochwalow: »Ich habe eine Tochter, die studiert.«

»Wunderbar. Wäre es vielleicht möglich, auch mit ihr zu sprechen?«

»Nina studiert in Moskau, sie kommt nur in den Ferien nach Hause«, erklärte der liebende Vater. »Möchten Sie ihre Adresse?«

»Sie kommt also nur sehr selten?« Ich wollte es genauer wissen.

»Im Vergleich zur Hauptstadt ist es langweilig hier bei uns«, lächelte er fröhlich. »Hier gibt es weder ein Theater noch sonst irgendwelche Vergnügungen. Ich habe auch nichts dagegen. So ist die Jugend halt. In dem Alter, in dem wir sind, brauchen wir das nicht mehr.«

Ich schluckte die Unverschämtheit hinunter und fragte ihn weiter aus. Die Wirklichkeit war ziemlich trostlos: Nina besuchte ihren Vater nur selten. Sie rief ihn höchstens an, um ihm ihre Studienerfolge mitzuteilen.

»Jetzt ist sie im vierten Studienjahr.« Er konnte seinen väterlichen Stolz nicht verbergen. »Und dabei ist sie immer noch allein. Ich habe ihr schon geraten: ›Kind, such dir einen Mann in Moskau, damit du nicht dein ganzes Leben in Ptitschi hängen bleibst‹. Aber Nina winkt nur ab, sie ist viel zu stolz, ganz die Mutter.«

Die folgenden anderthalb Stunden vergingen mit nutzlosem Geplauder.

Nachdem ich Felix Michailowitsch versprochen hatte, ihm mitzuteilen, wann das Fernsehteam kommen würde, wandte ich mich dem Ausgang zu. Samochwalow begleitete mich galant zu meinem Volvo und bemerkte respektvoll:

»Sie müssen gut verdienen, bei so einem Auto, meins ist da einfacher.« Mit dem Finger zeigte er zu einem etwas weiter weg geparkten funkelnden BMW.

Von dem Gehalt eines Milizionärs konnte man sich so ein Cabriolet nicht leisten. Sicher nahm er Schmiergelder von den Angehörigen der Gefangenen. Wir begannen uns zu verabschieden und zu verbeugen, als ein Fahrzeug vor dem Eingang bremste. Der Fahrer klingelte am Tor. Das Gittertor öffnete sich, der Gefangenentransport rollte langsam auf das bewachte Territorium. Etwa fünf Minuten später, als ich schon den Motor anließ, wurde die Pforte im Tor aufgerissen, und ein alter Milizionär rief:

»Felix Michailowitsch!«

Der lächelte mir zum Abschied zu und folgte dann dem Ruf. Durch die offene Pforte war zu sehen, wie einige der gerade eingetroffenen Gefangenen weggeführt wurden. Der letzte lief irgendwie schief und schwenkte dabei ungeschickt seinen linken Arm. Die Pforte fiel zu. Wer von meinen Bekannten lief so, als ob sein Hintern den Beinen zuvorkommen wollte? Irgendetwas kam mir bekannt vor an diesem Häftling.

KAPITEL 19

Es dauert nur eine Viertelstunde, bis man Ptitschi durchquert hat. Daher brauchte ich bis zu dem Haus des immer lächelnden Felix Michailowitsch nur fünf Minuten.

Es war ein eher kleines Gebäude aus hellem Backstein. Die Tür war verschlossen, am Eingang befand sich eine Sprechanlage. Der Fortschritt hatte auch in Ptitschi Einzug gehalten. Ich drehte wiederholt am Klingelknopf, bis eine zitternde Stimme fragte: »Ja?«

»Erste Hilfe.«

Die Tür ging sofort auf. Schon vor langer Zeit habe ich feststellen können, dass einem Arzt alle Türen offen stehen. Wenn man sich dagegen als Angestellter des öffentlichen Dienstes oder als Milizionär ausgibt, wird man garantiert erst mal mit Fragen bombardiert.

Im Treppenhaus war es unerwartet hell und sauber. In dem geräumigen Eingangsbereich saß friedlich ein etwa sechzigjähriger Mann an einem Schreibtisch und las die Zeitung. Er war kräftig und hatte das Charaktergesicht eines Offiziers a.D. Direkt hinter ihm begann die Treppe, die in der Mitte mit einem roten Teppich ausgelegt war. Einen Lift gab es in dem vierstöckigen Haus offenbar nicht.

»Zu wem möchten Sie?«, fragte der Portier.

Ich lächelte so freundlich ich nur konnte, zog einen Ausweis aus der Tasche und erklärte:

»Wir eröffnen in Ptitschi eine n-tv-Niederlassung und

möchten eine Wohnung mieten. Im Rathaus wurde uns gesagt, Ihr Haus sei das komfortabelste.«

»Das stimmt.«

Weiter hinten sah ich eine Tür, aus der eine junge Frau um die zwanzig trat. Es gab also doch einen Lift im Haus.

»Guten Tag, Fjodor Stepanowitsch«, sagte sie.

»Hallo, Swetotschka«, antwortete der Wachmann liebevoll. »Was hast du dich so leicht angezogen, draußen ist es richtig kalt.«

»Ach ja?«, wunderte sich die Frau, ging zum Fenster und schaute auf die leere Straße. Fjodor Stepanowitsch drehte sich zu mir um.

»Ich liebe Fernsehen und Ihren Sender ganz besonders. Besonders die Dunkle mit der spitzen Nase gefällt mir gut, die Nachrichtensprecherin …«

»Die Mitkowa?«

»Sie spricht so fließend und ist wirklich eine Schönheit. Unser Haus ist übrigens tatsächlich das beste weit und breit, hier wohnt die Elite, die Obrigkeit. Aber keiner würde seine Wohnung hergeben, Sie brauchen es also gar nicht erst zu versuchen.«

Das Telefon auf dem Tisch klingelte. Der Portier hob den Hörer ab. Dann ging er zum Lift. Swetotschka riss sich vom Fenster los und fragte schüchtern:

»Sie sind vom Fernsehen?«

»Ja, von n-tv. Wir hätten gern in Ihrem Haus eine Niederlassung eingerichtet, aber es soll wohl nicht sein.«

»Wie kommt man denn bei Ihnen an Arbeit?«

»Unterschiedlich. Mal einfach so, mal über Bekannte …«

»Einfach so, das glaube ich nicht«, sagte das Mädchen gedehnt. »Mein ganzes Leben träume ich schon davon, beim Fernsehen zu arbeiten. Wenn ich Ihnen sage, an wen Sie sich wenden müssen, um in unserem Haus eine Wohnung zu finden, würden Sie mir dann helfen, die richtigen Leute kennen zu lernen?«

Da ging die Aufzugtür auf, und Fjodor Stepanowitsch fuhr einen Rollstuhl heraus.

»Kommen Sie«, flüsterte das Mädchen, »hier in der Nähe gibt es einen Ort, da können wir uns hinsetzen und reden.«

Sie führte mich in ein kleines Café, wo sie sich forsch eine Marlboro anzündete und mir erklärte: »Felix Michailowitsch Samochwalow hat sich direkt am Stadtrand ein Cottage gebaut. Aus rotem Backstein, mit einem Türmchen. Er hat meiner Mutter erzählt, dass er die Wohnung vermieten will. Ich kann Sie mit ihm bekannt machen.«

»Aber er wird doch sicher Familie haben?«

»Es gibt eine Tochter, Nina. Sie ist schon erwachsen.«

»Da haben Sie's«, warf ich enttäuscht ein, »bestimmt bekommt sie die Wohnung.«

»Aber nein«, winkte Sweta ab, »Nina studiert in Moskau, hier lässt sie sich nie blicken.«

»Sie kommt überhaupt nicht her?«

»Ich habe sie seit dem Sommer nicht mehr gesehen.«

»Vielleicht kriegen Sie das bloß nicht mit.«

»Das Haus ist ums Eck gebaut, von meinem Zimmer kann ich ihr Fenster sehen, sogar die Vorhänge sind seit August nicht ein einziges Mal aufgezogen worden. Außerdem verstehen wir uns gut. Im Juli ist sie für ein paar Tage hergekommen und hat mir sofort ihr neues Auto gezeigt und damit angegeben. Ist ja auch verständlich, ihr Vater gibt ihr so viel Geld, wie sie will«, verriet mir das Mädchen.

Ich versprach, über ihren Vorschlag nachzudenken, und fuhr zurück nach Moskau. Die Wolkendecke wurde dünner, der Himmel lichtete sich, dafür kühlte es kräftig ab. Ich schaltete die Heizung auf Maximum und klammerte mich, während ich die Chaussee entlangbretterte, ans Steuer. Achtzig Stundenkilometer, das ist ungeheuer schnell für mich. Ich fahre jetzt schon seit fünf Jahren und habe es sogar gelernt, meinen Volvo rückwärts einzuparken. Aber ich mag es nicht, aufs Gas zu drücken, mein Tacho zeigt selten mehr als sechzig an. Außerdem kann ich mir die dumme Angewohnheit nicht abgewöhnen, beim Bremsen mit aller Kraft das Steuer herumzureißen. Kescha rät mir dann immer boshaft, dabei unbedingt »Brrr, Pferdchen, brr« zu rufen. Aber ich versuche, diese Sticheleien zu ignorieren. Schließlich werden nicht alle mit dem Zündschlüssel in der Hand geboren.

Nach dem verschlafenen Ptitschi wirkte Moskau besonders laut. Natürlich kam ich bei der Auffahrt auf die Wolokolamsker Chaussee erst einmal in einen dicken Stau und langweilte mich, während ich nur im Schneckentempo vorankam. Bei der U-Bahn-Station Aeroport hielt ich an. Mal sehen, ob Nina vielleicht wieder zu Hause war.

Im Aufgang saß diesmal eine andere Oma.

»Heute Morgen war sie da«, erklärte sie, »dann ist sie weggegangen. Vielleicht ins Institut? Oder ins Krankenhaus zu irgendwelchen Invaliden? Sie muss beruflich mit denen zu tun haben.«

Auch den Hauswart Juri traf ich nicht an. Normalerweise hätte er irgendwo zu sehen sein müssen, aber nicht so heute. Enttäuscht fuhr ich nach Loschkino.

Zu Hause war alles still. Ich holte das dicke Telefonbuch aus dem Arbeitszimmer und machte es mir in meinem Schlafzimmer bequem. Anderthalb Stunden später zog ich Bilanz. Pflegekräfte, die hilflose, allein stehende Invaliden versorgten, unterstanden den Gemeindevertretungen des Roten Kreuzes. In keiner von ihnen arbeitete Nina Samochwalowa. Aber es gab in der Hauptstadt eine ganze Reihe von privaten Agenturen. Ich wählte die Nummer der Agentur »Der Helfer« und sagte leise in den Hörer: »Ich hätte gern eine Krankenschwester zur Pflege für meinen Vater, der gelähmt ist.«

Die höfliche Stimme machte mich sofort mit den Preisen bekannt: Ein Tag kostete zehn Dollar. Medizin, Pampers und Waschmittel gingen natürlich auf meine Rechnung. Außerdem musste man der Pflegekraft zu essen geben. Die Begleitung in eine andere Stadt kostete dreimal so viel.

Eine Minute nachdem ich den Hörer aufgelegt hatte, meldete ich mich noch einmal bei derselben Agentur, versuchte aber, meine Stimme zu verstellen.

»Brauchen Sie Mitarbeiter?«

Dieselbe höfliche Stimme fragte nach:

»Haben Sie eine medizinische Ausbildung?«

»Ich bin allgemeine Krankenschwester.«

»Hundert Dollar monatlich plus Mittagessen in der Familie des Kranken. Außerdem nimmt Ihnen natürlich niemand das Trinkgeld weg.«

»Geben die Leute viel?«

»Mit zwanzig Dollar können Sie auf jeden Fall rechnen.«

»Nehmen Sie nur Profis?«

»Wir lassen uns das Zeugnis vorlegen«, präzisierte die Stimme.

Ich legte den Hörer auf und rief die nächste Agentur an. Die Preise stimmten in etwa überein, auch hier musste man sein Zeugnis vorweisen.

Tief in Gedanken versunken ging ich nach unten. Wo konnte Nina sich nur ihr Geld verdienen? Sie hatte keine Chance, irgendwo offiziell unterzukommen, sie hatte nicht die Ausbildung einer Krankenschwester, sie studierte in einem humanistischen Institut. Niemand bezahlt so üppig für einen Pflegedienst, zwanzig Dollar monatlich gelten schon als fantastisches Trinkgeld. Aber die Samochwalowa gab bestimmt allein für die Wohnung dreihundert aus, plus Wagen, Benzin, Jeans von Trussardi, T-Shirts von Naf-Naf … Ob der Vater das Geld schickte? Aber er hatte sich gerade ein Haus gebaut und bestimmt alle seine Mittel da hineingesteckt. Konnte es sein, dass Basil seine Geliebte aushielt? Korsinkin war ohne Zweifel wohlhabend, aber wie alle Franzosen unglaublich geizig. Anhand der »Drei Musketiere«, die die Russen in- und auswendig kennen, haben sich die Hiesigen ein falsches Bild vom Pariser als Herumtreiber, Spaßvogel und Frauenheld gemacht, der für schöne Frauen und ordentliche

Saufgelage keine Ausgaben scheut. In Wirklichkeit zieht es der durchschnittliche Franzose vor, um zehn Uhr abends schlafen zu gehen, er lädt seine Bekannten nie zu sich nach Hause ein, und wenn er sich doch einmal dazu entschließt, einen geselligen Abend zu geben, dann stellt er Pistazien, Nüsse und Käse auf den Tisch. Es kann übrigens auch vorkommen, dass feierlich Schinken serviert wird. Sollten sechs Gäste da sein, dann werden auf dem wunderhübschen, von der Großmutter geerbten Tablett einsam und abgezählt nur sechs Scheibchen liegen, eins pro Kopf, um ein zweites zu bitten, gehört sich nicht. Daher war es unwahrscheinlich, dass Korsinkin seiner Herzensdame ein luxuriöses Leben bezahlte. Ein Parfüm oder einen billigen Ring würde er ihr vielleicht noch schenken, aber mehr als das …

Im Wohnzimmer lümmelte Kescha auf dem Sofa herum. Auf dem Tisch lagen ein paar Zeitschriften. Automatisch griff ich nach einer.

»Nicht anschauen«, sagte mein Sohn schnell.

Aber ich starrte bereits erschrocken auf die erste Seite, die aus einem Foto von einer jungen, lächelnden Frau bestand. Man hätte sie sogar als hübsch bezeichnen können, wenn ihr Körper nicht verstümmelt gewesen wäre. Die linke Brust fehlte, an ihrer Stelle schlängelte sich eine weiße Narbe, von der rechten waren nur klägliche Überreste geblieben. Darunter stand: »Viola, fünfunddreißig Jahre, totale Mastektomie, Agentur Lotus.«

»Was ist das?«, fragte ich, kaum in der Lage, mich zu artikulieren, während ich mechanisch weiterblätterte.

Die nächsten Fotos waren noch befremdlicher. Die freundlichen Damen führten die Ergebnisse von amputierten Händen oder Füßen vor, es folgten Aufnahmen von jungen Männern, deren Körper mit Narben übersät waren. Die abgebildeten Menschen war alle so gut wie nackt bis auf einen kleinen Slip. Auf den letzten Seiten gab es noch mehr Absonderlichkeiten zu sehen: Zwerge, widerlich fette

Weiber, ein paar Knaben mit unwahrscheinlichen Muttermalen.

»Wieso zum Teufel hast du dieses ekelhafte Zeug gekauft und auch noch mit nach Hause gebracht?«, griff ich meinen Sohn an. »Wo hast du dieses Albtraumheft her?«

Kescha reckte sich und schaute zum Tisch.

»Efim hat es angeschleppt. Wenn wir uns jetzt aufregen und empören, bringt er sofort noch ein Dutzend an und hält sie allen unter die Nase. Besser wir tun so, als würden sie uns nicht weiter kratzen. Du kennst ihn doch.«

Sehr richtig. Man musste dem Alten nur zu verstehen geben, dass einen etwas störte, dann reizte er die Situation sofort aus. Ein abscheulicher Kerl: Es machte ihm echten Spaß zu sehen, wie sich die unglücklichen Opfer seiner Angriffe quälten.

»Ich fürchte nur, Manja wird sie entdecken«, fuhr es aus mir heraus.

Kescha seufzte.

»Wenn wir sie jetzt verstecken, wird der Opa sie ihr ganz sicher zeigen. Schließlich ist doch nichts weiter Schlimmes dabei, es sind einfach unglückliche, verkrüppelte Menschen. Ich werde ihr erklären, dass die Zeitschrift von der Gesellschaft für Invaliden herausgegeben wird, um den Leuten Mut zu machen. Hat man eine schreckliche Operation an dir vorgenommen, quäle dich nicht, schau dir die anderen an, vielleicht hat es sie noch schlimmer erwischt, aber siehst du: Sie lächeln! Halte auch du dich an diese Version. Und mach dir keine Sorgen, sie wird sie durchblättern und wieder hinwerfen!«

»Aber mal ehrlich, wozu zeigt man so etwas?«

Kescha setzte sich auf und schaute mich an.

»Mutter! Wie alt bist du, zwölf? Du bist naiv wie ein Küken.«

Ich war gekränkt.

»Dann verzeih mir bitte, dass ich eine dumme Gans bin, und erklär mir …«

Kescha verzog das Gesicht.

»Hast du schon mal von sexuellen Perversionen gehört?«

Ich nickte. So naiv bin ich dann doch nicht.

»Das hier ist nur noch mal eine andere Sparte«, erklärte mein Sohn, »es gibt Menschen, denen nur Krüppel gefallen. Er steht ihm eben nicht bei einer normalen Frau, also gib ihm was Besonderes. Schließlich ist es doch jedermanns eigene Sache, mit wem er schlafen will. Es ist ja auch nichts Schlimmes dabei, wenn eine verstümmelte Frau einen Mann für sich sucht. Nur sollte man solche Zeitschriften nicht offen am Kiosk verkaufen. Man müsste sie über die Krankenhäuser oder die Gesellschaft für Invaliden oder ich weiß nicht wen vertreiben. Ehrlich gesagt, ich würde nicht wollen, dass eine solche Ausgabe in Kinderhände geriete. Aber es ist nichts Kriminelles. Die Lesben haben auch den ›Rosa Panter‹, na und? Erinnerst du dich an Dima Petrowskij?«

Ich nickte. Er war ein fettleibiger, kurzatmiger Junge aus Keschas Klasse gewesen. Er ging nie mit einem Mädchen und machte meistens auch um Bekannte verdrießlich einen weiten Bogen.

»Er hat eine Frau ohne Füße geheiratet, die zehn Jahre älter ist als er«, fuhr Kescha fort, »alle haben ihn bemitleidet. Der arme Dimotschka, muss sich um seine verkrüppelte Frau kümmern. Aber der Mann ist geradezu aufgeblüht, richtig glücklich geworden ist er. Es hat ihm gut getan, sich um jemanden zu sorgen.«

Nachdenklich schaute ich auf die erste Seite der Zeitschrift. »Schicken Sie Ihre Fotos an die Adresse: K-9, Postfach 18«, daneben stand eine Telefonnummer für Auskünfte.

»Du meinst, da steckt nichts Kriminelles dahinter? Verbietet es das Gesetz nicht, solche Fotos zu drucken?«

Kescha zuckte mit den Achseln.

»Pornografie ist verboten, Erotik ist erlaubt. Aber wo willst du die Grenze ziehen? Warum ist eine Dame, die ihren Busen entblößt, erotisch, während ein Foto von einer Frau mit nacktem Hintern schon Pornografie ist? Schau mal, das Heftchen nennt seine Annoncen Heiratsannoncen. Wie sich die Suchenden darstellen, das geht keinen was an. Der Anstand ist gewahrt, die entscheidenden Körperstellen sind bedeckt.«

Ich guckte genauer hin, und es stimmte: Über jedem Foto stand die Rubrik: »Ich suche einen Partner«.

»Wo ist der Haken?«

»Das Kriminelle beginnt dort, wo Händler die lebendige Ware dazu überreden, überflüssige Operationen an sich vornehmen zu lassen. Sie schlagen zum Beispiel vor, sich – natürlich gegen gutes Geld – die Hand oder den Fuß amputieren zu lassen, und dann verkaufen sie den oder die Betreffende an reiche Liebhaber solcher Exotik.«

»Meinst du wirklich, Leute lassen sich auf so was ein?« Ich war entsetzt.

»Mutter«, fragte Kescha streng, »du weißt doch, dass das Durchschnittseinkommen in Russland unter fünfzig Dollar im Monat liegt? Und dass es in Moldawien und Weißrussland nicht einmal zwanzig beträgt? Ein paar Leute werden allein des Geldes wegen dazu bereit sein.«

»Hurra«, erklang es aus dem Korridor, »Mischalein, Liebster, komm, ich will dir einen Kuss geben!«

»Deine Tochter beziehungsweise meine Schwester scheint wieder eine Eins in der Mathearbeit bekommen zu haben«, lachte Kescha und warf schnell die Zeitung über die Heftchen.

Er hatte Recht. Manja flog herein und erzählte begeistert von ihren Erfolgen. Hinter ihr war Mischa zu sehen. Das Mädchen machte eine Verschnaufpause und fiel über den Mathematiker her.

»Na, hast du Galja einen Heiratsantrag gemacht?«

»Manja!«, riefen ich und Kescha wie aus einem Munde entrüstet.

»Ich kann mir gar nicht vorstellen, wie ich das anfangen soll«, murmelte der Professor.

»Wie schrecklich«, kreischte Manja, »hast du gesehen, Efim ist gekommen. Wenn du dich nicht beeilst, wird er dir Galja womöglich ausspannen. Er ist ein großer Meister im Heiraten, der stinkende Fliegenpilz!«

»Manja!« Wieder schrien Kescha und ich gleichzeitig auf.

»Ja, was denn?« Das Mädchen drehte sich zu uns um. »Wollt ihr etwa so tun, als wärt ihr begeistert über seinen Besuch? Olga hat gestern zu Kescha gesagt, dass er ein räudiger Hund ist und ... ich will das hier gar nicht alles wiederholen ...«

»Das gehört sich auch nicht«, begann der Bruder seine Schwester zu erziehen, »sei lieber still. Und außerdem: Woher willst du so genau wissen, was Häschen mir unter vier Augen in unserem Zimmer sagt?«

»Aus meinem Badezimmer habe ich schon immer hören können, was in eurem Bad passiert«, gab Manja offenherzig zu. Als sie sah, wie sich Keschas Gesicht verfärbte, fügte sie schnell hinzu: »Aber ich lausche nie, vor allem dann nicht, wenn ihr zusammen duscht.«

Kescha, der sonst immer bleich ist wie ein Vampir, nahm plötzlich die Farbe eines jungen Radieschens an: Stirn und Kinn waren weiß, die Wangen hellrosa. Aber Manja, die dieser Metamorphose keine Beachtung schenkte, war schon wieder woanders: »Dieser verfaulte Fliegenpilz, der. Ein Dreckskerl ist das. Gestern Abend hat er mich in den Po gekniffen.«

»So«, sagte Kescha mit einer Stimme, die nichts Gutes verhieß, »und was hast du gemacht?«

»Ich hab ihm mit dem Knie voll in die Eier getreten«, antwortete meine Tochter stolz und erklärte strahlend: »Das hat mir Deniska beigebracht. Er hat mir gesagt: Wenn dich einer belästigt, hau ihm sofort das Bein in die Eier!«

»Manja!«, regte ich mich wieder auf, während ich insgeheim dem Sohn meiner besten Freundin ein Dankgebet schickte, »was ist das für ein Benehmen!«

»Hör nicht auf Mama«, befahl Kescha, »es gehört sich sogar sehr, wenn man dir den Hintern angrapscht. Und was hat er dazu gesagt?«

Manja hatte schon den Mund geöffnet, hielt dann aber inne:

»Das sag ich lieber nicht.«

»Und was hast du geantwortet?«

»Verzeihung, aber das sag ich lieber auch nicht.«

Kescha seufzte tief.

»Das hast du gut gemacht, lass solche Kerle gar nicht erst an dich ran, schweig lieber und tret in Aktion.«

»Na klar, mach dir keine Sorgen, ich bin doch nicht auf den Kopf gefallen«, beruhigte ihn seine Schwester.

KAPITEL 20

Am nächsten Tag fuhr ich gegen zwölf zu dem Haus in der Tschernjachowski-Straße. Im Hof war ungewöhnlich viel los. Die Bewohner standen in kleinen Gruppen zusammen und redeten aufgeregt miteinander. Ich sah die mir schon bekannte Portiersfrau und fragte sie:

»Ist Nina schon wieder zurück?«

»Sie ist seit heute Morgen unterwegs«, winkte die Alte ab. »Hier passieren so schreckliche Dinge!«

»Was ist denn geschehen?«

»Juri ist umgebracht worden, unser Hauswart! Wem kann er bloß im Weg gewesen sein?! Er war so ruhig und fleißig. Wenn er sich betrank, wurde er nur müde, nie hat er sich geschlagen oder zotiges Zeug geredet. Da, da, schau mal, seine Frau ist gekommen, sie soll ihn im Leichenschauhaus identifizieren.«

Neben dem alten Shiguli stand eine dicke, frühzeitig gealterte Frau mit krummem Rücken. Aus ihrer unermesslich großen Brust brachen herzzerreißende Schluchzer hervor. Sie sah die still gewordenen Leute, griff sich an den Kopf und weinte:

»Jurilein, mein Liebster, wieso hast du mich verlassen?«

Ein paar alte Frauen liefen zu der Witwe.

»Was für ein Unglück«, wiederholte die Portiersfrau immer wieder wie aufgezogen. »Warum ist er auch in dieses Krankenhaus gefahren!«

»In welches Krankenhaus?« Ich spitzte die Ohren.

»Man hat Juri vor der Stadt gefunden, direkt am Zaun der Klinik Nummer sechshundertzweiundsechzig«, erklärte die Alte, »es heißt, er ist schon gestern Morgen umgebracht worden. Hier haben wir ihn auch den ganzen Tag schon nicht gesehen. Was mag ihn da wohl hingeführt haben? So weit weg von Moskau?«

Ich ließ die redselige Alte stehen und ging langsam zum Auto.

Plötzlich fielen dicke Schneeflocken aus dem grauen Himmel, es wurde wärmer. Mein Volvo verwandelte sich im Nu in eine formlose Schneewehe. Ich stieg schnell in den Wagen, der nach meinem Lieblingsparfüm roch, und zog meine Gauloises heraus. Dann atmete ich sanft den Rauch aus und versuchte, Ordnung in meine Gedanken zu bringen.

Juri hatte gesagt, dass er zusammen mit Nina eine Invalidin aus dem Krankenhaus Nummer sechshundertzweiundsechzig abgeholt hatte und hatte sich noch darüber beklagt, dass er die junge Frau hatte tragen müssen. Genau bei dieser Klinik hatte man ihn nun gefunden, tot. Warum war der Mann noch einmal dorthin gefahren?

Plötzlich hatte ich ein schreckliches Bild vor Augen: Basil, wie er in Gips und Bandagen liegt und langsam auf einem durchgelegenen Bett vor sich hin stirbt. Möglich war es ja wirklich. Korsinkin und Nina konnten auf dem Rückweg von Gorlowka einen Unfall gehabt haben. Basil war zum Beispiel mit voller Kraft gegen einen Baum gefahren … Der Fahrer war schwer verletzt, während Nina gesund und am Leben war. Das Mädchen hielt einen Wagen an und brachte den verblutenden Mann schnell ins Krankenhaus Nummer sechshundertzweiundsechzig. Warum gerade dorthin? Auch dafür gab es eine einfache Erklärung.

Die Klinik liegt ziemlich weit außerhalb von Moskau, auch wenn sie zu den städtischen Krankenhäusern zählt. Und schließlich befindet sie sich genau auf dem Weg von

Gorlowka in die Hauptstadt. Sie ist ganz einfach das erste Krankenhaus, in das Nina Korsinkin bringen konnte. Vielleicht ging es ihm so schlecht, dass sie ihn nicht bis ins Moskauer Skliforowski-Krankenhaus hatte transportieren können. Da liegt nun mein Bekannter auf der Intensivstation und hat keine Kraft, um mir oder Suzie Bescheid zu sagen.

Und die verschreckte Samochwalowa würde natürlich nicht die Ehefrau anrufen. Eigentlich ist in solchen Fällen das medizinische Pflegepersonal verpflichtet, die Miliz zu rufen, aber vielleicht hatte es ja ein paar hundert Dollar bekommen und war taub, stumm und blind geworden!

Wieso war mir dieser Gedanke nicht schon früher gekommen! Wieso hatte ich nicht sofort die Krankenhäuser abtelefoniert? Nein, Alexander Michailowitsch hatte doch Recht: Ich bin tatsächlich weit davon entfernt, ein Profi zu sein!

Ich beschimpfte mich, was das Zeug hielt, ließ den Motor an und fuhr, so schnell ich konnte, zum Krankenhaus Nummer sechshundertzweiundsechzig. Zu meinem Ärger war die Straße so glatt, als wäre sie mit Fett beschmiert, während die Schneeflocken als weiße Kleckse gegen die Windschutzscheibe klatschten. Fluchend schaffte ich es mit Müh und Not bis zu dem verschlossenen eisernen Tor. In der Pförtnerloge waren zwei stämmige Wachbeamte in schwarzer Uniform zu sehen. Ihre Schädel waren so gut wie kahl geschoren. Noch dazu war auf ihrer Brust eine Tresse mit einem Bild aufgenäht, das wie ein Totenkopf aussah. Bei näherem Hinsehen konnte ich erkennen, dass es sich tatsächlich um die Darstellung eines Skeletts handelte, während darunter die Zahl 662 stand. Na, die hatten sich ja ein großartiges Emblem ausgedacht!

»Die Einfahrt mit dem Auto ist nur den Erste-Hilfe-Wagen und dem Personal gestattet«, sagte einer der Männer sehr höflich.

Ich hielt ihm zehn Dollar hin. Aber der Wachmann ließ

sich nicht in Versuchung bringen und nahm das Schmiergeld nicht an.

»Verzeihen Sie«, sagte der zweite, »es ist uns strengstens verboten, Trinkgeld zu nehmen. Lassen Sie Ihr Auto auf dem Parkplatz vor dem Schlagbaum stehen. Sie brauchen die Stereoanlage nicht herauszuziehen, wir passen schon auf.«

Ich musste mich fügen. Direkt hinter der Pförtnerloge war ein Park gelegen. Eine breite Allee führte zu einem in der Ferne sichtbaren Häuserkomplex. Die Zweige von riesigen Tannen hingen über dem Fußweg. Wahrscheinlich wirkte dieser Ort im Sommer wie ein Sanatorium. Sogar jetzt schien die Landschaft wie eine Illustration aus dem Märchen von Frau Holle, obwohl ein wahrer Schneesturm wütete. Es war eindrucksvoll, wie die großen Schneeflocken in absoluter Stille vom Himmel fielen.

Aber der Zauber wurde blitzartig unterbrochen, als ein weißer Wagen mit rotem Kreuz mit ohrenbetäubendem Geheul an mir vorbeibrauste. Leute sprangen heraus und schleppten schnell Tragen, die mit Kleidung bedeckt waren, in die Aufnahme.

Ich ging durch den Haupteingang und staunte. Das niedrige, alte Gebäude, dessen Fassade schon abbröckelte, verbarg im Innern einen wahrhaft königlichen Luxus. Die Marmorböden, Eichentüren und eleganten Lampen erinnerten eher an das Interieur eines teuren Hotels als an ein städtisches Krankenhaus. Auch hier standen zwei Wachleute mit diesem idiotischen Emblem. Nachdem ich auf ihre Anweisung hin Plastiklatschen übergezogen hatte, ging ich zur Auskunft und erfuhr sofort, dass es hier keinen Basil Korsinkin gab. Aber das wunderte mich zunächst nicht weiter. Es konnte gut sein, dass Nina es mit der Angst bekommen und ihn als Moskauer ausgegeben hatte. Vielleicht hatte sie einfach behauptet, keinen Ausweis dabeizuhaben, und irgendeinen Namen für ihn angegeben. Ein paar hübsche grüne Scheinchen, und die Sache war geritzt. An der Wand hing ein großer Lageplan. Aha. Die Intensivstation lag etwas abseits im zweiten Stock, wahrscheinlich waren dort auch die OPs und die Gynäkologie untergebracht.

Eine hübsche Krankenschwester mit einer riesigen gestärkten Haube steckte schnell den Zehndollarschein ein und erklärte mir fröhlich, dass im Moment nur Frauen auf der Intensivstation seien. An den Namen Basil erinnerte sie sich nicht. Allerdings wurden die Patienten bei ihren Nachnamen genannt, ein Korsinkin war wohl nicht dabei gewesen. Oder vielleicht doch, aber an alle konnte man sich nicht erinnern, hier gab es so eine Flut von Menschen, eine Operation jagte die nächste … Eins wusste sie allerdings mit Sicherheit: Ausländer waren in der letzten Zeit nicht darunter gewesen.

Schon etwas beruhigt ging ich in die Unfallchirurgie hinüber. Ich war zutiefst erstaunt darüber, dass es hier keinerlei Krankenhausgerüche gab, keinen Geruch nach Chlor, nach Arzneien oder schmutzigen Lappen. Sogar aus der offenen Tür des Verbandsraumes roch es nach gar nichts. Ebenso wenig roch es nach Essen. Die Korridore waren erstaunlich sauber und leer. Eine freundliche junge Frau stellte gerade Medikamente bereit. Der knisternde Geldschein, den ich ihr in die Tasche steckte, machte sie gesprächig. Sie erlaubte mir, vorsichtig in jedes Zimmer hineinzuschauen.

Die Zimmer waren komfortabel und sahen aus wie Hotelzimmer. Ein kleiner Ankleideraum mit Kühlschrank und sanitärer Anlage, dahinter ein geräumiges Zimmer, durch eine Trennwand geteilt, mit zwei Betten. Westeuropäische Zustände.

Aber nirgendwo ein Zeichen von Basil, obwohl einige Opfer von Autounfällen da waren. Ich fand meinen Bekannten auch in keiner der anderen Abteilungen, aus Verzweiflung warf ich sogar einen Blick in die Gynäkologie.

Als ich wieder im Erdgeschoss angelangt war, zog ich meine Zigaretten heraus, aber der Wachposten bat mich höflich, nach draußen zu gehen. Es hatte aufgehört zu schneien, vor der Tür saßen zwei kleine, kahle Hunde und schauten hoffnungsvoll auf das Gebäude. Auch ich warf einen Blick auf den Gebäudekomplex und seufzte: schon wieder umsonst. Was das wohl vorher gewesen war? Vier Stockwerke, und eindeutig keine Krankenhaus-Architektur. Plötzlich fiel mir die Zigarette aus der Hand: vier Stockwerke!!! Ich war aber nur in dreien gewesen. Was mochte ganz oben sein?

Der Lift brachte mich in die oberste Etage, wo ich mit der Nase auf ein Schild stieß: »Labor. Unbefugten ist der Eintritt verboten. Infizierte Nagetiere«. In der eisernen Tür war eine Art Guckloch und noch etwas, das wie eine Mischung aus Sprechanlage und Codeschloss aussah, Knöpfe und Rädchen, dicht an dicht. Verständlich, ein Krankenhaus führt Untersuchungen durch, irgendwo müssen sie ja ihre Analysen machen. Nur, was ist mit den Nagetieren? Sie werden ja wohl in einem Krankenhaus keine mit Pest oder Milzbrand infizierten Mäuse halten. Wahrscheinlich haben sie dieses Schild nur aufgehängt, um Neugierige fern zu halten. Wir haben seinerzeit selber an die Personaltoilette geschrieben: »Böser Hund. Eintritt verboten«. Die Studenten wussten natürlich, was los war, aber wenigstens die Besucherscharen waren wir los.

Ich stand schweigend vor der verschlossenen Tür und überlegte krampfhaft, was ich tun sollte. Plötzlich knarrte der Lift. Vorsichtshalber versteckte ich mich hinter der massiven Säule. Ein wunderbarer Standort: Der dicke Marmorsockel verbarg mich vor fremden Blicken, aber ich konnte alles sehen.

Klirrend wurde ein eiserner Wagen mit Behältern aus dem Aufzug geschoben. Eine dicke Krankenpflegerin drückte auf die Knöpfe neun-sechs-sieben.

»Wer da?«, klang es aus der Sprechanlage.

»Das Mittagessen.«

Die Tür ging auf, vor meinen Augen lag ein langer Korridor. Der Wachmann ließ die Frau nicht hereinkommen, sie stellte die Portionen direkt auf der Schwelle ab.

»Heute sind es fünfzehn«, warnte der Wachmann.

»Wie kommt's?«, fragte die Krankenpflegerin gleichgültig, während sie Kartoffelpüree auf die Teller tat.

»Zwei sind entlassen, einer ist gestorben.«

Die Frau machte polternd den Behälter zu und fuhr den Wagen wieder zurück.

»Hör mal, Sina«, rief er ihr nach, »bei uns ist heute nicht sauber gemacht worden.«

»Ich weiß«, winkte sie ab, »wir haben niemanden, Tanja hat gesoffen, und ich kann ihre Arbeit nicht übernehmen. Dafür werde ich nicht bezahlt, sollen sie sich doch eine andere Dumme suchen.«

»Schick eins der Mädchen, Sinalein«, bat der Wachmann, »auf Zimmer Zwei haben sie sich schon beschwert.«

»Du lässt ja keine durch«, lachte sie und fuhr den Wagen wieder in den Aufzug.

»Ist ja gut«, murmelte er, »such eine Passende aus und schick sie her. Sie soll nur sagen, dass sie von dir kommt.«

»Aber erst nach fünf«, antwortete sie scharf, »jetzt sind alle beschäftigt.«

Der Aufzug und die Abteilungstür schlossen sich gleichzeitig, ich kam hinter der Säule vor. Sieh mal einer an! Hier mussten doch Menschen liegen, oder wer würde sonst Kartoffeln mit Fisch zu essen kriegen? Kaninchen oder Mäuse? Und dann dieser Satz: ›Zwei sind entlassen, einer ist gestorben‹. Selbst wenn sie hier dressierte Affen halten sollten, die es gelernt haben, Filet mit Gabeln von Tellern zu essen, entlassen könnte man sie auf keinen Fall. Das heißt, hier war eine weitere Abteilung, die aus irgendeinem Grund geheim war. Und das Schicksal hatte mir noch dazu eine Chance geschenkt. Es wäre eine Schande gewesen, sie nicht zu nutzen.

Im zweiten Stock traf ich auf ein Mädchen, das gerade ein Emailletablett irgendwohin trug und murmelte ihm zu:

»Hör mal, Töchterchen, ich bin als Putzfrau bei euch eingestellt worden. Man hat mir gesagt, ich soll mich umziehen, aber ich hab nicht verstanden, wo.«

»Geh ins Erdgeschoss runter, hinter die Treppe«, sagte mir das Mädchen im Vorbeigehen.

In der kleinen Kammer befanden sich ein paar eiserne Schränkchen. In einem, das offen stand, fand ich einen etwas zerknitterten weißen Kittel, ein Kopftuch und widerliche braune Filzpantoffeln. Ich nahm meine goldene Uhr, die Ringe und Ohrringe ab und zog mich an. Den Gürtel schnallte ich eng zusammen, das Kopftuch zog ich mir bis über die Augenbrauen. Neben einem dreckigen Spiegel lag ein ordinärer, hellorangener Lippenstift herum. Nachdem ich meinen Ekel überwunden hatte, malte ich mir die Lippen an. Dann fand ich noch eine billige Wimperntusche, die sich im Nu in schwarzen Klümpchen auf meinen Wimpern niederließ. Mit ihr malte ich mir auch noch echte Zigeunerbrauen. Auf den ersten Blick konnte man jetzt nicht mehr sehen, wie alt die Vogelscheuche sein mochte, ob zwanzig oder vierzig. Ich dachte ein bisschen nach, dann drehte ich mir aus einem Papiertaschentuch zwei Bälle und steckte sie mir in die Backen.

Der leidenschaftslose Spiegel zeigte eine ziemlich seltsame Frau mit einem schrecklichen Make-up und Hamsterbacken.

Ich ergriff den in der Garderobe stehenden Eimer, den Schrubber und ein Paket Scheuersand und fuhr wieder nach oben.

Der Wachmann fragte drohend:

»Ja?«

»Sina hat mich geschickt«, fispelte ich und versteckte mich hinter dem Schrubber, »ich soll die Böden wischen.«

»Hör mir genau zu«, sagte der Mann streng, »wie heißt du?«

»Ljuba.«

»Also, Ljuba, dies hier ist eine spezielle Abteilung für Leute, die privat bezahlen. Die Kranken sind kapriziös, ein paar sind völlig durchgeknallt. Hör einfach nicht auf sie, sie reden dummes Zeug. Wenn sie irgendwas von dir wollen, wehre dich nicht, sondern tue es: die Bettpfanne ausleeren, das Kopfkissen richten. Sie werden dir die Mühe danken, mit Geld oder Lebensmitteln. Hab keine Angst vor den Männern, sie haben nichts weiter im Kopf als zu überleben. Verstanden?«

Ich nickte mit gesenktem Kopf.

»Du redest wenig, das ist gut«, sagte der Mann beifällig, »bist du neu hier bei uns?«

Wieder nickte ich.

»Was du hier siehst, darfst du keinem weitererzählen«, befahl er, »ich werde dein beispielhaftes Benehmen erwähnen und dich anstelle von Tanja empfehlen. Die Säuferin gehört schon lange rausgeschmissen. Also streng dich an, wenn du dich hervortun willst. In unserer Abteilung ist die Bezahlung besser, du kriegst hundert Dollar im Monat, und dazu geben sie dir noch Trinkgeld und Lebensmittel ...«

Ich versuchte auszudrücken, dass ich vor Freude die Sprache verloren hatte.

»Na, dann los«, befahl mir der Wachmann.

Von seinem wachsamen Blick begleitet, flog ich ins erste Zimmer und stellte meinen Eimer klappernd auf den Boden. Das Zimmer war ebenso groß wie im zweiten Stock, auch hier gab es einen kleinen Ankleideraum und ein Wannenbad. Aber nur ein einzelner Mann lag da. Er war jung, nicht älter als Koscha, von oben bis unten verbunden wie eine Mumie. Wahrscheinlich bemerkte er meine Anwesenheit noch nicht einmal.

Im nächsten Raum lag ein schlecht gelaunter Mann mit einer amputierten Hand. Er meckerte lange herum, weil erst so spät geputzt wurde, gab mir aber am Ende doch eine Tafel Schokolade. Ich bedankte mich unterwürfig, steckte das Geschenk in die riesige Tasche meines Kittels und ging weiter.

In den folgenden drei Räumen war niemand, die Betten waren nicht bezogen, die Nachttische sauber. In den anderen Zimmern lagen die unterschiedlichsten Kranken. Eine Frau stöhnte die ganze Zeit in derselben Tonlage, ihr rechter Beinstumpf guckte aus der Bettdecke hervor, er war in Binden eingewickelt, aus denen langsam das Blut sickerte. Ein Mann sah vollkommen gesund aus, er schaltete faul an der Fernbedienung für den Fernseher herum. Meine Taschen füllten sich langsam mit Schokolade, Äpfeln und Geldscheinen. Es war zwar nicht sehr viel Geld – insgesamt bekam ich um die hundert Rubel zusammen –, aber für eine kleine Krankenpflegerin war es gar nicht so schlecht. Allerdings konnte ich nur schwer meine Enttäuschung verbergen. Basil war nicht dabei. Ohne große Hoffnungen kam ich in das letzte Zimmer.

Auf dem Bett saß eine junge Frau mit verstörtem Blick. Als sie den Eimer klappern hörte, zuckte sie zusammen und sah mich gehetzt an. In ihren großen, weit aufgerissenen blauen Augen stand die blanke Angst. Ich begann schnell, mit dem Schrubber die Ecken zu wischen.

»Hör mal«, sprach mich die Kranke plötzlich an, »wie heißt du?«

»Ljuba.«

»Zahlt man dir hier viel?«

»Hundert Dollar.«

Die Kranke sprang vom Bett hoch und kam zu mir gelaufen.

»Willst du dreitausend Dollar haben?«

»Wer wollte das nicht?«, antwortete ich vernünftig.

»Dann bring mich so schnell wie möglich hier raus.«

Ich stellte den Schrubber beiseite und sah das Mädchen an. Die rote Nase und die geschwollenen Augenlider sprachen für sich, ihre Besitzerin musste gerade erst hemmungslos geweint haben. Ihre Haare waren zerzaust, ihre bleichen Lippen zitterten. Im Übrigen sah sie vollkommen gesund aus. Ob sie eine von den Verrückten war, von denen der Wachmann gesprochen hatte? Sicherheitshalber wich ich etwas vor ihr zurück.

»Rette mich«, flüsterte sie fieberhaft und faltete die Hände vor ihrer Brust, »hilf mir zu fliehen.«

»Was ist das denn hier, ein Untersuchungsgefängnis?«, wunderte ich mich. »Ich dachte, das wäre ein Krankenhaus, wo man sich freiwillig aufhält. Geh doch nach Hause, wenn du's dir anders überlegt hast.«

»Hier ist es noch schlimmer als im Knast«, flüsterte sie verkrampft, »sie lassen einen nicht mehr raus, sobald sie einem das Geld für die Operation gezahlt haben.«

Erstaunt blieb mein Blick an ihr haften.

»Man hat mir dreitausend Dollar für den Fuß gegeben. Ich geb sie dir alle, bring mich nur hier raus.«

»Andere Leute bezahlen für den Arzt, und hier ist es andersherum …«

»Lieber Gott«, jammerte sie leise, »Alla, mit der ich zusammen gekommen bin, haben sie den Fuß schon vorgestern abgeschnitten. Sie hat so geschrien, als sie aus der Narkose aufgewacht ist. Herrgott! Und jetzt geht es ihr ganz schlecht, bestimmt wird sie sterben …«

»Vielleicht war es nicht möglich, den Fuß dranzulassen«, versuchte ich vorsichtig, auf sie einzugehen, »wahrscheinlich hatte sie eine Gangrän oder ein Sarkom!«

»Aber nein«, schrie sie wieder flüsternd auf, »sie hat ihn verkauft, so wie ich. Jetzt hab ich solche Angst! Du kannst dir gar nicht vorstellen, was für eine Angst ich habe!«

Tatsächlich war es unverständlich. Eine Leber- oder Netzhauttransplantation ist ja noch vorstellbar, aber was will man mit einem Fuß anfangen?

»Mein Gott, du bist meine letzte Chance.« Sie ließ nicht

locker. »Heute Morgen ist Nina gekommen und hat gesagt, morgen ist die Operation. Nach dem Abendessen schütten sie mich mit Beruhigungsmitteln voll, dann ist es zu spät!«

»Welche Nina?«, reagierte ich auf den bekannten Namen.

»Na die, der ich meinen Fuß verkauft habe. Oje, es ist nicht genug Zeit, um alles zu erzählen.«

»Wie soll ich dich denn fortschaffen, etwa im Eimer?«

»Gib mir den Kittel und das Kopftuch, ich tu so, als wäre ich die Putzfrau.«

So ein Schlaukopf! Selber macht sie sich aus dem Staub, und die unglückliche Krankenpflegerin kriegt die Schläge!

Ich ging zum Nachttisch und schüttete den ganzen Teller mit der Suppe, die sie nicht angerührt hatte, über das Bett.

»Was soll das?«, fragte sie verständnislos.

»Sei still, wenn du hier raus willst. Setz dich ruhig hin, ich komme gleich wieder.«

Der Wachmann heftete seinen stechenden Blick auf mich.

»Schon fertig? Das ging aber schnell.«

Ich reichte ihm einen der Fünfzigrubelscheine, die ich bekommen hatte, und spielte jetzt ganz das Mädchen vom Lande:

»Bitte nehmen Sie, Onkelchen!«

Er schaute eine Sekunde lang auf den Schein, dann lachte er los:

»Behalt es ruhig, das hast du dir verdient. Aber dass du teilen wolltest, rechne ich dir hoch an. Na gut, geh schon, ich werde ein Wort für dich einlegen.«

»Ich komme gleich wieder.«

»Wieso?« Der Wachmann wurde wieder ernst.

»Die Kranke aus Zimmer Zwanzig hat ihre Suppe verschüttet, sie hat mich gebeten, ihr die Bettwäsche zu wechseln.«

Der Mann ging schweigend bis ans Ende des Korridors, schaute in das Zimmer hinein und gab mir dann grünes Licht.

»Na, lauf schon, aber schnell.«

Ich fuhr nach unten. In der Kammer stand eine Krankenbahre auf Rollen mit einem großen Sack, der voll war mit dreckigen Bettlaken. Das war genau, was ich brauchte. Nur drei Minuten später fuhr ich sie ins Zimmer der jungen Frau, die sich nervös auf die Lippen biss und vor dem Fenster auf und ab lief.

»Was soll das denn?«

Ich antwortete nicht. Stattdessen schüttete ich die mit Blut besudelten Bettlaken aus dem Sack. Ich suchte und fand schließlich einen relativ sauberen Bettbezug und wechselte gewandt die Bettwäsche. Aus dem, was übrig blieb, formte ich ein Gebilde mit dem Aussehen einer menschlichen Figur und bedeckte sie mit der Bettdecke. Es sah sehr echt aus!

Auf der Bahre machte ich den leeren, schmutzigen Sack weit auf und befahl ihr:

»Steig hinein!«

Das aufgeweckte Mädel sprang schnell hinein, darüber stopfte ich die mit Suppe bespritzte Bettwäsche. Sie lugte aus der Öffnung heraus als bester Beweis dafür, dass der Sack voll war mit schmutziger Wäsche.

Ächzend schob ich die schwere Bahre über den Korridor. Das verschreckte Mädchen benahm sich perfekt, es lag da, ohne sich zu rühren.

»Na, du Dummerchen«, rügte mich der Wachmann liebevoll, während er zusah, wie ich das Ganze in den Aufzug zu schieben versuchte, »nächstes Mal nimm einfach die schmutzige Wäsche und trag sie so weg. Hat man so was schon erlebt: So eine Riesenbahre nur für einmal Wäsche!«

Während mir Schweißtropfen über den Rücken liefen, fuhr ich mein Gefährt bis zum Haupteingang und stieß dort auf den nächsten Wachmann.

»Bist du verrückt geworden?«, schrie er los, »los, geh zum Hintereingang, der Eingang hier ist nur für die Kranken.«

Ich musste also umdrehen und noch einmal die Halle

durchqueren. Am Hintereingang standen einige Bahren mit ebensolchen Bündeln herum. Ich drückte den Türgriff hinunter: Es war verschlossen. Dann beugte ich mich zu dem Sack und befahl:

»Bleib still liegen, keine Angst, ich komme gleich zurück.«

In der Kammer tat ich mir wieder meine Uhr, die Ohrringe und Ringe um, warf den Kittel in den Schrank und lief zurück. Das Mädchen stieg wenig später ächzend aus dem Sack.

»Fast wäre ich erstickt«, beklagte sie sich.

Ich zog ihr meine Jacke an. Dann taten wir so, als wären wir Besucherinnen, und gingen zum Ausgang.

KAPITEL 21

Mein Volvo stand ziemlich weit von der Pförtnerloge entfernt friedlich am Zaun. Als die junge Frau sah, wie ich die Fahrertür aufschloss, spannte sie sich wie ein Bogen, machte kehrt und rannte die Straße hoch. Ich setzte mich in aller Ruhe hinter das Steuer. Wo wollte sie schon hinlaufen, die Chaussee war schnurgerade, die tiefen Gräben rechts und links steckten voll von gräulichem Novembermatsch.

Als ich das dumme Ding eingeholt hatte, ließ ich das Fenster herunter und schrie ihm zu:

»Das ist ja ein starkes Stück! Dreitausend hast du mir versprochen, und jetzt rennst du noch in meiner Jacke weg!«

»Du brauchst mein Geld doch gar nicht«, antwortete sie bissig und rannte weiter.

»Willst du so bis Moskau laufen?«, machte ich mich über sie lustig. »Na los! Ich schau dir zu, wie lange du durchhältst.«

Fünf Minuten später hielt sie schwer atmend an und murmelte gehetzt:

»Na gut, du hast gewonnen, mach mit mir, was du willst, aber bevor du mich an Nina auslieferst, bring mich lieber um.«

Ich stieß die Autotür auf, sie stieg ein und fing an zu weinen. Sie weinte, bis der Volvo an der U-Bahn-Station Aeroport angelangt war. Als sie bemerkte, dass der Wagen neben dem U-Bahn-Eingang parkte, wechselte sie merklich die Farbe und murmelte, nun völlig außer sich:

»Oh nein, nur nicht hier, bitte nicht zu Nina!«

Ich sah sie aufmerksam an.

»Hör mal, ich suche diese Nina. Wenn du mir erklärst, was sie mit dir gemacht hat, bekommst du eine hübsche Summe Geld, und noch dazu verstecke ich dich an einem sicheren Ort.«

»Wer sind Sie?«

»Eine Privatdetektivin. Man hat mich extra engagiert, um die Samochwalowa zu enttarnen.«

Meine Begleiterin fing wieder an zu weinen, diesmal allerdings sichtlich erleichtert. Während sie sich mit dem Handrücken die Nase abwischte, bog ich in eine Seitenstraße ein und durchquerte ein paar Höfe, bis ich auf der Tschapajewski-Straße wieder herauskam. In dieser großen Stadt gab es nur einen Ort, wo wir in Ruhe reden konnten, und zwar die winzige Wohnung von Oxana.

Oxana ist meine beste Freundin, die einzige, der man absolut vertrauen kann. Sie hat in ihrem Leben einiges mitgemacht. Zuerst nach ihrem Examen, als sie bewies, dass auch eine Frau ein guter Chirurg werden kann, dann, als sie mit einem miserablen Einkommen zwei Söhne durchbrachte. Bei ihr zu Hause ging es dennoch immer fröhlich zu. In den zwei Zimmern, die wie Uhrenschachteln aussahen, lief ein Haufen bunt zusammengewürfelter Haustiere herum, während auf dem Herd immer etwas Leckeres brutzelte. Hier waren Gäste jederzeit herzlich willkommen und wurden entsprechend verköstigt: egal, ob mit Suppe, Kartoffeln oder Hering. Mit vierzig wurde Oxana zu einer Autorität und fing an, gut zu verdienen. Eine neue Wohnung kann sie sich trotzdem noch nicht leisten. Olga, Kescha und ich haben schon mehrfach überlegt, Oxana eine ordentliche Unterkunft zu besorgen. Aber ich weiß, dass sie so ein Geschenk niemals annehmen würde. Jetzt war meine Freundin natürlich bei der Arbeit und schnitt sicher gerade irgendeinen Unglücklichen auf. Aber was sage ich da: Jeder, der ihr unter die Hände kommt, kann sich glücklich schätzen.

Die Schlüssel lagen wie immer einfach unter der Matte. Ich schob das Mädchen in die winzige Diele. Sofort kamen die Hunde angelaufen: die zwei Scotchterrier Betti und Pescha, das Staffordshire-Terrier-Weibchen Rejtschel watschelte gemütlich hinterher.

»Hilfe«, kreischte das Mädchen auf, »Hilfe, gleich beißen sie mich.«

»Aber nicht doch«, beruhigte ich sie, »sie sind voll gefressen, also keine Gefahr.«

»Oh«, das feige Mädchen ließ nicht locker, »oh, schauen Sie, das arme Tierchen.«

»Rejtschel«, befahl ich der Hündin, »lass Borka los, du wirst ihn noch zu Tode sabbern.«

Sie spuckte das Meerschweinchen folgsam auf den Boden. Rejtschel liebt Borka, und wenn jemand an der Tür klingelt, packt sie ihn und bringt ihn in die Diele. Borka hat sich damit abgefunden. Die Scotchterrier sind ihm gegenüber gleichgültig, sie haben eine Vorliebe für Karluscha. Reptilien mögen die Kälte nicht, so dass sich die Schlange am liebsten direkt in Bettis warmem Fell einrollt und dort schläft.

In der winzigen Küche wartete ein leckeres Mittagessen auf dem Herd. Wenigstens eine ordentliche Mahlzeit! Ich tat uns das weiche, duftende Fleisch auf. Die junge Frau teilte meine Begeisterung nicht. Sie rührte lustlos mit der Gabel in dem Gulasch herum, das Oxana mit so viel Liebe zubereitet hatte.

»Na schön«, sagte ich, nachdem ich meinen ersten Hunger gestillt hatte, »siehst du, ich habe dich wie versprochen an einen sicheren Ort gebracht. Jetzt erzähl mir von dem Fuß und von Nina.«

Sie betrachtete mich immer noch mit gemischten Gefühlen.

»Ich muss Einzelheiten wissen, wie soll ich dir sonst helfen?«

Das Mädchen schob den vollen Teller von sich.

»Kann man hier irgendwo rauchen?«

Ich stellte ihr einen Aschenbecher hin.

»In diesem Haus darf man alles: rauchen, essen, schlafen. Nur lügen darf man nicht.«

Ihr Blick folgte dem Rauch, der zur Decke zog. Dann begann sie zu erzählen.

Sie hieß Lina und kam aus der Westukraine, aus einem kleinen Städtchen in der Nähe von Lemberg. Ihre Eltern waren Russen, der Großvater hatte sich schon 1945, also vor langer, langer Zeit, in Wischnjowy niedergelassen. Er hatte eine Wohnung bekommen und eine Familie gegründet. Lina war erst siebzehn. Unter der Sowjetherrschaft hatte die Familie gar nicht schlecht gelebt. Der Vater arbeitete im Exekutivkomitee, die Mutter als Buchhalterin. Von dieser Zeit wusste Lina so gut wie gar nichts, denn sie wurde erst 1982 geboren. Als sie sieben, acht Jahre alt war, begann sie einiges zu verstehen. Es kam das Jahr 1990. Alle Lebensmittel verschwanden von der Bildfläche. Die Nachbarn, die noch bis vor kurzem so freundlich gewesen waren, begannen das Mädchen offen als Besatzerin zu beschimpfen, während sie die Eltern »verfluchte Kommunisten« nannten. Am 9. Mai weihte man in Wischnjowy feierlich das Denkmal für den Nationalisten Bandjera und seine Kampfgefährten ein. Der Großvater hatte einen Schlaganfall. Rundum wurde nur noch in der ukrainischen »Heimatsprache« gesprochen, und in der Schule las man die Werke von Taras Schewtschenko im Original. Die Verkäuferin des einzigen Lädchens tat beharrlich so, als verstünde sie kein Russisch mehr, während die Kinder begannen, Lina zu ärgern und fortzujagen.

In dieser Zeit erschienen in Wischnjowy Leute, die Häuser kaufen wollten. Eine freundliche Frau, die absolut Vertrauen erweckend aussah, schlug ihnen im Tausch für ihr Haus mit fünf Zimmern eine kleine Wohnung in Rjasan vor.

»Ziehen Sie lieber jetzt um«, überredete sie die Maklerin, »bald wird man die Russen aus der Ukraine verjagen, dann müssen Sie alles stehen und liegen lassen und werden obdachlos.«

Die Eltern ließen sich von der Frau überreden, die innerhalb von zwei Tagen den ganzen Umzug für sie organisierte. Die Möbel ließen sie im Haus, ebenso wie die für den Winter zubereiteten Tomaten-, Gurken- und Pflaumenkonserven. Die Maklerin hatte ihnen weisgemacht, in der neuen Wohnung gebe es alles, sogar einen Kühlschrank.

Die Wirklichkeit sah anders aus. Man konnte der Verkäuferin noch nicht einmal etwas vorwerfen: Zwar lag die Wohnung in einem Abrisshaus mit fünf Stockwerken und direkt unter dem Dach, aber sie hatte zwei Zimmer versprochen, bitte schön. Auch Möbel waren vorhanden: durchgelegene Betten, ein paar zerfledderte Sessel und ein Küchentisch. Selbst ein Kühlschrank der Marke Saratow von anno dazumal existierte.

Die Eltern fanden keine Arbeit, vom Arbeitsamt wurden sie nicht weitervermittelt. Auch hier wurde Lina in der Schule von den Kindern gehänselt, diesmal aber wegen ihrer Armut. Nach einem Jahr starb die Mutter, während der Vater hemmungslos zu trinken begann. Lina aß, was die mitleidigen Nachbarinnen ihr gaben. Sie lief den ganzen Winter über in ihren Stoffhausschuhen herum, ihre Füße umwickelte sie mit Zeitungspapier, damit sie warm genug waren. Schließlich verlor der Vater allen Anstand und brachte eine fette Frau mit nach Hause, die erklärte, sie sei die neue Haus- und Ehefrau.

Kurz: Lina setzte sich in den Zug und fuhr nicht einfach irgendwohin, sondern geradewegs nach Moskau. Das Mädchen versuchte einige Tage lang auf dem Bahnhof zu betteln, wurde aber von den lokalen Bettlern fast zu Tode geprügelt.

Eine Eisverkäuferin rettete sie und nahm sie mit zu sich nach Hause, erlaubte ihr, ein Bad zu nehmen, gab ihr zu essen und ein Bett zum Schlafen. Am nächsten Morgen kam ein junger, schwarz gekleideter Mann vorbei. Als er erfuhr, dass Lina noch Jungfrau war, nickte er zufrieden und nahm sie mit.

Damit begann ihr Leben als Prostituierte. Es kam Lina noch nicht einmal so schrecklich vor. Man gab ihr eine hübsche Zweizimmerwohnung, deren Tür von außen verriegelt war. Sie ging also in ihrer Loggia spazieren und schaute aus dem fünfzehnten Stock auf die fremde, feindliche Stadt. Jeden Tag wurden Kunden gebracht. Sie erhielt die Anweisung, sich vor ihnen zu verstecken, zu weinen und zu behaupten: »Ich habe Angst, ich hab ja solche Angst, es ist das erste Mal«.

»Wenn sie nach deinem Alter fragen, sag, du bist dreizehn«, brachte ihr der Chef bei.

Aber das dünne und von dem ewigen Hunger kleinwüchsige fünfzehnjährige Mädchen wäre gut und gerne auch für elf durchgegangen.

Geld bekam sie natürlich keins, dafür aber immerhin reichlich und gut zu essen. Außerdem wurden einige Männer zu Stammkunden und brachten ihr Konfekt, Obst und Eis mit. Der eine oder andere nahm sie auch mit auf Spaziergänge durch Moskau, so dass Lina die Hauptstadt gut kennen lernte.

Sie blühte auf. Den Kunden konnte es nur recht sein, es waren überwiegend ältere, sehr gut gekleidete Männer mit Mobiltelefonen. Sie verwöhnten sie regelrecht und brachten ihr hübsche Geschenke mit. In den Zimmern sammelten sich Spielzeug und Videos mit Zeichentrickfilmen an. Lina gefiel dieses Leben immer besser. Tag für Tag saß sie vor dem Fernseher und knabberte Konfekt. Auf die Straße zog es sie nicht, die große Stadt machte ihr eher Angst. Aber alles hat einmal ein Ende. Irgendwann kam der Chef und erklärte ihr seufzend:

»Deine Titten sind gewachsen wie bei einer Kuh, Lina, und einen dicken Po hast du dir angefressen. Das war's, als Mädchen ziehst du nicht mehr!«

Das Mädchen war durch das satte, faule Leben tatsächlich füllig geworden, hatte weibliche Rundungen entwickelt, kurzum, war erwachsen geworden. Sie hatte sich in eine hübsche Frau verwandelt, bezaubernd wie ein junges Reh, aber die reichen Pädophilen interessierten sich nun nicht mehr für sie. Sie bekam es mit der Angst zu tun und dachte, ihr Zuhälter wolle sie einfach auf die Straße setzen, aber der Bursche hatte anderes im Sinn und brachte Nina mit.

Zuerst tranken die Frauen miteinander in der Küche Kaffee, dann fragte Nina plötzlich:

»Warst du schon mal im Ausland?«

Lina schüttelte verneinend den Kopf.

»Hast du schon mal von Frankreich gehört? Würdest du gern nach Paris fahren?«

Das Mädchen lachte.

»Wer soll mich schon dahin mitnehmen?«

»Ich«, erklärte Nina und fing an, unerhörte Dinge zu erzählen.

Im fernen Paris hatte sie einen engen Freund, der reich und gutherzig war und lauter gut situierte, häusliche Bekannte hatte. Sie hatten nur eine kleine Störung.

»Sind es etwa Homos?«, kicherte die dumme Lina, die dachte, dass es in Sachen Sex nichts Neues mehr für sie gäbe.

Aber heraus kam etwas anderes.

»Sie mögen nur Behinderte«, erklärte Nina geduldig, »sie möchten, dass die Auserwählte irgendeinen Makel hat, eine amputierte Hand oder Brust oder einen amputierten Fuß, verstehst du? Sie bringen sie in einer eigenen Wohnung unter und tragen sie auf Händen. Was hast du hier schon für eine Zukunft? Willst du dich auf den Twerski-Boulevard stellen? Entweder du fängst dir Aids ein oder die Syphilis, lange hältst du das nicht durch. Dann lässt dich der Zuhälter fallen, und das war's. Hier dagegen sind die Bedingungen wunderbar, du kommst ins Ausland, verdienst viel Geld und brauchst nichts dafür zu tun, musst nur die Beine breit machen. Übrigens kriegst du in Moskau, sobald du den Vertrag unterschrieben hast, gleich dreitausend Grüne auf die Hand. Stell dir vor, was für eine Summe! In Paris verdienst du außerdem Geld, dann kommst du zurück und kaufst dir eine Wohnung ...«

Lina bemerkte sehr vernünftig:

»Dagegen hab ich ja gar nichts, aber ich bin nun mal keine Behinderte, bei mir ist alles dran.«

»Da brauchst du dir keine Gedanken zu machen«, winkte Nina ab, »es gibt einen Chirurgen, der operiert dich einfach.«

Das Mädchen erschrak:

»Der schneidet mir was ab?! Auf gar keinen Fall!«

Nina schenkte sich noch eine Tasse Kaffee ein und ließ weiter ihre Überredungskünste spielen:

»Da ist doch nichts dabei. Sie nehmen dir einen Fuß ab, und in Frankreich kriegst du eine Prothese, so dass man den Unterschied zwischen ihr und einem echten Fuß gar nicht bemerkt. Sie hat eine eingebaute Elektronik. Hast du schon mal von Meressjew gehört?«

Lina schüttelte den Kopf.

»Wie wenig du weißt«, seufzte Nina, »er hat beide Beine verloren und trotzdem ein Flugzeug geflogen. Dazu tanzt er wie ein Gott. Und denk doch mal über das Geld nach!«

Ob nun Nina eine gute Psychologin war oder ob sie Lina etwas in den Tee getan hatte – plötzlich erschien ihr der Vorschlag jedenfalls gar nicht mehr so dumm. Angesichts der Aussicht auf eine neue Wohnung in Moskau und dieser riesigen, märchenhaften Summe von dreitausend amerikanischen Dollars jagte ihr der Verlust eines Fußes keine Angst mehr ein. Und sie willigte ein ...

Nina stopfte sofort alles, was sie greifen konnte, in eine

Tasche und brachte Lina für eine Woche in einer anderen Wohnung unter, die sie sogar für kleine Spaziergänge verlassen durfte. Dann kam der Morgen, an dem das naive Mädchen in ein Auto gestopft wurde. Auf dem Rücksitz saß bereits eine Frau um die dreißig, die auch in eine Fußamputation eingewilligt hatte. Nina setzte sich ans Steuer und fuhr sie in die Klinik. Sie wurden über den Hintereingang hineingebracht und auf ihre Zimmer geführt. In der ersten Woche standen zahllose Untersuchungen auf dem Plan, dann gab man ihnen ein Papier, auf dem sie unterschreiben mussten, dass sie mit der Operation einverstanden waren. Sie durften die Abteilung nicht verlassen, aber gegenseitig besuchen durften sie sich, und so ging Lina zu Alla hinüber. Sie wusste also, dass die andere sich zur Operation bereit erklärt hatte, weil sie die Zukunft ihres Sohnes sichern wollte.

Als die Frau aus dem Operationssaal gefahren wurde, stöhnte sie ununterbrochen, wobei das Stöhnen manchmal in ein Schreien überging. Die Krankenschwestern rannten herbei und hängten sie an einen Tropf. Anscheinend war bei der Operation irgendetwas schief gegangen, und jetzt lag Alla im Sterben.

Lina war außer sich, sie war zu Tode erschrocken. Sie dachte nur noch an Flucht, und dann war ich erschienen.

»Soll das etwa heißen, in dieser Abteilung liegen lauter solche Leute wie du und Alla?«

»Nicht nur. Es werden auch noch Ganoven behandelt.«

»Wer?« Ich hatte nicht sofort verstanden.

»Na, Kriminelle mit Verletzungen aus Schießereien oder Messerstechereien werden dahin gebracht. Fremde kommen nicht rein, die Türen sind immer verschlossen. Es heißt, sie bezahlen bis zu zehntausend Dollar«, erklärte Lina ernsthaft, »vielleicht ist es auch eine Lüge. Jedenfalls sind viele Männer da.«

»Beschreib mir Nina.«

»Sie ist groß und schön«, erinnerte sich Lina. »Sie sieht so aus wie diese Blondine, bei der man die Arme und Beine verbiegen kann.«

»Wie wer?«

»Wie diese Puppe, ich hab vergessen, wie sie heißt.«

»Die Barbie-Puppe?«

»Ja genau, sie ist ihr wie aus dem Gesicht geschnitten, lockige Haare, blaue Augen, kaum älter als ich.«

In der Küche konnte man kaum noch atmen vor lauter Rauch, ich machte die Fensterklappe auf. Lina begann heftig zu gähnen, die ganze Aufregung hatte sie erschöpft. Ich bugsierte sie in Deniskas Bett im kleinen Zimmer und wartete auf Oxana. Das Meerschweinchen Borka lag friedlich unter dem Heizkörper und träumte.

Wie viele solcher dummen, betrogenen Mädchen mochte es noch in Moskau geben, die weder Dokumente noch Geld besaßen und weder von ihrer Familie noch vom Staat gebraucht wurden? Solche wie Nina müsste man öffentlich auf dem Marktplatz verprügeln. Aber bestimmt war sie nicht die Hauptverantwortliche in dieser Geschichte. Eine Studentin aus der Provinz war wohl kaum alleine auf so kriminelle Gedanken gekommen. Sicher hatte man auch sie mit viel Geld geködert.

Ira, Ninas verhasste Freundin aus Kindertagen, hatte erbittert erwähnt, dass die Samochwalowa irgendwelche dunklen Geschäfte mit Vera Iwanowna Nikitina laufen hatte. Vielleicht hatte diese ihr die lukrative Arbeit besorgt? Und wohin war Basil verschwunden? Was hatte er mit der ganzen Geschichte zu tun? Warum war sein Kompagnon Alexej Nikitin umgebracht worden? Wie schaffte es Lola, Chefin der Agentur Albatros, diese exotischen Touren in Lager und Gefängnisse zu organisieren? Die Fäden reichten von Moskau bis Paris, also war Basil vielleicht auch mit im Spiel? Aber wo steckte er, zum Teufel? Hatte er den Schatz gefunden?

Die Staffordshire-Terrierin sprang plötzlich zum Heizkörper, packte das Meerschweinchen und lief zur Diele.

»Spuck sofort Borka aus«, hörte ich Oxanas Stimme, »wer hat hier alles so voll gequalmt?«

Sie kam in die Küche und warf die vollen Taschen auf den Boden, ohne sich weiter über meinen Besuch zu wundern.

»Jetzt mach ich uns Fisch, schau nur, was für ein Hecht!«

Das ist Oxana, wie sie leibt und lebt, zuerst gibt sie einem zu essen, bis man platzt. Erst dann fragt sie, was man bei ihr zu Hause zu suchen hat.

Als sie Linas Geschichte gehört hatte, war sie nicht besonders erstaunt.

»Davon hab ich schon gehört. Diese Verbrecher zu fassen, wird kaum möglich sein. Bestimmt ist die Krankengeschichte von vorn bis hinten gefälscht, und die Krankenakten sind getürkt. Sie tun so, als würden sie ein Sarkom oder einen Lymphdrüsenkrebs operieren. Da gibt's nichts zu beanstanden, alles passt perfekt zusammen. Ich könnte solche Leute umbringen.«

Böse klatschte sie den Fisch auf die Spüle. Die Hunde merkten, dass ihr Frauchen böse war, und verzogen sich ins Zimmer.

Ich wartete, bis der unglaublich schmackhafte Fisch gar war, dann machte ich mich auf den Nachhauseweg. Um Linas Schicksal brauchte ich mir erst mal keine Sorgen zu machen. Oxana behielt sie ein paar Tage bei sich, dann würden wir ihr einen Pass kaufen und sie irgendwo als Haushälterin oder Kindermädchen unterbringen.

KAPITEL 22

Am nächsten Morgen wurde ich von Efims donnernder Stimme geweckt. Nachdem er auf der Treppe herumkrakeelt hatte, begab er sich offenbar ins Esszimmer, denn es wurde wieder still. Es war erst acht, aber ich konnte nicht mehr einschlafen. Also schleppte ich mich hinunter, um einen Kaffee zu trinken.

Efim Iwanowitsch war gerade dabei, genießerisch ein Müsli zu verzehren. Seine tadellosen Zähne kauten methodisch wie Mühlsteine, sie zermahlten die Nüsse, die Rosinen und die kaum gequollenen Haferflocken. Als er sah, wie ich voller Wonne meinen heißen schwarzen Kaffee trank, bemerkte er schadenfroh:

»Du hast wohl Verdauungsprobleme, dass du dir dieses widerliche Zeug reinkippst?!«

Weil in diesem Moment Galja hereinkam, schaffte ich es nicht, angemessen auf diese Frechheit zu reagieren, denn der Alte warf sich sofort auf das würdigere Opfer.

»Meine Liebe«, flötete er mit süßer Stimme, »wollen Sie sich nicht ein bisschen amüsieren? Sie hocken die ganze Zeit in diesen vier Wänden, ist das etwa gesund, wenn man so jung ist? Kommen Sie, lassen Sie uns etwas Aufregendes unternehmen, gehen wir zum Beispiel zu einem Pferderennen. Waren Sie schon mal auf einem?«

Sie antwortete verschüchtert:

»Nein.«

Efim tat erstaunt.

»Sie haben noch nie gewettet? Sie wissen nicht, was ein Wettschalter ist?«

Galja schüttelte den Kopf.

»Das gibt's doch gar nicht!« Der Alte war entzückt.

Es lag mir auf der Zunge zu sagen: Sie hat auch noch nie beim Kartenspiel gemogelt, noch nie getrunken und war auch nicht schon neunmal verheiratet, aber ich konnte mich gerade noch zurückhalten. Währenddessen konnte sich Efim Iwanowitsch gar nicht mehr beruhigen.

»Dann machen Sie sich bereit, wir fahren gleich zum Hippodrom.«

»Wozu?«, versuchte sich Galja schwach zu wehren.

»Neulinge haben immer Glück«, erklärte der Alte, während er sich gierig die Hände rieb, »du wirst ganz sicher gewinnen. Na los, geh und zieh dich an, was sitzt du noch herum? Es ist schon November, bald ist die Saison zu Ende!«

Folgsam trottete sie zur Tür. Nachdenklich sah ich ihr nach. Was für eine Glucke! Kaum machte einer den Mund auf, schon tat sie, was er sagte. Obwohl ihr eine kleine Abwechslung vielleicht gar nicht schadete, außerdem tat Mischa ein bisschen Eifersucht ganz gut.

Ich beschloss jedenfalls, mich der mysteriösen Vera Iwanowna zu widmen und vorher noch in eine ganz andere Rolle zu schlüpfen.

In meinem riesigen Schrank liegt eine Masse unnützes Zeug herum, das ich hin und wieder doch gebrauchen kann. Ich durchwühlte die Fächer und fand eine fantastische Verkleidung. Weiß der Teufel, wie dieses dunkelblaue türkische Kostümchen, das effektvoll mit Lurex versetzt war, hier gelandet war. Irgendeine unserer Besucherinnen musste es vergessen haben, und ich hatte es dann nicht fertig gebracht, es wegzuwerfen. Ich schlüpfte in den großen Rock und steckte den Gürtel mit einer Nadel fest. Auch die Jacke war ein wenig zu groß, aber umso besser, so konnte ich meinen BH mit

Watte ausstopfen. Die Natur hat beschlossen, dass ich keine üppige Brust brauche, so dass ich im Notfall auch als junger Mann durchgehen kann. Heute aber waren üppige Formen gefragt. Meine Augen sind blau, ich trage meine Haare kurz, sie sind dunkelblond. Ich setzte mir eine Perücke aus kastanienbraunem Naturhaar auf.

So, jetzt musste ich mich nur noch um mein Gesicht kümmern. Ein wenig Bräunungscreme hier und da, schon entstand der Eindruck einer von Wind und Wetter gegerbten Haut. Dazu dunkle Schatten unter die Augen, den im Volk beliebten roten Lippenstift, blaue Lidschatten, ziegelrotes Rouge, die Brauen mit dem Kohlestift nachgezogen: Ja, jetzt würde mich meine eigene Mutter nicht wiedererkennen. Nun blieb noch die letzte Retusche. Aus einem kleinen Kästchen nahm ich ein Paar farbige Kontaktlinsen und siehe da: Aus dem Spiegel schaute mir eine typische Dorfbewohnerin mit braunen Augen entgegen, die sich für den Besuch in der Stadt herausgeputzt hatte.

Ein Volvo passte zu so einer Frau nicht. Daher fuhr ich mit meinem Wagen nur bis zum Platz der drei Bahnhöfe und stellte ihn auf einem gebührenpflichtigen Parkplatz ab. Bis zum Institut, in dem Nina studierte, war es nur ein Katzensprung, zur Not konnte ich mich ja auch in einen Bus setzen. Aber ich hatte noch keine zehn Schritte getan, als neben mir ein Taxi bremste. Ein Bürschchen mit einem Spitzbubengesicht lehnte sich heraus und erkundigte sich:

»He, Tantchen, suchst du die U-Bahn-Station Moskowski? Steig ein, ich bring dich billig hin.«

Ich schaute auf das hundert Meter vor mir liegende Gebäude mit dem Supermarkt und hätte beinahe laut losgelacht. Meine Verkleidung musste wirklich gut sein, wenn sogar der Taxifahrer mich für eine Provinzlerin hielt und meinte, mich übers Ohr hauen zu können. Aber die Lehrerin in mir ist nicht auszurotten, und solche Unverschämtheit will bestraft sein.

»Tu mir den Gefallen, mein Sohn, sei so gut. Sonst verlauf ich mich noch in diesem verdammten Moskau, hier ist einfach zu viel los.«

»Keine Sorge«, beruhigte mich der Nichtsnutz, »gleich sind wir da.«

Er bog in die kleinen Seitenstraßen ab, um dort seine Kreise zu ziehen. Ab und zu brach ein ängstlicher Aufschrei aus meiner Brust:

»Oh, oh, mein Sohn, nicht so schnell, sonst kommen wir noch um!«

Der Bursche brummte nur und drehte weiter am Lenkrad. Die Fahrt dauerte zehn Minuten. Schließlich blieb das Taxi am Eingang zum Supermarkt stehen.

»Hundert Rubel«, sagte er entschieden.

Ich gab ihm eine Münze.

»Na, gute Frau«, staunte der Bursche, »du bist wohl übergeschnappt, das ist ein Rubel!«

»Genau so viel kostet es in Moskau, die paar Meter zu fahren, um von dort, wo ich eingestiegen bin, zum Supermarkteingang zu gelangen«, erklärte ich ihm ruhig.

»Was sagst du da?!« Der Bursche wurde böse. »Ich bin fast eine halbe Stunde gefahren.«

»Ich bin nicht eingestiegen, um lange zu fahren, sondern um anzukommen. Wenn Sie möchten, können wir gern einen Milizionär als Schiedsrichter rufen«, sagte ich und stieg aus.

Bester Laune trottete ich durch die Korridore des Instituts. Ich liebe es, wenn ein Tag erfolgreich beginnt.

Im Dekanat saßen ein paar Frauen an Tischen. Sie hoben die Köpfe und sahen mein dummes Gesicht, die billige chinesische Jacke mit dem falschen Pelz, die schmutzigen, ausgebeulten Stiefel und den mit Lurex durchsetzten Rock.

»Was wollen Sie?«, fragte die eine ziemlich unfreundlich.

»Wie kann ich Vera Iwanowna finden?«

»Das bin ich«, antwortete die Dame.

»Schönen guten Tag, von Prochor komm ich, aus Gorlowka, und ich dacht schon, ich find Sie nicht.«

»Ach, von dem Alten!« Die Nikitina wurde plötzlich munter, drehte sich zu ihren Kolleginnen um und sagte: »Kinder, ich gehe mal eben und biete dem Gast einen Tee an.«

»Aber natürlich«, antworteten die anderen im Chor und verloren im selben Moment ihr Interesse an mir.

Vera Iwanowna führte mich in einen kleinen Raum, setzte sich hinter den Tisch und fragte barsch, ohne den elektrischen Teekessel einzuschalten:

»Weshalb sind Sie gekommen?«

Eine echte Geschäftsfrau, fasste den Stier sofort bei den Hörnern. Aber ich bin auch nicht auf den Kopf gefallen.

»Ja, also ich weiß nicht so recht, es ist ja so …«

»Reden Sie schon«, befahl die Nikitina und blies mir den Rauch einer stinkenden braunen Zigarre direkt ins Gesicht.

Ich begann krampfhaft zu husten, und das war noch nicht einmal gespielt, denn fremden Rauch kann ich einfach nicht ertragen.

»Na los, mach schon«, drängte mich Vera Iwanowna, »meine Arbeit wartet.«

»Prochor hat gesagt, Sie suchen die Dokumente für das Haus? Den Kaufbrief und so weiter …«

»Wissen Sie, wo sie sind?«, erkundigte sie sich ruhig.

»Ja.«

»Die echten?«

»Das, was Awdotja aufbewahrt hat. Sie hat sie ihrer Tochter gegeben, und die hat sie mir gegeben. Da ist nur ein Haken an der Sache.«

»Welcher?«

»In den Papieren steht der Familienname Korsinkin, dabei hat Trofim doch unter dem Namen Nikitin gelebt. Es wird schwer sein, die Rechtmäßigkeit des Besitzes zu beweisen.«

»Das muss nicht Ihre Sorge sein«, antwortete sie scharf, »was wollen Sie für den Kaufbrief?«

»Viel.«

»Sagen Sie einen Preis.«

»Was bieten Sie denn?«, fragte ich mit Bauernschläue.

»Fünfhundert Dollar«, teilte mir Vera Iwanowna gelassen mit.

Ich verschluckte mich vor lauter Aufregung.

»Ja, wo denken Sie hin?! Von weniger als zehntausend Grünen brauchen wir gar nicht erst anfangen zu reden.«

Jetzt war es an ihr, sich aufzuregen.

»Meine Liebe! Bist du vollkommen übergeschnappt? Woher soll ich so viel Geld nehmen? Du siehst doch selbst, ich arbeite hier im Institut, vierhundert Rubel kriege ich. Lass uns über vernünftige Summen reden, tausend Dollar kratze ich ja noch zusammen, wenn ich auch Schulden machen muss …«

»Du bist ganz schön schlau«, sagte ich frech, »du kannst doch mit diesen Papieren Anspruch auf das Haus und den Boden erheben, das ist ein Goldfass. Nein, stell dich auf mindestens achttausend ein.«

»Mein Gott, hast du das Gut gesehen? Es ist eine Ruine! Und das Grundstück ist schon lange verlassen, woher soll ich die Mittel nehmen, um es zu pflegen? Wir wollen es ja nur zu unserem rechtskräftigen Eigentum machen, um unsere Vorfahren zu ehren. Es wird niemand dort wohnen, wir haben weder die Mittel, um es zu restaurieren, noch um es instand zu halten.«

Ich schüttelte den Kopf.

»Wie du willst, ich bleibe dabei. Siebentausend ist mein letztes Wort, du kannst es dir bis heute Abend überlegen. Wenn du nicht zahlen willst, dann eben nicht. Dann verkaufe ich es an die anderen Erben, und ihr könnt innerhalb eurer Familie selbst entscheiden, wie ihr es aufteilt.«

Vera Iwanowna fuhr von ihrem Stuhl hoch.

»Was redest du da? Was für andere Erben? Es sind ja nur ich und mein Sohn übrig geblieben.«

»Ach was«, lachte ich auf, »Trofims Bruder Nikolaj ist ins Ausland geflohen. Er hat überlebt, dort gibt es einen ganzen Familienzweig der Korsinkins. Prochor und Awdotja haben beide Briefkontakt mit ihnen gehabt. Sie haben mir die Adresse gegeben. Ich schreibe ihnen einfach ein paar Zeilen, sicher haben sie die Sprache ihrer Vorfahren nicht vergessen, sie werden schon reagieren.«

Das Gesicht der Nikitina verfärbte sich rosa. Sie erklärte standhaft:

»Zweitausend und Schluss. Schreib ruhig hin, wenn du willst, aber ich weiß genau, dass es in Paris keine Korsinkins mehr gibt. Nur die Frau von Wassili, aber sie ist Französin. Das Haus einzuklagen, kostet nichts, selbst wenn sie den Kaufvertrag in den Händen halten sollte. Außerdem bleibt noch die Frage, ob Nikolaj ein echter Korsinkin war. Unter uns gesagt, seine Mutter hatte es faustdick hinter den Ohren. Das hat Trofim vor seinem Tod erzählt.«

»Ach was, du lügst doch!« Ich zeigte mich erstaunt.

»Hör nur gut zu«, nun vergaß Vera ihre Arbeit, »dann verstehst du sofort, warum du nur mit uns zu tun haben solltest!«

Ich setzte mich bequemer hin und sperrte den Mund auf. Es folgte eine umständliche Geschichte.

Trofim lebte sehr lange, offenbar hat der liebe Herrgott den Korsinkins eine eiserne Gesundheit zugedacht. Jedenfalls war der Mann so gut wie nie krank gewesen und lag erst flach, als er sich mit einhundertzwei Jahren seinen Fuß brach. Er überlebte sowohl seinen Sohn als auch die Schwiegertochter. Auf dem Sterbebett beschloss er, seinen Enkeln Alexej und Vera sein Herz zu öffnen. Erst da erfuhren sie, dass sie zu einem alten Geschlecht gehörten und dass das Gut der Familie in der Nähe von Moskau lag und noch immer existierte.

»Sagt bloß keinem was davon, Kinder«, unterwies sie der alte Mann, der sein Leben lang in Angst gelebt hatte, »wenn jemand anders an die Macht kommt, geht es wieder los mit den Verfolgungen! Verwendet den Familiennamen der Nikitins, ich habe ihm keinen Schimpf angetan. Aber vergesst nicht, dass die Tochter von Jewlampia alle Papiere aufbewahrt hat, auch meinen echten Pass und den Kaufbrief für das Haus und den Boden. Fahrt mal unauffällig hin, fragt danach und holt die Sachen ab.«

Damit Awdotja die Enkel aus der Stadt erkennen würde, nahm er das schwere goldene Kreuz ab, das er an einer Kette um den Hals trug.

»Zeigt das der Frau, dann wird sie keinen Zweifel mehr haben.«

Dann erzählte er ihnen von Nikolaj.

»Mein Bruder ist ein Dieb und Taugenichts«, röchelte der Sterbende, »er hat das ganze väterliche Vermögen mitgenommen und nicht ein Mal geschrieben, nie nach uns gefragt. Aber was ist er schon für ein Verwandter, ein Zugelaufener ist er. Meine Mutter hat sich versündigt, hat ein Kind von Gott weiß wem bekommen. Er hat keinen Tropfen Korsinkinsches Blut in seinen Adern, selbst wenn der Vater den Bastard als Sohn anerkannt hat. Also denkt dran, ihr seid die einzigen rechtmäßigen Erben, euch gehört das Haus.«

Alexej und Vera begruben den Großvater und fuhren nach Gorlowka. Hier erwartete sie eine herbe Enttäuschung. Das Gut war in einen Kindergarten verwandelt worden, während Awdotja schon lange tot war. Immerhin erkannte Prochor die Kinder. Er schaute sie lange an und sagte:

»Das ist Trofims Blut, eure Augen und Haare sind die der Korsinkins, das sieht man schon von weitem.«

Aber Papiere fanden sich keine. Entweder hatte sich der Großvater geirrt, oder Awdotja war gestorben, ohne das Geheimnis zu lüften.

»Verstehen Sie jetzt? Es ist unser Hab und Gut, über das Sie da verfügen«, legte mir Vera Iwanowna nahe, »und dafür wollen Sie auch noch horrende Tausender, pfui, das ist nicht fein.«

Ich murmelte: »Wer konnte denn das wissen, Awdotja hat beteuert, dass es zwei Erben gibt, Trofim und Nikolaj. Na gut, sei's drum, für dreitausend kriegen Sie es wieder.«

»Wunderbar«, freute sich die andere und schloss den Handel damit ab, »kommen Sie morgen Abend zu mir nach Hause. Schreiben Sie sich die Adresse auf.«

»Warum erst morgen?«, brummte ich. »Ich dachte, wir machen den Handel gleich perfekt.«

»Also, meine Liebe«, lächelte Vera, »wer trägt denn so viel Geld mit sich herum. Na, und die Dokumente sind ja sicherlich versteckt?«

Ich führte meine Hand zu meiner Brust, betastete den Wattebausch und erklärte:

»Am sichersten Ort überhaupt.«

»Wo sind Sie denn untergekommen?«, interessierte sich die Gutsbesitzerin in spe.

»Was geht dich das an? Kannst beruhigt sein, ich schlaf schon nicht auf dem Bahnhof«, sagte ich frech, »na dann lebwohl, und bereite für morgen das Geld vor, ich bring alles Notwendige mit.«

Der Volvo ließ sich nicht öffnen. Ich drehte immer wieder den Schlüssel im Schloss und verfluchte das kalte Novemberwetter und den pausenlos fallenden Schnee. Endlich gab die Tür nach. Als ich mich gerade ins Auto setzen wollte, hörte ich hinter mir eine böse Stimme:

»Was machst du hier?«

Ein älterer Milizionär, der aussah wie ein Hamster, schaute drohend aus seiner warmen Mütze mit Ohrenklappen hervor.

»Ich wollte gerade losfahren.«

»Denkst du, ich glaube dir, das ist deine Karre?« Der Milizionär verzog sein Gesicht. »Du würdest schon das ganze Leben brauchen, um überhaupt das Geld für ein Rad davon aufzutreiben.«

Ich zog meinen Führerschein und die Fahrzeugpapiere heraus.

»Na, und wo ist diese Darja Iwanowna?« Der wachsame Ordnungshüter ließ nicht locker.

Seufzend zog ich eine Flasche Mineralwasser aus dem Handschuhfach, befeuchtete mein Taschentuch und begann mir das Gesicht abzuwischen. Die schwarzen Augenbrauen, der Lippenstift, das Rouge und die Schatten unter den Augen verschwanden im Tuch. Dann nahm ich die Perücke ab und die Farblinsen aus den Augen. Dem Milizionär fiel der Kiefer herunter.

»Sonst noch Fragen?«

»Warum, um Himmels willen, malen Sie sich so an?«, platzte er heraus. »Ehrlich gesagt habe ich gedacht, dass hier eine Obdachlose den Wagen stehlen will!«

Ich gab ihm zehn Dollar für seine Dienstbeflissenheit und fuhr nach Loschkino.

Im Esszimmer saßen friedlich Mischa und Galja und aßen.

»Bist du nicht zum Hippodrom gefahren?«

»Bin schon wieder zurück«, antwortete sie kurz angebunden.

Wir aßen schweigend die Suppe und den zweiten Gang, als Kescha mit dem Handy am Ohr hereinkam.

»Ich hab's doch gesagt«, bekräftigte er, »solchen Idioten bin ich noch nicht begegnet. Ihrem Sohn hat man nur zwei Jahre gegeben, weil der Richter und die Schöffen sich vor Lachen kaum halten konnten. Erklären Sie Ihrem Kind, dass ein bewaffneter Überfall absolut nichts für ihn ist, er soll sich lieber eine andere Art von Beschäftigung suchen.«

Verärgert klappte er sein Handy zu.

»Was ist passiert?«, fragte ich ihn.

Ein gewisser Iwanow, neunzehn Jahre alt, hatte beschlossen, in einer teuren Boutique die Kasse zu plündern. Er hatte sich sorgfältig vorbereitet, sich eine bedrohlich aussehende Pistolen-Attrappe besorgt und einen schwarzen Strumpf über den Kopf gezogen. Was folgte, war wie im Kino. Er ging hinein und schrie den Kunden zu:

»Alle mit dem Gesicht nach unten auf den Boden legen!« Dann griff er nach dem Paket mit den Geldscheinen.

Aber just in diesem Moment fragte ihn eine der Käuferinnen, eine sehr alte Dame, mit lauter Stimme:

»Wie spät ist es, mein Sohn?«

Später erzählte ihre Tochter, die ihre Mutter in das Geschäft begleitet hatte, dass sie zu Tode erschrocken war. Die Mutter lebte schon lange in ihrer eigenen Welt und fand sich in der Wirklichkeit nicht mehr zurecht. Aber der Räuber verhielt sich anders als erwartet. Er schaute auf seine Armbanduhr, konnte die Ziffern auf dem Ziffernblatt durch den Strumpf hindurch nicht erkennen und zog ihn sich vom Kopf.

»Viertel vor zwei, Oma«, lautete die Antwort, und schon war der Strumpf wieder übers Gesicht gezogen.

Aber die paar Sekunden hatten für die Videokamera ausgereicht, um die Gesichtszüge des Al Capone festzuhalten.

Nachdem das Bild über das Moskauer Fernsehen ausgestrahlt und die Telefonleitungen durch die Anrufe aller möglicher Nachbarn heißgelaufen waren, fanden sie den Dummkopf innerhalb weniger Stunden.

Der arme Kescha, in dessen Hände die lästige Angelegenheit geraten war, gab in dem Prozess eine mehr als dumme Figur ab. Die Richterin, die ihre Erheiterung nicht verbergen konnte, fragte den Rechtsanwalt:

»Sie wollen also sagen, dieses Verhalten des Angeklagten zeugt von seiner guten Erziehung und von dem Fehlen einer verbrecherischen Absicht?«

»Euer Ehren«, begann Kescha.

»Lassen Sie gut sein«, winkte die Richterin ab und fügte lachend hinzu: »Das Gericht zieht sich zur Beratung zurück.«

Das Ergebnis war, dass der Idiot weniger bekam, als möglich gewesen wäre, nämlich nur zwei Jahre, und dass er wahrscheinlich in Kürze unter eine Amnestie fallen würde.

»Wieso bist du dann so unzufrieden?«, wunderte ich mich. »Wolltest du einen Freispruch erreichen? Das wäre wohl kaum möglich gewesen!«

»Ich weiß«, murmelte mein Sohn, »aber dieser Clown brauchte gar keinen Rechtsanwalt, er hätte auch so nur eine lächerliche Strafe bekommen. Selbst die Wachposten sind vor Lachen fast umgefallen.«

Ich seufzte, ließ die anderen in Ruhe ihr Fleisch weiteressen und ging in mein Schlafzimmer. Plötzlich hatte ich unglaubliche Kopfschmerzen. Manchmal ergreift ein scheußlicher Zustand Besitz von mir, der den Namen Migräne hat. Zu erklären, was das ist, ist unmöglich. Überhaupt ist es schwierig, jemandem seine Schwachpunkte zu beschreiben. Soweit ich mich erinnere, ist das nur meinem ersten Mann Kostik gelungen. Der Arme hatte Hämorrhoiden und stöhnte ohne Pause.

»Bitte erkläre mir, was du fühlst«, fragte ich ihn dann immer beharrlich, »vielleicht kann ich dir dann besser helfen!«

Er hörte auf zu stöhnen und fragte:

»Hattest du irgendwann schon mal Zahnschmerzen?«

»Natürlich«, antwortete ich erstaunt.

»Dann stell dir vor, du hättest den Hintern voll von Eckzähnen, und alle sind gleichzeitig entzündet!«

Ich dagegen finde einfach keinen angemessenen Vergleich, um eine Migräne zu beschreiben!

Nachdem ich zwei Tabletten Baralgin mit einem Glas Aspirin hinuntergeschluckt hatte, fiel ich ins Bett. Schon im Liegen warf ich mir noch eine Tablette Radedorm in den Mund. Der heiße Balken, der in meinem linken Auge steckte, begann langsam zu verschwinden, die Übelkeit stieg mir schon nicht mehr bis zum Hals hinauf. Meine Augenlider wurden schwer, auf die Hände und Füße drückte eine unerklärliche Kraft.

»Darja«, klang es direkt an meinem Ohr, »was machst du da, willst du etwa pennen? Draußen ist noch helllichter Tag, es hat noch nicht mal sieben geschlagen! Steh auf!«

Ich setzte mich auf. Wieder schoss der heiße Balken durch meinen Kopf, und mein Magen krampfte sich zusammen. Vor meinen Augen tauchte Efims Gesicht auf.

»Was gibt's?«, stöhnte ich.

»Na ja, es ist Folgendes ... Mit einem Wort, sei so gut und leih mir ein bisschen Geld.«

»Habt ihr verloren?«

»Daran ist diese dumme Gans schuld!«

»Wer?«, fragte ich, während ich mein Portmonnee suchte.

»Galja natürlich, so eine tollpatschige, dumme Gans ist mir noch nie untergekommen.«

»Was ist denn passiert?«

Efim verzog sein Gesicht und ließ sich plumpsend direkt auf meiner weißen Bettwäsche nieder. Offensichtlich war er richtig wütend.

Er war mit Galja zur Rennbahn gefahren und hatte, da er wie alle Spieler abergläubisch war, seiner Dame vorgeschlagen, selber das Pferd auszuwählen. Die Wereschagina suchte sich einen flinken Hengst namens Pikador aus. Der Alte seufzte, dieser Spieleinsatz war nicht viel versprechend. Pikador war der allgemeine Favorit, drei Viertel des Publikums hatten auf ihn gesetzt. Je mehr Leute, desto niedriger würde natürlich der Gewinn ausfallen. Aber da war nichts zu machen: Der Wunsch des Neulings war Gesetz.

Der Alte ging also zur Kasse und zahlte nicht nur Galinas Einsatz ein, sondern auch noch einen eigenen Tausender in der Absicht, ein paar Minuten später einen kleinen Reibach zu machen. Dann kehrte er zur Tribüne zurück.

Zuerst liefen die Pferde dicht auf dicht, dann setzte sich Pikador an die Spitze und flog wie ein Pfeil dem Ziel entgegen. Das Stadion tobte. Es lief also alles wie erwartet, der Favorit hatte das Rennen gemacht. Kurz vor dem Glockenschlag ließ Efim das Fernglas sinken. Plötzlich ging ein Raunen durch das Hippodrom. Buchstäblich ein paar Meter vor der Ziellinie stolperte der Favorit und fiel. Die, die hinter ihm kamen, konnten so schnell nicht abbremsen, Pferdeleiber, Jockeys und Kaleschen verknäulten sich und fielen übereinander. Schließlich gewann der altersschwache Giazint, den keiner ernst genommen hatte, das Rennen. Sowohl das Pferd wie auch der Jockey waren sichtlich überrascht davon, aber Sport ist Sport, und der einzige Zuschauer, der sich nicht gescheut hatte, auf den ausgemergelten Giazint zu setzen, scheffelte einen märchenhaften Gewinn. Efims Tausender hingegen war dahin.

»Daran ist nur dieses verdammte Mädel schuld«, tobte der Alte, »so einen Pechvogel habe ich noch nie erlebt. Jedes Kind weiß doch: Such dir einen Neuling und setz deinen Einsatz mit ihm zusammen. Hast du noch nie Glück gehabt, dann ist es spätestens jetzt der Fall! Aber Pikador ist gestürzt! So was ist überhaupt noch nie vorgekommen. Du kannst zwar machen, was du willst, aber ich an deiner Stelle würde dieses Mädel aus dem Haus jagen. Von solchen Unglücksraben muss man sich fern halten. Sie bringen Unheil, denk an meine Worte. Irgendwas wird passieren: eine Überschwemmung, ein Wirbelsturm oder so was Ähnliches ... Schmeiß sie raus.«

Da ich so schnell wie möglich einschlafen wollte, warf ich Efim Iwanowitsch hundert Dollar hin und ließ mich wie ein Sack auf das Bett zurückfallen. Aber noch bevor ich meine Augen wieder schließen konnte, ertönte plötzlich ein furchtbarer Schrei:

»Feuer! Hilfe, es brennt!«

Direkt im Pyjama stürzte ich ins Wohnzimmer. Es war voller Rauch und stank übel nach weißem Schaum. Die Vorhänge am Fenster waren vollkommen verkohlt. Daneben stand Kescha mit dem Feuerlöscher in der Hand, Galja weinte verzweifelt, Manja hüpfte um sie herum. Hinter mir kam Olga ins Wohnzimmer geflogen, in den Händen hatte sie einen Krug mit Wasser.

»O Gott!« Kescha verdrehte die Augen. »Als ob ein

Schwarm Krähen angeflogen käme. Stell dir vor, der Vorhang hat Feuer gefangen, wir haben schon alles gelöscht.«

Galja weinte immer noch hysterisch. Aus dem ersten Stock hörte man die Stimme von Serafima Iwanowna, der Kinderfrau der Zwillinge:

»Soll ich die Kinder in Sicherheit bringen?«

»Nein«, rief Olga, »es ist alles vorbei.«

»Feuer«, schrie Galja aus irgendeinem Grund wieder auf, »wir brennen, gleich sterben wir.«

»Beruhige dich«, sagte ich und nahm unseren Gast bei der Hand, »siehst du, die Gardinen sind schon gelöscht, alles andere ist in Ordnung.«

Sie sah sich panisch um, dann verdrehte sie die Augen und fiel zu Boden. Diesmal kamen wir allerdings ohne erste Hilfe klar, wir lösten einfach ihr fest angezogenes Mieder. Die Arme öffnete die Augen und murmelte leise:

»Verzeihen Sie bitte, aber als kleines Mädchen war ich einmal allein in einer brennenden Wohnung. Seitdem habe ich panische Angst vor Feuer, ich verliere einfach den Verstand.«

»Das merkt man«, schimpfte Kescha, »nächstes Mal rauch gefälligst nicht neben dem Vorhang. Die Flamme von deinem Feuerzeug war einen halben Meter hoch, ein Glück, dass ich daneben stand.«

Galja rauchte? Das war mir neu.

»Und wieso hast du dir das Korsett so eng zugezogen?«, fragte Olga. »Man hat dir doch klipp und klar gesagt, dass du das nicht sollst. Wenn du auf der Straße umfällst, wer soll dir dann helfen?«

»Ist Galja hier?«, hörte man eine höfliche Stimme, Mischa kam ins Zimmer.

In den Händen hielt er einen Stoß voll beschriebener Blätter und einen Taschenrechner. Die Wereschagina stand schnell auf und richtete ihr Kleid.

»Galjalein.« Der Professor freute sich, sie zu sehen. »Schau mal, es geht einfach nicht auf.«

Kescha und Olga seufzten in einem Atemzug, Manja tippte vielsagend mit dem Finger an ihre Schläfe.

Ja, Galja schnürte sich wegen Mischa umsonst so ein, dass sie ohnmächtig wurde. Der Mann war einfach unfähig, irgendwas zu bemerken. Er kam in ein Zimmer, in dem gerade die Vorhänge verbrannten, in der Luft hingen Rauchwolken, der Boden war voller weißer Pfützen, und was tat er? Setzte sich seelenruhig zum Arbeiten hin. Wie mochte er wohl tagtäglich den Weg vom Dienst nach Hause finden?

KAPITEL 23

Vera Iwanowna wohnte in einem ganz normalen Haus. Ein vierstöckiger Plattenbau mit herausgeschlagenen Fenstern im Treppenhaus, 25-Watt-Birnen auf den Treppenabsätzen und zerkratzten Wohnungstüren. Es zog durch alle Ritzen. Meine grässliche chinesische Jacke, die auf den ersten Blick warm aussehen mochte, wärmte in Wirklichkeit kein bisschen, und so war ich gründlich verfroren, als ich endlich am gewünschten Ort ankam. Den Volvo hatte ich sicherheitshalber in einer Nebenstraße stehen lassen, zusammen mit ihm auch die warme Nerzjacke, meine Fellstiefel und die Glacéhandschuhe. Stattdessen hatte ich wieder die ausgebeulten Stiefel und koreanische Strickfäustlinge aus Synthetik angezogen.

Hinter der Wohnungstür von Nummer neunundvierzig war alles still. Seltsam, wir hatten uns doch für fünf Uhr verabredet. Meine Uhr von Cartier lag friedlich im Handschuhfach, vielleicht war es erst zehn vor? Ich komme oft zu früh, das ist eine Schwäche von mir. Auch auf mein wiederholtes Klingeln reagierte keiner. Ich beschloss zu warten und machte es mir auf der Fensterbank bequem. Der Aufgang war so gut wie ausgestorben. Kein Kindergeschrei, kein Hundegebell, so still ist es manchmal in Paris, aber doch nicht in Moskau.

Schließlich war von unten ein Schlurfen zu hören, eine Frau unbestimmbaren Alters schleppte sich mit Mühe die Treppe hinauf.

»Entschuldigung«, sprach ich sie an, »wie spät ist es?«

Die Frau stellte müde ihre Beutel ab und antwortete:

»Zwei vor sechs.«

Na so was, wir hatten uns doch für fünf Uhr verabredet. Ich war die Warterei satt. Dann eben nicht.

Auf der Straße war es schon ganz dunkel. Was für ein Pech, in einem Land geboren zu sein, in dem der Winter acht Monate dauert! Die Häuser standen still und düster da. Auf einem Kinderspielplatz quietschte eine Schaukel. Darauf saß ein Knabe von etwa zwanzig Jahren, dessen Gesicht ich nicht erkennen konnte. Seine kurze Daunenjacke und der fehlende Schal wiesen immerhin darauf hin, dass er zu der Generation der Heranwachsenden gehörte.

Ich legte einen Schritt zu, ringsum war Stille. Das Quietschen hörte auf, plötzlich wurde mir unheimlich zumute. In Kinofilmen verstummt auch immer die Musik, wenn Außerirdische oder Monster erscheinen. Von hinten hörte ich es schnaufen, meine Beine begannen wie von selbst schneller zu laufen, aber da stieß ich plötzlich mit meinem Körper gegen irgendeine Schranke. Ich schaute instinktiv zurück, und vor meinen Augen tauchte für ein paar Sekunden ein unglaublich bekanntes, um nicht zu sagen familiäres Gesicht auf.

»Ba ...«, begann ich und fühlte, wie mich die unglaubliche Todesangst verließ. »Ba ...«

Aber plötzlich wurde es Nacht.

»Wahrscheinlich ist sie betrunken«, drang es aus der Dunkelheit zu mir.

»Nein«, antwortete eine zweite Stimme, »sie riecht nicht, vielleicht hat sie sich mit Drogen voll gepumpt.«

»Sie wird erfrieren, schade drum!«

»Ach pfeif drauf, man kann nicht mit allen Mitleid haben.«

Ich öffnete meine Augen und sah zwei verschwommene Schatten. Ein paar Sekunden später begriff ich, dass ich in einem fremden Hof zwischen Mülltonnen in einer Ecke lag, während neben mir zwei einfach aussehende Frauen standen, die beschlossen hatten, jeden Aberglauben in den Wind zu schlagen und den Müll im Dunkeln hinauszutragen.

»Fühlen Sie sich nicht gut?«, erkundigte sich die eine, die sicherheitshalber etwas zurückgewichen war.

Ich rappelte mich hoch und schüttelte den Kopf. Meine Jacke war zerrissen, die Bluse auch, rund um mich herum flogen ausgeweidete Wattebausche, aber mein Rock war unversehrt, die Nadel, die den Gürtel hielt, war nicht angerührt, meine Strumpfhose an Ort und Stelle. Wenn ich das Opfer einer Vergewaltigung gewesen sein sollte, dann war es ein seltsamer Täter gewesen, einer, der das Vorspiel besonders liebte.

»Brauchen Sie Hilfe?«, fragte die andere Frau streng.

»Mein Herz«, murmelte ich, während ich versuchte, auf meine wackeligen Beine zu kommen, »ich bin gelaufen und gefallen.«

Im Nu wurden die Frauen freundlich.

»Lieber Gott«, jammerten sie laut, während sie mir von dem eisigen Boden aufhalfen, »wie gut, dass wir zu den Mülleimern gegangen sind, sonst wären Sie hier womöglich erfroren.«

Eine der beiden guten Samariterinnen schleppte mich zu sich in die Wohnung. Das kleine, voll gestellte Zimmer verriet einiges über den soliden Wohlstand seiner Bewohner. Die polierte Regalwand mit dem goldenen Furnier war mit Kristallgläsern voll gepfropft. Ein Teppich lag auf dem Boden, ein anderer, von besserer Qualität, hing stolz an der Wand. Es gab einen riesigen Fernseher, eine Videoanlage mit einem Haufen von Kassetten, ein paar Bilder in geschnitzten Rahmen, ein auf altmodisch stilisiertes Telefon, und auf dem Sofa schliefen außer einer normalen getigerten Kurzhaarkatze noch eine Perser- und eine Angorakatze.

Meine Gastgeberin schob mich ins Badezimmer. Ich sah

mir das mit Shampoos und Cremes voll gestellte Regal an. Nirgendwo war Rasierschaum zu sehen, bei dem Rasiermesser von Gillette handelte es sich um die zartgrüne Ausführung für die Dame. Wahrscheinlich lebte sie hier ohne Mann, aber mit Kind. Überall standen Plastikflaschen mit Mickymaus, Goofy und Pu dem Bären herum.

»Tee oder Kaffee?«, rief sie mir zu.

»Kaffee, wenn möglich«, rief ich zurück, während ich mich wusch.

Die Küche war groß und schön eingerichtet, der Kaffee war zwar löslich, aber teuer und aromatisch. Was diese Frau wohl arbeitete, dass sie sich Kaffee von Carte noire, Parlament-Zigaretten und echten Bailey's leisten konnte?

Derweil betrachtete sie mein sauber gewaschenes Gesicht und meinte:

»Warum malen Sie sich eigentlich so schrecklich an? Ehrlich gesagt dachte ich zuerst, Sie wären fünfzig. Erst jetzt sehe ich, dass wir gleichaltrig sind.«

Das war nun wirklich ein Kompliment, denn die Frau, die da vor mir saß, war höchstens dreißig.

»Danke«, sagte ich aus tiefster Seele, »wenn Sie nicht gewesen wären, hätte ich erfrieren können.«

»Keine Ursache«, lächelte meine Retterin und fügte hinzu: »Ich heiße Lena. Eigentlich hat Sina Sie zuerst entdeckt, aber sie hatte Angst, sich Ihnen zu nähern. Sie wollten bestimmt jemanden besuchen, nicht?«

Ich schaute in ihr einfaches, treuherziges Gesicht und beschloss, dass ich ihr vertrauen konnte. Aus den Augenwinkeln sah ich auf dem Fensterbrett einen ziemlich abgenutzten Auslandspass liegen. Klar, bestimmt betrieb sie einen gut laufenden Zwischenhandel und zog ihr Kind alleine groß.

»Ja, ich bin nicht aus Moskau und wollte zu einer Verwandten, wir hatten uns für fünf Uhr verabredet. Ich habe geklingelt und geklingelt, aber Vera Iwanowna war nicht zu Hause. Da bin ich wieder runtergegangen …«

»Meinen Sie etwa die Nikitina?«, lächelte Lena spöttisch. »Haben Sie ihr ein Telegramm geschickt, dass Sie kommen?«

»Ja.«

»Wie sind Sie verwandt?«

»Oh, das ist schwer zu erklären. Unsere Mütter waren befreundet, sie sind Kusinen zweiten Grades. Vera Iwanowna habe ich erst ein Mal in meinem Leben gesehen, da wollte ich in die Hauptstadt fahren, und Hotels sind so teuer ...«

Lena lachte laut los.

»Vera Iwanowna sitzt bestimmt zu Hause und hat einfach die Tür nicht aufgemacht. Fahren Sie lieber zum Messegelände, da gibt es das Haus des Kolchosbauern, eine Art Hotel, aber ohne jeden Komfort. Man ist zu zwölft in einem Zimmer, dafür kostet es nur ein paar Kopeken.«

»Aber es kann doch nicht sein, dass sie mich so behandelt.«

»Und wie es sein kann. Vera hat schon viel Schlimmeres fertig gebracht!«

Nachdem sie ihre Parlament fertig geraucht hatte, begann Lena mir ohne Rückhalt alles, was sie wusste, über die unangenehme Nachbarin zu erzählen.

Sie lebten schon lange in einem Haus zusammen, waren gleichzeitig eingezogen, nur dass die Nikitina damals eine normale Dreizimmerwohnung hatte, in der sie mit ihrem Sohn Timofej wohnte.

»Früher hat sie den Nachbarinnen das Lügenmärchen erzählt«, lachte Lena, »dass ihr Mann am Nordpol gestorben sei. Ist das nicht lächerlich? Als ob wir im Mittelalter leben würden. Ich verheimliche doch auch nicht, dass ich meine Tochter allein erziehe und in China herumreise, um herauszufinden, wo ich am billigsten einkaufen kann. Und die hier spricht vom Nordpol, zum Totlachen ist das. Und was ist sie reich geworden!«

Aus Lenas Stimme hörte man echten Ärger heraus. Noch

vor gar nicht so langer Zeit war Vera Nikitina sommers wie winters in ein und demselben abgetragenen Kleid herumgelaufen und aus den warmen Stiefeln übergangslos in die weißen Sandaletten übergewechselt. Von der Arbeit kam sie mit dem Bus und schleppte stöhnend von der Haltestelle die Einkaufsnetze nach Hause, aus denen schamlos die Schwänze von billigen Weißfischen heraushingen, die man sonst nur Katzen zu fressen gibt.

Sie hatte einen Bruder, ein unansehnliches Männlein in indischen Jeans und billigen Kunstlederschuhen. Aber offenkundig liebte er seine Schwester, denn er kam oft und nicht mit leeren Händen: Mal hatte er eine Torte dabei, mal Obst ...

Anfang der Neunziger änderte sich die Lage grundlegend. Vera kaufte plötzlich die Zweizimmerwohnung des Nachbarn im Treppenhaus zu ihrer dazu, ließ die Wände herausreißen und alles grundlegend renovieren. Sogar eine Sauna baute sie ein. Es folgten teure Kleidung und ein neuer Shiguli, dann begann ihr Sohn Timofej an der super-renommierten juristischen Fakultät der Moskauer Universität zu studieren.

Auch die Lage ihres Bruders hatte sich grundlegend geändert. Jetzt fuhr er einen schicken ausländischen Wagen und holte aus dem Kofferraum Schachteln mit dem teuersten Wein und Kuchen.

»Sie hat so viele Leute betrogen!«, seufzte Lena.

»Wieso betrogen?«

»Sie nimmt doch gigantische Summen für die Aufnahme in ihr Institut«, erklärte Lena. »Das weiß ich von Faina Michailowna, die sie um Hilfe gebeten hat.«

Eine Nachbarin aus dem vierten Stock, die Friseurin Faina, hatte einen fast erwachsenen Sohn. Aus Angst, dass er zum Militärdienst eingezogen werden könnte, hatte sie sich mit der nachbarschaftlichen Bitte an Vera gewandt: »Komm, hilf mir, nimm den Jungen bei dir auf«.

Aber die Nikitina hatte verkündet:

»Solche Sachen gibt es nicht umsonst. Dafür musst du zahlen. Die Gesamtsumme beträgt dreitausend Dollar.«

Die Friseurin stöhnte auf, sie hatte gehofft, sie könnte ihren Sohn für einen Apfel und ein Ei unterbringen, aber sie hatte sich getäuscht. Vera Iwanowna erklärte:

»Die kostenpflichtige Abteilung kostet zweitausend im Jahr, nimm das mal fünf, was kommt dabei raus? Für die kostenfreie Gruppe kriegst du ihn für dreitausend untergebracht. Außerdem musst du nur bezahlen, wenn er aufgenommen wird, nicht schon vorher.«

Faina kratzte also mit Müh und Not die Summe zusammen. Der Sohn wurde ins erste Studienjahr aufgenommen. Zwei Jahre später erfuhr er zufällig in einem Gespräch, dass er die Aufnahmeprüfungen glänzend und ohne fremde Hilfe bestanden hatte. Vera hatte dagegen behauptet, sie habe die Arbeit eigenhändig korrigiert und so für sein Weiterkommen gesorgt, in Wirklichkeit hatte er seinen Text so gut geschrieben, dass er sich die Eins selbst verdient hatte.

Nachdem Faina die Wahrheit erfahren hatte, hörte sie auf, die gewiefte Nachbarin zu grüßen, aber das war der vollkommen egal.

»Ihr Sohn fährt ständig nach Paris«, seufzte Lena, »und erledigt da irgendwelche Geschäfte. Ich habe ja nichts dagegen, fahre ja selber oft nach Peking oder Harbin. Aber wenn ich zurückkomme, schleppe ich Kisten, die man kaum heben kann, mein Gepäck ist hundert Kilo schwer. Er dagegen hat auf der Hinfahrt nur ein Täschchen und auf der Rückfahrt vielleicht ein Päckchen. Was können das für Geschäfte sein? Die Mutter hat ihm eine Braut besorgt, eine gewisse Nina. Sie kommt aus einer reichen Familie, der Vater ist von Rang und Würden. Einmal ist er hergekommen, um die zukünftige Schwiegermutter seiner Tochter kennen zu lernen. Mit einem tollen Wagen. Und er selber sieht aus wie ein Bräutigam, mit seiner Uniform ... Vera kam bis in den

Hof hinunter: ›Oh Felix, kommen Sie doch ins Haus!‹ Mein Vater hieß auch so, daher erinnere ich mich daran. Sie verstehen wohl selbst, dass Gäste aus der Provinz für so eine nichts sind! Und Sie hätten nicht in den Durchgangshof gehen sollen, Moskau ist jetzt voll von Kriminellen. Seien Sie dankbar, dass man Sie nicht umgebracht hat. Sicher hatten Sie eine Handtasche dabei, Ihre Jacke ist aufgerissen, man hat bestimmt nach Geld gesucht ...«

Nein, meine liebe Lena, dachte ich, als ich mich wieder in meinen Volvo setzte. Gesucht haben sie wohl etwas, aber nicht die Geldbörse. Vera Iwanowna hat sich für die einfache Variante entschieden. Wozu der dummen Bäuerin Geld geben, wenn sie die Papiere auch mit Gewalt kriegen kann. Deshalb also war niemand zu Hause, der Räuber wartete seelenruhig im Hof auf sein Opfer. Nur eins verstand ich nicht. Bevor ich das Bewusstsein verlor, hatte ich das Gesicht meines Angreifers gesehen. Es war eindeutig Basil Korsinkin, der mich überfallen hatte. War es möglich, dass mein Freund völlig durchgedreht war? Ich hatte seine Gesichtszüge deutlich erkannt. Das hieß, wahrscheinlich lebte Korsinkin bei Vera Nikitina im Haus. Ich musste mir unbedingt Zugang zu ihrer Wohnung verschaffen. Aber wie?

Nachdem ich mich die halbe Nacht im Bett herumgewälzt hatte, fasste ich einen wirklich genialen Plan und fing gleich am nächsten Morgen an, ihn in die Tat umzusetzen. Allerdings versuchte Alexander Michailowitsch mich dabei zu stören. Um zehn Uhr rief er mich an und befahl drohend:

»Komm sofort hierher, ich habe Fragen an dich.«

»Worum geht's?«

»Um einen Kohlkopf, worum sonst«, antwortete Degtjarew liebevoll. »Bei wem im Kofferraum wurde Nikitin gefunden? Also komm schon. Und überhaupt, wo steckst du die ganze Zeit? Zu Hause bist du nicht, und das Handy ist auch abgeschaltet.«

Ich schaute auf mein Ericsson. Schon wieder hatte ich vergessen, die Batterie auszuwechseln.

»Geht es nach dem Mittagessen?«

»Nein.«

»Aber ich bin noch gar nicht angezogen.«

»Reicht eine halbe Stunde?«

»Und was ist mit Schminken, Frisieren und Frühstücken?«

»Also nimm ein Bad und trink Sekt«, spöttelte der Oberst, »um zwölf erwarte ich dich, bring dein Tagebuch mit.«

»Wozu?«

Aber in der Leitung war nur noch ein unangenehmes Tuten zu hören. Na gut, dann musste ich eben umdisponieren: Zuerst ging es zu Alexander Michailowitsch und dann zur Nikitina. Aber ich zog mich schon gleich für den Besuch bei ihr an: teuer und ein bisschen aufreizend. Dieser Hosenanzug von Lagerfeld war doch genau das Richtige. An die Ohren kamen schwere Ohrringe mit Saphiren, ein Geschenk von Kescha zu Weihnachten; um den Hals hängte ich mir ein paar goldene Kettchen, an die Handgelenke einen Armreif und die Uhr. Ich schminkte mich bescheiden mit blauem Lidschatten, dafür nahm ich mehr Parfüm. Mein Lieblingsduft Coco de Chanel passte hier nicht. Dolce vita von Dior war genau richtig.

Glitzernd und funkelnd wie ein Weihnachtsbaum ging ich schnell nach unten Kaffee trinken.

»Der Parade-Auftritt der Kaiserin«, kommentierte Häschen giftig. »Wo willst du hin, dass du dich schon am frühen Morgen so unglaublich ausstaffiert hast?«

»Zu Manja ins College, ich hab ihr versprochen, zur Elternversammlung zu gehen.«

Olga verstummte. Manja geht in eine teure Schule, die Lehrer sind erstklassig, das Mädchen erhält eine hervorragende Ausbildung. Aber alle wissen natürlich, dass die Eltern nicht arm sind. Zweitausend Dollar monatlich können sich nicht viele leisten. In Manjas Klasse sind sie zu siebt. Wir haben sie dort eingeschult, als wir aus Paris zurückkamen. Bei der ersten Elternversammlung erschien ich in Jeans und einer einfachen Jacke, während die anderen Mamis trotz des warmen Oktoberwetters mit Zobelpelzen prahlten, die bis zum Boden reichten, und goldene Ketten glitzern ließen, die so breit waren wie Bandys Halsband. Natürlich sagte keine ein Wort zu mir. Kurz vor Neujahr beschloss ich, die Initiative zu ergreifen, und rief die Vorsitzende des Elternkomitees an, um zu fragen, ob man nicht Geld für einige Lehrergeschenke sammeln sollte. Die Frau war etwas verlegen, dann murmelte sie:

»Wir kaufen immer Präsente, aber machen Sie sich keine Sorgen, für Sie hat schon jemand Geld gegeben.«

»Wer denn?«, fragte ich ehrlich erstaunt.

»Das ist so«, murmelte die Mutter weiter, »für Sie ist es so kostspielig, während es für uns nicht weiter schwer ist. Bitte verzeihen Sie, aber wir sehen doch, wie Sie sich kleiden und dass Sie sich selbst alles versagen, nur damit das Mädchen auf eine gute Schule gehen kann!«

Ich versicherte der Vorsitzenden, dass in unserer Familie mit den Finanzen alles in Ordnung sei, und ging seitdem ins College wie die Gattin eines Maharadschas, ganz in Gold und Edelsteinen. Übrigens sind die Kinder einfach gekleidet, und nur das geschulte Auge erkennt den wahren Wert der heruntergekommenen Jeans von Trussardi und der echt russisch aussehenden Sportschuhe von Adidas.

Olga war dabei, sich sorgfältig eine Scheibe knuspriges Brot mit einer dünnen Schicht Butter zu beschmieren. Die Arme ist ständig auf Diät und berechnet vor jedem Bissen dessen Zusammensetzung aus Fett, Eiweiß und Kohlehydraten. Sie darf täglich nur fünf Gramm Fett zu sich nehmen. So stand sie jetzt vor der schwierigen Entscheidung, ob sie sich die ganze Ration auf den Toast streichen oder sich doch etwas fürs Abendessen aufheben sollte. Schließlich kam sie zu einem Entschluss und begann, die Butter mit dem Messer vom Brot abzukratzen. Efim, der die Prozedur beobachtet hatte, feixte:

»Jetzt beiß endlich zu. Müsst ihr sparen, oder was?«

»Ich bin auf Diät«, erklärte Olga ruhig, »ich darf nichts Fettes, Süßes, Scharfes …«

»Du bist einfach krank«, sagte der Alte gedehnt. »Als ich in deinem Alter war, konnte ich Nägel essen, ohne dass es mir was ausmachte. Ich sehe schon, du bist dürr wie ein Besen, und deine Ohren stehen ab.«

»Ich habe keine abstehenden Ohren«, regte sich Olga auf, während sie auf den Vergleich mit dem Besen nicht reagierte.

»Doch nicht *die* Ohren, sondern die hier, schau mal«, wies Efim sie zurecht und zeigte auf ihre Hüftgelenke, »die da, sie stehen ab wie die Henkel bei einer Vase.«

Olga strich sich selbstgefällig mit der Hand über die vorstehenden Knochen und seufzte erleichtert. Sie war glücklich. Die Miene des Alten verdüsterte sich, er musste begriffen haben, dass sie seine Bemerkung als Kompliment aufgefasst hatte.

»Im Übrigen«, fasste er sich schnell wieder, »sei nicht traurig, deine Schenkel sind gar nicht so schlecht, schön dick, wie bei einem Schinken.«

Olga schielte misstrauisch zu Efim hinüber, legte aber den Toast beiseite. Auf seinem Gesicht spiegelte sich Genugtuung, jetzt konnte er zufrieden seinen starken Kaffee schlürfen.

»Efim Iwanowitsch«, konnte ich nicht an mich halten, »nehmen Sie eigentlich Vitamine zu sich?«

»Nur wenn du die Eier als Vitamine bezeichnen würdest«, antwortete er.

»Wie bitte?«, fragte ich.

»Na das, was in den Eiern, im Weißbrot und im Wein drin steckt, na und die Weiber könnte man noch dazunehmen.«

Er grinste über das ganze Gesicht, so dass man seine perfekte Prothese mit den weißen, gleichmäßigen Zähnen sehen konnte. Auf dem einen meinte ich matt schimmernd eine Krone leuchten zu sehen. War aber vielleicht auch eine optische Täuschung. Er konnte unmöglich noch eigene Zähne haben. Automatisch befühlte ich mit meiner Zunge meinen leicht wackelnden Stiftzahn und seufzte. Was konnte schlimmer sein als ein Besuch beim Zahnarzt?

Zwei Stunden später hatte ich die Antwort auf diese Frage. Schlimmer konnte nur ein offizielles Gespräch mit Alexander Michailowitsch sein.

»Hallo, setz dich an den Tisch«, begrüßte mich der Oberst und begann lange und umständlich verschiedene Listen auszufüllen. Dann fragte er schroff: »Wo warst du am zweiten November, was hast du gemacht, mit wem hast du dich getroffen? Erzähl mir alles ganz genau.«

Ich sprang auf.

»Was soll das, das ist fast einen Monat her, und ich weiß ja noch nicht einmal mehr, wohin ich gestern gefahren bin.«

»Hast du dein Tagebuch dabei?«

Es ist eine Katastrophe: Seit ein paar Jahren vergesse ich einfach alles. Das erste Mal passierte es an einem 29. September. Ich kam abends gegen elf nach Hause und fand im Wohnzimmer einen Haufen Leute, eine riesige Torte und Champagner vor …

»Was ist der Anlass für die Fröhlichkeit?«, fragte ich die aufgeregte Olga.

Die schaute ihre Schwiegermutter eine Sekunde lang verständnislos an, dann antwortete sie seufzend:

»Mein Mann hat heute Geburtstag.«

Ich verarbeitete die Information, fragte aber lieber noch einmal nach:

»Du meinst Kescha?«

»Ja, ja, so lautet der Name meines Mannes, während seine Mama auf den Namen Darja hört. Möchtest du, dass ich dich mit ihr bekannt mache?«, war die boshafte Antwort.

Es blieb mir nichts anderes übrig, als zum nächsten Supermarkt zu fahren, der nachts offen hatte, wo ich ein scheußliches Set als Geschenk fand, das aus einem pseudofranzösischen Kognak und zwei Gläsern bestand.

Das nächste Mal wollte ich besser aufpassen und lief also am 13. Oktober um neun Uhr früh zu Olga ins Schlafzimmer. In der Hand hielt ich eine kleine antiquarische Kostbarkeit, eine Bulldogge aus Porzellan. Meine Schwiegertochter starrte das Geschenk verständnislos an:

»Für mich? Das ist ja wirklich lieb ...«

Hätte ich doch auf ihren erstaunten Tonfall geachtet und mich besonnen ... Aber nein, im Gehen musste ich noch damit herausplatzen:

»Herzlichen Glückwunsch zum Geburtstag, meine Liebe, ich wollte heute die Erste sein.«

»Du machst Fortschritte«, antwortete Olga gähnend, »du kommst den anderen um einen Monat zuvor, mein Geburtstag ist am 13. November.«

Dann verwechselte ich einmal den Tag meines Abflugs nach Paris und erschien mit einem Flugticket für den 28. Dezember am 29. Dezember in Scheremetjewo. Mit einem Wort, ich musste dringend Maßnahmen ergreifen. Meine abscheulichen Kinder wetteiferten darin, mir gemeine Ratschläge zu geben.

»Binde dir einen Knoten«, schlug Kescha vor.

»Genau«, lachte Olga los, »stell dir das Bild vor. Abends sitzt Darja im Halbdunkel am Kamin, einen Strick mit lauter Knoten in der Hand, und versucht sich zu erinnern, wozu sie sie eigentlich geknotet hat!«

»Dann soll sie sich wie Oxana ein Kreuz auf die Hand malen«, schlug Manja vor.

»Und wie eine tätowierte Kriminelle herumlaufen«, wandte Olga wieder ein.

Alexander Michailowitsch, der das Gespräch mit angehört hatte, lachte:

»Schenken wir ihr doch ein Tagebuch. Ich habe selber eins, in das ich alles reinschreibe, ich kann mir auch nicht mehr alles merken.«

Ich sah meinen Freund dankbar an. Abends überreichten mir die Kinder dann ein schönes dickes Büchlein mit einem Lederumschlag. Es ist tatsächlich sehr praktisch, wenn man regelmäßig hineinschaut. Immerhin habe ich Manjas Geburtstag am 6. September so nicht vergessen, und auch für Kescha habe ich diesmal ein Geschenk im Voraus besorgt.

Der Oberst nahm das Tagebuch in die Hand, blätterte es durch und fragte:

»Hier steht: *2. November – Vorhänge kaufen.*«

»Genau«, rief ich erfreut, »Häschen hatte mich gebeten, neue Gardinen zu kaufen, ich war fast den ganzen Tag unterwegs in Geschäften.«

»In welchen?«

Ich dachte nach.

»Im Haus der Stoffe am Leninski Prospekt, im GUM, im ZUM und in dem Stoffgeschäft Drapirowka in der Prjamikowa-Straße.«

»Und das ist alles?«

»Ich glaube, in der Prjamikowa war es sehr anstrengend, die haben kilometerweise Stoffe, die einem in den Augen flimmern. Ich lief endlos durch die Räume, fand aber nichts und fuhr dann wieder nach Hause. Ein stumpfsinniger Tag, blöde und leer …«

»Du hast nichts gefunden?«

»Nein, ich werde nochmal los müssen. Gestern hat Galja schlauerweise unsere Gardinen angezündet, Häschen war heute geradezu außer sich und hat mir gesagt, ich soll einfach irgendwas mitbringen. Von hier werde ich mich gleich auf den Weg machen.«

»Na, na«, murmelte der Oberst zwischen den Zähnen und

stellte mir lauter andere dumme Fragen, bis er mich schließlich etwas vollkommen Blödes fragte:

»Du hast doch einen roten Volvo? So einen dunkelrot glänzenden?«

»Man könnte meinen, du wärst noch nie damit gefahren«, antwortete ich bissig.

»Die Sitze sind milchkaffeefarben?«

»Ja, die Farbe zieht leicht den Schmutz an, ich hab den Wagen deswegen sogar billiger bekommen.«

»Und du hast ihn trotzdem genommen? Und wäschst ihn jetzt jeden Tag?«

»Natürlich nicht, ich habe schwarze Schonbezüge darüber gezogen, und damit ist alles in Butter.«

»Das Autokennzeichen?«

»Jetzt hör aber auf«, explodierte ich, »das kennst du doch ganz genau!«

»Dies ist ein offizielles Verhör«, entgegnete der Oberst scharf, »antworte bitte, sonst muss ich schreiben: ›weigert sich, Angaben zu machen‹, und setze dich sieben Tage hinter Gitter.«

»Das Recht hast du nicht, nur so lange, wie meine Identität nicht geklärt ist, und meinen Pass habe ich in der Tasche!«

»Wenn man jemanden festnehmen will, findet sich schon ein Grund. Gib her.« Und er nahm das rote Büchlein.

Ein paar Sekunden lang war es still, dann sagte er zufrieden:

»Na siehst du, wusste ich's doch. Unter dem Foto fehlt die Unterschrift, der Pass ist ungültig.«

»Was?«, schrie ich.

»Ich sage nur, dass ich eine Unregelmäßigkeit in den Papieren entdeckt habe, wie lautet also das Kennzeichen Ihres Volvos, Bürgerin?«

»625 KE«, erklärte ich mechanisch und war nun restlos bedient. So ging es dann noch eine Stunde lang. Als er mich endlich gehen ließ, rannte ich auf die Straße, wo das Novemberwetter sein Unwesen trieb, und wischte mir den Schweiß von der Stirn. Wenn Alexander Michailowitsch es schaffte, einen vollkommen unschuldigen Menschen fast um den Verstand zu bringen, wie erging es dann erst einem echten Verbrecher?

Nachdem ich Zuflucht zu meinen Zigaretten gesucht und mich wieder einigermaßen beruhigt hatte, fuhr ich ins Institut. Wieder stand ich im Dekanat, wieder saßen dieselben Frauen hinter ihren Tischen, nur die Reaktion fiel diesmal etwas anders aus. Als sie die gut gekleidete Dame vor sich sahen, lächelten sie und fragten freundlich und beinahe im Chor:

»Was kann ich für Sie tun?«

Ich beachtete sie nicht und sprach Nikitina direkt an, wie es sich für eine reiche Madame gehört:

»Verotschka? Tanja hat Sie mir sehr genau beschrieben.«

Die Chefin des Dekanats kam einen Moment ins Grübeln, dann hellte sich ihr Gesicht auf und sie antwortete erfreut:

»Tanja Kornilowa?«

»Ja, genau«, bekräftigte ich und zeigte mich ebenfalls erfreut, »ja, die Kornilowa.«

Irgendeine Tanja gab es immer. Mein Bluff hatte also funktioniert.

»Wunderbar«, zwitscherte Vera Iwanowna, »unterhalten wir uns ein wenig in Ruhe.«

Wieder führte sie mich in den kleinen Raum mit dem Teekessel, aber diesmal holte sie aus dem Schrank eine Büchse mit scheußlichem indischem Kaffee und einen ungenießbaren Rosinenkuchen der polnischen Marke Kiwi.

»Wie geht es Tanja?«, erkundigte sie sich.

»Wunderbar«, sagte ich kurz, um mich nicht auf gefährliches Terrain zu begeben, »wie immer. Sie meinte, Sie könnten mir helfen.«

»Schießen Sie los.«

Ich begann hingebungsvoll zu lügen. Gott sei Dank hatten mein Mann und ich keine finanziellen Sorgen, unser Sohn studierte erfolgreich an der Moskauer Diplomatenakademie, aber unsere Tochter bereitete uns Kummer! Sie war eine echte Strafe. Nichts als Kleider und Feste hatte sie im Kopf.

Vera Iwanowna rührte nachdenklich mit dem Löffel im Tee.

»Jetzt ist es schon Ende November, bald sind die Aufnahmeprüfungen ...«

»Bitte nehmen Sie das Mädchen unter Ihre Fittiche«, bat ich sie, »wir besorgen die Bescheinigungen, einen Krankenschein ...«

»Papiere brauchen Sie keine«, winkte die Nikitina ab, »ich spreche mich selber mit den Dozenten ab, es wird nur mehr kosten als eine einfache Aufnahme ...«

»Das ist nicht der Rede wert.« Ich zog meine platinfarbene Kreditkarte aus dem Portmonee und klopfte mit ihr auf den Tisch. »Tanja hat mir gesagt, dass man das Geld erst nach der Immatrikulation bezahlt.«

»Aber natürlich«, antwortete die Nikitina, »halten Sie zehntausend bereit, am Montag schreibe ich den Studentenausweis aus, da können Sie bezahlen.«

Ich tat, als wäre ich schrecklich verlegen.

»Ich bezahle Ihnen mehr, wenn Sie mir noch einen Gefallen tun.«

»Was für einen?«, fragte die Nikitina misstrauisch.

»Bitte sprechen Sie mit meiner kleinen Idiotin, machen Sie ihr klar, dass es sinnvoll ist zu studieren, auf uns hört sie ja nicht.«

Vera Iwanowna lächelte:

»Für solche Dienste nimmt man kein Geld. Kommen Sie heute Nachmittag zu mir nach Hause, um fünf, dann wollen wir versuchen, das Mädchen zu knacken. Ich habe selber einen heranwachsenden Sohn, deshalb verstehe ich Ihre Sorgen sehr gut. Ja, kleine Kinder halten einen nachts wach, aber wenn sie dann groß sind, kann man erst recht nicht schlafen!«

Begleitet von diesem weisen Spruch begab ich mich zu meinem Auto. Hoffentlich fand ich zu Hause jemanden, den ich überreden konnte, mein Spiel mitzumachen.

Manchmal meint es das Schicksal gut mit einem. Manja und Olga saßen friedlich zusammen am Tisch und aßen zu Mittag. Ich schaute mir prüfend ihre Gesichter an. Olga war zweifellos besser geeignet, eine Studentin darzustellen, würde meine Bitte aber wahrscheinlich abschlagen. Manja würde sofort begeistert zustimmen, war aber eindeutig zu jung.

Ich wartete, bis meine Schwiegertochter ihren Kohl aufgegessen hatte, dann folgte ich ihr ins Schlafzimmer und fing an, Süßholz zu raspeln:

»Häschen, du solltest wirklich bald aufhören mit deiner Diät, in letzter Zeit bist du so schlank geworden wie eine Gerte, unglaublich ist das.«

Sie seufzte zufrieden und erklärte:

»Bald werde ich den Kampf gegen die Zellulitis endgültig gewonnen haben!«

Aber ich war schon wieder woanders:

»Was für ein hübsches neues Hündchen, wo hast du das denn her?«

Es folgte eine ausführliche Beschreibung über die geglückte Anschaffung der Porzellanfigur.

Dann nahm ich begeistert eine angefangene Strickerei in die Hand und begann, ihre Arbeit zu loben: »Wie schön, ein echtes Kunstwerk! Und so ein schwieriges Muster!«

Aber inzwischen war Olga misstrauisch geworden. Kurz angebunden fragte sie mich: »Was willst du?«

»Kann ich dich nicht einfach mal besuchen und mich mit dir unterhalten wollen?«

»Darja«, beharrte sie, »nun sag schon, wozu du mich brauchst.«

»Fahr mit mir zu einer bestimmten Frau und tu vor ihr so, als wärst du die verwöhnte Tochter neureicher Russen.«

»Wozu?«

»Es ist sehr wichtig.«

»Für wen?«

»Für mich.«

»Als ich das letzte Mal auf deine Bitte hin zu einem Treffen mit irgendeinem schönen Mann fuhr«, sagte Olga gedehnt, während sie sich im Spiegel betrachtete, »endete die Sache ziemlich böse. Kescha hätte uns fast umgebracht.«

Ich drehte mich schweigend um und ging zur Tür.

»Bleib stehen«, sagte Olga schnell, »wo willst du hin?«

»Ich frage Manja, sie hat Gott sei Dank wirklich ein ausgesprochenes Schauspieltalent.«

Das konnte Olga nicht auf sich sitzen lassen.

»Ich kann auch alle Rollen spielen, die ich will. Wann fahren wir?«

»Jetzt gleich, du musst dich nur passend anziehen.«

»Vertrau der Fachfrau«, winkte meine Schwiegertochter ab und lief zu ihrem Schrank, »also die kapriziöse Tochter von Neureichen? Geh ruhig zu dir rüber, in einer Viertelstunde komme ich runter.«

Ich wartete eine halbe Stunde, dann setzte ich mich in den Volvo und hupte.

Endlich kam meine Schwiegertochter aus der Haustür gesprungen. Mir klappte der Unterkiefer herunter – so herausgeputzt hatte ich sie noch nie gesehen.

Ein langer, heller Nerzmantel fegte mit dem Saum über den Boden. Darunter trug sie ein hellrotes Lederkostüm mit einem frappierenden Schlitz fast bis zum Po. Im Übrigen hörte der Rock ungefähr dort auf, wo das Decolleté begann. Olgas lange, schlanke Beine steckten in weißen Stulpenstiefeln aus Leder, deren Plateausohlen so hoch waren, dass sie glatt als Stelzen hätten durchgehen können. Da wo die Stiefel aufhörten, schimmerten schwarze Netzstrumpfhosen.

Aber weiter oben war die Verwandlung am eindrücklichsten. Die normalerweise sorgfältig gekämmten und naturblonden Haare waren jetzt zerzaust, über die Augen hingen rosa, rote und violette Strähnen. An den Ohren baumelten Unmengen von Ohrringen, das Gesicht war bis zur Unkenntlichkeit mit Schminke zugekleistert.

Als sie mein sprachloses Gesicht sah, grinste sie, spreizte ihre Finger, die voll mit Klunkern waren, und sagte gedehnt:

»Mamilein, alte Schrulle, klapp die Kiefer zusammen, du wirst doch wohl noch dein eigenes Töchterchen erkennen!«

Dann zog sie von irgendwoher unter ihrem Arm July hervor und fragte: »Na, wie findest du das?«

Ich sah den Yorkshire-Terrier an. Im Pony der Hündin steckte eine Haarspange mit Saphiren, um ihren Hals hing ein goldenes Kettchen.

»Beeindruckend.«

Olga blies eine riesige Kaugummiblase, ließ sie knallen und verkündete:

»Na los, Mamilein, gib mir Instruktionen, wir werden dich nicht enttäuschen.«

Dieses Mal hatte ich kaum geklingelt, als die Tür schon aufging und wir in die Diele gelassen wurden. Nach dem erstaunten Blick der Nikitina zu schließen rief Olgas Aussehen den beabsichtigten Eindruck hervor. Olga zuckte nachlässig mit den Schultern, so dass ihr der Pelz elegant heruntergliitt.

»Mama«, sagte sie gedehnt, »heb auf.«

Ich packte den nach Parfüm duftenden Pelz und hängte ihn auf einen Bügel. Dann wurden wir ins Wohnzimmer geführt. Es musste früher aus zwei Zimmern bestanden haben, denn über die Mitte der Decke verlief ein Balken. Der Raum war luxuriös eingerichtet. Weiße Ledermöbel, turkmenische Teppiche, eine Wanduhr von Pawel Bure, polierte Regale und vergoldete Pferdestatuen. Eine wilde Mischung aus allen möglichen Stilen. Das Bild, das zwischen den Fenstern hing, war auch nicht schlecht. Eine nackte, ausgesprochen füllige Dame lag lässig auf einem brokatenen Sofa, neben ihr stand ein Amor mit verschmitztem Gesicht und einem Krug in den Händen. Prachtvoller Kitsch. Der Kronleuchter übertraf allerdings alles andere mit seinen vierundzwanzig bronzenen Spinnenbeinen, die mit Rosetten und Schnörkeln verziert waren.

»Ich will was trinken«, sagte Olga launisch gedehnt.

»Gleich kocht das Teewasser«, antwortete die Gastgeberin entgegenkommend.

»Aber nur Ceylon-Tee«, warnte Olga streng, »sagen Sie, dass indischer nicht serviert werden soll.«

Dann setzte sie July auf den Boden. Die Hündin drehte sich eine Weile auf der Stelle im Kreis, dann ließ sie genau in der Mitte des beigen Teppichs ein duftendes Häufchen fallen.

»Mama«, nörgelte Olga mit kapriziöser Stimme, »mach das weg!«

Vera Iwanowna warf mir einen mitfühlenden Blick zu und befahl ihr:

»Hol aus dem Bad Schaufel und Besen!«

»Ich?«, regte sich meine Schwiegertochter auf. »Ich? Schaufel und Besen? Du hast wohl den Verstand verloren, meine Liebe! Du wirst schließlich bezahlt, also sei still, du Musterpädagogin! Mutter, geh und mach das weg!«

Ich trabte durch den Flur an der leeren Küche vorbei und schaute im Vorübergehen in die vier Zimmer hinein. Dort war niemand, von Basil keine Spur.

Im Badezimmer gab es Berge unterschiedlichster Flaschen, darunter acht Rasierwasser und After-Shave-Lotionen. Soweit ich mich erinnern konnte, verwendete Basil seit vielen Jahren Produkte der Marke Bourgeois, aber davon war hier nichts zu sehen.

Nachdem ich mir ziemlich viel Klopapier abgespult hatte, ging ich zurück ins Wohnzimmer, wo Olga, während sie gelangweilt Vera Iwanownas Vortrag über die »wohltuende Wirkung einer guten Ausbildung« lauschte, mit ihrem Kaugummi klebrige Blasen blies.

Plötzlich sagte eine Stimme: »Hallo, bin wieder da«, und ins Zimmer kam – Basil.

Das heißt, im ersten Moment hätte ich vor Freude fast aufgeschrien, aber ich konnte mich gerade noch beherrschen, denn schon im nächsten Augenblick begriff ich, dass vor mir ein junger Mann um die Zwanzig stand. Er sah Korsinkin schrecklich ähnlich, hatte dieselbe dunkle Hautfarbe, die schmale aristokratische Nase, die etwas feuchten braunen Augen … Nein, der verstorbene Trofim hatte seine Mutter grundlos verdächtigt. Auch im Geschlecht der Korsinkins konnten östliche Schönlinge zur Welt kommen. Bei Nikolaj war es der Enkel, bei Trofim der Urenkel. Und wie ähnlich sie sich sahen! Dasselbe Gesicht! Nur dass der Franzose ein paar Jahrzehnte älter war. Nicht Basil hatte mich also überfallen, sondern dieser Knabe hier.

»Darf ich vorstellen: Timofej, mein Sohn«, lächelte Vera Iwanowna.

»Tima«, sagte der Knabe und streckte seine Hand aus.

»Sehr angenehm«, murmelte ich, während ich die kraftlose, weiche Hand schüttelte, die sich wie ein toter Fisch anfühlte.

»Tima studiert auch«, nahm die Nikitina den Faden wieder auf, um sich ihre Dollars zu verdienen.

Das war doch wirklich interessant! Nina war in kriminelle Geschäfte verwickelt, die mit Prostitution zu tun hatten. Zugleich war sie die zukünftige Frau von Timofej Nikitin. Was hatte das alles zu bedeuten! Wie mochte er Nina kennen gelernt haben? Ich unterbrach Vera Iwanownas flammende Rede, in der es gerade um eine Variation des Themas »Unwissen ist Finsternis, Wissen ist Licht« ging.

»Ihr Sohn ist ein schöner Mann, der wäre was für meine Tochter.«

Die Nikitina lächelte:

»Er ist ein guter Junge, macht keine Probleme, hat gute Noten, aber er hat schon eine Braut. Sie heißt Nina und ist eine Schönheit, ein kluger Kopf, sie studiert übrigens bei uns.«

»Sicher haben Sie für Ihren Sohn eigens ein reiches Mädchen ausgesucht«, erklärte ich ungeniert, »aber behalten Sie im Auge, dass ich für meine Tochter eine prächtige Aussteuer biete: ein Haus, Grund und Boden und ein Konto auf der Bank. Es ist mir egal, ob sie studiert oder heiratet, Hauptsache, ich bringe sie irgendwo unter.«

Vera Iwanowna schaute sich Olga genauer an. Diese ließ gerade eine Kaugummiblase platzen, zog ein flaches Fläschchen aus ihrer Handtasche und nahm einen ordentlichen Schluck. Die Nikitina beschloss offenbar, dass selbst eine Million Dollar nicht ausreichen würde, um sich eine solche Plage als Schwiegertochter aufzuhalsen.

»Ich hatte damit gar nichts zu tun. Meine Schulfreundin hat jemanden vom Militär geheiratet, wir blieben in Kontakt und haben uns immer geschrieben. Dann ist Sonja leider gestorben. Als Nina an unserer Universität aufgenommen wurde, habe ich sie zu uns eingeladen. Wer konnte ahnen, dass die beiden sich verlieben würden.«

Da ich jetzt alles wusste, was ich hatte erfahren wollen, begann ich zu hüsteln.

»Ich will pinkeln«, verkündete Olga und ging hinaus.

Vera Iwanowna seufzte:

»Ich fühle aus ganzem Herzen mit Ihnen: Das Mädchen ist schwierig. Ich zweifle, ob ein Studium bei ihr anschlagen würde, vielleicht wäre es doch besser, einen Mann für sie zu suchen? Man sagt, die Mutterschaft verändert. Sie können übrigens froh sein, dass sie nicht drogenabhängig ist, sie ist einfach kapriziös. Trinkt sie schon lange?«

Ich winkte ab:

»Seit der achten Klasse.«

»Wie traurig«, sagte sie vollkommen aufrichtig und fügte hinzu: »Seltsam!«

»Was denn?«

»Diese Handtasche hier.« Vera Iwanowna zeigte auf das Ridikül aus Krokodilleder, das sich Olga von mir ausgeborgt hatte. »Ich dachte, es gäbe sie nur einmal. Tima hat mir genau so eine aus Paris mitgebracht. Als ich bei Leuten zu Besuch war, wurde sie mir gestohlen. Er hatte extra nach etwas gesucht, was den Buchstaben »B« tragen sollte. Das lateinische ›B‹ entspricht dem kyrillischen ›V‹. Sie ähnelt meiner Tasche wirklich sehr.«

Ich starrte das teure Stück an. War das die Möglichkeit? Ganze Tage hatte ich damit vertan, nach der Besitzerin zu suchen. Und jetzt stellte sich heraus, dass sie Vera gehörte.

Nachdem wir uns ein paar Häuserblöcke entfernt hatten, fiel ich über meine Schwiegertochter her:

»Du hättest mich immerhin nicht dazu zwingen müssen, die Kacke wegzuräumen!«

Häschen riss sich die bunten Strähnchen aus dem Pony und tat ganz unschuldig:

»Du wolltest doch unbedingt die Zimmer sehen! Einen besseren Vorwand, als in einer fremden Wohnung die Toilette zu suchen, gab es nicht. Deshalb habe ich July überhaupt mitgenommen!«

Was wahr ist, ist wahr. Während die Hündin zu Hause freundlich und wohlerzogen ist, macht sie bei anderen Leuten normalerweise als Erstes einen Haufen, und zwar am liebsten in die Mitte des Teppichs. Deshalb nehmen wir sie so gut wie nie mit, wenn wir irgendwo eingeladen sind.

»Wo hast du die Tasche her?«

Olga schlug die Hände über dem Kopf zusammen:

»Also wirklich! Sie lag hinten im Auto auf dem Rücksitz herum! Ich habe mich noch gewundert, wozu man wohl so was Hässliches kauft, teuer, geschmacklos und vollkommen unmodern. Jetzt trägt man diese Täschchen, die fast so klein sind wie Portmonees ...«

Und sie begann begeistert über die neueste Mode bei Lederwaren zu erzählen. Ich bediente automatisch die Pedale und drehte das Steuerrad, während mein Kopf mit ganz anderen Dingen beschäftigt war. Das heißt, die Nikitina musste Basils Aufenthaltsort kennen!

»Los, fahren wir direkt auf die Prjamikowa«, befahl Olga, »da ist das größte Geschäft.«

»Warum?«

»Ich denke, du brauchst Vorhänge?«

»So wie du aussiehst, willst du in ein Geschäft gehen?«

»Warum nicht?«, grinste Olga. »Ich finde, ich sehe großartig aus, ich werde sicher allgemeines Aufsehen erregen!«

Was das anging, hatte sie allerdings Recht. Wir waren kaum hineingegangen, als die Verkäuferinnen die Stoffballen schon liegen ließen und Olga anstarrten, während der einzige männliche Verkäufer zu meiner Schwiegertochter stürzte und nicht einen Schritt von ihr wich, solange sie an den Verkaufstischen herumstöberte.

Ich versteckte mich zwischen zwei Ständern mit Mustern und tat so, als würde ich die geeignete Ware aussuchen.

Olga stellte das ganze Geschäft auf den Kopf und brachte die Verkäuferinnen fast um den Verstand, fand aber dennoch schließlich den passenden Stoff.

»Fürs Erste ist dieser hier gut genug, später werde ich noch was Besseres finden«, zwitscherte sie und sammelte die Pakete ein, »hier ist noch Samt für das Wohnzimmer und ein paar gute Küchentücher. Ach ja, lass uns noch den karierten kaufen als Unterlage für Bandy und Snap!«

Ich seufzte. Olga schielte mich von der Seite an und trug mir auf:

»Bring die Einkäufe zum Wagen, ich komme gleich.«

Draußen war es unerwartet warm geworden. Bald begann der Dezember, und zu Neujahr regnet es meistens in Moskau. Jetzt war der Himmel klar, die Wolken hatten sich verzogen, es schneite nicht, aber auf dem Boden lag dreckiger Matsch, eine Mischung aus Sand, Salz und geschmolzenem Eis.

Ich schimpfte vor mich hin, während ich versuchte, den Pfützen auszuweichen. Wieso waren in Finnland und Norwegen im Winter die Bürgersteige immer sauber? Dort schneite es wie bei uns, das Klima war fast dasselbe, und dann schau dir das an! Aber wahrscheinlich stellten sich die kommunalen Obrigkeiten im Vorhinein rechtzeitig auf den Winter ein, während unsere sich jedes Mal wieder wunderten. Gestern war im »Moskowski Komsomolez« ein erstaunlicher Artikel mit dem Titel »Der Schnee kam unerwartet« erschienen …

»Das macht hundert Rubel Strafe«, hörte ich hinter mir eine Stimme.

Ich drückte die Pakete an meine Brust, drehte mich um und sah einen jungen Polizisten.

»Wofür?«

»Sehen Sie das Halteverbot?«

»Und warum dürfen die anderen hier stehen?«, regte ich mich auf und zeigte auf die ringsum parkenden Autos ausländischer Marken.

»Den Autos der Reiseagentur Albatros und ihren Kunden ist das Parken erlaubt«, erklärte mir der Mann höflich, »aber Sie waren im Stoffgeschäft.«

Mitten am helllichten Tage nahm man mich aus! Ich gab ihm die hundert Rubel und schickte mich gerade an, die Einkäufe im Kofferraum unterzubringen, als ich plötzlich eine Eingebung hatte. Albatros und die Leiche in meinem Volvo! Bestimmt war sie hier in meinen Wagen geworfen worden. Damals war ich doch auch hier in diesem Stoffgeschäft gewesen! Aber warum hatten sich die Killer gerade meinen Wagen ausgesucht?

KAPITEL 24

Als wir uns abends zum Essen setzten, ordnete Olga an:

»Beeilt euch ein bisschen, damit Manja und ich die Vorhänge zuschneiden können.«

Kescha trank sein Glas Kefir sofort leer und ging schlafen. Galja und Mischa verkrochen sich wie üblich in eine Ecke und raschelten mit ihren Zetteln. Efim Iwanowitsch verschwand mit einer Flasche Kognak in seinem Schlafzimmer, um Hockey zu schauen. Ein ruhiger Abend ist eine wahre Seltenheit in unserer verrückten Familie.

Olga rollte den Stoff auf dem Boden aus und begann die Länge abzumessen. Sie beauftragte Manja, ihr Seife zu holen.

»Wozu?«, fragte das Mädchen verwundert.

»Ich hab gesagt, du sollst sie holen, also beeil dich«, befahl sie Manja, »reden kannst du später.«

Manja rannte stampfend los. Als sie wieder zurückkam, hielt sie meiner Schwiegertochter die Flasche mit der flüssigen Seife hin.

»Zum Teufel«, stöhnte Olga auf, »ich brauche ein Stück Seife anstelle von Kreide, um auf dem Stoff die Linie zu zeichnen. Stattdessen bringst du mir die hier an.«

»Woher soll ich das wissen?«, regte sich die Kleine auf.

»Na los, lauf noch mal ins Bad und denk dran: Ich brauche nicht das Shampoo und auch nicht das Gel oder die Gesichtscreme, sondern ein ganz einfaches, am besten trockenes Stück Seife!«, machte sich Olga über sie lustig.

Manja schnaufte beleidigt und machte sich noch einmal auf den Weg. Als Olga zum Tisch ging, um sich eine Tasse Tee einzuschenken, legte sich Snap auf das Material.

»Pfui, weg hier!«, sagte sie böse. »Das ist keine Unterlage für dich!«

Der Hund entfernte sich langsam und würdevoll.

»Da haben wir's!«, jammerte sie. »Jetzt ist der Samt voll von kleinen schwarzen Haaren. Manja, bring eine Bürste her! Aber keine Schuhbürste und keine Nagelbürste und auch keine Zahnbürste, sondern eine Kleiderbürste. Sie ist im Flur.«

»Hör auf, mich wie eine dumme Trine zu behandeln«, fuhr Manja sie an, tat aber, wie ihr aufgetragen war.

Schließlich hatten sie die Länge abgemessen, und Olga lief los, um die Schere zu holen.

»Habt ihr einen neuen Läufer gekauft?«, fragte Mischa plötzlich und ging geradewegs über den Samt zum Tisch.

Sofort verzog sich das Material, die Stoffbahnen fielen auseinander. Olgas Gesicht nahm die Farbe einer überreifen Aubergine an.

»Manja«, befahl sie mit böser Stimme, »nimm die Seife, die Stecknadeln und das Metermaß. Wir gehen ins Schlafzimmer. In diesem Haus, in dem die Hunde und die Gäste verrückt sind, kann man einfach nicht arbeiten.«

Sie packten die noch immer nicht zugeschnittenen Vorhänge und liefen hinaus. Da klingelte das Telefon.

»Daschka«, hörte ich die aufgeregte Stimme von Oxana.

»Was ist passiert?«, fragte ich erschrocken und schaute auf die Uhr: Die Zeiger standen auf halb elf. Oxana wohnt in der Nähe der U-Bahn-Station Sokol, morgens muss sie um acht in Wychino bei der Arbeit sein und steht daher immer um sechs Uhr auf. Alle ihre Freundinnen wissen, dass man Oxana abends nach neun nicht mehr anrufen darf, weil sie da normalerweise schon im Bett liegt. Wenn meine Freundin um halb elf noch zum Hörer griff, musste etwas ganz Außergewöhnliches vorgefallen sein!

»Lina ist weggelaufen!«

»Warum das denn?«

»Ich habe keine Ahnung. Los, komm her.«

Ich machte mich also auf den Weg nach Pestschanaja. Oxana lief unruhig in der Wohnung auf und ab. Nach ihren Worten musste es sich folgendermaßen abgespielt haben:

Am ersten Tag hatte das Mädchen ununterbrochen zu Hause gesessen, am zweiten war es mit Rejtschel im Park spazieren gegangen. Staffordshireterrier sind ernst zu nehmende Tiere, normalerweise sind sie aggressiv und benehmen sich Fremden gegenüber schlecht. Aber in Oxanas Familie ging es so friedlich zu, dass es auch auf den Hund abfärbte. Daher ist Rejtschel, die ein Angst erregendes Maul mit Haifischzähnen besitzt, in Wirklichkeit so harmlos wie ein neugeborenes Kätzchen, außerdem hört sie aufs Wort und betrachtet jeden Menschen als Freund. Das wissen die Leute auf der Straße natürlich nicht und gehen deshalb dem Hund in der Regel aus dem Weg. Daher ist es selbst mitten in der Nacht vollkommen ungefährlich, mit Rejtschel spazieren zu gehen.

Als Oxana heute wie üblich nach sieben nach Hause kam, sah sie zu ihrem großen Erstaunen Rejtschel, die mit Halsband und Leine auf dem Platz vor dem Hauseingang saß. Deniska kommt abends um neun aus dem Institut, während Serjosha schon lange eine eigene Wohnung hat. Also musste Lina den Hund ausgeführt haben. Oxana schloss die Wohnung auf und stellte fest, dass ihr Schützling verschwunden war.

»Ich habe dich sofort versucht anzurufen«, sagte meine Freundin nervös, »aber es hat keiner abgenommen.«

Natürlich hatte ich wie immer vergessen, die Batterie von meinem Handy auszwechseln!

»Wie war sie denn angezogen?«

»Sie hatte alte Jeans von Deniska, einen Rollkragenpullover, meine Sportmütze und Stiefel an, die Jacke ist rot und hat eine Kapuze. Unsere Nachbarin Wladlenka hat sie uns gegeben.«

Nachdenklich ging ich in Linas Zimmer hinüber. Auf dem Bett mit der zerknitterten Bettdecke lagen das Kopfkissen und die Fernbedienung für den Fernseher. Wahrscheinlich hatte sie hier herumgelegen und ferngesehen. Wie konnte ich herausfinden, wohin das Mädchen gegangen war? Und vor allem, warum? Ich hatte eine Idee.

»Rejtschel, komm her.«

Die Hündin trottete gehorsam heran. Oxana hatte seinerzeit weder Zeit noch Geld gespart, um sie in einer Hundeschule ausbilden zu lassen. Wir haben zwar nie überprüft, wie weit ihre Kenntnisse gehen, aber auf Befehle wie »Sitz«, »Gib Pfote«, »Vorwärts« reagiert sie tadellos.

Nachdem ich die Nase des Terrierweibchens in das Kissen gedrückt hatte, befahl ich ihr:

»Such Lina, such!«

Rejtschel begann zu schnüffeln und lenkte ihren klugen Blick zur Diele.

»Meinst du, sie hat verstanden?«, flüsterte Oxana, aber Rejtschel kratzte schon mit voller Kraft an der Eingangstür.

Wir legten ihr das Halsband um und liefen auf die dunkle, kaum beleuchtete Straße. Die Leine spannte sich, der Hund rannte los. Einen fast siebzig Kilo schweren Staffordshire-Terrier zu halten, ist für eine Frau, die um zwanzig Kilo leichter ist, beinahe unmöglich. Ich schlingerte am Ende der Leine wie ein alter Lappen. Rejtschel hechelte angestrengt und zog mich äußerst geschäftig weiter. Oxana war bereits weit abgeschlagen und konnte nicht mehr Schritt halten.

»Brrr, hoo«, schrie ich.

Vergebens! Die Hündin rannte in gestrecktem Galopp über das Gelände. Die Zäune, die es durchschnitten, übersprang sie, ohne auch nur im Geringsten abzubremsen. Sie war klug: Wenn sie ein Hindernis genommen hatte, wartete sie, bis ich schwer atmend selber hinübergeklettert war. Aber kaum hatten meine Beine den Boden berührt, ging das Rennen weiter. Schließlich lief Rejtschel auf die Alabjan-Straße, hielt sich etwas links und blieb plötzlich an einem Kiosk mit allerlei Krimskrams stehen. Ich konnte nicht so schnell bremsen und stieß im Laufen mit dem Gesicht gegen die Kante des Kiosks. Es gab ein dumpfes Geräusch, der Wagen wackelte. Sofort ging die Tür auf, und der Verkäufer schaute böse heraus. Er wollte schon losbrüllen, als er den Hund entdeckte und sich, so schnell er konnte, wieder im Kiosk verbarrikadierte. Rejtschel blieb eine Weile sitzen, dann lief sie vorne an der Bude vorbei und begann mit ihren Pfoten im Schnee zu kratzen. In der Zwischenzeit hatte die verschwitzte und schwer atmende Oxana aufgeschlossen.

Die Hündin stellte derweil ihre Vorderpfoten auf die kleine Verkaufstheke und sagte gefühlvoll:

»Wau!«

»Oh«, erklang es aus der Bude.

»Wau, wau.« Rejtschel war nicht zu beruhigen. »Wau.«

Irgendwie gelang es uns, das aufgeregte Tier beiseite zu ziehen. Ich beugte mich zu dem kleinen Fenster. Der verschreckte Bursche drinnen ließ eine Tirade gegen mich los:

»Entfernen Sie sofort Ihre Missgeburt von hier, sonst rufe ich die Miliz oder schieße gleich selber, ich habe eine Pistole.«

Aber der zitternden Stimme war deutlich anzuhören, dass der Revolver nur in seinen Träumen existierte.

Ich zog zwanzig Dollar hervor. Der Knabe betrachtete den Schein.

»Lass mich rein, ich muss mit dir reden.«

»Und der Hund?«

»Bleibt auf der Straße, bei seinem Frauchen.«

Das Schloss schnappte auf, und ich kletterte in den engen Raum, der mit Flaschen, Büchsen und Schachteln voll gestellt war. Von nahem sah der Händler blutjung aus, er konnte höchstens sechzehn sein.

»Was wollen Sie?«

»Stehst du oft hier?«

»Jeden Tag von fünf Uhr abends bis morgens.«

Der arme Kerl, wann schlief er bloß?!

»Hast du gestern zufällig ein Mädchen gesehen? Jung und dünn, in Jeans und einer roten Jacke.«

»Ist das Ihre Tochter, oder was?«, fragte der Junge und fügte drohend hinzu: »Dann kommen Sie mit zwanzig Dollar aber nicht davon, gestern hat sie uns hier alle Kunden vergrault.«

»Wer, Lina?«, wunderte ich mich.

»Weiß ich doch nicht, wie Ihr Früchtchen heißt«, sagte der Knabe mürrisch.

Seine Laune steigerte sich beträchtlich, als er noch einen Schein bekam. Als er gestern gegen halb sechs seine Schicht begonnen hatte, war ein Mädchen an den Kiosk gekommen und hatte sich eine Schachtel Parlament gekauft. Es war nicht weiter auffallend, hatte Jeans und eine rote Jacke an, und er hätte sich sicher nie an eine so gewöhnliche Kundin erinnert, wenn sie nicht an der Fahrbahn stehen geblieben wäre und dort eine Zigarette geraucht hätte. Nach ein paar Minuten bremste ein unauffälliger, dunkler Shiguli neben ihr. Die Vordertür öffnete sich, und die Kundin redete eine Weile mit dem Fahrer, dann stieg sie ein und fuhr mit ihm davon. Sie hatte einen Hund bei sich gehabt, der nun sich allein überlassen war, zum Kiosk stürmte und begann, aufgeregt darum herumzurennen.

»Er wird mindestens eine Stunde hier herumgelaufen sein«, beklagte sich der Junge, »gerade zu der Zeit, wo wir normalerweise am meisten Umsatz machen, weil die Leute von der Arbeit kommen. Keiner hat sich mehr zum Stand getraut.«

»Beschreib mir den Shiguli«, forderte ich den Jungen auf.

Er seufzte.

»Es war ein ganz normales Auto, dunkel, ohne besondere Kennzeichen oder sonstigen Schnickschnack. An der Rückscheibe hing eine Hand, die mit einem Saugnapf befestigt war. Haben Sie so was schon mal gesehen? Beim Fahren schaukelt sie hin und her.«

Ich nickte. Er fuhr fort:

»Aber ein komisches Kennzeichen hatte er.«

»Daran kannst du dich erinnern?«

»Das könnte jeder. Ich hab mir noch gedacht: Wenn ich ein Auto kaufen würde, dann würde ich nie so eine Nummer akzeptieren. Wenn ein Bulle die sieht, vergisst er sie nie mehr: 666, die Teufelszahl. Aber so sind die Weiber heutzutage, haben vor nichts mehr Angst. Ich könnte das nicht, niemals, das ist ein schlechtes Omen.«

»Wieso Weiber?«, fragte ich.

»Na, hinter dem Steuer saß eine Frau«, erklärte er. »Sie hatte lange Haare, die ihr ins Gesicht hingen, und eine riesige Brille.«

»Aber wie konntest du das sehen? Es war doch dunkel.«

»Als sie die Tür öffnete, ging im Auto das Licht an.«

»Wohin sind sie gefahren?«

Der Knabe deutete in Richtung Leningradski Prospekt.

Langsam gingen Oxana und ich nach Hause, Rejtschel trabte friedlich neben uns her.

»Wer war das wohl im Auto?«, wunderte sich Oxana. »Lina hat gesagt, sie würde in Moskau niemand außer ihren früheren Kunden kennen!«

»Also hat sie gelogen«, murmelte ich nachdenklich, »aber warum?« Meine verletzte Braue begann zu zucken. Oxana schaute sich mein Gesicht an und stöhnte auf:

»Du brauchst eine Lehmkompresse, sonst wird es anschwellen!«

Aber das half auch nichts, zum Frühstück musste ich mit Sonnenbrille erscheinen. Efim sah mich an und fragte:

»Wieso versteckst du dich?«

»Einfach so«, antwortete ich, ohne auf Einzelheiten einzugehen.

Aber da kam Manja hereingeflogen und stieß mit voller Wucht gegen meinen Stuhl. Die Brille fiel direkt aufs Omelett. Der Alte schaute mich an und begann zu lachen.

»Echte Handarbeit. Wollte dich ein Mann das Leben lehren? Hast ihn wohl nicht rangelassen, warst dir wohl zu gut dafür.«

Ich wurde böse.

»Ich habe mich einfach gestoßen.«

»Das kannst du jemand anderem erzählen«, wieherte der Alte und stopfte fröhlich sein Omelett in sich hinein.

»Was und wen solltest du wo ranlassen, Mamilein?«, fragte Manja interessiert.

Ich riss mich zusammen, sonst wäre ich dem unverschämten Alten an den Kragen gegangen, und erklärte ihr unschuldig:

»Efim Iwanowitsch dachte, ich hätte jemandem Geld geschuldet, es aber nicht bezahlt und deshalb eins aufs Auge gekriegt. Aber er irrt sich, ich bin einfach gestern im Dunkeln gegen die Ecke von einem Kiosk gestoßen.«

»Na, wenn du die Männer jetzt auch noch bezahlst«, verhöhnte Efim mich weiter, aber da kam Kescha herein, und der widerliche Alte verstummte. Vor Kescha hat er Respekt. Mein Sohn sah mein geschwollenes Auge und knurrte:

»Wieder mal der Mülleimer?«

Der hat ein Gedächtnis! Warum halten sich meine nächsten Angehörigen nur an den blödesten Dingen fest, die mir mal passiert sind? Sie könnten ja auch fragen, wie ihre Mutter ihr Examen am Institut bestanden hat. Keiner käme auf die Idee, mein Diplom mit Auszeichnung zu erwähnen, aber den Mülleimer holen sie bei jeder Gelegenheit aus der Versenkung.

Eine Ewigkeit, fünfzehn Jahre ist es her. Man hatte mich

gerade erst als Vollzeitlehrerin eingestellt. Das waren noch ganz andere Zeiten, heute glaubt man es kaum. Als junge Frau, noch dazu geschieden und mit einem Kind, war es damals praktisch unmöglich, eine gute Anstellung zu bekommen. Die Personalbearbeiter verzogen nur ihre Gesichter. Ein Kind ohne Vater, und keine Großmutter vorhanden! Das hieß, die Mutter macht immer nur krank und missbraucht ihre Rechte. Nach sowjetischem Recht hatte eine allein erziehende Frau beachtliche Privilegien: fünf Tage Mehrurlaub, eine zu hundert Prozent bezahlte Kur ... Man durfte sie nicht auf Dienstreise schicken oder Überstunden machen lassen ... Daher wurde ich als Lehrerin nur nach Stunden bezahlt, bis ich plötzlich unglaubliches, fast schon märchenhaftes Glück hatte und der Rektor mir einen festen Arbeitsvertrag aushändigte.

Am Dienstag wollte die Lehrstuhlleiterin den Kollegen die neue Lehrerin vorstellen. Am Abend vorher wischte ich meinen Küchenfußboden. Ich löste das Scheuerpulver in einem Eimer mit Wasser auf, flüssiges Scheuermittel kannte man damals noch nicht. Der Schrubber glitt gleichmäßig über das Linoleum, als es an der Tür klingelte. Ich drehte mich ungeschickt um und rutschte mit meinen nackten Füßen in einer Seifenpfütze aus. Als ich versuchte, mein Gleichgewicht wiederzugewinnen, wedelte ich mit den Armen und knallte mit dem Gesicht gegen die offene Tür der Spüle, wo auch der Mülleimer stand. Sein eiserner Henkel traf mich etwas unterhalb der rechten Augenbraue.

Den Rest der Nacht verbrachte ich damit, die Folgen zu bekämpfen. Alle bekannten Hausmittel kamen zum Einsatz: aus dem Eisfach des Kühlschranks gekratztes Eis, Großmutters silberner Schöpflöffel, eine klein geschnittene Kartoffel und sogar ein Stück rohes Rindfleisch. Aber am Morgen zeigte mir der erbarmungslose Spiegel mein ziemlich angeschwollenes Gesicht: Mein rechtes Auge war blau, und ich hatte einen richtig schönen blauen Fleck, der in allen Farben schillerte.

Zur Fakultätsversammlung musste ich eine Sonnenbrille aufsetzen.

Das Ganze passierte im August, die Lehrer waren gerade erst aus dem Urlaub zurückgekehrt, so dass meine Sonnenbrille niemanden groß erstaunte. Die Leiterin las meine Eigenschaften vor: »moralisch standfest, politisch gebildet …«. Da ertönte die Stimme von Semjon Dawydowitsch, dem ältesten Mitarbeiter, der sonst immer friedlich hinten in der Ecke vor sich hin träumte. Später habe ich nie mehr erlebt, dass er auf Versammlungen den Mund aufgemacht hätte. Aber jetzt war er plötzlich aufgewacht und erklärte:

»Anna Petrowna, was ist das heute für eine Jugend! Kind, nehmen Sie Ihre Brille ab, damit wir Ihr reizendes Gesicht sehen können!«

»Meine Augen schmerzen vom Sonnenlicht«, versuchte ich mich zu wehren.

»Aber zwei Minuten werden Sie's ja wohl aushalten«, unterstützte die Leiterin den Alten.

»Ja, bitte«, ließ Semjon Dawydowitsch nicht locker.

Es blieb mir nichts anderes übrig, als meine Maskerade fallen zu lassen. Betretenes Schweigen war die Folge. Anna Petrowna lächelte bemüht und sagte schnell:

»Jetzt müssen wir noch die Frage der Besetzung klären …«

Nach der Versammlung lief ich zur Toilette und hatte kaum die Klotür hinter mir zugemacht, als ein paar Frauen hereinkamen. Wasser plätscherte.

»Ich habe gehört«, sagte die eine, »in die Fakultät für Fremdsprachen ist eine Neue aufgenommen worden, es heißt, sie sei Alkoholikerin.«

»Weiß der Teufel, wen sie in unserem Institut alles aufnehmen«, seufzte die andere, »ihr ganzes Gesicht muss zerschlagen sein. Swetka hat erzählt, ihre Augen und ihre Stirn sind ein einziger blauer Fleck. Sie säuft wohl wie ein Loch und prügelt sich mit ihrem Mann.«

Das Murmeln entfernte sich, die Frauen waren gegangen. Ich verjagte die unangenehmen Erinnerungen und antwortete meinem Sohn ärgerlich:

»Ich bin mit dem Gesicht gegen einen Kiosk gerannt!«

Kescha blieb mit der Tasse in der Hand stehen.

»Wogegen?«

»Gegen einen Kiosk, so eine Bude, wo alles mögliche Zeug verkauft wird.«

Mein Sohn brach in lautes Gelächter aus, sagte aber nichts weiter. Mir hingegen kam ein fantastischer Gedanke: Mal sehen, ob mir mein blaues Auge bei Alexander Michailowitsch nicht nutzen würde!

Als ich bei der Behörde angekommen war, ließ ich hochtelefonieren.

»Bist du unten?«, fragte er mürrisch. »Was willst du?«

»Ich komm hoch und erzähl es dir, wenn du mir einen Passierschein schreibst.«

Als ich hereinkam, schaute er mich von einem absolut leer geräumten Tisch aus missmutig an. Wenn ich komme, räumt er immer alle Papiere und Aktenordner weg.

»Weißt du«, begann ich, »ich bin in eine unangenehme Situation geraten.«

»Das ist ja nichts Neues«, seufzte der Oberst und fragte interessiert: »Hast du wieder eine Leiche gefunden?«

»Gott bewahre!«

»Einen Verkehrsunfall gehabt?«

»So könnte man es natürlich nennen …«

»Komm zur Sache.«

Als ich die Brille abnahm, sprang Alexander Michailowitsch von seinem Stuhl hoch.

»Himmel, wer hat dir das angetan? Hast du deine Nase wieder in fremde Angelegenheiten gesteckt?«

»Gestern Abend ging ich mit Bandy spazieren und beschloss, mir eine Tafel Schokolade zu kaufen. Ich blieb an einem Kiosk stehen, als plötzlich neben mir ein dunkler Shiguli bremste und ein Schrank von Mann heraussprang. Er muss betrunken gewesen sein, denn er schubste mich weg, so dass ich hinfiel und gegen die Ecke der Bude stieß, während er sich seelenruhig eine Flasche Bier kaufte und wieder wegfuhr.«

»Schuft!«

»Genau. Jetzt sag mir: Kann man über das Autokennzeichen den Besitzer feststellen?«

»Natürlich, aber wozu? Vergiss das Ganze lieber und halt dich von so einem fern.«

»Aber auf dem Ladentisch lagen meine Handschuhe, die hat er mitgenommen, verstehst du.«

»Dann kauf dir neue.«

»Natürlich. Aber in den Handschuhen steckte mein Schlüsselbund mit den Schlüsseln von der Wohnung, vom Auto, vom Keller …«

»Ich hab dir schon hundertmal gesagt, du sollst nicht alle Schlüssel an einem Bund tragen«, begann mich mein Freund zu langweilen, während er eine Nummer wählte, »du bist ein hoffnungsloser Fall!«

Trotzdem hatte ich kurz danach einen Zettel in der Hand.

Viktor Semjonowitsch Sytin, Nalimowski-Gasse 2, kein Telefon. Ich bedankte mich, fuhr nach Hause und suchte auf der Karte nach der geheimnisvollen Gasse. Im Vorort Staroje Solnzewo, am Ende der Welt, noch dazu ohne Telefon!

Selbst die Einheimischen, die ich fragte, kannten die Gasse nicht. Ich irrte lange durch die Straßen und schaute immer wieder auf die Karte. Sie war von 1997, und die kleine Gasse war deutlich eingezeichnet. In Wirklichkeit war sie aber gar nicht vorhanden, es standen überall nur Blechgaragen wild durcheinander gewürfelt. Schließlich tauchte zwischen ihnen ein kleiner Platz auf, an dem ein kleines Holzhaus, eine richtige kleine Hütte, stand. An der Stirnseite war ein kleines Schild angebracht: Nalimowski-Gasse 2, auf dem

Briefkasten am Eingang war ein Zettel mit dem Namen Sytin aufgeklebt. Na endlich!

Eine Klingel war weit und breit nicht zu sehen, dafür hing an der Türklinke ein Hammer. Als ich damit gegen die Tür klopfte, schaute ein gebrechlicher alter Mann heraus.

»Guten Tag«, sagte ich höflich, »ist Viktor Semjonowitsch zu Hause?«

Der Alte zögerte ein paar Sekunden, dann verschwand er und kam mit einem Hörgerät aus Plastik wieder zurück, das er sich ins Ohr stopfte. Ich wiederholte meine Frage.

»Vitka suchst du?«, vergewisserte sich der Alte. »Komm rein.«

Die Räume im Innern waren unglaublich verdreckt und voller Gerümpel. Die von außen klein wirkende Hütte bestand aus einer Unmenge von Zimmern. Im hintersten lag ein Mann unbestimmbaren Alters in einem alten Bett und schnarchte aus vollem Halse. In der Luft hing ein derartig konzentrierter Alkoholgeruch, dass es nur ein Mittel geben konnte, ihn wachzukriegen.

Ich lief wieder nach draußen auf die Straße und besorgte mir aus dem nächsten Geschäft eine Flasche Wodka, die ich Viktor Semjonowitsch direkt unter die Nase hielt. Die Reaktion folgte auf dem Fuße. Schwankend richtete er sich halb auf, öffnete die geschwollenen roten Augen und fragte:

»Wer sind Sie?«

»Gehört Ihnen ein Shiguli mit dem Kennzeichen sechs-sechs-sechs?«

Sytin hickste und fixierte die Flasche. Ich reichte dem Mann seufzend sein Aufputschmittel. Aber nachdem er einen großen Schluck genommen hatte, fiel er direkt auf das schmutzige Kissen zurück und begann sofort wieder zu schnarchen. Vor Wut hätte ich dem Säufer fast einen Schlag auf den Schädel gegeben.

»Töchterchen«, hörte ich eine zaghafte Stimme aus der Ecke.

Eine verhärmte, fast körperlose alte Frau sagte vorwurfsvoll:

»Kind, wieso kaufst du diesem Ungeheuer Wodka. Jetzt ist er schon seit fünf Tagen im Dauersuff. Er hat mir und dem Alten auch so schon die Rente weggenommen. Ohne unsere eigenen Kartoffeln wären wir schon längst verhungert!«

Ich bekam unendliches Mitleid mit der offensichtlich hungrigen Alten.

»Sagen Sie, hat er ein Auto?«

»Er hatte eins, ein gutes, schnelles. Das hat er vor kurzem verkauft.«

»Warum?«, konnte ich mir nicht verkneifen zu fragen.

Die Alte seufzte traurig:

»Der Junge hat goldene Hände, er kann einfach alles reparieren. Sein Shiguli ist nur von außen heruntergekommen, der Motor läuft wie geschmiert. Seit sie ihn bei der Entlassungswelle aus der Fabrik rausgeschmissen haben, hat er sich ganz dem Suff ergeben. Früher hat er sich nur sonntags gehen lassen, jetzt hängt er immer an der Flasche. Er hat Geld für den Wodka gebraucht …«

»Aber offiziell gilt er noch als Halter des Wagens …«

»Er wollte keine Steuern zahlen und hat irgendein Papier ausgefüllt, so dass die Käuferin nicht als Halterin geführt wird. War das schön, als er noch nicht getrunken hat! Da konnte ich Milch kaufen und Quarkecken in Schokolade …«

»Wissen Sie vielleicht, wie die Käuferin hieß?«

Die Alte schlurfte zu der wackeligen Kommode und wühlte in der bodenlosen Schublade.

»Da!« Sie zog ein Papier hervor. »Eine nette Frau. Sie hat die Schlüssel abgeholt und mir Äpfel und Quarkecken in Schokolade mitgebracht. Nur der Name war unmenschlich: Lapanalda, einfach unchristli …«

Aber ich war in Gedanken schon ganz woanders. Lapanalda! Lola, die Besitzerin von Albatros, die letzte Liebhaberin von Alexej Iwanowitsch Nikitin, diese findige Person, die illegale Reisen organisierte. Lina und sie kannten sich also?

Die Alte schaute mich aus leicht verblichenen blauen Augen an. Ich verfluchte alle Alkoholiker dieser Welt und ging noch einmal in das Lebensmittelgeschäft. Während ich die Milchpakete, den Kefir und die heiß begehrten glasierten Quarkecken in die Tasche steckte, zitterte ich vor Wut.

Die Alte nahm die humanitäre Hilfe mit Tränen in den Augen entgegen. Ich stürmte in das Schlafzimmer von Viktor Semjonowitsch und kippte ihm, ohne lange nachzudenken, einen Kübel eiskaltes Wasser über den Kopf.

»Was soll das?« Der Mann war auf einen Schlag wach. Ich packte den Taugenichts am Kragen.

»Jetzt hör mir mal gut zu!«

»Ach, geh doch zum ...«

Das reichte also nicht. Ich zog eine Pistole aus der Tasche und drückte sie Sytin gegen die Stirn. Sein Gesicht wurde grau, mit einem Mal war er nüchtern.

»Jetzt hör mir mal gut zu«, wiederholte ich, »weißt du, in welchem Stadtteil du wohnst?«

»In Solnzewo«, blökte Viktor.

»Ja, genau, sieh dich also vor. Wir Solnzewer haben den Opa und die Oma unter unseren Schutz genommen, wenn du ihnen nur ein Fingerchen krümmst, kriegst du es mit uns zu tun!«

Der Mann riss die Augen auf und nickte.

Ich ließ die Pistole sinken.

»Also sieh zu, dass die Alte immer genügend Milch und Quarkecken hat. Mit Schokolade! Ich komme bald wieder und überprüfe das.«

»Machen Sie sich keine Sorgen«, murmelte Sytin, der den Blick nicht von der Pistole ließ, »alles mit Schokolade.«

Ich überließ den Feigling seiner Angst, setzte mich in meinen Volvo und steckte das Spielzeug in die Handtasche. Für was so ein Spielzeug-Feuerzeug alles gut war ...

KAPITEL 25

Am besten kann ich bei McDonald's nachdenken. Vielleicht liegt es an der cholesterinhaltigen Bulette, die meine ganze Familie einhellig verabscheut. Vielleicht ist es aber auch das ewige Geschrei von Kindern nach ihren Müttern. Wie wunderbar, ihm zu lauschen und genau zu wissen, dass es absolut nichts mit dir zu tun hat! Ich weiß nicht warum, aber die fruchtbarsten Ideen kommen mir immer hier, in diesem Fastfood-Restaurant, in dem das Essen zu allem Überfluss auch noch ungesund ist.

So auch heute. Während mir der Mund wässrig wurde, als ich das knisternde Papier aufmachte, beschloss ich, später die Räume von Albatros zu durchsuchen. Tagsüber, wenn die Angestellten da waren und Besucher kamen, war es besser, sich fern zu halten. Die richtige Zeit wäre die Nacht oder vielleicht noch der späte Abend. Es geschahen zu viele seltsame Dinge in der Agentur. Aber wie konnte ich mir nachts Zutritt verschaffen?

Während mir der Big Mac auf der Zunge zerging, fand ich die Lösung.

Um acht Uhr abends rollte ich auf die Prjamikowa Straße. Die Mitarbeiter waren schon fast alle gegangen, nur in einem kleinen Zimmer mit der Aufschrift »Türkei« saß noch ein junges Mädchen und ordnete irgendwelche Papiere.

»Wir schließen«, erklärte es.

»Es dauert nur eine Sekunde«, versicherte ich.

Die junge Frau seufzte und fragte:

»Möchten Sie ein Last-Minute-Angebot?«

Eine gute Frage, denn ich war wieder in meine chinesische Jacke, die schmutzigen Stiefel und das graue Mohairmützchen geschlüpft. Jemand, der so aussieht, kann sich nur ein preisgünstiges Angebot leisten. Aber ich hatte eine andere Antwort parat:

»Ich will mit meinem Kind in den Winterferien in den Kosovo, ich habe gehört, dort kann man gut Ski fahren!«

»Nach Jugoslawien?«, fragte die Angestellte verdutzt. »Mit Ihrem Kind? Ja, wissen Sie denn nicht, was dort los ist?«

»Ich habe einen Stand auf dem Markt, meine Liebe, mir fehlt die Zeit, um mich zu informieren, und fernsehen tue ich ohnehin nicht. Wieso, was ist passiert?«

»Dort herrscht Krieg, und zwar gerade im Kosovo. Suchen Sie sich besser ein anderes Reiseziel ...«

In dem Moment klingelte im Nebenraum ein Telefon. Die junge Frau ging durch die Seitentür hinüber. Blitzschnell schlüpfte ich hinter den großen Safe, der in der Ecke des Zimmers stand. Ich passte gerade so eben in den schmalen Spalt und hielt den Atem an. Als die Angestellte zurückkam, öffnete sie die Tür zum Korridor und rief:

»He, wo sind Sie denn hin?«

»Was für eine blöde Kuh«, murmelte sie dann und wählte irgendeine Nummer. Eine Sekunde später sagte sie:

»Lola, hier ist Rimma, ich muss heute die Agentur abschließen, aber jetzt habe ich gerade am Telefon erfahren, dass Pjotr sich den Magen verdorben hat. Er liegt mit Fieber zu Hause. Was für ein Trottel, anstatt gleich heute Morgen Bescheid zu sagen, kommt er jetzt damit an. Was soll ich tun? Abschließen, ohne dass ein Wachmann da ist? Ich finde jetzt auf die Schnelle keinen Ersatz mehr.«

Eine Weile war es still. Dann begann sie wieder zu sprechen: »Ja, ich denke auch, dass es für einen Tag auch mal ohne geht. Ich schließe einfach ab.«

Der Stuhl knarrte, es folgte das muntere Geklapper von Absätzen, dann trat Stille ein, die nur ab und zu vom Schurren eines Faxes unterbrochen wurde. Ich verließ mein Versteck, nachdem ich noch ein paar Minuten gewartet hatte. Was für ein Glück! Der Wachmann, der eigentlich Dienst gehabt hätte, war krank, und einen anderen hatten sie nicht. Albatros stand mir ganz zur Verfügung.

Die Räume waren klein und ziemlich schmal, sie sahen alle gleich aus. Die Möblierung war standardmäßig: ein Schreibtisch, ein Safe, ein paar Stühle. Die Safes waren sorgfältig verschlossen, auf den Tischen lag alles Mögliche herum: Vertragsformulare, Reklameblätter, Stifte, Büroklammern, Radiergummis, Durchschlagpapier. Auf einigen standen leere Bierdosen, auf anderen lagen Kosmetika und noch verpackte Nylonstrumpfhosen für den Notfall.

An der hintersten Tür hing das Schild »Direktor«. Ich stieß die mit Leder besetzte Tür auf und kam in das kleine Büro der Sekretärin. Lola selbst residierte in einem großen Raum von fast zwanzig Quadratmetern, der dahinter lag. Die Einrichtung entsprach der einer Geschäftsführerin: ein großer Schreibtisch, an den noch ein zweiter, langer Tisch mit Stühlen gestellt war. In den Ecken befanden sich mehrere Safes, an den Wänden einfache Schränke.

Ich zog an dem schönen Messinggriff des ersten Schrankes und öffnete ihn. Auf den Schrankbrettern lagen Berge von Dokumenten. Um sie durchzugehen, hätte ein ganzes Leben nicht ausgereicht. Der zweite und der dritte Schrank waren ebenso voll gestopft mit Papieren, im vierten lag ein Meer von Videokassetten. Ich schob eine davon in den daneben stehenden Videorekorder. Über den Bildschirm flimmerten die Bilder von einem Hotel, einem Schwimmbad, dem Meer, einem riesigen Fallschirm, der über dem Wasser schwebte. Alles klar, es waren Werbefilme!

Der letzte Schrank enthielt nur ganz normale Kleidung, und ich war enttäuscht. Unter dem Schrankbrett baumelten ein paar Bügel, in der Ecke standen elegante schwarze Pumps mit hohen Absätzen. Ganz oben war das Fach für Mützen. Ich versuchte festzustellen, ob nicht hinten noch etwas lag, aber das Fach war zu hoch. Ich musste einen der Stühle herbeiziehen, um mich darauf zu stellen.

Aber abgesehen von etwas, das von der Decke hing, war das Fach leer. Ohne groß darüber nachzudenken, griff ich mit der Hand nach diesem Etwas und zog daran. Mit einem leisen Geräusch öffnete sich die Rückwand des Schranks und enthüllte eine schmale Wendeltreppe …

Vor Überraschung wäre ich fast vom Stuhl gefallen. Das war ja wie bei Ali Baba! Meine Füße trugen mich wie von selbst nach oben. Vielleicht war dort in einem geheimen Zimmer Basil versteckt!

Die Treppe stieß gegen eine Wand, aber auch hier hing etwas von der Decke herunter. Ich zog daran und befand mich wiederum im Inneren eines Schrankes. Als ich die Tür öffnete, sah ich in einem blinkenden bunten Licht ein bekanntes Zimmer vor mir. Ich war hier schon gewesen, hier hatte meine sinnlose Suche überhaupt erst angefangen: im Licht-Verlag, der Alexej Iwanowitsch Nikitin gehört hatte!

Die schäbige Atmosphäre wirkte fantastisch in dem bunt aufleuchtenden und wieder verschwindenden Licht. Ich drehte mich zum Fenster und schaute nach unten. Dort schillerte in verschiedenen Farben das Firmenschild Albatros.

Nachdem ich den Schrank wieder sorgfältig verschlossen hatte, ging ich zurück in die Agentur, wobei ich mir diesmal jede einzelne Stufe ganz genau anschaute. Aber es gab nichts Auffälliges! Wozu mochte der Geheimgang dienen? Wer benutzte ihn? Und dass er benutzt wurde, konnte man sehen: Es gab keinerlei Staub, und die Luft war nicht abgestanden.

Als ich wieder unten ankam, fiel mir siedend heiß ein kleineres Problem ein: Wie sollte ich hier wieder herauskommen?

Ich stellte fest, dass es praktisch unmöglich war. Der

Haupteingang war mit einem supermodernen Schloss verbarrikadiert, den Hintereingang bewachte ebenfalls ein Sicherheitsschloss, allerdings ein einfacheres, wahrscheinlich aus russischer Produktion. Aber weder das eine noch das andere ließ sich von innen öffnen. Es sei denn, ich hätte einen Schlüssel gehabt. Was natürlich nicht der Fall war!

Die nächste Stunde suchte ich fieberhaft in allen Schubfächern nach Schlüsseln, aber vergebens! Offenkundig hatten nur die Besitzerin und der Dienst habende Angestellte einen Schlüssel! Was sollte ich jetzt tun? Mich auf das Sofa legen und morgen früh gegen neun in der Toilette verstecken, bis der erste Angestellte kam, um mich dann leise hinauszuschleichen? Keine verlockende Aussicht.

Ich ging zum Telefon. An meinem Ohr hörte ich es klingeln, bis endlich eine verschlafene Stimme murmelte:

»Hallo!«

»Häschen«, stammelte ich, »hilf mir!«

»Darja, bist du's?«, wunderte sich meine Schwiegertochter. »Von wo rufst du an?«

»Von der Agentur Albatros.«

»Von wo?«

»Von der Reiseagentur Albatros, man hat mich hier aus Versehen eingeschlossen.«

»Weißt du, wie spät es ist?«

Ich sah auf die Uhr, die direkt über meinem Kopf hing, und stöhnte.

»Halb eins.«

»Ja, genau«, flüsterte Häschen wütend. Es war klar, dass sie Kescha nicht aufwecken wollte.

Dann war ein Knistern in der Leitung zu hören, offensichtlich war sie ins Badezimmer gegangen, denn jetzt klang ihre Stimme lauter und verärgert:

»Was ist passiert?«

»Die Angestellten der Agentur haben mich aus Versehen eingesperrt.«

»Was wolltest du denn da?«

»Ach, das ist eine lange Geschichte. Bitte, sei so lieb und hilf mir.«

»Wie denn?«

»Geh in mein Schlafzimmer.«

Wieder hörte ich es knistern und quietschen. Olga erklärte:

»Ich stehe neben deinem Bett.«

»Geh an die Garderobe, such die roten Schuhe mit den Pfennigabsätzen und steck die Hand hinein.«

»Ja, und?!«

»Hast du was gefunden?«

»Einen Metallring, an dem Stäbchen und Häkchen hängen?«

»Das sind Dietriche, komm her und bring sie mit.«

»Denkst du vielleicht, ich weiß, wo ich hinmuss?«, fragte sie schließlich verdattert.

»In die Prjamikowa, genau gegenüber vom Stoffgeschäft. Es hängt ein riesiges Firmenschild da. Aber geh nicht zum Haupteingang, das Schloss ist zu kompliziert, komm zum Hof.«

»Also wirklich«, empörte sie sich noch ein letztes Mal und legte den Hörer auf.

Ich ging zum Hintereingang. Die Minuten zogen sich endlos dahin. Endlich hörte ich von draußen Häschens Stimme:

»Daschka! Was soll ich tun?«

»Schieb die Dietriche der Reihe nach in das Schlüsselloch und versuch sie umzudrehen.«

»Sie gehen nicht hinein!«

»Einer wird schon passen ...«

Eine Viertelstunde lang stocherte die unglückselige Olga ergebnislos im Schloss herum, dann flüsterte sie verzweifelt:

»Es geht einfach nicht, soll ich nicht doch vielleicht den Haupteingang probieren?«

»Auf gar keinen Fall, wenn das die Streife sieht ... Wie soll ich denen klar machen, dass ich die Agentur nicht ausrauben wollte. Aber gut, geh auf die Straße zurück und schleich dich in den Hauseingang, der neben dem von Albatros liegt. Wenn du im ersten Stock an der Tür mit dem Schild Licht-Verlag stehst, warte dort. Da sind die Schlösser lächerlich, die kriegen wir sofort auf.«

»Und wie kommst du dahin?«

»Geh schon, ich erklär dir alles später.«

Aber sogar ein ganz einfaches russisches Schloss war für meine Schwiegertochter eine zu schwere Aufgabe.

»Du hast einfach zwei linke Hände!«, sagte ich böse.

»Versuch's doch selber!«, gab Häschen von der anderen Seite bissig zurück.

Natürlich, eine gute Idee! Der Spalt unter der Tür war etwa zwei Finger breit.

»Hör zu, Häschen, leg die Dietriche auf ein Papier und schieb die Enden unter der Tür durch, ich zieh es mir dann herüber.«

»Und wo soll ich deiner Meinung nach hier ein Papier hernehmen?«

Erstaunlich, diese Hilflosigkeit! Ich hätte sofort alles zur Hand gehabt. Mal schauen. Im ersten Schubfach des Schreibtisches fand ich unter einem dicken Umschlag einen ganzen Packen mit Papier. Ich zog eins heraus und schob es unter der Tür durch ins Treppenhaus. Eine Sekunde später waren die Dietriche im Raum, ein paar weitere Minuten vergingen, und die Tür war offen.

Als sie mein feierliches Gesicht sah, sagte Olga zu mir:

»Es tut mir wirklich Leid, dass ich nicht so viel Erfahrung damit habe, Türen aufzubrechen, wie du. Lenkas Schwiegermutter hat …«

Vor Wut bekam sie keine Luft mehr, sie musste tief durchatmen. Lenka ist die beste Freundin meiner Schwiegertochter, eine große, stattliche und schöne junge Frau. Trotzdem wollte es ihr partout nicht gelingen, einen Mann zu finden.

Schließlich war es im letzten Jahr so weit. Sie fand einen lieben, wohlhabenden Mann, der zehn Jahre älter ist als sie. Als Ehemann ist er vorbildlich, er trägt seine Frau förmlich auf Händen, aber die Schwiegermutter! Die arme Lenka weint sich oft bei uns zu Hause aus und erzählt von den Launen ihrer lieben Schwiegermama.

»Also, Lenkas Schwiegermutter ist ein Drachen und ein echtes Schwein«, stöhnte Häschen, während wir zu unseren Autos liefen, »aber solche Dummheiten stellt sie nie an.«

»Möchtest du permanent angemotzt werden, weil du den Tee ›schlecht aufgießt‹?«, erkundigte ich mich und schloss meinen Volvo auf. »Das kannst du gern haben, sag mir nur Bescheid!«

»Der Tee, den Lenka macht, ist wirklich abscheulich«, seufzte Olga und setzte sich in ihren Volkswagen, »wenn die Schwiegermutter ständig Öl ins Feuer gießt, gewöhnt man sich am Ende daran. Aber sich an dich zu gewöhnen, ist einfach unmöglich, meine Süße. Du kannst dich schon mal bei mir bedanken, dass ich Kescha nicht erzählen werde, dass seine Mami in eine Reiseagentur eingebrochen ist und dort ein Päckchen geklaut hat.«

»Was für ein Päckchen?«, fragte ich erstaunt.

»Jetzt reicht's aber«, schrie mich Olga an, »was hältst du denn da in deiner linken Hand?!«

Nachdem sie diesen Satz abgefeuert hatte, startete sie im zweiten Gang und brauste davon.

Ich schaute auf meine linke Hand. Sie hatte Recht, in der Faust hielt ich den dicken Umschlag, eben den, der in dem Schubfach des Schreibtischs auf dem Stapel Papier gelegen hatte. Oje, den hatte ich automatisch mitgenommen, ohne es überhaupt zu merken!

Der nächste Tag war ein Sonntag. Anders als normale Leute mag ich arbeitsfreie Tage und Feiertage nicht. Vielleicht weil ich auch an Werktagen nicht arbeite. Normalerweise sind an den »roten Kalendertagen« alle zu Hause, und die familiäre Gemütlichkeit treibt wilde Blüten …

Nach einer schlaflosen Nacht kam ich gegen zwei Uhr ins Esszimmer gekrochen. Dort saßen in voller Besetzung alle vor ihren Tellern. Ich suchte mit den Augen nach der Kaffeekanne und fragte:

»Was ist los, gibt es keinen Kaffee zum Frühstück?«

»Zum Frühstück auf jeden Fall«, antwortete Häschen mit steinerner Stimme, »aber wir essen gerade zu Mittag.«

Ich setzte mich schweigend an den Tisch, ohne so richtig zu begreifen, was los war. Mein Kopf hämmerte, mir war schwindelig. Auch Olga schien nicht in bester Form zu sein: Sie war blass und hatte geschwollene Augen. Kescha stocherte wie immer lustlos mit der Gabel an seinem Kotelett herum. Mischa und Galja mit ihren zerrauften Haaren löffelten melancholisch ihre Bouillon. Nur Manja saß da mit rosigen Wangen und blitzenden Augen, während sie ihr Fleisch hinunterschlang und fröhlich vor sich hin plapperte.

Draußen tobte ein Unwetter. Eisschnee fiel vom Himmel, ein scharfer Wind wehte, nun hatte endgültig der Winter Einzug in Moskau gehalten.

»Wo steckt Efim?«, fragte ich, als ich seine Abwesenheit bemerkte.

»Es ist Sonntag«, verkündete Kescha lakonisch.

»Na und?«

»Er ist auf der Rennbahn.«

»Pferderennen? Bei dem Wetter?«

Kescha zuckte mit den Achseln.

»Das hat er jedenfalls gestern so gegen fünf gesagt.«

»Und du hast ihm geglaubt?«

Kescha schob seinen noch fast vollen Teller weg und sagte gedehnt:

»Was ich nicht weiß, macht mich nicht heiß. Zum Glück ist Efim kein kleines Kind. Wenn er nicht sagen will, wohin er geht, dann eben nicht.«

Nach dem Essen trotteten Mischa und Galja zusammen ins Arbeitszimmer hinüber. Manja ließ ihren Nachtisch stehen und rannte ihnen nach. Da mir ihr Verhalten seltsam vorkam, folgte ich ihr.

Die Tür zum Arbeitszimmer war angelehnt, so dass Manjas helle Stimme bis in den Flur drang:

»Liebes Galjalein, Mischa ist ein intelligenter, aber sehr schüchterner Mensch, daher hat er mich gebeten, Ihnen zu sagen, dass er Sie liebt und um Ihre Hand bittet. Stimmt's, Mischalein?«

»Na ja, so im Großen und Ganzen ist es schon irgendwie so«, stammelte der überraschte Professor.

»Oh«, antwortete Galja.

»Was habe ich gesagt?«, rief Manja aus. »Mischa, Galja erklärt ihre Zustimmung. Stimmt's, Galjalein?«

»Oh«, erklang es wieder aus dem Arbeitszimmer.

»Großartig«, begeisterte sich Manja, »und jetzt fasst euch an den Händen und küsst euch.«

»Ja, aber wie denn«, murmelte Mischa.

»Vielleicht lieber doch nicht?«, erkundigte sich Galja zaghaft.

»Das wär ja noch schöner«, wurde Manja böse, »ihr könnt nicht einfach die Zeremonie kaputtmachen. So gehört es sich nun mal. Zuerst eine leidenschaftliche Liebeserklärung, dann bietet man sich gegenseitig Hand und Herz, es folgt ein heißer Kuss, und schließlich wird der Ring überreicht.«

»Was für ein Ring?«, fragten die beiden verwundert.

»Bei der Verlobung schenkt der Bräutigam der Braut einen Ring mit einem Edelstein. Hier.«

Ich beschloss einzugreifen und kam just in dem Moment ins Zimmer, als Mischa Galja ungeschickt umarmte und ihr einen Kuss auf die Wange drückte. Auf dem Tisch lag ein Kästchen.

»Mamilein«, schrie Manja auf, »hol sofort einen Fotoapparat und ruf alle her.«

»Wozu?«

»Ach, Mami«, winkte Manja ab, rannte selber in den Flur und schrie wie eine Verrückte: »Olga, Kescha, Serafima Iwanowna, Irka, Katja, kommt alle her, schnell, schnell ...«

Aufgeregte Stimmen und Fußgetrappel waren zu hören.

Als Erster kam Kescha mit dem Feuerlöscher ins Arbeitszimmer gerannt.

»Brennt's?«

»Nein«, gab Manja stolz bekannt, »ihr werdet jetzt Zeugen eines historischen Moments.«

»Worum geht's?«, fragte Irka schüchtern und versteckte das Staubtuch in ihrer Kitteltasche.

»Mischa verlobt sich gerade mit Galja.«

Alle standen da wie versteinert und mit offenem Mund. Braut und Bräutigam desgleichen. Nur Häschen verlor nicht die Fassung und schleppte sofort die Videokamera an. Manja öffnete feierlich das Kästchen und legte es dem Bräutigam in die Hand:

»Jetzt bist du dran!«

Mischa klappte ungeschickt den Deckel hoch und begann, den dünnen goldenen Ring mit dem grauen Stein auf Galjas Finger zu schieben.

»Mach eine Großaufnahme von den Händen«, kommandierte Manja.

Olga ging folgsam näher heran und schrie auf:

»Das gibt's doch nicht, ich hab genau so einen Ring.«

Ich sah mir den Ring genauer an, der jetzt Galjas feine Hand schmückte. Oh je, ich fürchte fast, das war Häschens Ring! Manja hatte wohl nicht lange überlegt und einfach in ihren Schmuckkasten gegriffen.

Die Kamera summte leise, Mischa und Galja hielten sich mit erstaunten Gesichtern an den Händen. Ihre Haare waren zerzaust, ihm hing das Hemd aus den Jeans, bei ihr war der Kleidersaum abgerissen. Ein großartiges Paar!

»Wir drehen einen ganzen Film«, jubelte Manja, »zuerst die Verlobung, dann die Hochzeit, dann die Flitterwochen.«

»Aber die werden sie ohne uns verbringen«, sagte Kescha.

»Und dann noch die Taufe«, ließ Manja nicht locker.

Galjas Gesicht färbte sich langsam rot. Mischa hatte schon wieder abgeschaltet, er hob langsam seine Hand und begann sich eine Locke um den Finger zu wickeln. Sicher dachte er schon wieder über irgendwelche mathematischen Probleme nach! An Manjas Plänen war ja eigentlich nichts Falsches. Die Wereschagina war jung, noch keine dreißig Jahre alt, und auch der Professor war noch nicht alt. Nicht unwahrscheinlich, dass da bald ein paar kleine Mathematiker auftauchen würden! Als ich mir vorstellte, wie in ein paar Jahren ein Junge und ein Mädchen um die glücklichen Eltern herumtollen und sich die zerzausten Locken um die kleinen Finger wickeln würden, musste ich kichern und ging hinüber ins Schlafzimmer. Jetzt wollte ich doch mal nachsehen, was sich eigentlich in dem geklauten Umschlag befand.

Es waren Fotos, Farbfotos von hervorragender Qualität. Ein Haufen Unbekannter, die fröhlich eine gemeinsame Zeit auf einer Datsche verbringen. Hier ein Tisch mit Essen und Trinken, dort ein Pärchen in Jogginganzug und Jeans. Ein Grill mit Schaschliks unter den Zweigen einer weit verzweigten Tanne … Auf jedem Foto stand winzig in der Ecke das Datum: 7. November. Ich schaute mir auch die restlichen Fotos an und traf endlich auf bekannte Gesichter. Vera Iwanowna Nikitina schaute leicht angetrunken mit einem Glas in der Hand ins Objektiv. Und da war auch Timofej, der einen Spieß in der Hand hielt. Ich sah genauer hin und hätte die Fotos fast fallen lassen. Der nichtsnutzige Kerl hatte einen hellbraunen Cardigan an. Das Muster darauf bestand aus den ineinander verflochtenen Buchstaben »B« und »K« aus sandfarbener Wolle, die beigefarbenen Knöpfe waren lässig aufgeknöpft …

Dieses Stück hatte ich eigenhändig in Paris bestellt, bei Monreau, der für diese Erzeugnisse berühmt ist. Ich hatte lange mit dem Hersteller zusammen überlegt, welche Schriftgröße die beste wäre. Es sollte weder geschmacklos noch geziert aussehen … Basil bekam den Cardigan zu Weihnachten und war sehr zufrieden damit: ein warmes, schönes, exklusives Stück. Und nun sah ich, wie dieser junge Gauner damit protzte! Schwer vorstellbar, dass Korsinkin jemals etwas aus seiner persönlichen Garderobe verliehen hätte. Erstens ist er sehr empfindlich, und zweitens ist so was bei den Franzosen einfach nicht üblich.

Während ich das Foto anstarrte, traute ich meinen Augen kaum. Es schien, als ob an meinem Geschenk neue Knöpfe aus Elfenbein angebracht wären. Vielleicht war Monreau verrückt geworden und hatte ein gelungenes Modell noch einmal produziert? Höchst zweifelhaft, normalerweise stellt er nur Einzelstücke her. Aber wer weiß! Vielleicht ist Timofej, als er in Paris war, in die kleine Werkstatt gegangen und hat sich dort den Cardigan gekauft? Ja, aber das gute Stück hat dreitausend Francs gekostet, was so viel ist wie fünfhundert Dollar! Woher soll der Junge so viel Geld haben? Außerdem hat Monreau immer Bestellungen für ein Jahr im Voraus, nur für mich hat er eine Ausnahme gemacht, weil Olga mit seiner Tochter befreundet ist. Nein, nein, es muss Basils Pullover sein, aber diese Knöpfe …

Es blieb mir nur eins, um das zu überprüfen. Ich ging ins Arbeitszimmer und suchte eine Videokassette heraus. Weihnachten hatten wir bei den Korsinkins verbracht und wie immer einen Film gedreht.

Auf dem Bildschirm flimmerte Manja in einer Häschenmaske vorüber, Suzie hatte eine weiße Mütze mit langen Ohren auf dem Kopf, Kescha trug eine flauschige Strickjacke. Jetzt heftete Olga ihm einen buschigen Schwanz an die Hose … Wir hatten uns an dem Abend alle als Kaninchen verkleidet und uns wie die Kinder amüsiert.

So, jetzt zünden wir den Baum an, machen die Flasche auf ... Ich überschütte mich wie immer mit Champagner ...

Und da kommt die Bescherung. Manja springt hoch vor Freude, denn Suzie hat ihr goldene Ohrringe mit Kristallen geschenkt, die so aussehen wie Birnen, der letzte Schrei in Paris. Im Gegenzug reicht ihr Manja eine selbst gemalte Landschaft von »Russland im Winter«. Ein Sturm der Begeisterung, wir trinken auf ihr Talent. Jetzt kommt Häschen an die Reihe, sie erhält ein entsetzlich hässliches Bologneser Hündchen aus Porzellan, Limoges, 18. Jahrhundert, furchtbar teuer, eine echte Rarität. Wieder das reinste Entzücken, wir begießen den Hund.

Endlich erscheint Basil vor der Kamera, er öffnet konzentriert eine Schachtel. Eine Sekunde später zeigt er den Anwesenden seinen Cardigan. Ein schneller Blick auf das Etikett, das auf weißem Hintergrund bescheiden die schwarze Aufschrift »Monreau« trägt. Er macht mir Vorwürfe, ich hätte viel zu viel Geld ausgegeben. Dann zieht unser Freund das neue Stück über und knöpft sich die Knöpfe zu ... Sie sind ... beige!

Ich hielt den Film an und wandte den Blick ab. Ja, der Cardigan war derselbe, jetzt gab es keinen Zweifel mehr ... Ich ließ den Film weiterlaufen: Basil hat sich umgedreht und geht zum Tisch, um die Flasche zu holen und das Geschenk zu begießen. Er hat einen sehr merkwürdigen, irgendwie linkischen Gang. Zuerst schiebt er den Oberschenkel vor, der Fuß kommt hinterher. Von der Seite sieht es so aus, als wollte der Hintern dem Körper hinterherrennen. Er hat mal was von einem Schaden am Hüftgelenk erzählt, den er schon seit seiner Geburt hat ... Noch nie habe ich einen Menschen gesehen, der sich so merkwürdig bewegt. Auch diese nach außen gekehrten Handflächen sind ziemlich ungewöhnlich. Beim Gehen hat man die Handflächen normalerweise an den Seiten, während Basil sie nach vorne bringt ...

Plötzlich tauchte vor meinem inneren Auge ein Bild auf:

Der schöne, imposante Leiter des Gefangenenlagers Felix Michailowitsch Samochwalow verabschiedet sich von mir und geht zum Tor. Durch die offene Tür ist zu sehen, wie sich eine kleine Gruppe von gerade angekommenen Männern vom Gefangenen-Transporter weg bewegt. Der Letzte von ihnen ist ein wenig zurückgeblieben. Der Oberschenkel bewegt sich nach vorn, der Fuß kommt ergeben hinterher. Seltsam, dieser linkische Gang und die nach vorn gekehrten Handflächen …

Plötzlich durchfuhr es mich heiß und kalt zugleich, klebriger Schweiß bedeckte meinen Rücken, meine Beine zitterten, und ich plumpste in den Sessel, geradewegs auf die Fernbedienung. Das Bild auf dem Bildschirm blieb stehen. Korsinkin hielt ein bauchiges Glas mit Kognak in der Hand und schaute fröhlich lächelnd in die Kamera. Ich starrte stumpfsinnig vor mich hin. Basil! Ich glaube, jetzt hatte ich ihn wirklich gefunden.

KAPITEL 26

Die Nacht verbrachte ich schlaflos. Ich rauchte am offenen Fenster fast ein ganzes Päckchen Gauloises, bis ich vollkommen verfroren war, brachte aber auch so die Enden nicht zusammen. Vor meinem inneren Auge huschten verschiedene Bilder vorbei: die ermordete Maja Kolossowa; Trofim, der sein ganzes Leben unter fremdem Namen gelebt hatte; der alte Prochor, der allein in seinem Dorf übrig geblieben war; der ermordete Hausmeister Juri; die Leiche von Alexej Iwanowitsch Nikitin, die im Kofferraum meines Volvo gelegen hatte; die dumme Lina, die ihren eigenen Fuß verkaufen wollte, um reich zu werden; Vera Nikitina, die die Eltern der Abiturienten betrog; und schließlich Nina, die kaltblütig Leuten vorschlug, sich zu Krüppeln machen zu lassen. Was verband sie alle miteinander? Ich konnte die Zusammenhänge einfach nicht erkennen. Und wer war die Spinne, die das Netz gesponnen hatte?

Erst gegen Morgen kam mir langsam eine Idee, wie ich mich dem Gefangenen nähern konnte, der mich so erstaunlich an Korsinkin erinnerte. Ich würde bei Albatros anfangen, musste nur noch bis zehn Uhr warten.

Aber um halb zehn klingelte das Telefon, eine harte Männerstimme fragte:

»Darja Wassiljewa? Kennen Sie einen Efim Iwanowitsch Galaktionow?«

»Ja«, sagte ich erschrocken, »was ist passiert?«

»Kommen Sie mit seinem Ausweis in unser Büro, bitte notieren Sie die Adresse«, schnitt mir der Milizionär das Wort ab.

Nachdem ich den Pass aus dem Koffer des Alten geholt hatte, machte ich mich auf den Weg. Die Miliz befindet sich nicht weit vom Platz der Komsomolzen, wo die drei Bahnhöfe liegen.

Ein dicker, kurzatmiger Mann in einem grauen Hemd begutachtete streng das Büchlein und fragte wenig einladend:

»In welchem Verhältnis stehen Sie zu Galaktionow?«

Wie sollte ich das so schnell erklären, einfacher war es zu lügen:

»Er ist mein Schwiegervater.«

»Ein rüstiger Verwandter«, seufzte der Mann und zog seine Augenbrauen hoch: »Er hat gesagt, er sei sechzig, in Wirklichkeit ist er fast hundert ... Er sollte sich schämen, in diesem Alter noch solchen Unfug zu treiben.«

»Was hat er denn angerichtet?«

Der Hauptmann seufzte wieder müde und nahm den Bericht vom Tisch auf.

»Hier, hören Sie: ›Herr Galaktionow näherte sich Herrn Petrenko und beleidigte ihn zunächst mit unflätigen Schimpfwörtern, woraufhin er einen Schlag ins Gesicht erhielt. Als Antwort darauf schlug Herr Galaktionow Herrn Petrenko in den Solarplexus. Als Letzterer sich infolge des Schlages krümmte, brachte ihm Herr Galaktionow einen weiteren Schlag an den Hals bei, der bei Herrn Petrenko eine kurzzeitige Beeinträchtigung seiner Gesundheit und einen geringfügigen Verlust seiner Arbeitsfähigkeit zur Folge hatte‹. Verstanden?«

Was war da unverständlich, auch wenn der Stil der Darlegung zu wünschen übrig ließ. Efim hatte geflucht und dann einem gewissen Petrenko eins aufs Dach gegeben!

»Und jetzt?«, fragte der Hauptmann demagogisch. »Sollen wir ihn ordnungsgemäß festnehmen?«

»Vielleicht könnten wir uns in dieser Frage gütlich einigen?«, zwitscherte ich.

»Wie denn?«, fragte der Uniformierte interessiert.

»Ich gebe Ihnen was und kriege dafür den Alten zurück.«

»Was wollen Sie mir denn geben?«, reagierte der andere nervös.

»Na, zum Beispiel hundert Dollar.«

»So«, seufzte der Milizionär, »bestechen wollen Sie mich?«

»Gott bewahre, nur eine humanitäre Unterstützung geben.«

»Na, dann gib her!« Plötzlich ging der Gesetzeshüter zum Du über.

Der nette grüne Schein wanderte in seine aufgehaltene Hand, dann nahm der Hauptmann den Hörer ab und murmelte schnell etwas hinein. Fünf Minuten später führte ein Wachmann Efim herein, der in einem erbärmlichen Zustand war ... Ein Auge war geschwollen und blau, seine Jacke war schmutzig, die Hose total zerknittert, die Mütze verschwunden, dafür brannte im gesunden Auge feurige Wut. Als er mich sah, verkündete der liebe Alte:

»Hast du die Dummköpfe gesehen, in den Affenkäfig haben sie mich gesperrt! Und die ganze Nacht festgehalten. Sie haben keinen Computer, um die Personalien festzustellen!«

»Einen Computer haben wir schon«, sagte der bestechliche Hauptmann beleidigt, »aber Sie sind selber schuld, warum haben Sie denn 1939 als Geburtsjahr angegeben? Wir haben einen Galaktionow mit diesem Jahr gesucht und natürlich nicht gefunden. Sie betrügen die Staatsorgane. Hier, in Ihrem Pass steht schwarz auf weiß 1906 geschrieben. Hätten Sie gestern die Wahrheit gesagt, dann hätten wir auch Ihren Wohnort feststellen können. Wer wird sich schon einen alten Mann aufhalsen wollen. Das ist ja albern, Sie sind doch keine Frau!«

Die Erwähnung seines Alters erboste Efim Iwanowitsch über die Maßen:

»Ich schaffe mit meinen neunzig immer noch mehr als du mit dreißig, du Dummkopf, das Alter will gar nichts heißen.«

Der Hauptmann, der gerade irgendein Papier ausfüllte, brummte:

»Das stimmt, ich habe mich noch nie auf der Straße geprügelt.«

»Du hast keinen Biss«, seufzte der Alte und berührte vorsichtig sein blaues Auge, »diesem Dummkopf hab ich doch ordentlich eins gegeben, oder?«

»Petrenko?«, fragte der Wachtmeister ruhig nach. »War halb so wild. Nichts, was ihn auf Dauer außer Gefecht setzen würde.«

»Ach, wirklich«, antwortete der Alte betrübt, »und ich dachte, ich hätte ihm wenigstens eine Rippe gebrochen.«

»Glück gehabt«, murmelte der Hauptmann, während er fieberhaft einen Haufen von Formularen ausfüllte.

»Du bist ja langweilig«, lästerte der Alte, »sitzt den ganzen Tag mit deinem Hintern auf dem Stuhl, wahrscheinlich hast du dein ganzes Geschütz schon platt gesessen und kannst mit deiner Frau gar nichts mehr anfangen ...«

Der Milizionär fixierte ihn, sein Stift verharrte in der Luft.

Da ich Angst hatte, das Ganze könnte sich noch zu einer Beamtenbeleidigung auswachsen, packte ich den Alten schnell am Kragen und zwitscherte:

»Na komm, danke schön, Genosse Hauptmann ...«

»So einer verdient es nicht, Genosse genannt zu werden«, schaltete sich Efim unverzüglich wieder ein.

Wieder blieb der Stift in der Luft stehen.

»Haben Sie schon mal gesessen? Weswegen?«, erkundigte sich der Hauptmann.

»Aber nicht doch«, wandte ich begütigend ein, »niemals, er ist ein absolut ehrenhaftes Mitglied der Gesellschaft, er hat bloß vor kurzem im Kino einen schlechten Film gesehen. Bitte entschuldigen Sie, aber er ist ja nun mal fast hundert, da ist er nicht mehr so ganz richtig im Kopf.«

»Du bist selber wirr im Kopf, du verdammte Französin«, heulte der Alte auf.

»Da sehen Sie's«, freute ich mich, »Französin nennt er mich, so weit ist es schon mit ihm gekommen.«

»Aber sie ist französische Staatsbürgerin, schauen Sie sich doch ihren Ausweis an«, ließ Efim nicht locker, »das hast du dir so gedacht, mich als Verrückten hinzustellen!«

Ich zog meinen russischen Pass aus der Handtasche und zeigte ihn dem Hauptmann.

»Sie hat noch einen zweiten«, beharrte der Alte, »die Heimat hat sie verraten, hat sich für das große Geld dem Westen verkauft, jetzt besitzt sie Millionen und ein Haus in Paris, sie hat ein riesiges Vermögen und allein fünf Hunde, dazu noch Katzen, Mäuse, Papageien ...«

Der Milizionär schaute mich mitfühlend an, ich zuckte mit den Achseln und klopfte mit dem Zeigefinger an die Stirn.

Als wir im Volvo saßen, fragte ich Efim:

»Worum ging es bei der Prügelei?«

»Wir haben angefangen, Karten zu spielen, da hat dieser blöde Kerl plötzlich ein Karo-As ausgelegt.«

»Na und?«

»Ich hatte selber zwei Karo-As in der Hand, das heißt, er hat falsch gespielt. Da hab ich ihm eine verpasst.«

Eine Sekunde später hatte ich begriffen und trat auf die Bremse. Der Volvo hielt.

»Wie, zwei Karo-As?«

Der Alte räusperte sich:

»Ganz einfach, zwei Karo-As, stell dir vor, wie böse ich war, als ich das dritte sah.«

Kann ich mir vorstellen. Will selber falsch spielen und merkt plötzlich, dass ihm einer zuvorkommt!

»Kanntest du ihn?«

»Hab ihn zum ersten Mal gesehen!«

Vor Empörung trat ich erneut auf die Bremse.

»Du hast dich also bei den drei Bahnhöfen mit einem Fremden hingesetzt, um Karten zu spielen? Ausgerechnet da, wo die meisten Verbrechen passieren?! Und du läufst mit einem Falschspiel in der Tasche herum?«

»Er ist zu mir gekommen«, antwortete Efim bissig, »und hat mich scheinheilig erst mal gewinnen lassen!«

»Er war einverstanden, dein Kartenspiel zu benutzen?«

»Wozu, am Kiosk haben wir ein neues gekauft. Der Rest ist Technik.«

Wieder bremste ich.

»Schämst du dich nicht?«

»Ich?«, fuhr Efim auf. »Soll er sich doch schämen, der Grünschnabel, dass er sich mit einem Profi messen will. Ich habe mir mit Preference in Sotschi meinen Lebensunterhalt verdient. Man ging zum Strand und spielte Whist. Ich habe mir eine kleine Wohnung gekauft und einen Pobeda, einen Wagen … Man arbeitete drei Monate, dann lebte man neun davon. Der September war in Sotschi immer der einträglichste Monat, die Weintraubenzeit. Da kamen die Direktoren von Lebensmittelgeschäften, die Chefs vom Großhandel, sehr reiche Leute. Die haben verloren und sind im Hotelzimmer verschwunden, ohne großes Theater zu machen. Die Miliz hat nie einer geholt. Sie hatten Angst, es könnte einer fragen: Verehrter Herr, wo haben Sie denn eigentlich so viel Geld her?«

Ich wusste nicht, was ich sagen sollte.

»Was ist los?«, tönte eine Stimme neben mir.

Ein betagter Verkehrspolizist klopfte gegen mein Seitenfenster.

»Habe ich gegen irgendwelche Regeln verstoßen?«

»Warum stehen wir und rollen nicht im Verkehr mit?«

Tatsächlich, ich hatte vergessen, mich von der Stelle zu bewegen, und jetzt umfuhren die Autos den Volvo mit ärgerlichem Hupen.

»Bitte verzeihen Sie, ich war in Gedanken versunken.«

Der Polizist blätterte in meinem Führerschein und ordnete an:

»Nehmen Sie die Sonnenbrille ab!«

Folgsam tat ich, was er gesagt hatte.

Der Milizionär betrachtete mein Auge, das in allen Farben des Regenbogens schillerte, lenkte dann seinen Blick auf Efims Gesicht, das ein beachtlicher blauer Fleck zierte, und fragte fröhlich:

»Haben Sie einen Streit mit Ihrem Mann gehabt? Na, und wer hat gewonnen?«

Efim drehte sich demonstrativ zum Fenster. Der Verkehrspolizist lachte und gab mir den Führerschein zurück.

»Recht hast du, meine Liebe«, erklärte er gutmütig, »wozu sollt ihr uns Männern was durchgehen lassen, gib's ihm mit der Bratpfanne, oder was schwenkst du normalerweise? Die Wäschemangel?«

»Blödmann«, erklärte Efim, aber da waren wir schon weitergefahren, und seine Worte gingen ins Leere.

Die nächsten zwei Tage blieb ich zu Hause, um mein blaues Auge mit allem zu pflegen, was mir unter die Hände kam. Das Ergebnis war, dass am Mittwoch nur noch ein leichter grüngelber Schatten, der mit einer getönten Creme gut zu verdecken war, an die Verletzung erinnerte.

Nach dem Mittagessen fuhr ich zu Lola. Vorher verwandelte ich mich wieder einmal, um mir ein angemessenes Äußeres zu geben. Sie hatte mich zwar nur ein Mal flüchtig gesehen, als ich auf der ziemlich dunklen Treppe stand, aber sicher war sicher …

An Stelle der dünnen Blondine mit den blauen Augen sah ich vor mir im Spiegel eine braunhaarige füllige Frau mit blauen Augen, Kleidergröße fünfzig. Das elegante dunkelgraue Kostüm hatte ich mir von Galja geborgt, mein Gesicht hatte ich nur mit einem Hauch Kosmetik versehen. Ein vulgäres Aussehen konnte ich heute nicht gebrauchen.

Im Vorzimmer von Lola saß keine Sekretärin, sondern ein

Mann – ein hübscher junger Bursche mit einem etwas apathischen Gesichtsausdruck. Das völlige Fehlen von einem irgendwie gearteten Feuer in seinen Augen ließ ihn etwas dümmlich aussehen, aber er fragte sehr freundlich:

»Womit kann ich Ihnen behilflich sein?«

»Ich möchte mit Lola sprechen.«

Der Bursche nickte zur Tür des Arbeitszimmer hin.

Die Chefin der Agentur stand neben einem der Schränke und hielt einen Packen Dokumente in den Händen.

»Sie wollen zu mir? Setzen Sie sich.«

Ich schob den schweren Stuhl zurück und zog meinen französischen Ausweis aus der Handtasche. Lola warf einen Blick auf das blaue Büchlein und wurde noch freundlicher, geradezu begeistert sah sie jetzt aus.

»Sie möchten sich in Russland erholen? Eine ausgezeichnete Wahl. Es gibt wunderbare Orte – den Baikalsee, das Tal der Geysire in Kamtschatka oder die Tour am Goldenen Ring entlang … Natürlich entspricht der Service nicht immer westeuropäischem Standard, das sage ich lieber gleich. Zum Beispiel hat Susdal seinen Hotels fünf Sterne verliehen, aber sie entsprechen bei weitem nicht einem Hôtel de Ville und verdienen meiner Meinung nach nicht einmal vier Sterne. Dafür gibt es die Museen, die Natur … So etwas finden Sie nirgends sonst.«

Ich schüttelte den Kopf und erklärte mit gesenkter Stimme:

»Claude Rabel hat mir geraten, mich an Sie zu wenden. Er sagte, Sie haben ihm einen unvergesslichen Urlaub organisiert!«

Lola hievte ihren großen, stattlichen Körper gewandt aus dem Drehstuhl und zog ein Päckchen aus dem Schrank:

»Ach Claude! Er ist schon zum zweiten Mal bei uns.«

»Genau. Ich möchte mich auch gern so entspannen.«

Lola schaute mich mit einem unergründlichen Blick an. Ihre ohnehin schon großen Augen waren mit Hilfe heller

Lidschatten und einem Lidstrich geschickt vergrößert worden. Leicht verwirrt begann ich schnell, mein Lügenmärchen zu erzählen.

Demnach war ich in Frankreich in einer Familie von Emigranten aufgewachsen, zu Hause hatten wir immer russisch gesprochen, daher beherrschte ich die Sprache meiner Vorfahren perfekt. In der letzten Zeit hatte mich die Schwermut gepackt, ich erfreute mich an nichts, alles langweilte mich. Da kam Claude des Weges, erfrischt und munter von einem Russland-Aufenthalt …

»Sind Sie verheiratet?«, erkundigte sich Lola.

»Ich bin allein, Kinder habe ich auch nicht.«

»Möchten Sie gern in ein verlassenes Dorf, oder wünschen Sie ein sexuelles Abenteuer? Haben Sie irgendwelche Fantasien?«

Ich tat so, als wäre ich schrecklich verlegen.

»Ich hätte schon eine Fantasie, aber wahrscheinlich ist sie schwer zu verwirklichen …«

»Wir haben noch nie mit Träumen zu tun gehabt, die sich nicht hätten in die Tat umsetzen lassen«, lächelte Lola, »nur zu, sprechen Sie, wir kümmern uns um den Rest. Natürlich nur, wenn Sie die Ausgaben tragen.«

Ich zog meine platinfarbene Kreditkarte des Crédit Lyonnais aus dem Portmonee und klopfte vielsagend damit auf den Schreibtisch. Lola war sichtlich beruhigt:

»Also, wovon träumen Sie?«

»Ich möchte so gern in das Arbeitslager, das bei dem Ort Ptitschi liegt, und dort ein paar Wochen leben.«

Lola war erstaunt.

»Nach Ptitschi? Das kenne ich gut, aber es ist ein Lager für Männer, Frauen werden dort nicht aufgenommen. Wollen Sie nicht lieber nach Rjasan? Dort gibt es eins für Damen, das ist wunderbar: Sie nähen Babywäsche, die Baracken haben keinerlei Komfort, und das Essen erst! Dort können Sie in Rekordgeschwindigkeit abnehmen.«

»Ich bezahle doppelt so viel, wenn Sie mich in Ptitschi unterbringen.«

»Als Gefangene wird das nicht möglich sein, höchstens als Angestellte vielleicht – als Krankenschwester oder Küchenhilfe… Wozu wollen Sie denn nach Ptitschi, nehmen Sie doch lieber Rjasan!«

»Bei mir zu Hause kann ich russisches Fernsehen empfangen«, murmelte ich träumerisch.

»Ja, und?«, fragte Lola verständnislos.

»In der Sendung ›Mensch und Gesetz‹ gab es ein Interview mit dem Leiter dieser Strafgefangenenkolonie. Was für ein Mann! Schön, hoch gewachsen, eine unglaubliche Figur und diese Stimme… Wahrscheinlich ein fantastischer Liebhaber…«

»Verstehe«, murmelte Lola nachdenklich.

Aber ich beschloss, noch deutlicher zu werden, und fuhr fort:

»Und dazu hat er einen so romantischen Namen – Fenix, einfach traumhaft!«

»Felix«, berichtigte mich die Chefin von Albatros automatisch, »der Name des Natschalniks von dem Lager lautet Felix Michailowitsch. Aber ich bin mir nicht sicher, dass er Ihnen Aufmerksamkeit schenken wird. Sie werden verstehen: Mit einem normalen Mitarbeiter zum Beispiel könnte unser Agent sich absprechen, aber mit Herrn Samochwalow ist das doch etwas schwierig…«

Ich ließ mich nicht von meiner Idee abbringen:

»Es reicht, wenn Sie mich dort unterbringen, den Rest nehme ich auf meine Kappe…«

Als Zeichen des Einverständnisses schlug Lola mit der Handfläche auf den Tisch. In dem Moment sah ich hinter einem Stapel Papier – die Tasche. Eine schöne, teure Tasche aus Krokodilleder, an deren Griff der Buchstabe »B« baumelte. Anscheinend war mein Erstaunen deutlich auf meinem Gesicht abzulesen, denn Lola folgte meinem Blick und sagte:

»Ein scheußliches Ding, nicht wahr? Teuer und geschmacklos. So eine hätte ich mir nie selbst angeschafft, der Sohn einer Freundin hat sie mir mitgebracht. Mir und seiner Mutter dieselbe Tasche! Ist das nicht idiotisch?! Ich will den dummen Jungen nicht kränken, deshalb liegt sie hier herum, als ob ich sie benutzen würde! Aber kommen wir wieder zurück zum Thema.« Und sie nannte die Summe.

Unglaubliche Träume kosten wirklich unglaubliches Geld.

Jetzt musste ich das Ganze nur noch meiner Familie zu Hause beibringen.

Aber erstaunlicherweise musste ich mir gar nichts ausdenken. Wir hatten uns kaum zum Abendessen hingesetzt, als Kescha verkündete:

»Heute Nacht fahre ich für eine Woche nach Petersburg.«

»Wozu?«, fragte ich erstaunt.

»Man hat mich zu einem Prozess geladen«, erklärte mein Sohn, »Häschen kommt mit, sie schaut sich die Museen an.«

»Keschalein, mein liebster süßer Bruder, nimm mich auch mit«, fing Manja sofort an zu jammern.

»Auf gar keinen Fall«, schnitt ihr der Bruder das Wort ab, »du wirst nur die ganze Zeit quasseln und stören.«

»Ich werde kein Wort sagen«, versprach Manja.

»Und das College?«, gab Kescha nicht nach, »wenn die Ferien anfangen, kannst du fahren.«

»Ach, Keschik, bitte, bitte«, jammerte Manja.

»Nein, und damit basta«, entgegnete Kescha scharf.

Manja ließ den Kopf hängen, dicke Tränen tropften auf den Teller. Meine Tochter seufzte leise vor sich hin und zog die Nase hoch. Wenn mein Sohn etwas nicht verträgt, ist es der Anblick weiblicher Tränen. Kescha bemühte sich mit allen Kräften, die Fassung zu bewahren, aber Manja hörte nicht auf nachzulegen, bis er schließlich kapitulierte:

»Also gut, dann mach dich bereit, aber dass du dich ja ruhig verhältst!«

»Hurra!«, schrie das Mädchen, sprang auf und warf den Stuhl um. »Hurra, ich habe gewonnen!«

Wie der Wirbelwind rannte sie auf ihr Zimmer, um ihre Sachen zu packen. Aus der Diele drang unverzüglich Bandys Jaulen, sie hatte ihm auf den Schwanz getreten. Innerlich jubilierte auch ich. Die Gefährlichsten waren damit schon mal weg. Mischa und Galja würden meine Abwesenheit ohnehin nicht bemerken. Efim gab ich ein paar Grüne, dann rannte der Alte sofort ins Casino, Irka und Katerina waren es sowieso gewöhnt, dass die Hausfrau den ganzen Tag nicht zu Hause war. Und die Zwillinge machten ihrer Kinderfrau Serafima Iwanowna so zu schaffen, dass sie, sobald sie sie um acht schlafen gelegt hatte, selber gleich ins Bett fiel.

Ich wurde richtig euphorisch und warf mich auf meinen Sohn:

»Keschalein, welchen Anzug nimmst du mit?«

Er schaute mich misstrauisch an.

»Mutter, was soll der Unsinn?«

»Ich will dir helfen!«

»Ich hoffe, du willst während unserer Abwesenheit hier keinen Unfug anrichten.«

»Um Himmels willen«, erschrak ich, »wie kommst du denn darauf!«

»Das sind ganz vernünftige Überlegungen«, parierte Kescha, »wieso willst du mir sonst beim Kofferpacken helfen und ihn womöglich noch bis zur Tür schleppen?! Deine Fürsorge gefällt mir gar nicht, sie kommt mir irgendwie verdächtig vor!«

»Wenn du nicht willst, dann eben nicht, dann komme ich nachher auch nicht raus bis zum Wagen, um mich zu verabschieden ...« Ich tat, als wäre ich fürchterlich beleidigt.

Aber natürlich ging ich nachher trotzdem in den Hof und winkte dem Mercedes lange nach.

Am Morgen war ich kaum aufgewacht, als ich mich schon bei der Auskunft versicherte, dass der Expresszug pünktlich in der Hauptstadt des Nordens angekommen war. Großartig, jetzt musste ich nur noch zur Bank, Geld abheben.

Bis zwölf hatte ich alles erledigt. Die notwendige Summe lag in meiner Handtasche, weiteres Geld hatte ich sicher unter der Einlegesohle meiner Schuhe versteckt… Efim Iwanowitsch gab ich ebenfalls ein bisschen was, woraufhin er sich sofort auf den Weg machte. Galja und Mischa waren eifrig im Arbeitszimmer zugange. Katerina klapperte mit irgendetwas in der Küche herum, während Irka gerade in Manjas Zimmer Staub saugte. Unbemerkt lief ich in den Hof hinaus.

Dieses Mal war Lola die Geschäftsfrau in Person. Nachdem sie das Geld sorgfältig gezählt hatte, fragte sie:

»Sind Sie bereit?«

»Ich kann sofort losfahren.«

»Na wunderbar«, gab sie von sich und hielt mir eine kleine Reisetasche hin, »dann ziehen Sie sich um.«

Ich öffnete den Reißverschluss und starrte angeekelt auf ein seidiges rosa Leibchen, ungefähr Größe vier, auf unglaubliche Slips mit Gummizügen und schwarze elastische Strumpfhosen. Als sie meine Grimasse bemerkte, erklärte Lola:

»Sie können doch unmöglich im Lager arbeiten und nach der letzten Pariser Mode gekleidet sein. Keiner der Mitarbeiter und Gefangenen wird wissen, wer Sie in Wirklichkeit sind. Übernachten müssen Sie im Wohnheim, die Frauen sind neugierig. Wenn sie nun auf die Idee kommen, einen Blick in den Koffer der Kollegin zu werfen, und dort teure Kleider und Kosmetik finden, denn denken sie, Sie nehmen Schmiergelder, und laufen zum Vorgesetzten… Keine Angst, die Sachen sind absolut neu, sie sind nur einfach unansehnlich.«

Tatsächlich, an der scheußlichen Unterwäsche hingen noch die Schildchen. Außerdem waren noch irgendwelche warmen Sachen dabei, ein grässliches Nachthemd und ein

Täschchen mit billiger, nach Vaselin riechender Kosmetik.

Lola lächelte:

»Ziehen Sie sich um«, und ging hinaus auf den Korridor.

Während ich mir schnell das neue Zeug überzog, achtete ich darauf, die dicken Schichten gleichmäßig zu verteilen. Endlich war die unförmige, dicke Tante bereit.

»Großartig«, sagte die Reisebüro-Chefin beifällig, als sie wieder hereinkam, und hielt mir einen Pass hin.

Ich schlug das Dokument auf: Elena Michailowna Kasanzewa, geboren 1950. Auf dem Foto war eine alterslose dicke Frau mit einer scheußlichen Dauerwelle abgebildet.

»Geben Sie mir Ihren Pass«, forderte mich Lola auf.

Ich war auf der Hut. Das Dokument, das mir meine ausländische Staatsbürgerschaft bescheinigt, gebe ich ungern aus der Hand.

»Wozu?«

Lola erklärte geduldig:

»Ich verstecke ihn im Safe, da ist er sicherer. Wenn Sie wiederkommen, kriegen Sie ihn zurück.«

»Kommt gar nicht in Frage.«

»Leider sind das die Regeln«, reagierte sie unerwartet schroff, »wenn Sie nicht einverstanden sind, kriegen Sie Ihr Geld zurück.«

Mit einem Seufzen reichte ich ihr mein blaues Büchlein. Lola wurde sofort wieder freundlich und fügte hinzu:

»Denen, die einen Gefangenen spielen wollen, geben wir überhaupt keinen Ausweis, er wird ja bei jeder Festnahme sowieso abgenommen. Aber bei Ihnen mussten wir uns etwas einfallen lassen. Sie sind schließlich Zivilangestellte, also eine ordentliche Bürgerin, da haben Sie natürlich auch Papiere in den Händen.«

»Dem Foto sehe ich ja nicht sehr ähnlich …«

»Das ist egal«, winkte Lola ab, »darauf achtet sowieso nie jemand! Gehen wir.«

Sie öffnete die Tür zur Garderobe.

»Wohin?«, fragte ich und zeigte mich überrascht.

«Mir nach«, lächelte Lola, »jetzt beginnt Ihr Abenteuer, sehen Sie, toll nicht? Wie im Kino.«

Wir stiegen die Wendeltreppe nach oben. Dafür war also der Geheimgang gedacht.

Im Licht-Verlag saß die schlecht gekleidete Nadeshda Nikolajewna und las irgendein Manuskript. Als wir eintraten, zuckte sie mit keiner Wimper, sie hob noch nicht einmal den Kopf!

Nachdem wir durch den langen Korridor gegangen waren, kamen wir durch eine Tür auf die Hintertreppe hinaus. In dem kleinen Hof stand ein unauffälliger, schmutziger, dunkelblauer Shiguli mit dem Kennzeichen 666 DE. Die Teufelszahl! Der Wagen des Alkoholikers Sytin, in dem jemand die dumme Lina nach Unbekannt gefahren hatte!

Die Chefin von Albatros packte meine Reisetasche in den Kofferraum und gurrte lieblich:

»Steigen Sie ein, Nina wird Sie hinbringen.«

Ich fühlte mich wie das dumme Kaninchen, das der Schlange geradewegs in den Rachen läuft, und stieg in den nach Zigaretten und Duftbaum riechenden Wagen. Sofort bekam ich einen Hustenanfall. Kokosparfüm kann ich auf den Tod nicht ausstehen.

KAPITEL 27

Das Mädchen am Steuer hatte ein Lächeln auf den Lippen, das an Hollywood erinnerte. Mein Versuch, es zu erwidern, gelang mir nicht besonders, wenn ich ehrlich bin. Die dumme Lina hatte Recht gehabt: Nina sah einer Barbie-Puppe erstaunlich ähnlich. Sie hatte dieselben blonden, offenkundig oxydierten Locken, die ihr auf die Schultern fielen, dazu ein schmales, dreieckiges Gesichtchen mit ebenmäßigen Zügen, große, unschuldig dreinblickende blaue Augen, einen langen Hals und lange Arme. Riechen tat sie nach dem letzten Schrei der vergangenen Saison, nach dem Eau de Toilette »XS«.

»Rauchen Sie?«, fragte Nina mit melodischer Stimme und hielt mir ein Päckchen Parlament hin.

Ich schüttelte den Kopf.

»Nur Gauloises.«

Der Wagen rollte über die Chaussee. Nina fuhr sehr sicher. Weder wechselte sie wie wild die Spur, noch fuhr sie mit hoher Geschwindigkeit, sie hielt sich pedantisch an alle Verkehrsregeln, stellte immer den Blinker an, wenn sie abbog oder überholte – eine praktisch ideale Fahrerin, der Traum jedes Verkehrspolizisten. Im Nu waren wir in Ptitschi.

Sie bremste und parkte vor dem Verwaltungskomplex. Nachdem sie den Motor ausgeschaltet hatte, sagte sie:

»Im Lager weiß außer einer Person, die unmittelbar für

unsere Agentur arbeitet, keiner, wer Sie sind. Laut Abmachung darf ich Ihnen ihren Namen nicht verraten. Sie müssen sich also einzig und allein auf sich selbst verlassen. Die Dokumente sind absolut wasserdicht. Hier haben Sie fünfhundert Rubel. In zehn Tagen gibt es Lohn. Natürlich ist es nicht ungefährlich, aber Sie suchen ja das Abenteuer. Gehen Sie zu Zimmer einundzwanzig, dort wird die Krankenschwester Kasanzewa erwartet, die als Urlaubsvertretung eingestellt werden soll. Viel Erfolg und gute Erholung!«

Ich hatte kaum mein Köfferchen aus dem Kofferraum gehoben, als der Wagen schon aufheulte und davonfuhr. Ich stieß die schwere Eisentür auf und ging in einen kleinen Windfang, vor mir eine zweite Tür, rechts eine Klingel und das Schild »Es ist verboten, sich zu mehr als dreien im Vorraum zu versammeln«. Das Schloss rasselte, dann kam ich in einen schmalen Raum, in dem links eine dicke junge Frau in grüner Uniform hinter einem Gitter saß. Sehr freundlich, beinahe schon freundschaftlich sagte sie:

»Pakete können Sie im Nachbargebäude abgeben.«

»Ich möchte zu Zimmer einundzwanzig.«

»Heißen Sie Kasanzewa? Ihren Pass bitte.«

Sie warf einen flüchtigen Blick in das rote Büchlein und drückte dann auf einen Knopf, so dass sich die Tür vor mir öffnete. Ich befand mich auf einem schmalen asphaltierten Weg, der auf beiden Seiten durch Gitter begrenzt war. Rechts und links nur blinde Pforten. Auf der einen stand »Wohnbereich«, auf der anderen »Wirtschaftsbereich«. Ich ging weiter.

»Stehenbleiben!«, erklang es von oben.

Vor Schreck hätte ich fast den Koffer fallen lassen.

»Gehen Sie zurück zur Wache«, donnerte dieselbe Stimme.

»Wo wollten Sie denn hin!«, fuhr mich die dicke junge Frau an.

»Ich habe das Verwaltungsgebäude gesucht«, blökte ich schüchtern.

»Eins merkst du dir besser gleich jetzt«, sagte die Wachfrau streng, »eine Frau geht nie allein in den abgesperrten Bereich des Lagers, sogar nicht so eine wie du oder ich.«

»Warum?«

»Da hausen fast sechshundert Männer, die seit Jahren keine Frau mehr gesehen haben, verstanden?« Als sie sah, wie ich erschrak, fügte sie hinzu: »Bisher ist zwar noch nichts passiert, aber hilf dir selbst, dann hilft dir Gott. Wenn du aus dem Vorraum kommst, geh gleich um die Ecke bis zu dem Verwaltungseingang.«

Gehorsam machte ich mich auf den Weg. An der ersten Tür, die mir begegnete, hing ein Schild mit der Aufschrift: »Raum für längere Besuche. Einlass nur mit Passierschein«. Die zweite Tür war erstaunlicherweise aus Holz und stand offen. Zimmer einundzwanzig befand sich im zweiten Stock. Am Anfang des Ganges hing ein Transparent, auf dem »Sonderabteilung« geschrieben stand. Man schien hier wirklich eine Schwäche für alle möglichen Aushänge, Schilder und Schablonen zu haben.

In dem gesuchten Raum schaute sich ein älterer Mann träge meinen Pass an und sagte:

»Ich weiß Bescheid, man hat mich angerufen. Sie vertreten also für einen Monat Viktoria Jewgenjewna. Jetzt gehen Sie erst mal und lernen die Sanitätsstelle kennen, dann bekommen Sie Ihre Uniform und den Ausweis für das Wohnheim und das Essen. Sema, begleite die Frau.«

Ein junger, pausbäckiger Soldat führte mich zu dem hintersten Aufgang. Natürlich befand sich über der Tür ein Schild mit der Aufschrift »Sanitätsstelle« und den Öffnungszeiten: »1. Baracke – montags von 9 bis 11, 2. Baracke – dienstags von 9 bis 11« und so fort bis Sonntag. Darunter stand in kleinen Buchstaben: »Bei einer unvorhergesehenen Krankheit an den Barackenältesten wenden«. Interessante Anweisung, da dachte ich doch immer, jede Krankheit kommt unerwartet.

Die etwa sechzigjährige Frau, die in der Sanitätsstelle saß, hatte einen ziemlich schmutzigen weißen Kittel an und las friedlich die Zeitung. Als sie mich sah, lebte sie auf und stellte sich vor:

»Viktoria Jewgenjewna.«

»Darja, das heißt, Elena Michailowna …«

»Wenn du willst, kannst du jetzt übernehmen.«

Ich sah mich in dem kleinen Zimmer um und erklärte für alle Fälle:

»Ich habe eigentlich keine spezielle Ausbildung, ich habe nur einen Schwesternkurs besucht.«

»Hier brauchst du kein Diplom«, winkte Viktoria Jewgenjewna ab. »Schau mal: Hier ist Jod, falls sich jemand verletzt, und Pflaster. Da ist ein bisschen Analgin, Aspirin, Dibasol mit Papaverin und Selenin-Tropfen. Weißt du, wie du diese Medikamente anwenden musst?«

Ich nickte.

»Na prima. Alle, die herkommen, musst du in das Buch eintragen, im Safe ist noch eine Medizin für die Leber und die Nieren, aber davon gibt's nur wenig, nur für die Mitarbeiter.«

»Und das ist alles, was es an Medikamenten gibt?«

»Du kannst noch von Glück sagen, dass überhaupt was da ist«, erklärte Viktoria Jewgenjewna. »Aber hab keine Angst, meistens kommen sie nur, um ein bisschen zu reden. Siehst du den Teekessel? Scheu dich nicht, kauf ein Päckchen Tee und Zucker. Wenn du das den Leuten vorsetzt, hast du sofort ihr Herz gewonnen.«

»Und wenn doch was Ernstes sein sollte? Blinddarm oder Herzinfarkt?«

»Ich arbeite seit zehn Jahren hier, so was ist noch nie vorgekommen. Gabeln haben sie schon hinuntergeschluckt …«

»Wozu denn das?«

»Um ins Krankenhaus zu kommen, von da kann man gut flüchten, denn man liegt zwar in einem bewachten Krankenzimmer, aber immerhin in der Stadt. Eine Flucht aus dem Lager ist aussichtslos!«

Direkt über dem Tisch hing ein »Merkblatt für den Krankenpfleger«.

»Danach brauchst du dich nicht zu richten«, sagte Viktoria Jewgenjewna, »wir kriegen nur Kopeken bezahlt und sollen dafür arbeiten, als wäre es eine Million. Bis elf empfängst du die Leute, danach setzt du dich hin und liest etwas. Es ist völlig überflüssig, im Lager herumzulaufen, du kriegst nur Kopfschmerzen davon ... Falls eine Kommission ins Haus steht, bügle die Gardinen und deinen Kittel, im Übrigen kommt hier kaum mal jemand kontrollieren. Ach ja, noch was.«

Sie legte ein Blutdruckmessgerät und ein Stethoskop auf den Tisch.

»Das Thermometer darfst du keinem geben«, trug mir die Schwester auf, »wir haben nur das eine. Du kannst auch so sehen, ob einer Fieber hat.«

»Woran denn?«

»Daran, dass das Gesicht rot ist, die Augen glänzen, der Puls rast, befühl die Stirn ...«

»Und wenn einer Tuberkulose hat?«

»Der Lungenspezialist kommt einmal im Jahr mit einem Röntgengerät vorbei.«

»Einmal im Jahr?«

»Rennst du etwa jede Woche zur Tuberkulosevorsorge? Ich habe bestimmt schon seit fünf Jahren keine Röntgenaufnahme mehr machen lassen.«

»Und wenn einer plötzlich Zahnschmerzen kriegt ...«

»So ein Quatsch, alle drei Monate kommt der Zahnarzt, und wenn es gar nicht anders geht, zieht der Barackenälteste den Zahn.«

»Der Barackenälteste?!«

»Was wunderst du dich so? Die können hier alles – Zähne ziehen und Abszesse aufschneiden, in den Frauenlagern begleiten sie sogar Geburten ... Du wirst sie kennen lernen. Es sind ordentliche Männer, die vieles verstehen. Sie würden nie jemanden ohne Grund beleidigen. Bist du verheiratet?«

»Nein.«

»Dann achte mal auf Konstantin Jakowlewitsch, den Erzieher von Baracke sechs. Er ist Junggeselle, trinkt nicht, raucht nicht und ist in jeder Hinsicht angenehm. Na los, geh jetzt und erledige die Formalitäten!«

Der Tag verging mit allerlei Hin und Her. Ich bekam eine grüne Uniform und einen Kittel und wurde im Wohnheim untergebracht, wo ich das Zimmer mit einer Frau teilen musste. Dann bekam ich die Essensmarken ...

Am Dienstagmorgen saß ich die festgelegten Stunden ab. Es kam nur ein Kranker vorbei, ein Bursche von ungefähr fünfundzwanzig Jahren, der Kopfschmerzen hatte. Ich behandelte ihn, so gut ich konnte, maß seinen Blutdruck, schaute in seinen Hals, hörte mit dem Stethoskop seine tätowierte Brust ab, dann gab ich ihm eine Analgin-Tablette und fragte:

»Wollen Sie einen Kaffee?«

Der Bursche erstarrte, dann fragte er nach:

»Das bieten Sie mir an?«

»Ja.«

»Ich will sogar sehr.«

Ich goss ihm einen Becher Nescafé ein und stellte ihm die Schachtel mit dem Zucker und eine Packung mit Keksen hin. Der Kranke leerte seinen Becher auf einen Zug, griff nach ein paar Butterkeksen und fragte plötzlich:

»Arbeiten Sie zum ersten Mal im Lager?«

Ich nickte.

»Das sieht man«, seufzte der Häftling, »stellen Sie noch einen Becher hin mit der Nummer zehn.«

»Für wen?«

»Natürlich müssen sie es einem selbst sagen«, meinte der Mann weiter, »aber es gibt solche Schweinehunde, die das nicht tun! Nehmen Sie einen Becher und schreiben Sie Nummer zehn darauf. Dann werden alle verstehen.«

»Aber was denn bloß?«

Der Bursche seufzte:

»So lautet eben die Ordnung, ich kann doch nicht mit einem Paria aus ein und demselben Geschirr essen! Und bieten Sie auch nicht einfach allen ohne Unterschied Kaffee an, das wäre zu viel des Guten.«

Ohne zu verstehen, wer diese Parias eigentlich sein sollten, rief ich den Wachmann, schloss die Sanitätsstelle ab und ging in Zimmer einundzwanzig hinüber.

»Was gibt's denn noch?«, fragte der Vorgesetzte unzufrieden.

»Ich muss eine Essensprobe nehmen.«

»Verdammt noch mal«, knurrte der Mann, »wozu denn das?«

»Das schreibt die Ordnung vor.«

»Und wenn wir einfach drauf pfeifen?«

»Das geht nicht.«

Ich wurde zur Kantine eskortiert. Auf dem Weg fragte ich meinen Begleitschutz:

»Was sind die Parias für Leute, dass man nicht aus einem Becher mit ihnen trinken darf?«

»Da muss man wirklich aufpassen«, erschrak der Knabe, »ein Paria ist einer, der von allen sexuell missbraucht wird, es ist ein ganz und gar Entehrter. Hast du einmal seine Sachen berührt, giltst du selbst als einer. Er hat auch sein eigenes Geschirr, auf dem Nummer zehn drauf steht.«

In der Küche arbeiteten Häftlinge, ich kostete den Graupenbrei, nahm einen Schluck von der »Suppe aus Kohlblättern mit Fisch« und setzte ein kluges Gesicht auf, während ich ein Kreuz in den Notizblock zeichnete.

Innerhalb von drei Tagen hatte ich das ganze Lager abgelaufen. In einem riesigen Bottich bereitete ich eine Lösung aus Kaliumpermanganat zu und formte aus Mull so etwas wie einen Pinsel. Zwei Gefangene schleppten die »Desinfektionslösung«, der Wachmann trabte hinterher. Ich tauchte den »Pinsel« in den Bottich und besprühte alles nacheinander. Abends, als ich schlaflos in der durchgelegenen Koje lag, zog ich Bilanz aus dem Gesehenen. Im Lager gab es sechs Baracken, zu jeder gehörten etwa hundert Mann. Eine Baracke bestand aus einem riesigen Schlafsaal, in dem die Gefangenen auf eisernen Stockbetten die Nacht verbrachten. Außerdem stand jedem ein Fach im Nachttisch zu. Die Strafgefangenen gingen überall in Formation hin: in den Speisesaal, in das Dampfbad, in den Gemeinschaftsraum. Spazieren gehen durfte man nur auf einer kleinen Fläche, die von einem Stacheldraht umgeben war. Das war der so genannte lokale Bereich. Jede Baracke hatte ihren eigenen, so dass es fast unmöglich war, mit einem Freund aus einer anderen Baracke zu verkehren.

Zur Essenszeit, die für jede Baracke unterschiedlich war, damit auch hier keine Vermischung stattfinden konnte, gingen jeweils ein paar Männer vor, um die Suppe in Aluminiumterrinen zu schütten. Wenn die Masse mit kräftigem Schritt singend in den Speisesaal einfiel, standen die gefüllten Terrinen schon auf den Tischen. Brot gab es mittags zwei Scheiben, morgens und abends je eine.

Es existierte eine Strafzelle, in die man bei kleinen Vergehen für etwa vierzehn Tage gestopft wurde. Für eine strengere Bestrafung diente die Strafbaracke, in der eine verschärfte Ordnung galt, ganz schlimm wurde es dann im Karzer.

In der sechsten Baracke entdeckte ich eine Maus und setzte eine Kampagne in Bewegung mit der Losung: »Nagetiere sind Träger der Pest«, die es mir ermöglichte, alle Winkel und Ecken des Lagers auszukundschaften, um dort eine vollkommen unschuldige Mischung aus Salz, Zucker und Soda auszustreuen. Die Vorgesetzten ächzten nur angesichts der Bemühungen dieser übereifrigen Krankenschwester, aber tun konnten sie nichts dagegen – ich hielt mich genau an die amtlichen Vorschriften.

Schließlich kam ich zu dem unerfreulichen Schluss, dass Basil sich weder in einer der Wohnbaracken noch in einer Strafzelle und auch nicht in der Strafbaracke oder im Karzer befand. Auch in den Produktionsstätten des Lagers tauchte er nicht auf. Wo hatten sie den Mann bloß versteckt?

Der Zufall half mir. Ich beobachtete, wie der Strafgefangene, der in der Küche arbeitete, die Portionen für den Karzer in Schüsseln abfüllte. Dabei bemerkte ich, dass er zwölf Schöpflöffel Brei auftat, während ich genau wusste, dass es nur elf Zellen gab. Eine Portion extra bekam bestimmt keiner.

Nach dem Mittagessen ging ich, mit einem Zettel aus meinem Heft wedelnd, zu meinem Vorgesetzten. Der dicke Hauptmann blökte nur, als er mich sah:

»Na, was hast du dir nun wieder ausgedacht?«

Ich hielt ihm das Blatt unter die Nase: »Schauen Sie, schauen Sie.«

»Na und, eine Kakerlake, was soll dabei sein.«

»Keine Kakerlake, sondern ein *lupus individus*.« Diese lateinische Bezeichnung hatte ich mir gerade ausgedacht.

»Wer?«, fragte der Hauptmann völlig verdattert.

»*Lupus individus,* ein afrikanisches Insekt aus der Familie der Kakerlaken, es ist außergewöhnlich fruchtbar und sehr giftig! Sein Biss ruft Brechreiz und Erbrechen hervor, ein tödlicher Ausgang ist möglich. Die Krankheit ist sehr ansteckend und kann zu einer Epidemie führen.«

»Ach ja?«, wunderte er sich und rückte sicherheitshalber ein bisschen weg. »Wenn ich ihn mir so anschaue, sieht er absonderlich aus, so grün. Wie ist er denn hierher geraten?«

»Ich habe ihn im Karzer gefangen, sicher ist er mit irgendwelchen Lebensmitteln hereingeraten.«

Seine Miene verfinsterte sich. »Na schön, was müssen wir jetzt tun?«

»Nichts Besonderes«, beruhigte ich ihn, »der *lupus indvidus* krepiert durch normale Chlorkalklösung. Wir müssen das Gebäude behandeln und Ordnung schaffen. Es muss nur schnell gehen, damit er sich nicht vermehren kann.«

»Chlorkalklösung haben wir genug«, bemerkte der Hauptmann zufrieden, »na gut, was auch immer das für ein Tier sein soll: Wahrscheinlich ist es am besten, alles zu desinfizieren. Was brauchen wir dafür?«

»Geben Sie mir zwei Männer, die den Kanister schleppen!«

»Gut, geh und bereite das Gift vor, die Männer schicke ich dir gleich.«

Mit dem Blatt in der Hand, in dem sich das unglückselige Insekt befand, lief ich schnell zur Sanitätsstelle zurück. Ich hoffe nur, Basil wird meinen heroischen Mut irgendwann einmal zu schätzen wissen. Eine Kakerlake zu fangen und sie dann auch noch mit Desinfektionsmittel grün anzumalen, dazu sind schließlich bei weitem nicht alle Frauen in der Lage.

Ich übergoss die elf Zellen des Karzers mit der stinkenden Flüssigkeit. Die Dämpfe der Chlorkalklösung hingen in der Luft. Die Häftlinge, die den Kanister trugen, begannen zu husten, während der Begleitposten auf der Schwelle stehen blieb. Nachdem wir den Aufenthaltsraum der Soldaten behandelt hatten, zeigte ich mit dem Finger auf eine unauffällige eiserne Tür neben der Toilette und fragte böse:

»Und was ist dort?«

»Ein gesonderter Raum, der Eintritt ist verboten.«

Sofort begann ich herumzuschreien:

»Wollen Sie etwa eine Epidemie? Sollte es dazu kommen, melde ich das in der zentralen Hygieneabteilung in Moskau. Wenn Sie es nicht im Guten wollen, kriegen Sie es im Bösen, dann kommen Spezialisten, die hier eine Quarantäne verhängen, und keiner wird mehr nach Hause gelassen. Dann sitzen Sie hier fünfundvierzig Tage fest.«

»Sei still«, fuchtelte der Begleitposten mit den Händen, »was lärmst du hier so rum, los, mach schnell.«

Das Schloss rasselte, dann trat ich in den kleinen, fensterlosen Raum von fünf Quadratmetern. Auf einer Holzpritsche lag ohne Kissen und Decke Basil, ausgemergelt und gealtert. Natürlich erkannte er mich nicht. Der Posten stand heftig hustend auf der Schwelle. Ich spritzte die widerliche Flüssigkeit überall hin, so dass Basil niesen musste.

Verzeih, mein Lieber, aber sonst haben wir keine Chance, ein bisschen Geduld musst du noch haben. Und bitte wundere dich nicht, wenn jetzt ein kleiner Zettel zu dir herunterfällt …

Korsinkin enttäuschte mich nicht, er versteckte ihn sofort.

Nachdem ich die Zelle verlassen hatte, erklärte ich die Aktion für beendet. Am nächsten Morgen lief ich in die Sanitätsstelle und wartete dort in fieberhafter Aufregung. Warum kam keiner, hatte ich mich verspekuliert?

Da klopfte es, ein aufgeregter Offizier trat in den Raum.

»Hallo, Lenja«, sagte ich fröhlich, »möchten Sie einen Kaffee?«

»Nicht jetzt, Elena Michailowna, wir haben ein kleines Problem.«

»Was ist passiert?«

»Wir haben da einen im Karzer, Arsenjew heißt er, es geht ihm richtig schlecht. Er erbricht sich seit gestern Abend, als ob er alles von innen nach außen stülpen wollte, obendrein hat er schrecklichen Durchfall … Vielleicht simuliert er ja nur, aber es sieht nicht danach aus. Er ist ganz bleich, fast schon blau, und seine Stirn ist feucht. Dass er mir bloß nicht stirbt, während ich im Dienst bin. Heute ist Sonntag, Felix Michailowitsch ist nicht da, Andrej Sergejewitsch auch nicht, ich habe also die Verantwortung. Bitte schauen Sie ihn sich an, seien Sie so gut.«

»Bringen Sie ihn her.«

»Er kann nicht laufen, bitte kommen Sie. Ich weiß, dass

es nicht üblich ist, aber machen Sie eine Ausnahme, ich habe auch eine Wache mitgebracht.«

»Ihnen zuliebe mache ich alles, Lenja«, zwitscherte ich, während wir zu der Zelle gingen.

Basil lag mit zurückgeworfenem Kopf auf der Pritsche, neben ihm stand ein widerlich stinkender Eimer. Ich sah, dass man ihm ein Kissen und eine fliederfarbene Wolldecke gegeben hatte.

Das Gesicht meines Freundes war aschfahl, seine Augenhöhlen waren eingefallen und schwarz umrandet, seine Lippen hatten dieselbe Farbe wie die Wangen … Korsinkin atmete schwer, wenn er nicht gerade stöhnte.

Ich seufzte zufrieden und zog mein Stethoskop heraus. Wunderbar, wie gut es funktionierte. Ach Darja, was bist du doch für ein kluges Köpfchen! Der Offizier und die Wachleute standen neben der Pritsche herum.

»Ich rate Ihnen dringend, sich hier zu entfernen«, sagte ich drohend, »wie es aussieht, ist das hier sehr ansteckend!«

Blitzschnell verschwanden die tapferen Männer aus dem Raum. Ich beugte mich über Korsinkin und flüsterte ihm leise zu:

»Keine Angst, in ein paar Stunden geht es dir wieder besser, wir fahren jetzt ins Krankenhaus, stöhn ein bisschen lauter.«

»Was ist mit ihm?«, fragte Lenja zaghaft von draußen.

»*Rexom bulgis operendum*, zum Glück haben Sie es rechtzeitig gemerkt, wir können ihn noch retten.«

Der Offizier nahm den Kopf in seine Hände.

»Um Himmels willen, man wird mir deswegen die Arme und Beine ausreißen. Man hat mir befohlen, ihn wie ein rohes Ei zu bewachen!«

Ich wollte mich schon danach erkundigen, warum man ein rohes Ei bewachen muss, biss mir aber auf die Zunge. Lenja war in der Zwischenzeit fieberhaft mit etwas beschäftigt, was für ihn mehr als ungewohnt war: Er musste eine

Entscheidung treffen. Die Qualen, die er litt, standen ihm direkt ins Gesicht geschrieben: Sollte er ihn ins Krankenhaus bringen lassen? Und wenn die Vorgesetzten dann schimpften? Ihn im Karzer lassen? Wenn der Gefangene starb, würde er noch mehr Ärger bekommen!

Da begann Basil wieder zu stöhnen und krümmte sich über den Eimer.

Lenja strengte sich noch ein letztes Mal an, bevor er mit eiserner Stimme verkündete:

»Bereitet den Transport und einen Konvoi vor.«

KAPITEL 28

Eine halbe Stunde später pferchten Soldaten den auf einer Bahre liegenden Korsinkin in einen Wagen. Ich setzte mich mit klugem Blick daneben. Die noch ganz jungen Begleitposten schauten Basil mit einem Anflug von Mitleid an.

»Was hat er denn?«, fragte der eine schüchtern.

Ich winkte mit der Hand ab.

»Das ist zu kompliziert zu erklären. Er ist an *delinius bord* erkrankt.«

»Ist das ansteckend?«

»Oh ja, und wie.«

Die Begleitposten setzten sich erschrocken auf die Bahre und sagten kein Wort mehr.

In der Aufnahme stellten sie sich rechts und links vom Kranken auf. Leise sagte ich zu ihnen:

»Jungs, ihr seht selbst, dem ist nicht nach Flucht zumute, der kann sich ja kaum rühren. Wenn der Doktor kommt und ihn untersucht, werden die Viren in alle Richtungen fliegen. Ihr setzt euch besser in den Flur, sonst steckt ihr euch auch noch an.«

Sie schauten zweifelnd auf den kraftlos daliegenden Basil.

Ich fuhr noch ein letztes Argument auf.

»Es tut mir Leid um euch, ihr seid noch jung und habt noch keine Kinder.«

»Was haben Kinder damit zu tun?«, fragte der Mutigere der beiden.

»Nach dieser Krankheit sind junge Männer zu neunzig Prozent impotent.«

Die Burschen rannten wortlos nach draußen in den Flur. Es ist doch schön, wie leicht Männer zu handhaben sind, man kennt immer ihren schwächsten Punkt.

Da kam der Doktor. Als ich sein rundes, rotbäckiges Gesicht sah, das ein spärliches Bärtchen zierte, war ich schon wieder stolz auf mich. Das hast du gut gemacht, Darja, du hast dir einen guten Tag ausgesucht. Die gesamte Lagerleitung ist auf dem fünfzigsten Geburtstag des Bürgermeisters. Na, und im Krankenhaus hat am Sonntag einer Dienst, der noch ein halbes Kind ist, ein gerade erst Ausgelernter.

»Also«, murmelte der Arzt, »was gibt es?«

»Er hat eine Nahrungsmittelvergiftung«, erklärte ich ruhig, »wir haben verdorbene Hühner aus der Hühnerfabrik bekommen, das ist das Ergebnis.«

»Was für eine Unverschämtheit«, regte sich der Arzt auf.

»Das können Sie laut sagen, Kollege«, seufzte ich, »die Leute werden nach Strich und Faden fertig gemacht, weiß der Teufel, was sie zu essen kriegen! Es wird ausgenutzt, dass die Strafgefangenen rechtlos sind.«

»Weswegen sitzt er denn?«, fragte der Arzt interessiert und griff nach Korsinkins Hand.

»Wegen nichts und wieder nichts. Er hat Margarine als Rahmbutter verkauft. Da gilt der Paragraf über Betrug, sieben Jahre hat er gekriegt!«

»Wie schrecklich, der arme Kerl, und dabei ist so einer wie Mavrodi Abgeordneter!«, meinte der Knabe mitleidig.

»Ehrlich gesagt habe ich schon alles getan, was nötig ist«, erstattete ich ihm Bericht, »ich habe ihm den Magen gespült, habe ihn an den Tropf gehängt und Glukose zugeführt, ihm Aktivkohle gegeben, jetzt muss er bloß wieder zu Kräften kommen. Ich wollte Sie also nur bitten, ihn vielleicht zwei Tage hier zu behalten, es täte mir Leid für ihn, ihn gleich wieder mit zurückzuschleifen, er ist noch so schwach.«

»Aber selbstverständlich, kein Problem, wir behalten ihn hier!«

Man brachte Korsinkin in ein Krankenzimmer, während ich zu einem Telefon lief und im Lager anrief. Der Dienst habende Offizier musste direkt neben dem Telefon gesessen und auf Nachricht gewartet haben, denn er nahm sofort den Hörer ab.

»Ist er noch am Leben?«

»Also, Lenja, die Lage ist nicht ganz so ernst, er wird bald wieder gesund sein. Ich möchte Ihnen Folgendes vorschlagen. Felix Michailowitsch und seine Vertreter werden ja am Montag noch nicht wieder zurück sein.«

Lenja schwieg beredt. Er wollte natürlich seine Vorgesetzten nicht verpfeifen, aber es war klar, dass sie nach dem heutigen grandiosen Besäufnis erst mal wieder zu Kräften kommen mussten.

»Ich schlage also vor, wir sagen ihnen gar nicht, dass man Arsenjew ins Krankenhaus gebracht hat. Ich bleibe heute Nacht und morgen den ganzen Tag über bei ihm. Montagabend bringen wir ihn dann ohne Aufhebens wieder zurück. Wenn also Genosse Samochwalow zufällig anrufen sollte, sagen Sie ihm lieber nichts. Ich fürchte, wir würden nur ein Riesendonnerwetter kriegen, und für Sie heißt es nachher: Beförderung ade.«

Lenja ächzte:

»Elena Michailowna, meine Liebe, für Sie tue ich alles, vielen Dank!«

»Ist ja gut, Lenja, unter Kollegen hält man doch zusammen. Aber Sie müssen mich am Montag decken, die erste Baracke hat morgens Sprechstunde.«

»Kein Problem! Ich sage, dass Sie nach Moskau gefahren sind, um Medikamente zu besorgen. Die kommen schon durch, es sind ja ohnehin alles nur Simulanten und solche, die sich selber Verletzungen zufügen, und keine wirklichen Kranken!«

Nachdem ich diese heikle Angelegenheit so einfach geregelt hatte, schaute ich zu Basil. Das Zimmer lag im Erdgeschoss am Ende des Flurs, die Fenster waren vergittert, die Tür verschlossen, und davor saßen die Wachposten.

»Also, Jungs«, beschloss ich, ihnen noch einmal Angst einzujagen, »ihr wisst ja selbst, dass es nicht in jedem Krankenhaus ein bewachbares Krankenzimmer gibt. Es wäre besser gewesen, Arsenjew in die Seuchenabteilung zu stecken, aber das ist nicht möglich. Also haben sie ihn hierher gebracht. Wenn der Arzt sagt, er habe eine Vergiftung, glaubt ihm nicht. Das macht er extra, damit sich die anderen Kranken nicht aufregen: Denen reicht's schon, dass sie neben einem Strafgefangenen liegen sollen, wenn er dann auch noch ansteckend ist ... Denkt an das, was ich euch gesagt habe: Geht nicht ins Zimmer, er kann sowieso nirgendwo hin, er ist fast bewusstlos, und die Fenster sind vergittert.«

Die Knaben nickten einträchtig mit ihren Köpfen. Ich rannte zum Ausgang, es war schon fast drei Uhr, und ich hatte noch viel zu erledigen.

Gegen elf Uhr abends schleppte ich keuchend eine riesige Tasche ins Krankenhaus und stellte sie im Schwesternzimmer ab. Es waren nur zwei Mitarbeiter des medizinischen Personals da: der mir schon bekannte Doktor mit dem Bärtchen und eine junge, hübsch und forsch aussehende Krankenschwester, die ganz offensichtlich darum bemüht war, dem Doktor zu gefallen.

Ich zog eine Schüssel mit Salat und heißen Kartoffeln aus der Tasche, dazu eine Mettwurst, eine große Torte mit grässlichen grünen Rosen und eine Flasche Moosbeerenschnaps.

»Lasst uns zu Abend essen, Kollegen!«

Die zwei kamen freudig überrascht zum Tisch.

»Sollen wir nicht vielleicht die Wachen dazurufen?«, schlug ich vor und ging auf den Flur hinaus.

Die Burschen saßen gelangweilt auf ihren Hockern vor der Tür.

»Habt ihr schon gegessen?«

»Wir haben Brei bekommen«, nickte der eine.

»Mit Hering«, erklärte der andere.

»Na, dann kommt.«

»Wir sind doch im Dienst«, erklärte der Erste.

»Nur auf eine Minute, was soll da schon groß passieren? Die Tür ist verschlossen, die Fenster vergittert …«

Nach kurzem Zögern kamen die Jungs in das Schwesternzimmer. Vorschriften sind schließlich dazu gemacht, dass man gegen sie verstößt.

Eine Viertelstunde später schliefen alle tief und fest. Clophelin in Alkohol ist ein altbewährtes Mittel, wirksam und billig.

Ich zog der Wache den Schlüssel aus der Tasche und rannte zu Basils Zimmer.

Mein Freund hob seinen Kopf.

»Keine Angst, ich bin's, Dascha.«

»Um Himmels willen«, murmelte Korsinkin, »was hast du mir gegeben, was für Tabletten waren das?«

»Nichts Besonderes, Cyclophosphamid, Krebspatienten kriegen das als Chemotherapie. Die Nebenwirkung ist schreckliche Übelkeit. Hab keine Angst, davon bleibt nichts zurück, es gibt Leute, die nehmen das jahrelang, und sie leben noch heute! Natürlich sind drei Tabletten auf einmal ein starkes Stück, aber ich brauchte die offensichtliche Wirkung.«

»Die hast du erreicht, ich wäre fast abgekratzt«, stöhnte Basil und setzte sich auf.

Ich wurde böse: »Genug gejammert, ich muss hier auch so schnell wie möglich weg, komm schon, Mimöschen … Falls du ins Lager zurückwillst, kannst du aber natürlich auch hier bleiben.«

Im Nu sprang Korsinkin von seinem Lager hoch.

Eine Stunde später saßen wir im Zug von Butowsk nach Moskau, der aus unerfindlichen Gründen nachts in Ptitschi hält. Mir lagen tausend Fragen auf der Zunge, aber Basil fiel wie ein Sack auf seine Bank, von der ich ihn mit Müh und Not nach anderthalb Stunden wachrütteln musste, als der Zug am Kasaner Bahnhof hielt.

In ganz Moskau gab es nur einen Ort, an dem keiner fragen würde, warum ich mitten in der Nacht verkleidet und mit einem unrasierten, schmutzigen Mann erschien, der in seltsame Lumpen gehüllt war. Das Taxi brachte uns in die Nähe der U-Bahn-Station Sokol zu Oxanas kleiner Wohnung.

Auf das frühe Klingeln an ihrer Tür reagierte meine Freundin mit verschlafener Stimme:

»Wer ist da?«

»Mach auf, Oxana, ich bin's, Dascha.«

Es gab ein leises Trappeln, das Rasseln der Kette, die Tür ging auf, und wir wurden in die enge, dunkle Diele gelassen.

»Hör zu, Oxana«, murmelte ich, während ich nach irgendeinem triftigen Grund suchte, »könnten wir …«

Aber da ging mit einem Mal in der ganzen Wohnung das Licht an. Kräftige Hände packten mich an den Händen, ein Fuß in einem Männerstiefel stieß mir gegen den Knöchel, damit ich die Beine breit machte.

»Stehen bleiben!«, schrie jemand an meinem Ohr.

Das Zimmer war voller Männer, es roch irgendwie komisch.

»Wo sind die Hunde?«, brach es aus mir heraus.

»Bei Wladenka in der Nachbarwohnung«, antwortete Oxana automatisch, dann schrie sie plötzlich gellend auf: »Degtjarew, Degtjarew, das ist sie nicht! Das ist eine fremde Frau mit Daschas Stimme! Komm schnell her!«

»Ich höre ja, ich höre«, sagte der Oberst und kam ins Zimmer, »du brauchst nicht zu schreien. Sie sieht anders aus, aber innen drin ist sie's. Da, schau!«

Mit einem Griff hatte er mir die Perücke heruntergerissen.

Oxana stürzte mit einem Aufschrei auf mich zu:

»Wie konntest du nur! Ich wäre fast verrückt geworden!«

Verwirrt stand ich da und verstand gar nichts mehr.

»Das wäre also Herr Korsinkin?«, fragte der Oberst. »Wo hatten sie den Armen denn versteckt?«

Ich wollte schon meinen Mund öffnen, erinnerte mich aber an Keschas Lektionen und sagte nur düster:

»Ich habe das Recht auf einen Telefonanruf. Ich sage nichts ohne meinen Rechtsanwalt.«

»Du scheinst reichlich verwirrt«, lachte mein Freund, »wen willst du denn jetzt bitte anrufen, da du dich doch normalerweise immer an mich wendest. Na gut, geh dich waschen und zieh dich um. Du bist ja ganz verschwitzt! Womit hast du dich denn ausgestopft? Mit Watte?«

Ich ging ins Bad und blieb lange unter der Dusche stehen, wo ich mir die Schminke, den Schmutz und die Müdigkeit abwusch. Als ich endlich wieder fertig war, sickerte das fahle Licht des Dezembermorgens in die Wohnung.

Der Oberst und Basil saßen in der Küche und tranken Kaffee.

»Wo ist Oxana?«

»Sie ist zur Arbeit gefahren, und du bist schuld, dass sie nicht ausgeschlafen ist«, antwortete der Oberst bissig, »jetzt wird sie gerade mit zittrigen Händen einen Patienten aufschneiden.«

Witzbold! Ich goss mir schweigend auch einen Kaffee ein und setzte mich zu den beiden.

»Also, Kinder«, zwitscherte der Oberst, »ihr habt genug Unheil angerichtet, jetzt lasst uns gemeinsam überlegen, wie wir mit so wenig Unannehmlichkeiten wie möglich aus diesem Schlamassel herauskommen. Wer fängt an?«

Basil und ich schauten uns an.

»Wahrscheinlich besser ich«, seufzte Korsinkin, »Daschka kennt ja nicht mal einen Bruchteil der Wahrheit.«

KAPITEL 29

Basil hatte Geld mehr als genug. Aber er hatte es nicht selber erwirtschaftet, sondern von der Familie beziehungsweise von seinem Großvater vererbt bekommen. Nikolaj hatte ihm nie irgendetwas abgeschlagen, so dass sich Basil daran gewöhnt hatte, dass er ihm aus jeder missliebigen Lage heraushelfen würde. Die Hochzeit mit Suzette gab ihm nur noch mehr Sicherheit. Suzie stammte aus einer Familie reicher Winzer, sie brachte eine beträchtliche Mitgift mit in die Ehe.

Mein Freund brauchte lange, um sich, wie man so schön sagt, selbst zu finden. Irgendetwas ging immer schief. Er versuchte es mit einem Geschäft und machte Pleite. Er beschloss, Erfrischungsgetränke herzustellen, und scheiterte auch hier. Dann kam ihm der Gedanke mit dem Verlag. Ehrlich gesagt hätte Korsinkin auch ohne Probleme von dem geerbten Geld leben können, aber er wollte etwas Eigenes schaffen und sich Achtung und Respekt erwerben …

Das Verlagswesen springt wie jedes andere Geschäft hart mit einem Dilettanten um, noch dazu war der Markt schon lange in den Händen von großen Unternehmen. An so gefragte Bücher wie Krimis und Liebesromane kam Korsinkin einfach nicht heran.

Ernsthafte, erfolgreiche Autoren zogen es vor, mit soliden Verlagen zu tun zu haben. Aber Basil fand eine eigene Nische. Sein Verlag »Die Stimme« begann mit sowjetischen

Dissidenten zu arbeiten, er gab Bücher heraus, die in der UdSSR nicht veröffentlicht werden konnten. Korsinkin erwarb sich sogar den Ruf, ein Kämpfer für Recht und Gerechtigkeit, ein Ritter der Freiheit zu sein, aber leider warf der Verlag keinen Gewinn ab. Im Gegenteil, es war ein einziges Verlustgeschäft. Basil musste endlos Geld in das Unternehmen stecken, es war, als wenn seine Francs in einem schwarzen Loch verschwänden … Zuerst verbrauchte er sein eigenes Kapital, dann musste auch Suzies Geld noch dran glauben …

Nach außen sah alles wunderbar aus. Er hatte eine riesige Wohnung in der besten Gegend, ein Haus in Nizza, ein Auto, einen Diener. Suzette trug teure Pelze und schönen Schmuck, aber dann kam der Moment, wo Basil begriff, dass es auch mit dem vorgetäuschten Wohlstand bald gnadenlos vorbei sein würde und er alles verkaufen und zusammen mit seiner Frau in eine kleine Wohnung irgendwo ins Pantin umziehen müsste, in eines der ärmsten Viertel von Paris.

Also beichtete er seinem Großvater, wie die Lage stand. Aber Nikolaj zeigte sich unerwartet streng und weigerte sich, seinem Enkel etwas zu geben. Er hielt ihm vor:

»Ich werde deine Projekte nicht mehr unterstützen, das Geld zerrinnt dir ja nur so unter den Fingern. Schließe den Verlag.«

Aber Basil war dickköpfig und beschloss, sich allein durchzubeißen, also versetzte er die Wohnung. Natürlich verschwand auch diese Summe, ohne Spuren zu hinterlassen.

So stand es, als einmal morgens in Basils Wohnung das Telefon klingelte. Eine angenehme männliche Stimme verkündete unglaubliche Neuigkeiten. Korsinkin hatte Verwandte in Moskau! Und sie waren in Paris. Sie trafen sich direkt im Zentrum, in einem Café an den Champs-Élysées. Basil trat in den überfüllten Saal und suchte mit dem Blick die Tische ab. Ein Mann, der an der Wand saß, winkte ihm mit der Hand.

Zuerst zeigte er Basil das Familienalbum. Basils Zweifel waren schon angesichts des ersten Fotos beseitigt, das eine zarte junge Frau in einem weißen Kleid und einen stämmigen blonden Mann mit einem markanten Schnurrbart zeigte. Genau so ein vergilbtes Foto hatte auch bei Nikolaj im Schlafzimmer gehangen. Basil wusste, dass es die Eltern seines Großvaters waren. Dann traute er plötzlich seinen Augen nicht, denn er sah Fotos … von sich selbst.

»Das bin doch ich als Junge«, murmelte Korsinkin, während er ein Foto anschaute, auf dem ihn ein ernster Junge von etwa fünfzehn Jahren anschaute, »wie sind Sie daran gekommen?«

Alexej Nikitin lachte:

»Das erraten Sie nie: Das ist mein Neffe Timofej, der Sohn meiner Schwester Vera. Er ist Ihnen wie aus dem Gesicht geschnitten. Derselbe Typ! Eine frappierende Ähnlichkeit!«

»Ach Gott«, Basil schlug seine Hände zusammen, »warum sind Sie nicht schon viel früher aufgetaucht?«

Alexej seufzte:

»Ich habe es erst jetzt, kurz vor dem Tod meines Großvaters erfahren.«

»Mir hat Nikolaj immer versichert, er sei der Einzige gewesen, der sich habe retten können, die anderen seien alle gestorben …«

Alexej Iwanowitsch erzählte nun von den Familiengeheimnissen, von Trofims Verdacht, von der Kränkung wegen des gestohlenen Familienbesitzes, von der Furcht, seine adelige Herkunft preiszugeben …

Basil, der sein ganzes Leben im demokratischen Frankreich verbracht hatte, schüttelte nur den Kopf, während er seinem Großvater innerlich Vorwürfe machte …

Sie unterhielten sich einige Stunden lang, bis Alexej schließlich mit dem herausrückte, weswegen er eigentlich gekommen war.

In Russland gab es ja nun den Kapitalismus, man konnte

jede Art von Geschäft aufmachen. Er selber hatte einen Verlag namens Licht, den er aber nur als Tarnung benutzte. In Wahrheit besaß er eine riesige Reiseagentur namens Albatros, die zwar auf den Namen seiner Liebhaberin angemeldet war, aber das spielte keine Rolle. Sie boten Dutzende von Reiserouten in verschiedene Länder an, jetzt wollte er noch eine Filiale in Frankreich eröffnen. Da er aber als Ausländer einen Riesenbatzen Geld in die Staatskasse der Republik würde werfen müssen, fragte er, ob nicht Basil auf seinen Namen ein Büro eröffnen wollte …

»Eine Reiseagentur«, klagte Korsinkin, »das ist ja noch schlimmer als ein Verlag. Hier sind alle Nischen besetzt, da machen wir gleich Pleite.«

Jetzt legte Alexej die Karten offen auf den Tisch. Es sei zwar eine Agentur, aber keine normale. Seit langem organisierten sie für reiche, übersättigte Kunden unglaubliche exotische Touren. Basil hörte mit aufgesperrtem Mund zu. Einen »Urlaub« in einem Straflager oder in einer Gefängniszelle, die Möglichkeit, Robinson Crusoe auf einer unbewohnten Insel zu spielen, die unterschiedlichsten sexuellen Abenteuer … Die Reisen seien wahnsinnig beliebt bei den Deutschen, dort hätten sie beste Verbindungen, nur in Frankreich eben noch niemanden.

»Du kannst dir gar nicht vorstellen, wie lukrativ das ist«, verführte ihn Alexej.

Basil schwankte, dann sagte er zu. Ein Jahr später hatte er all seine finanziellen Sorgen vergessen. Den unerwarteten Gewinn erklärte er mit seiner hervorragenden verlegerischen Arbeit. Seiner Frau erzählte er nichts, da er sich der Illegalität des Ganzen bewusst war. Auch von der Moskauer Verwandtschaft wusste sie nichts, sie hielt Nikitin für seinen Geschäftspartner. Alles lief bestens, nur dass Basil jetzt häufig nach Moskau fahren musste.

Vor etwa einem Jahr verkündete Alexej, dass die Dienstleistungen noch erweitert werden könnten, indem man

Krüppel, Missgeburten und Invaliden nach Frankreich überführte, um den speziellen Geschmack einiger Männer und Frauen zu befriedigen. Basil wollte zuerst nicht glauben, dass so etwas möglich wäre. Aber nachdem er eine Dame ohne Beine mit nach Paris genommen hatte und der Erfolg alle seine Erwartungen übertraf, ließ er sich darauf ein, und das Geschäft begann zu florieren. Direkt im Zentrum mieteten sie ein paar Wohnungen. Korsinkin pendelte als Weberschiffchen zwischen den beiden Hauptstädten hin und her. Die Formalitäten ließen sich ganz einfach regeln: Ein reicher französischer Geschäftsmann bot armen russischen Krüppeln barmherzige Hilfe an, er besorgte den Unglücklichen eine ordentliche Behandlung. Die Begleitpapiere waren ganz legal zusammengestellt, außerdem konnten die Unglücklichen bei den Zollbeamten der beiden Länder ohnehin mit Mitleid rechnen. Natürlich sammelte Basil das Geld von den Leuten nicht selber ein, darum kümmerte sich ein eigens angestellter Zuhälter. Der gab ihm einmal in der Woche einen dicken Briefumschlag: Ein Fünftel des Inhalts war für ihn, den Rest schickte er nach Moskau.

Er hätte gern zum beiderseitigen Vergnügen weiter mit Alexej zusammengearbeitet, als Nikolaj starb. Kurz vor seinem Tod erzählte er ihm von dem Versteck, in dem sich der Schatz befinden sollte. Basil glaubte den Worten des Großvaters und fuhr heimlich nach Moskau und von hier nach Gorlowka, ohne Alexej davon zu erzählen. Aber dann geschah das Unvorhersehbare. Korsinkin hatte Suzette klar aufgetragen, niemandem zu sagen, wo er sei. Als aber Alexej anrief, dachte die naive Suzette, Basil habe keine Geheimnisse vor seinem Partner, und sagte ihm einfältig:

»Aber er ist doch zu Ihnen gefahren.«

Alexej geriet in Aufregung und rief sofort das Inturist-Hotel an. Dort erfuhr er, dass ein Herr Korsinkin gekommen sei und ein Taxi bestellt habe. Alles andere war nur noch eine Frage der Zeit. Zuerst bekam Nikitin heraus, dass der Taxifahrer seinen Passagier zum Rigaer Bahnhof gefahren hatte, dann erinnerte sich die Kassiererin daran, dass sie eine Fahrkarte nach Katschalinsk verkauft hatte, während der dortige Busfahrer erklärte, der Mann sei bei dem verlassenen Dorf Gorlowka ausgestiegen …

Kurz: Es gab Krach. Im Sterben hatte auch Trofim Alexej von dem Schatz erzählt, aber er hatte nicht wirklich daran geglaubt. Außerdem hatte sein Großvater die Details durcheinander gebracht und immer wieder andere Gräber genannt …

»Du wolltest mich betrügen«, schrie Alexej Basil an, als er ihn gefunden hatte, »dein Großvater hat meinen betrogen, und jetzt machst du dasselbe mit mir! Gib die Hälfte von dem Schatz her!«

»Was lag denn in dem Versteck?«, unterbrach ich Basil.

»Ach, nichts weiter, die Nische war leer, sie war nur voller Spinnweben«, antwortete er.

Dasselbe sagte er auch zu Alexej, aber der glaubte ihm nicht. Sie stritten die ganze Nacht, dann beruhigten sie sich und fuhren zu Nikitin nach Hause, um den geschlossenen Frieden zu besiegeln. Sie aßen und tranken, an mehr konnte sich Basil nicht erinnern …

In einem kleinen, runden Zimmer kam er wieder zu sich, es hatte nur ganz oben unter der Decke ein schmales Fensterchen, das wie eine Schießscharte aussah. Auf seine Schreie hin erschien Wanda Nikitina und erklärte ihm ruhig, dass es gar keinen Sinn habe zu schreien, da die Hausangestellte taubstumm sei. Auch im Hotel würde ihn niemand vermissen, denn sie hätten seine Sachen abgeholt. Er sollte lieber sofort sagen, wo er den Schatz versteckt hätte, dann würden sie ihn freilassen.

»Wenn du dich weigerst«, erklärte ihm Wanda, »wird es nur noch schlimmer …«

»Aber Nikitin hatte sich doch von Wanda getrennt und war zu Lola gegangen«, brach es aus mir heraus.

»Nur zum Schein«, erklärte Basil, »er war furchtbar geldgierig. Kaum führten sie die Immobiliensteuer ein, hat er so getan, als würde er nicht mehr mit Wanda zusammenleben, und hat das Haus auf ihren Namen umgeschrieben. Sie führen dort ein Bordell für hoch gestellte Kunden, da haben sie so getan, als wäre Wanda allein stehend. In Wirklichkeit hat Alexej im Garten gelebt. Da steht ein kleines Haus, so eine Art Wachhäuschen. Lola hat nur so getan, als wäre sie die Liebhaberin und Inhaberin der Agentur. Sie wurde natürlich dafür bezahlt.«

Der arme Korsinkin erzählte sogar, wie das Versteck zu öffnen war, und blieb bei seiner Version von der leeren Nische, aber sie glaubten ihm nicht. Er hatte keine Möglichkeit zu fliehen. Die Tür war verschlossen, während durch das schmale Fenster nur gerade mal die Hand passte. Als Basil einmal den Stuhl heranschob, um aus dem Fenster zu schauen, sah er ... mich.

»Ich habe gerufen und gerufen, sogar mit einem Lappen habe ich gewunken, aber du hast dich ins Auto gesetzt und bist weggefahren«, berichtete er.

Ich fasste mir an den Kopf, als ich mich an den weißen Fetzen erinnerte, der aus der Schießscharte gewedelt hatte. Da war ich ihm so nah gewesen! Wie hätte ich darauf kommen sollen?!

Ein paar Tage später kam Vera zu ihm in den Kerker und sagte, ihr Sohn Timofej sei in Gorlowka gewesen und habe das Grab des Neugeborenen Semzow überprüft. Die Nische sei leer gewesen, daher würden sie Korsinkin jetzt an einen Ort bringen, wo er ganz sicher verraten würde, wohin er den Schatz getan hätte.

»Gib ihn lieber her«, befahl Vera.

Aber Basil beharrte auf den Spinnweben und dem leeren Versteck.

»Na schön«, seufzte Vera, »du wirst den Mund schon aufmachen, wenn du anfängst zu vermodern!«

Es kamen zwei Männer, die ihn fesselten und ihm etwas spritzten … Im Wagen kam er wieder zu sich. Man brachte ihn ins Lager und warf ihn in eine Zelle. Jeden Abend kam ein schöner, hoch gewachsener Mann zu Basil und fragte:

»Na, erinnerst du dich jetzt?«

Korsinkin wiederholte seine Geschichte von den Spinnweben wieder und wieder. Man schlug ihn nicht, gab ihm keine Bettwäsche, ließ ihn nicht aus der stinkenden Zelle heraus und gab ihm nur scheußliches Zeug zu essen.

Aber an einem Freitag hatte sich die Lage geändert. Der schöne Mann, der wie immer gegen Abend hereinschaute, erkundigte sich mit väterlicher Fürsorge:

»Na, wie steht's? Hast du es dir noch nicht anders überlegt? Es ist nicht gut, dass du uns betrügst. Wir sind schließlich deine Verwandten.«

»Inwiefern sind Sie mit mir verwandt?«, fragte Basil bissig.

»Bislang noch gar nicht«, erklärte der andere friedfertig, »aber bald heiratet meine Tochter Timofej, Veras Sohn, und dann sind wir verwandt. Als zukünftiges Mitglied Ihrer Familie möchte ich Ihnen von Herzen raten, alles zu erzählen, denn wir haben die Anordnung, Sie ab Montag anders zu behandeln. Laut Dokument sind Sie übrigens ein ganz widerlicher Kerl, ein gewisser Arsenjew. In seiner Personalakte ist fast alles rot unterstrichen. Sie werden einfach zum Spaziergang nach draußen geführt, und die Wache schießt ohne Vorwarnung, weil Sie ein wenig zur Seite gegangen sind. Was soll man auch machen, wenn Sie einen Hang zur Flucht haben und dazu, Konvois zu überfallen? Also, bis Montag! Ich rate Ihnen, es sich gut zu überlegen!«

Basil ließ den Kopf hängen. Als er noch in dem Turmkämmerchen gesteckt hatte, war er gezwungen worden, seiner Frau nach Paris einen scheußlichen Brief zu schreiben. Er war überzeugt, dass Suzie schwer beleidigt war und keine Fahndung nach ihm in die Wege leiten würde. Die Lage schien ausweglos, als ich geradeso wie im Märchen mit den Cyclophosphamid-Tabletten in der Hand erschien.

»Wieso haben Sie uns hier eigentlich erwartet?«, wunderte sich Korsinkin.

»Ja, wieso eigentlich?«, hakte ich nach.

Alexander Michailowitsch seufzte:

»Ehrlich gesagt haben wir nicht euch erwartet, sondern Nina oder Timofej.«

»Los, erzähle!«, forderte ich.

Degtjarew zögerte eine Minute, dann gab er nach:

»Na gut, ich will es euch in groben Zügen berichten. Die Personalien des Mannes, den du in deinem Wagen gefunden hast, haben wir sofort festgestellt. Lola und Julia haben ihn identifiziert. Sie haben beide behauptet, dass er eine Morddrohung von Unbekannten erhalten hätte. Aber die Einsatzbeamten, die so getan haben, als würden sie an den angeblichen Killer glauben, haben heimlich Nachforschungen angestellt. Zuerst haben sie die Sache mit dem vornehmen Bordell bei Wanda herausgefunden, dann haben sie sich bei Albatros umgeschaut und schließlich begriffen, wer den Verleger umgebracht hat.«

»Wer denn?«, fragte ich ungeduldig.

»Weißt du«, redete der Oberst weiter, »letztlich hat ihn seine elementare Gier getötet. Zuerst hat er sein Haus auf seine Frau umgeschrieben, um keine Steuern zahlen zu müssen, dann hat er Lola als Besitzerin von Albatros eintragen lassen. Er hat ihr vorbehaltlos vertraut.«

»Wie konnte er das?«

»Ganz einfach. Die liebe Lapanalda hat zweimal Knast wegen Diebstahl auf dem Buckel. Nur dass sie damals Anna Petrowna Karetnikowa hieß. Alexej Nikitin kannte ihre dunkle Vergangenheit und hatte sie fest in der Hand. Er dachte also, er würde nichts riskieren.«

In der ersten Zeit lief alles prächtig. Wanda hatte regelmäßig Kunden, und auch bei Albatros lief alles wie am Schnürchen. Die Mehrheit der Mitarbeiter ahnte nichts. Nur die engsten Freunde, die man schon fast zur Familie zählen konnte, wussten Bescheid.

Vera Iwanowna Nikitina war mit der Mutter von Nina Samochwalowa befreundet gewesen. Felix Michailowitsch war gerne bereit, bei sich im Lager »Gefangene« aufzunehmen.

Er brachte sie an einem speziellen Ort unter und bezahlte zwei Gauner dafür, mitzuspielen. Nina machte die dummen Gänse ausfindig, die dazu bereit waren, sich gegen Geld zu Krüppeln machen zu lassen. Das liebe Mädchen kannte übrigens fast alle Zuhälter von Moskau.

Im Krankenhaus Nummer sechshundertzweiundsechzig gab es ein paar Chirurgen, die Menschenschinder waren. Außerdem hatten sie in dieser Klinik eine geheime Abteilung aufgemacht.

»Sie haben gegen ein Wahnsinnsgeld Kriminelle operiert, ohne die Miliz zu benachrichtigen«, brach es aus mir heraus.

»Woher weißt du das?«, fragte der Oberst verwundert.

»Wie habt ihr das mit den Ärzten herausgefunden?«, gab ich zurück.

»In einer Schlucht in der Nähe des Krankenhauses hat man die Leiche von Juri Mamonow gefunden, der als Hauswart in dem Haus gearbeitet hat, in dem Nina Samochwalowa wohnt.«

Man begann mit den Nachforschungen, und wieder führten die Spuren zu dem Mädchen. Dann zeigte sich, dass Juri versucht hatte, Nina zu erpressen. Er hatte ihr beim Krankenhaus aufgelauert und für sein Schweigen Geld gefordert.

»Er dachte, sie schmuggeln Drogen, der Dummkopf«, sagte ich.

»Genau«, bekräftigte der Oberst, »nur dass Nina an diesem Tag nicht allein war, sondern in Begleitung von Timofej. Sie hat Juri eine große Summe versprochen und ihn in die Schlucht gelockt, wo Timofej ihn dann umgebracht hat.«

»O Gott«, erschrak Basil, »er ist doch noch ein Kind und dazu noch Jurastudent …«

»Die Hände von diesem Studenten triefen nur so vor Blut«, seufzte der Oberst, »in Zukunft wird er wohl im Knast in die Schule des Lebens gehen, aber wir sind abgeschweift.«

Das kriminelle Geschäft brachte hervorragende Einnahmen.

Je mehr Geld Nikitin bekam, desto weniger wollte er den anderen Mitgliedern der Bande davon abtreten. Ständig fand er irgendwelche Ausreden, mal musste er jemanden bestechen, mal kaufte er angeblich Möbel für Albatros. Die Erste, die begriff, dass sie betrogen wurde, war Wanda. Ihr Mann gab seiner Frau praktisch gar kein Geld mehr. Dann begannen sich Vera und Lola aufzuregen, als Letzte rebellierte Nina. Schließlich taten sich die Frauen zusammen …

»Übrigens ist Lola bei Wanda gewesen, ich habe ein Foto von ihr im Gästezimmer!«

»Also wirklich«, stöhnte der Oberst, »du hast dich wohl überall herumgetrieben!«

Bei einem Treffen beschlossen die Damen, Alexej umzubringen. Das Geschäft konnte auch wunderbar ohne ihn weiter gedeihen. Und da sie niemand Fremdes in die Sache hineinziehen wollten, wurde Timofej mit der Rolle des Henkers beauftragt.

»Der eigene Neffe?« Basil nahm den Kopf in seine Hände.

»Wenn es um das große Geld geht, spielen familiäre Bande keine Rolle«, antwortete Alexander Michailowitsch. »Kurz gesagt, am Abend des zweiten November ist es um sieben Uhr draußen stockfinster. Alexander Nikitin verlässt gerade Albatros und geht zu seinem Auto. Timofej ruft ihn, sie gehen zu dem Volvo, der Neffe zieht seine Pistole mit dem Schalldämpfer und erschießt seinen Onkel. Er stopft die Leiche in den Kofferraum und verschwindet. Der Plan ist einfach. Der Wagen gehört Nikitin, es wird ihn so schnell keiner anrühren. Wanda und Lola werden schweigen wie ein Grab. Auf der Straße ist es kalt, so dass sich der Verwesungsprozess verzögert. Das heißt, die Suche nach ihm beginnt frühestens in einer Woche. So vergeht die Zeit, und alle werden ein Alibi haben ... Tja, wenn die Rechnung aufgegangen wäre ... Aber durch einen verhängnisvollen Zufall kam alles anders. An eben jenem Abend stand neben Nikitins Wagen ein zweites Auto derselben Marke, sogar die dunkelrote Farbe war dieselbe. Und als wäre das noch nicht genug, waren auch die Kennzeichen fast gleich: Daschas ist 625 KE, Alexejs 652. Timofej war wahrscheinlich nervös und brachte sie in der Eile durcheinander. Den Kofferraum hatte er im Voraus mit einem Dietrich geöffnet. Er begann sich mit seinem Onkel zu streiten, hob im Nu die Kofferraumhaube, schoss, stieß den Körper hinein und klappte nach einem Sicherheitsschuss in die Stirn den Kofferraum wieder zu. Stellt euch Veras Schreck vor, als ihr schon ein paar Stunden später mitgeteilt wurde, dass ihr Bruder tot war. Die schlaue Wanda hatte sich nach Karlsbad abgesetzt, während die anderen sich nicht so schnell ein Alibi hatten besorgen können. Sie hatten ja auch mit mindestens einer Woche Zeit gerechnet!

Nach dem Mord prasselten die Unannehmlichkeiten nur so auf sie herein. Als Erstes stellt Vera fest, dass ihre Tasche mit Korsinkins Pass nicht mehr da ist. Anfangs denken sie, das Ridikül wäre hinter die Kommode in der Diele gerutscht, und die Nikitina fährt ruhig nach Hause. Am nächsten Tag ruft Julia sie an und beruhigt sie: Man könne in dem Spalt ein Stück von einem Riemen erkennen, das *Corpus delicti* müsse also tatsächlich hinter das Möbel gefallen sein, es sei bloß nicht so einfach, dort heranzukommen. Das Mobiliar der Diele ist eine Maßanfertigung. Um an den Spalt zu kommen, muss die Kommode abmontiert werden. Aber Vera bittet darum, keinen Aufstand zu machen, Hauptsache, das teure Stück ist da.

Schließlich kommt der Spezialist von der Möbelfirma,

montiert das Paneel ab und zieht … einen Gürtel von einem Ledermantel hervor. Jetzt geraten die Damen in Panik: Es gibt einen Dieb im Haus! Schließlich fällt ihnen die Kolossowa ein, und sie schicken Timofej zu ihr. Der Junge ist ein geborener Sadist. Er foltert die unglückliche kranke Frau, bringt sie um, schleppt sie auf den Balkon, sucht das Zimmer ab, aber die Tasche bleibt verschwunden …

Jetzt ist die Bande nervös geworden. Außerdem will Herr Korsinkin partout den Schatz nicht preisgeben. Nina, Lola und Julia schlagen vor, ihn zu beseitigen, aber Vera ist überzeugt, dass der Schatz existiert. Sie transportieren Basil zu Samochwalow ins Lager und traktieren ihn mit allen möglichen Drohungen. Aber er bleibt standhaft. Da taucht Darja dort auf und macht einen Haufen Dummheiten! Eine Kakerlake, bemalt mit grünem Desinfektionsmittel – was für ein Aufwand! Aber wir mischen uns nicht ein, wir beobachten nur.«

»Du hast alles gewusst?!« Ich war verblüfft.

»Hauptmann Jewdokimow sieht zwar aus wie ein dicker kurzatmiger Waschbär, aber in Wirklichkeit ist er ein scharfsinniger, geriebener Ermittler. Wir haben ihn extra ins Lager eingeschleust, damit er das Knäuel entwirrt. Er hat sich köstlich amüsiert, als er sah, wie du mit einer Lösung Kaliumpermanganat durch die Baracken gelaufen bist, meine Liebe! Und als du erst mit der Kakerlake ankamst, konnte er kaum an sich halten, um nicht laut loszulachen. Aber er hat sich zusammengerissen und dein Spiel mitgespielt.«

»Warum hat man Samochwalow nicht festgenommen?«, schäumte ich vor Wut.

»Erstens hatten wir nicht genug Beweise, und zweitens reicht es nicht, die Spitze des Eisbergs zu beseitigen, du musst das Übel an der Wurzel packen. Wir wollten herausfinden, wer im Lager Bescheid wusste, und wer alles an der Sache beteiligt war. Übrigens sind die Fäden von Herrn Samochwalow noch weiter gespannt, sie reichen bis ins Frauengefängnis von Rjasan und ins Untersuchungsgefängnis von Pokalsk. An beiden Orten hat man so genannte Touristen aufgenommen.«

Ich sperrte vor Verwunderung den Mund auf.

»Du bist uns ganz schön im Weg gewesen, meine Süße«, seufzte der Oberst, »aber wir hatten beschlossen, dich machen zu lassen. Ehrlich gesagt haben wir diese Kühnheit nicht erwartet, es ist praktisch unmöglich, aus dem Karzer herauszukommen. Wie hast du es geschafft, Herrn Korsinkin da rauszuholen?«

»Das erklär ich dir später«, versprach ich stolz.

»Sie hätte mich fast umgebracht«, beklagte sich Basil.

Na, der war ja vielleicht süß!

»Und am Ende hat die dumme Lina die Pläne dieser Schurken durchkreuzt.«

»Wo ist sie?«, schrie ich auf. »Ist sie am Leben?«

»Sie lebt, sie lebt«, beruhigte mich der Oberst, »was soll schon mit ihr passieren, nur der Fuß ist kaputt.«

»O Gott«, erschrak ich, »wollten sie ihn ihr abnehmen?«

Alexander Michailowitsch seufzte.

»Lina ist ein erstaunliches Wesen, vollkommen kopflos und grenzenlos naiv, aber wenn sie in Gefahr ist, fängt sogar sie an zu denken.

An jenem Abend ist sie mit Rejtschel spazieren gegangen und hat bei dem Kiosk Halt gemacht, um sich die Süßigkeiten anzuschauen, als neben dem Kiosk ein Shiguli anhielt. Nina wollte sich auf dem Weg nach Hause Zigaretten kaufen. Sie wusste natürlich, dass Lina aus dem Krankenhaus weggelaufen war, und hat sich wahrscheinlich mächtig gewundert, die Arme dort auf der Straße und noch dazu mit einem Hund zu sehen. Sie öffnet also die Fahrertür und ruft:

›Junge Frau, wie spät ist es bitte?‹

Nichts Böses ahnend bückt sich Lina zu dem Autofenster und wird sofort nach innen gezerrt. Als sie Nina erkennt, wird sie vor Schreck fast ohnmächtig. Aber offenbar hat sie doch noch einen Funken Verstand beisammen, denn als sie auf dem Leningradski Prospekt eine Verkehrskontrolle sieht, macht sie geistesgegenwärtig die Autotür auf und wirft sich direkt in die Arme der Polizisten. Dabei bricht sie sich den rechten Fuß. Nina fährt schnell davon und entwischt.

Man hat das hysterisch weinende Mädchen ins Skliforowski-Krankenhaus gebracht, während uns klar wurde, dass es Zeit war, die Bande festzunehmen. Wir fassten Vera, Julia und Lola. Die Damen haben sich sofort gegenseitig angeschwärzt, aber dem verstorbenen Alexej die Hauptschuld an allem gegeben ... Nina und Timofej dagegen sind rechtzeitig untergetaucht. Daraufhin hat Lina Nina auf ihrer Handynummer angerufen und mit jämmerlicher Stimme die dreitausend Dollar gefordert, die man ihr versprochen hatte. Nina erklärt sich bereit, ihr das Geld zu geben, und fragt sie, wo sie denn untergekommen ist, worauf Lina Oxanas Adresse angibt ...

Also haben wir in der Wohnung einen Hinterhalt gelegt. Tagsüber hat sich eine Milizionärin, die Lina darstellen sollte, mit der Zigarette in der Hand und einem Panzerhemd unter dem Mantel ans Fenster gestellt. Aber es ist keiner gekommen. Entweder hat Nina gewusst, dass sie Lina nie ihre Handynummer gegeben hatte, oder sie hat die Gefahr gerochen. Jedenfalls hat sich die Einsatztruppe umsonst hier in der kleinen Wohnung herumgeplagt, bis plötzlich Darja aufgetaucht ist!«

»Es ist einfach unglaublich«, rief ich wütend, »wie konntest du nur?! Du hast gesehen, wie ich mich auf der Suche nach Basil quäle, und hast einfach nur zugeschaut! Warum hast du mich nicht aufgehalten und mir alles erklärt, zum Teufel?! Das ist ja der reinste Sadismus!«

Alexander Michailowitsch lächelte breit:

»Na ja, letztlich hast du uns ja immerhin geholfen!«

»Womit?«

»Wir wollten einen unserer Mitarbeiter als Touristen zu

Albatros schicken, um herauszufinden, über welche Kanäle das Geschäft läuft. Aber da bist du gekommen, meine Liebe, und hast dich mit deinem unbezähmbaren Enthusiasmus mitten in den Strudel geschmissen, so dass wir selber keinen mehr einzuschleusen brauchten. Wir haben zuerst Lola beschattet und dann die Angestellten des Lagers, die deinen Besuch vorbereitet haben. Also vielen Dank. Möchtest du, dass ich dir eine offizielle Danksagung aushändige, wie wir das bei freien Mitarbeitern machen? Oder soll ich dir eine Uhr mit der Eingravierung ›Für Tapferkeit‹ überreichen?« Der Oberst machte sich über mich lustig.

Ich schwieg erschüttert.

»Übrigens musst du dich auch bei mir bedanken«, ließ mein Freund nicht locker.

»Wofür?!«

»Was meinst du, wieso deine Familie geschlossen nach Petersburg gereist ist?«

»Du willst sagen …«

»Genau. Ich habe sie einfach gebeten, mal einen Tag das Haus zu verlassen, damit ihre verrückte Mama sich ganz frei fühlt. Ich kann mir vorstellen, wie deine grauen Zellen geraucht haben bei dem Gedanken daran, wie du deinen Verwandten deine Abwesenheit verkaufst, ohne dass sie Verdacht schöpfen.«

»Und sie waren einverstanden? Alle?!«

»Nicht ganz uneigennützig«, kicherte mein Freund schadenfroh, »ich musste mit ihnen verhandeln. Zwei Schachteln Korsinotschki mit weißer Füllung, eine Dackelfigur und eine Sprühdose Autokosmetik für den Mercedes – das war der Preis für dich.«

Ich war sprachlos. Die eigene Mutter für Kuchen, einen Porzellanhund und eine Autopolitur zu verkaufen, das ist unfassbar!

»Und was wird aus mir?«, fragte Basil zaghaft.

Der Oberst schaute ihn zweifelnd an.

»Das hängt davon ab, wie Sie sich bei dem Ermittlungsverfahren benehmen. Wahrscheinlich werden Sie einfach des Landes verwiesen und bekommen keine Einreiseerlaubnis mehr. Haben Sie gewusst, dass man Menschen verkrüppelt hat, dass man richtige Invaliden aus ihnen gemacht hat?«

»Nein, nein.« Basil erschrak. »Ich dachte, das sind wirklich Invaliden von Kindesbeinen an oder Opfer von irgendwelchen Krankheiten. Natürlich ist das nicht schön, aber es war doch eine Einnahmequelle für sie ... Und der Extremtourismus kam mir so unschuldig vor ... Ich habe übrigens nie etwas organisiert, ich habe nur die Kunden aufgetrieben. In Moskau haben sich die Nikitins um alles gekümmert.«

»Das können Sie dann dem Untersuchungsbeamten erzählen«, riet ihm der Oberst, »na gut, ich fahre jetzt mich umziehen und gehe zur Arbeit.«

Schon an der Tür hielt er inne und sagte:

»Lasst euch bloß nicht einfallen, irgendwohin zu gehen, abzuhauen oder euch zu verstecken.«

Wir blieben allein zurück.

»Wieso hast du Timofej deinen Cardigan gegeben?«, fragte ich.

»Ich hab niemanden was gegeben«, regte sich Basil auf, »sie haben mir schon bei Nikitins zu Hause alles weggenommen.«

Timofej hatte sich die Jacke also einfach angeeignet, weil sie ihm gefiel. Er hatte sich nicht überlegt, dass sie als Beweismittel dienen könnte.

Basil lief aufgeregt in der Küche auf und ab und stieß dabei gegen die Möbel.

»Mein Gott, Timofej! Fast noch ein Kind! Gut erzogen, intelligent, spricht französisch, spielt Klavier ... und plötzlich wird ein kaltblütiger Killer aus ihm! Ich kann es nicht glauben! Im Geschlecht der Korsinkins hat es nie Mörder gegeben! In der ganzen Familiengeschichte nicht, keinen einzigen!«

»Das ist nicht wahr«, sagte ich böse, »deine Urgroßmutter und dein Urgroßvater haben seelenruhig ihre eigene Tochter umgebracht, und dazu noch ihr gerade erst geborenes Enkelkind, das in der Wiege lag. Und der liebe, wohlerzogene Timofej war sich nicht zu schade, eine einsame Frau zu überfallen und ihr ins Mieder zu greifen, um ihr die Besitzurkunden über Haus und Boden zu stehlen.«

Kaum hatte ich das gesagt, brach mir der Schweiß aus. Jetzt erst begriff ich, was ich riskiert hatte, als ich zu Vera Nikitina hatte gehen wollen!

Basil starrte fassungslos in seine leere Tasse.

»Und du sagst mir jetzt sofort«, forderte ich streng, »was in dem Grab von dem armen Neugeborenen gelegen hat.«

»Nichts«, antwortete Korsinkin störrisch.

»Es reicht! Degtjarew hat dir das vielleicht noch abgenommen, aber ich glaube dir kein Wort!«

»Wieso denn nicht!«

»Du hast hundertmal wiederholt, dass die Nische voller Spinnweben war ... Aber sie ist sauber und trocken, es gibt nicht mal eine Spur von Spinnweben.«

Basil wollte gerade den Mund aufmachen, als ich schnell mit den Händen abwinkte.

»Bitte lüg nicht, erzähl mir jetzt nicht, du hast das Versteck mit deinem Taschentuch ausgewischt. Ich glaube dir gern, dass da tatsächlich Spinnweben waren, als du das Versteck geöffnet hast. Aber als du das Kästchen herausgezogen hast, sind sie kaputtgegangen.«

Korsinkin seufzte:

»Aber es lag wirklich kein Kästchen mit Kostbarkeiten drin.«

»Was dann? Was hat dringelegen?«

»Briefe.«

»Briefe?«, fragte ich enttäuscht. »Dieses ganze Theater nur wegen voll geschriebener Zettel?«

»Es sind persönliche Briefe von Zar Nikolaj II., der unschuldig ermordet worden ist, an seine Frau Alexandra Fjodorowna. Insgesamt fünfundzwanzig Stück.«

Ich war sprachlos. Das war ja viel besser als jeder Schatz. Für solche »Zettel« konnte man heute Millionen von Dollars bekommen!

»Wie ist dieser zaristische Briefwechsel bei den Korsinkins gelandet?«

»Nikolajs Mutter stammte aus der Adelsfamilie der Wjasemskis. Ihre älteste Schwester hatte als Fräulein gedient. Als klar wurde, dass es schlecht stand, hat Anna Wyrubowa, eine enge Freundin der Zarin, sich darum gekümmert, das Archiv zu verstecken. Einiges nahm sie selbst mit, einiges verteilte sie an die Vertrautesten mit der Anweisung, es besser zu schützen als den eigenen Augapfel. Elena Wjasemskaja hat die Briefe ins Dorf gebracht, damit sie dort versteckt wurden. Über das Geheimfach in dem Grab wusste die ganze Familie Bescheid.

Nach dem Mord an ihrer Tochter hatte sich Glikeria Korsinkinas Verstand etwas getrübt. Sie begann, für die Vergebung ihrer Sünden zu beten, schließlich ließ sie Handwerker kommen und die Nische bauen. Ihr Sohn sollte sie nach ihrem Tod einäschern lassen und die Urne zu Nastja ins Grab legen. Aber Andrej erfüllte ihren letzten Wunsch nicht, er begrub sie, wie es im christlichen Gebrauch üblich ist, auf dem Friedhof und nicht hinter der Abzäunung … Als dann die Briefe versteckt werden mussten, fiel der Familie die Urnennische wieder ein, und so sind sie dort gelandet. Elena fuhr daraufhin wieder zurück nach Petersburg. Der Adel war wirklich überzeugt davon, dass die Bolschewiken nicht lange an der Macht bleiben würden, und man nur abwarten müsste, bis alles wieder im Lot wäre. Wer hätte ahnen können, dass alles so traurig enden würde: Maria und Andrej sind gestorben, Nikolaj ist in der Fremde gelandet, und Trofim hat sein Leben lang unter fremdem Namen gelebt! Jetzt ist das Geschlecht der Korsinkins wirklich am Ende … Wir haben keine Kinder, und Timofej ist ein Mörder … Oje!«

Er winkte resigniert mit der Hand ab.

Und Alexejs verwöhntes Töchterchen Rita legt der Familie auch nicht gerade Ehre ein, dachte ich. Laut sagte ich dagegen:

»Na, und wo sind die Dokumente?«

»Bei Prochor in Gorlowka.«

»Wie? Du hast den Alten gesehen?«

»Ja, ich habe ihm aufgetragen, sie besser zu verstecken. Er hat sie in den Keller getan.«

Na, so was, Prochor war doch wirklich ein ganz Aufrechter: Mit keinem Wort hatte er verraten, dass er von Basil wusste. Sogar als er den Pass sah, war er nicht ins Schwanken gekommen. Das war wahre Treue!

»Wieso hast du Alexej nicht von dem Schatz erzählt, als sie dich im Turm festgehalten haben?«

»Er hätte mich sofort umgebracht«, erklärte Basil, »seine Augen haben so unnatürlich geglänzt, dass ich Bescheid wusste. Hätte er die Wahrheit erfahren, hätte er mich sofort erschossen. Er war unglaublich geldgierig.«

Na, und du bist auch nicht besser, mein Lieber!

Korsinkin fuhr fort:

»Also habe ich mir gedacht: Solange ich schweige, bleibe ich am Leben. Ich riss mich zusammen, so gut ich konnte. Aber als ich im Lager war, war ich ehrlich gesagt am Ende meiner Kräfte und hoffte nur noch auf ein Wunder … Und dann … kamst du!«

Er hätte sich eigentlich mal bei mir bedanken können! Aber das kam ihm gar nicht in den Sinn. Alles in allem gefiel mir Korsinkin immer weniger.

»Wie hast du herausgefunden, dass ich die Nische aufgekriegt hatte?«, fragte Basil interessiert.

»Ich fand dein Feuerzeug neben der Bank, und von dem Zimmermädchen im Hotel wusste ich, dass du eine Zeit lang weg warst, und als du wiederkamst, erst mal Wäsche gewaschen hast. Da habe ich mir gedacht, dass du bestimmt auf den Knien im Dreck gekniet hast und nicht wolltest, dass irgendwer davon erfährt!«

»Der Weg dorthin führt durch eine Senke«, erklärte Basil, »als ich zurücklief, fiel ich mitten in den Dreck.«

»Ja, Dreck gibt es in dieser Geschichte weiß Gott mehr als genug!«

EPILOG

Um es schon mal vorwegzunehmen, sage ich gleich, dass Vera, Lola und Wanda die Mindeststrafen erhalten haben. Die schlauen Frauen haben die ganze Schuld auf Nina und Timofej abgewälzt, die man übrigens nicht gefunden hat. Sie haben ihre Spuren so geschickt verwischt, dass sie wie vom Erdboden verschluckt sind.

Julia wurde wieder freigelassen, sie ist mit Rita Gott weiß wohin verschwunden. Es war rechtlich nicht möglich, das Haus der Nikitins zu konfiszieren, so dass es jetzt an irgendeine Firma vermietet ist. Lina ist heil aus dem Krankenhaus herausgekommen, Alexander Michailowitsch hat ihr einen Pass ausstellen lassen und sie bei einem Friseur als Lehrling untergebracht.

Felix Michailowitsch Samochwalow und eine Reihe von Wachposten sind im Lager gelandet, diesmal allerdings als Häftlinge.

Basil ist nach Paris zurückgekehrt. Die kostbaren Briefe hat er wohl mit nach Frankreich genommen, denn er hat seine Wohnung verkauft, ein Haus in einem Pariser Vorort gekauft und lebt jetzt auf großem Fuße. Sein Geheimnis habe ich nicht verraten, aber obwohl ich regelmäßig Einladungen erhalte, besuche ich ihn nicht mehr.

Als ich an jenem kalten Novembertag von Oxana nach Hause kam, saß meine Familie gerade friedlich am Tisch. Wütend ging ich auf sie los:

»Ihr Verräter!«

Kescha und Häschen hatten die Nasen tief in eine Zeitung gesteckt und taten so, als hörten sie nicht. Manja warf sich mir sofort an den Hals.

»Mamilein! Alexander Michailowitsch hat uns so sehr darum gebeten, ihm zu helfen! Er sagte, er sei es müde, gegen Schatten zu kämpfen.«

»Gegen wen?«

»Er hat es so erklärt: Die Sache ist furchtbar verfahren, die Wahrheit zu finden ist ungefähr so, als wenn man in der Dunkelheit nach dem Schatten sucht. Verstehst du? In der Schwärze nach dem Schwarzen! Im Licht sieht man den Schatten, aber nicht, wenn es finster ist.«

Ich seufzte und setzte mich an den Zeitungstisch.

Häschen wurde lebendig:

»Ich bringe gleich Kaffee.« Kescha lief mit ihr zusammen hinaus. Ein paar Minuten später kamen die Kinder mit einer riesigen, schweren Tasche zurück.

»Hier«, sagte Olga und reichte mir ein Päckchen Gauloises, »ich erlaube dir, im Wohnzimmer zu rauchen. Qualm so viel du willst.«

»Und das hier«, murmelte Kescha und machte die Tasche auf, »ist Medizin gegen die Langeweile, lies so viel du willst.«

Damit legte er dreißig Bände »Klassiker des Krimis« mit wunderschönen Ledereinbänden und golden eingeprägter Schrift vor mich hin.

»Und hier ist Konfekt zum Naschen«, rief Manja und reichte mir eine riesige Drei-Kilo-Schachtel mit meinem Lieblingskonfekt, Backpflaumen mit Schokoladenüberzug. Ich sah in ihre schuldbewussten Gesichter und lachte. Ihr Schlauköpfe, ihr wisst genau, wie ihr mich kaufen könnt!

Eine Woche später feierten wir die Hochzeit von Galja und Mischa. Der Braut zogen wir ein elegantes, hellgraues Kleid an, das ihre rundliche Figur vorteilhaft betonte. Mit Mischas Ausstattung hatten wir dagegen unsere liebe Not.

»Wozu einen neuen Anzug?«, wehrte sich der Professor, während er uns sein Jackett entgegenwedelte. »Schaut doch, darin hab ich schon meine Dissertation verteidigt, das ist ein gutes altes Stück, beste Qualität.«

Kescha sah sich die glänzenden Borten an und sagte:

»Für Anzüge gilt nicht dasselbe wie für Kognak, sie werden nicht besser mit den Jahren. Diesen hier kannst du verbrennen!«

Zur Hochzeit schenkten wir ihnen die Möbel für das Schlafzimmer. Galja lief rot an wie eine Tomate, als sie im Geschäft das größte Ehebett auswählte.

Dann bat sie um noch etwas.

»Dascha«, zwitscherte sie, als sie am Tag vor der Hochzeit zu mir ins Zimmer kam, »ich werde euch mein ganzes Leben lang dankbar sein …«

»Schon gut!«

»Es ist mir so peinlich, darum zu bitten.«

»Worum geht's denn?«

»Bitte gebt uns Kuka mit, ich habe den Hund so lieb gewonnen!«

Kuka folgte Galja tatsächlich auf Schritt und Tritt.

»Und was ist mit deiner Allergie?«, fragte ich verwundert.

Galja kräuselte ihre Nase.

»Weißt du, sie ist einfach verschwunden. Als wäre sie nie da gewesen.«

Dann kam der feierliche Tag. Im Standesamt tauchte ein Haufen Leute auf: alle Kollegen des Bräutigams aus dem Kurtschatow-Institut, drei unverheiratete Freundinnen von Galja und natürlich wir alle, außer den Zwillingen. Kuka war auch dabei, mit einer Schleife geschmückt. Man hätte meinen können, sie wäre die Trauzeugin.

Die Brautleute kamen in Keschas Mercedes an, mit Bändern, Luftballons und einer Puppe verziert, die vorn auf der Motorhaube festgebunden war. Manja hatte das Auto eigenhändig geschmückt.

»Keine Sorge«, gab Efim dem Bräutigam mit auf den Weg, »es macht nur beim ersten Mal Angst.«

Plötzlich kam die Sonne heraus. Ihre Strahlen, die durch die Fenster in den Saal fielen, wo die Trauung stattfand, rückten die füllige, etwa fünfzigjährige Dame, die eine rote Schärpe über der stattlichen Brust trug, ins rechte Licht. Mendelssohns Hochzeitsmarsch erklang, und Galjas Freundinnen griffen zu ihren Taschentüchern. Auch ich hatte plötzlich einen Kloß im Hals. War das schön, richtig gelungen, ein Meer von Blumen, und dann noch die Eheringe!

»Teufel noch eins«, zischte mir plötzlich Manja ins Ohr, »ich habe nicht aufgepasst. Dieser Tölpel!«

»Was ist los?«, flüsterte ich zurück.

»Schau dir doch mal Mischa an!«

Ich ließ meinen Blick über den Bräutigam gleiten. War doch alles in Ordnung. Der neue, gebügelte Anzug, das weiße Hemd, er war sogar tadellos gekämmt. Vor der Abfahrt hatte Manja das dicke Haar des Mathematikers mit dem Fön gelegt und ausgiebig mit Haarlack besprüht.

»Die Füße! Guck dir seine Füße an!«

Als mein Blick auf seine Füße fiel, musste ich mich zusammenreißen, um nicht loszuprusten: Die dunkelgrauen Aufschläge der schönen neuen Hose hingen über … Galoschen. Unser Gärtner zieht sie über seine Schuhe, wenn er im Garten arbeitet. Keine Ahnung, wo Mischa die Dinger aufgetrieben hatte.

»Ärgere dich nicht, Kind«, flüsterte ich Manja zu, »alle werden denken, das seien Lackstiefel.«

»Na, wenn du meinst«, seufzte Manja traurig, »ich hoffe nur, er verliert sie nicht auf der Treppe …«

»Nun mach dir mal keine Sorgen. Hauptsache, sie sind glücklich.«

Damit war Manja einverstanden: »Du hast Recht. Eigentlich habe ich mich auch schon daran gewöhnt, dass es bei uns nicht so zugeht wie in anderen Familien.«